Neubayern

Florian F. Scherzer

Roman ✦ Hirschkäfer

1. Auflage, Juni 2017

Text, Illustrationen, Grafik, Gestaltung: Florian F. Scherzer
Covermotiv: Foto von Benjamin Asher, Figur von Florian F. Scherzer
Die Fotos im Beileger stammen von iStock, Shutterstock und dem
Stadtarchiv der Landeshauptstadt München
Druck: Spindulio spaustuvė, Kaunas, Litauen

ISBN 978-3-940839-56-5

Besuchen Sie uns im Internet:
www.hirschkaefer-verlag.de

Mit Liebe gemacht.

Für Lara, die unbedingt schon um dreiviertel acht in der Schule sein wollte und mir so die Stunde bis dreiviertel neun für das Arbeiten an ›Neubayern‹ geschenkt hat.

Diesem Buch liegt ein kleines Heftchen bei. Die einzelnen Seiten sind perforiert, heraustrennbar und werden in das Buch zum Teil eingelegt, zum Teil eingeklebt oder zu einem Plakat zusammengefügt. Die Anleitung befindet auf der Rückseite des Heftchens.

Inhalt

Der Apostel

❧

Bericht von Joseph Kiener (28), aus Oberpfaffing

Wenn etwas irgendwo geschrieben steht, ist es immer die Wahrheit. Das hat der Oberpfaffinger Pfarrer zumindest gesagt. Damals als ich ihn im Kommunionsunterricht gefragt habe, ob der Jesus wirklich über das Wasser gelaufen ist oder ob das nur eine ausgedachte Geschichte ist. Lügen, hat er gesagt, stehen normalerweise nicht geschrieben. Alles ist wahr, wenn es niedergeschrieben worden ist. Und wenn derjenige sich auch noch besonders gut auskennt oder sogar selbst dabei war, wie zum Beispiel ein Apostel beim Jesus, dann kann man wirklich sicher sein, dass es wahr ist. Alle Kommunionkinder haben gehört, dass er es gesagt hat.

Neulich habe ich mich wieder daran erinnert, als wir beim Wirt saßen und alle mir zugehört haben. Als ich mal wieder meine Geschichte erzählt habe. Wie immer hat der Wimmer die Nase gerümpft und gesagt, dass das ja ein schönes Märchen sei, aber glauben müsse er es noch lange nicht. Dazu könne ihn niemand zwingen. Auch nicht wenn alle anderen daran glaubten. Der Wimmer hat schon den richtigen Namen für sein ewiges Gejammer. Von wegen »die da oben« und »die lügen uns doch dauernd nur an« und »die bescheißen uns, wo sie nur können.«

Also, habe ich mir gedacht, schreibst du alles auf, was damals passiert ist. Nicht dass ich so ein besonders guter Schreiber wäre. Aber ich bin jemand, der sich besonders gut auskennt. Also quasi ein Apostel, was meine und Ipis Geschichte, die vom Schwarzbuben, der Elsi, dem Engel und allen betrifft.

Alle beim Wirt haben mir immer gerne zugehört, wenn ich darüber erzählt habe, also werden es auch alle gerne lesen, wenn ich es genauso aufschreibe. Und alle werden wissen, dass es wahr ist, was ich ihnen erzählt habe. Weil ich es aufgeschrieben habe und es in einem Buch steht. Da kann nicht einmal mehr der Wimmer dran rütteln.

Vieles davon ist schon in den Schulheften, die ich die ganze Zeit mit mir herumgetragen habe. Aber halt nur als Notizen und Stichworte. In meiner schlechten Handschrift und ohne die richtigen Schreibgeräte. Oft hatte ich ja nur einen rußigen Zweig oder eine gefundene Feder und in Wasser aufgelösten Ruß als Tinte. Und es war auch keine zusammenhängende Geschichte in meinen Heften. Meistens nur Sätze, die ich von Leuten gehört oder aufgeschnappt habe. Manchmal auch ganze Ereignisse, damit ich sie nicht vergesse und mich immer genau daran erinnern kann, wie es gewesen ist. Weil, wie gesagt, aufgeschrieben ist es die Wahrheit, erzählt ist es nur eine Geschichte. Obwohl: Ein Heft ist kein Buch.

Und ich habe den Schwarzhansi gebeten, seine Geschichte auch aufzuschreiben. Dann ist es schon zweimal wahr. Weil sich unsere Geschichten überschneiden. Er hat es mir dann auch geschickt. Aber er kann das richtig schlecht mit dem Geschichtenerzählen und dem Aufschreiben. Unverständlich sozusagen. Er ist ja schließlich auch erst ein Bub. Deshalb habe ich seine Texte nicht alle übernommen. Sondern nur die Teile unserer Geschichte, die ich noch nicht gekannt habe und deshalb nicht selber aufschreiben konnte. Oder nicht so gut. Und ich habe alles so geändert, dass man es auch lesen mag. Ich zumindest. Und so dass es zu meinem Teil der Geschichte passt.

Den Hinterwald habe ich gefragt, den Teufel und den Alto Mayer, den Mann von der Zeitung, die alte Walmgruberin und noch ein paar andere. Alle, von denen ich wusste, wo sie waren und wie ich mit ihnen in Verbindung treten konnte. Manche haben selber was geschrieben, manche haben mir ihre Erlebnisse erzählt und ich habe mitgeschrieben. Manche haben gar nicht erst auf meine Anfrage reagiert.

Der Engel hat sogar ein paar Dokumente von den Behörden aufgehoben und mir Abschriften davon angefertigt. Der Zeitungsmann hat sowieso alles aufgehoben, was er hatte. Das liegt denen im Blut. Sammeln und aufheben. Zeitungsartikel, Dokumente, Briefe. Ein paar Sachen waren mir neu und ich habe sie natürlich hier mit aufgenommen.

Den Dobler habe ich auch gefragt. Aber der hat nicht richtig mitmachen wollen. Der war zu sehr mit sich selbst beschäftigt. Beleidigt irgendwie.

Weil mit der Geschichte vom Johann Schwarz und vom Benno Sailler auch meine anfängt, habe ich seine Erzählung auch ganz an den Anfang gestellt.

Das Viechfieber

Bericht von Johann Schwarz (12), aus Oberpfaffing.
Redigiert und umgeschrieben von Joseph Kiener

An das genaue Datum kann ich mich nicht mehr erinnern. Aber es war im Frühjahr und es muss ein Sonntag gewesen sein. Weil die Felder schon gemacht waren und ich im Stall fast nichts zu tun hatte. Nur einstreuen und die Hühner füttern.

Ich bin dann runter ins Dorf. Die Kirchenglocken haben schon geläutet. Ich habe mich zu den anderen vor das Kirchentor gestellt, mich aber davongeschlichen, als alle rein gegangen sind. Das mache ich fast immer so. Sollen doch die anderen in die Kirche gehen. Das merkt sowieso keiner, wenn einer fehlt.

Es ist schön ganz alleine im Dorf. Wenn kein Mensch auf der Straße ist. Nur die paar Viecher sind zu hören und ganz dumpf das Gesinge aus der Kirche.

Ich gehe normalerweise immer an die Pfaffl runter, setze mich auf die Brücke, schaue mir die Fische an und schmeiße Steine ins Wasser. Von da aus kann ich dann hören, wenn in der Kirche Wandlung ist, und kann langsam wieder rauf gehen. Oder ich sitze unter der Pfafflbrücke und lese die Schmierereien auf den Steinen und den Brückenpfeilern. »Alle

Unterpfaffinger sind Zipfelklatscher« oder »Erika hat Riesenduttn« steht da. Und ab und zu finde ich auch eine neue Schmiererei.

An dem Tag aber wollte ich statt an die Pfaffl lieber zum Wirt, weil ich geglaubt habe, dass ich da noch eine Semmel abstauben kann. Oder ein Radl Wurst. Oder einen kalten Knödel. Oder manchmal, wenn die gerade ein neues Fass anzapfen, steht da noch ein Rest des Probierseidels da. Ehrlich gesagt, habe ich auf das Bier spekuliert.

Es war schon recht warm für kurz nach Ostern und die Fenster vom Wirt waren auf. Das weiß ich noch, weil ich so einen Durst hatte. Ich habe mich vor dem Fenster auf der Rückseite vom Haus rumgedrückt und wollte schon reinklettern und nach dem Bier schauen. Aber dann habe ich die Stimmen gehört. Das waren der Gendarm Voigt und noch ein Mann, den ich nicht gekannt habe. Zumindest habe ich seine Stimme nicht erkannt. Die haben sich unterhalten. So halblaut. Ich wollte mich wieder davon machen, habe aber Angst gehabt, dass die mich durch die Türe sehen können, wenn ich vorne rum gehe. Also habe ich das sozusagen mit anhören müssen.

Zuerst habe ich den Gendarm gehört:»Ihr müsst den jetzt mitnehmen in die Stadt. Wir können hier nichts mit dem anfangen.«

Dann eine andere Stimme, die ich nicht erkannt habe:»Bis nächste Woche wirst du ihn schon noch behalten müssen.«

Dann wieder der Gendarm:»Der isst fast nichts und trinkt nur Wasser. Nicht dass mir der verreckt! Am Anfang hat er noch geschrien. Ich habe geglaubt, dass der mir das ganze Dorf zusammenbrüllt. Verstanden habe ich aber nichts. Ich habe dann so schnell wie möglich in die Stadt geschickt.« Der Gendarm Voigt hatte einen Heidenrespekt vor dem anderen Mann. Das habe ich in seiner Stimme gehört.

»Aber jetzt ist er ja still, der Gefangene.« Die andere Stimme hat ganz ruhig und gelassen geklungen. Das Gegenteil vom Voigt.

Der Gendarm wieder:»Ich kann nicht garantieren, dass der Saillerbenno, der Bub, sein Maul hält.«

Dann wieder die andere Stimme: »Die Woche schick ich einen Wagen und der holt den Gefangenen dann ab. Und das mit dem Saillerbuben regeln wir auch. Zur Not geht der ab nach München! Bevor wir da Probleme kriegen.«

Der Mann mit der fremden Stimme war jetzt etwas gereizt. Wegen dem Voigt und seiner Angst. Aber das mit München war ein Schock für den Schandi. Er hat gleich angefangen, ganz beruhigend auf den anderen einzureden.

»Vielleicht kann sich der Herr Oberamtsrat den erst noch einmal ansehen, wenn er bei euch in Rieding ist. Wir müssen den Buben ja nicht gleich nach München schicken. Lieber abwarten.«

Ich weiß das alles so genau, weil der Benno mein Freund ist und ich mich eh schon gewundert habe, wo der seit ein paar Tagen war. Und als die beiden Herrschaften über ihn gesprochen haben, habe ich gehofft, dass ich so vielleicht herausfinden kann, wo der Benno steckt. Und als die gesagt haben, sie würden ihn nach München schicken, ist mir ganz schlecht geworden. Was konnte der Benno angestellt haben, dass die den nach München schicken wollten. Da muss der ja fast einen umgebracht haben. Wenn die den sogar nach München schicken wollten. Habe ich damals gedacht. Aber der Benno bringt keinen um. Ich kenne nur den Dobler, den die nach München geschickt haben. Aber auch der hat keinen umgebracht. Der war nur so gut in der Schule, dass die gesagt haben, der lernt jetzt Latein und wird Pfarrer oder Amtmann oder sowas. Aber wenn einer wie wir nach München muss, heißt das nichts Gutes.

Der Gendarm dann: »Die Mutter vom Benno, die Saillerin, fragt auch schon, wie lange ihr Bub noch beim Doktor bleiben muss. Gar nicht auszudenken, was die Saillerburgl im Dorf rumerzählt, wenn ihr Bub plötzlich ganz weg ist. Wir müssen schon aufpassen.«

Der fremde Mann: »Beruhig dich, Voigt. Der Doktor hat dem Benno einen Saft gegeben. Der schläft jetzt seit Freitag und danach weiß er eh nichts mehr. Sag der Saillerburgl halt, dass der Bub ein Fieber hat und sich auskurieren muss und wir sicher sein müssen, dass sich das Fieber nicht auf die Viecher ausbreitet. So sind die Bauern doch. Wenns um ihre Viecher geht, machen die alles, was wir ihnen anschaffen, oder?«

Dann haben der Gendarm und der andere Mann dreckig gelacht. Wegen der Idee von dem Fremden. Und ich glaube, dass die dem Wirt nicht gesagt haben, dass sie seinen Schnaps getrunken haben.

Ich habe versucht, durch das Fenster zu schauen, ob ich vorbei kann, denn oben haben die schon zur Wandlung geläutet und die Mutter hätte mir schön eine mitgegeben, wenn ich nicht in der Kirche gewesen wäre. Als ich also reingelurt habe, waren die beiden Männer schon am Gehen und ich habe nur den Gendarmen an seinem Tschako und seiner Uniform erkannt. Der andere Mann war von hinten zu sehen und hatte einen feinen Gehrock an. Und einen steifen Hut. So einen Hut hat niemand in Oberpfaffing. Nicht einmal in Rieding. Ich kenne solche Hüte nur aus der Stadt. Bei der Firmung von meinem Vetter Ludwig habe ich so einen schon einmal gesehen.

Am Abend habe ich den Vater gefragt, ob er etwas von einem Viechfieber gehört hat. Aber er nicht und auch der Knecht nicht. Die Mutter hat sich natürlich gleich Sorgen gemacht und gesagt, dass man besser den Pfarrer holen muss, damit er den Stall aussegnet. Und sie hat sofort ein Perchtllicht ins Fenster gestellt. Vorsichtshalber, hat sie gesagt.

In der Nacht ist mein Bruder zu mir ins Bett gekommen, weil er es mit der Angst bekommen hat. Wahrscheinlich hat ihn die ganze Geschichte vom Viechfieber beschäftigt. Er hat mich gefragt, ob ich auch Angst vor dem Teufel habe. Weil er gehört hat, wie die Mädchen aus der Schule gesagt haben, dass ein roter Teufel erschienen ist. Und dass er deshalb viel mehr Angst vor dem Teufel hat als vor dem Viechfieber. Gegen den Teufel sind so ein paar Perchtln mit ihrem Viechfieber gar nichts.

Aber ich bin der große Bruder und natürlich hatte ich keine Angst vor dem Teufel. Also habe ich ihm gesagt, dass alle Mädchen Teufelinnen sind und da hat er gelacht. Und dann haben wir beide auch schlafen können. Jeder in seinem Bett.

Am Tag darauf war Schule und der Benno war immer noch nicht da. Ich habe in der großen Pause die Traublingergeschwister gefragt, ob sie wissen, was mit dem Benno ist. Der Hof vom Traublinger ist direkt neben dem Saillerhof vom Benno. Der Traublinger hat gesagt, dass der Benno beim Doktor ist, weil er das Viechfieber hat und der Sailler-bauer Angst hat, dass das Fieber auf seine Kühe übergeht. Deshalb lässt er ihn noch ein paar Tage beim Doktor. Aber der Traublingervater hat keine Angst gehabt.

Als ich den Benno zum ersten Mal wieder gesehen habe, war das ein paar Tage später. Er war blass und ganz zittrig. Aber in der Pause hat er einen kalten Semmelknödel gegessen und schon wieder gelacht und wollte mit uns und den Kleinen Fangen spielen. Aber die anderen haben gesagt, dass er das Viechfieber hat und sie deshalb nicht mit ihm spielen dürfen. Einen Perchtl haben sie ihn sogar gerufen.

Ich bin dann nach der Schule mit ihm nach oben gegangen. Über den unteren Goaßweg. Wir haben uns beeilt, damit die Traublinger-geschwister nicht hinterher kommen.

Wir haben uns an einen der Fischweiher vom Kiener gesetzt und als die Traublingergeschwister vorbei waren, habe ich zum ersten Mal mit dem Benno über sein angebliches Viechfieber und was alles so passiert ist, reden können. Am Anfang haben wir beide nicht so recht gewusst, was wir sagen sollen. Aber irgendwann habe ich dann angefangen zu fragen.

Der Schwammerlrausch

Bericht von Joseph Kiener.

Ich konnte die beiden Buben von meiner Seite des Karpfen-
weihers aus gut sehen und hören. Ich lag am Ufer, dort wo ich
immer lag. Die Stelle, wo ich alles überblicken konnte. Den Weg,
die Felder, die Wiese vom Traublinger, den Überlauf, wo im Sommer
die Kinder und die Mägde schwammen. Der Sailler sah mitgenommen
aus und war zuerst sehr schweigsam. Die beiden warteten, bis die
Geschwister Traublinger am Weiher vorüber waren. Irgendwann fing
der Schwarz zu sprechen an:

»Der Traublinger sagt, dass du die ganze Zeit geschlafen hast.«

Benno Sailler schwieg und spuckte in das Weiherwasser.

»Der sagt auch, dass du das Viechfieber hast und dass wir uns alle
von dir fern halten müssen, damit wir das nicht auch kriegen.«

Der Sailler zeigte keine Regung.

»Und dass die Kinder vom Viechfieber dumm werden können, hat
er erzählt. Und dass die dann nicht mehr in die Schule kommen dürfen
und daheim auf dem Hof eine Last sind und den Bauern Geld nur
noch kosten. Nicht einmal mehr mitarbeiten können sie.«

Immer noch keine Reaktion vom Sailler.

»Hast du jetzt das Viechfieber oder nicht?«

Ich konnte sehen, dass der Saillerbub weinte. Seine Schultern hoben und senkten sich. Endlich sagte er etwas:

»Was weiß denn ich …«

Der Schwarz schien einerseits erleichtert zu sein, dass sein Freund überhaupt etwas sagte, wusste aber scheinbar nichts mit Bennos Gefühlsausbruch anzufangen. Ihm war sichtlich unwohl.

Dann, nach ein paar betretenen Momenten, beugte sich der Schwarzbub zum Weiher hinunter und spritzte seinem Freund eine Handvoll dreckiges Wasser ins Gesicht. Das brach endlich das Eis zwischen den beiden und Benno begann sich langsam wieder zu beruhigen. Aber es war deutlich zu sehen, dass er immer noch große Angst hatte und sich nicht wirklich traute, mit seinem Freund über alles zu sprechen.

»Ich habe jedenfalls keine Perchtln gesehen, oben auf dem Wachten, wenn du das meinst. Wie soll ich mich da angesteckt haben? Also weiß ich auch, dass ich kein Viechfieber habe. Und ich weiß auch, dass ich geschlafen habe. Fast eine Woche. Ungefähr. Zwischendrin bin ich immer wieder aufgewacht. Aber dann hat mir der Doktor einen Saft gegeben und ich bin wieder eingeschlafen. Ich war die ganze Zeit nicht ein einziges Mal auf dem Klo.«

»Du wirst halt ins Bett gepieselt haben. Wie die Oma vom Traublinger.« Der Schwarz schaute seinen Freund an. Er erwartete, dass dieser über den Witz lachen würde. Aber der war so gefangen von seinen Gedanken, dass er nicht darauf einging.

»Ich weiß nicht einmal mehr genau, wie ich überhaupt beim Doktor gelandet bin. Und zwischendrin, wenn ich wach geworden bin, war immer auch der Schandi da.«

»Geh, der Voigt. Von dem habe ich gehört, dass der der Elsi ganz gerne woanders hin pieseln würde.«

Der schmutzige Witz brachte bei Benno endlich die letzten Mauern zum Einstürzen und die beiden lachten ein bisschen.

»Von davor weiß ich nicht mehr viel. Ich war oben auf dem Wachten und habe meinem Vater die Brotzeit gebracht. Ich bin dann besonders langsam heimgegangen, weil ich wollte, dass der Alois die Stallarbeit zu Ende macht und ich erst daheim bin, wenn schon alles erledigt ist. Ich bin sogar extra einen Umweg gelaufen. Über den oberen Goaßweg. Bis zu der Stelle, wo man bis zum Grat sehen kann. Weißt du, wo ich meine? Wo die Höhlen in der Wachtenwand sind. Dann habe ich doch Angst gekriegt, dass ich so viel zu spät heimkomme, dass es einen Ärger gibt. Deshalb habe ich mich beeilt. Und dann bin ich beim Doktor wieder aufgewacht.«

Der Saillerbub stocherte mit einem Ast im Weiherufer. Aber alles in allem wirkte jetzt viel selbstbewusster und fuhr fort: »Ich weiß auch noch, dass ich eine seltsame Sache gesehen habe. Genau an der Stelle, wo die Wand auf die Wiese trifft. Schon von unten. Ganz rot. Ich bin dann hin und habe das angefasst und aufgehoben. Aber ich weiß nicht mehr, was das war. Ich habe noch immer so ein seidiges Gefühl in den Fingern, wenn ich über die Sachen, die ich angefasst habe, nachdenke. So glatt und fein.«

Der Sailler schien sich wirklich nicht genau zu erinnern. Aber ein Rest, ein Gefühlsfetzen schien noch da zu sein.

»Das hat sich vollkommen perfekt angefühlt. So perfekt wie nichts anderes. Ich habe so etwas noch nie angefasst. So gleichmäßig und glatt. Und das, was ich angefasst habe, war rot. Nur noch heller. Als würde das Rot von selber leuchten. Nicht so wie das Gewand vom Pfarrer oder das Brauereischild beim Wirt oder die Bilder in den Schulbüchern. Von selber rot. Von innen heraus. Verstehst du?«

Der Schwarz schüttelte den Kopf. Der Sailler erzählte weiter.

»Und dann weiß ich noch, dass ich gerannt bin. Weil plötzlich ein Teufel da war. Hinter mir her. Der hat geschrien und gespuckt. Und er hat ein rotes Licht in die Luft geschleudert und mich in der

Teufelssprache verflucht. Und dann weiß ich erst wieder, wie ich beim Doktor aufgewacht bin.«

Beide Jungen schwiegen und saßen eine ganze Weile einfach nur da. Bis der Schwarz weiter fragte: »Und dass die dich nach München bringen?«

Jetzt wurde der Sailler bleich. Da war plötzlich so etwas wie Panik in seinem Gesicht. »Nach München? Ich habe doch nichts getan. Ich habe das nur angefasst und nichts genommen. Und dann ist der Teufel hinter mir her und ich bin beim Doktor aufgewacht. Die können einen doch nicht nach München bringen, wenn man nichts mit Absicht gemacht hat, oder? Nur weil ich nicht in den Stall wollte. Ich mache nächstes Mal hundert Stunden Stallarbeit. Freiwillig. Tausend Stunden. Nur nicht nach München.«

Die Anmerkung mit München hatte den Sailler komplett aus der Fassung gebracht. Er weinte und war auch vom Schwarz nicht mehr zu beruhigen.

Die beiden sind dann irgendwann später heimgegangen. Über die Äcker. Und ich bin zurück ins Dorf.

Am Abend saß ich beim Wirt und hörte den Dorfdeppen beim Besoffenwerden zu. Wen die alles vögeln wollten, wenn sie nicht daheim die Frau und die Kinder hätten und so weiter. Und wem alles mal ein paar aufs Maul gehörten und warum die anderen sich nur her trauen sollten, weil man es denen schon zeigen würde und dass die Knechte heute eh alles nur faule Hunde wären und heutzutage keiner mehr wüsste, was eigentlich Arbeit wäre. Und die Drecksunterpfaffinger, die Arschlöcher, die sollten sich nur umschauen, wer meinten die denn, dass die seien. Und die Scheißegenkofener mit ihrem Himmelskreuzeln. Das wäre doch nicht normal sowas. Das seien doch alles Narrische. Das Übliche halt. Ich saß wie immer alleine an meinem Tisch, aß eine Suppe und irgendeine Fleischspeise. Kalter Braten, glaube ich. Dazu kamen im Laufe des Abends drei Seidel Bier und einen Schnaps und noch ein bisschen was vom vierten Seidel. Ich vertrage nicht viel, also war ich schon ganz gut bedient.

Als schon fast niemand mehr in der Gaststube war, setzte sich die Elsi vom Wirt zu mir an den Tisch, um selbst ein Bier zu trinken. Aus Langeweile oder weil ich ihr imponieren wollte, erzählte ich ihr, was ich heute von den Buben am Weiher gehört hatte.

Die Elsi weiß alles in Oberpfaffing, Unterpfaffing und Rieding. Oder halt das Meiste. Sie ist eine der wenigen aus dem Dorf, die manchmal bis nach Rieding kommen. Mit dem Brauereifahrer sogar bis in die Stadt, heißt es. So weit kommt sonst eigentlich nur der Kramer. Ich hätte sie bestimmt nicht gefragt, wenn ich nicht schon die drei Halbe und den Schnaps intus gehabt hätte. Aber das mit dem Teufel hat mich dann doch beschäftigt. Eigentlich hatte es mir den ganzen Tag keine Ruhe gelassen. Weil der Sailler so aufgelöst gewesen ist. So fertig, wie er ausgesehen hat, habe ich mich bei der Beerdigung meines Bruders, meiner Eltern und der Großmutter gefühlt. Nach dem Unglück. Also richtig am Ende, gefühlsmäßig. Ich riss mich zusammen, schüttelte meinen Rausch ab, so gut es ging und erzählte ihr alles. Vom Benno Sailler, vom Schwarzhansi, vom Gendarm, vom Viechfieber und vom roten Teufel.

»Der Saillerbub hat geheult, wie ein kleines Kind. Vollkommen aufgelöst. Und der Schwarz hat nicht gewusst, wie er seinem Freund helfen kann.«

Elsi trank einen großen Schluck Bier. Sie wirkte nicht wirklich interessiert, aber ich schien ihr lieber zu sein, als die beiden übrig gebliebenen Besoffenen am anderen Tisch.

»Vielleicht hat der ja einen Fliegenpilz gegessen da oben. Ein Schwammerlrausch! Da sieht man auch alles Mögliche und am nächsten Tag hat man die Hälfte wieder vergessen. Wir haben die doch auch gefressen, in dem Alter. Und sind in der Sonne gelegen wie besoffen. Ich erinnere mich noch daran, wie ich immer ganz gefesselt davon gewesen bin, wie perfekt sich das Moos plötzlich an den Handflächen anfühlt.«

»Blödsinn, der Benno und einen Schwammerl fressen.«, sagte ich und dann: »Der Bub war so verängstigt. Nicht wie wenn einer Angst vor einer Watschn hat, weil er was angestellt hat oder dem Vater das Bier weggesoffen hat oder nicht zur Stallarbeit gekommen ist. So richtig Angst hat der gehabt.«

Elsi wirkte jetzt etwas interessierter und nüchterner. »Das mit dem Teufel ist schon komisch. Ich glaub nicht, dass der kleine Sailler die Vorstellungskraft hat, sich sowas auszudenken. Die Saillers waren noch nie die Hellsten, oder? Denk nur an die Geschichte, als der alte Sailler den Ochsen kastrieren wollte ...« Elsi lachte. Ich nicht.

Ich fragte lieber etwas anderes: »Und die Sache mit dem Viechfieber ...?«

Elsi war schnell auf Krawall aus. Wie immer wenn sie ein Seidel zuviel getrunken hatte. »Ach, die Leute. Die sollen sich nicht so anstellen. Nur weil ein Bub eine Woche beim Doktor gelegen hat, heißt das doch nicht gleich, dass er krank ist und alle gleich das Viechfieber bekommen und ihnen die Viecher verrecken. Oder die Mutter oder der Vater oder die Kinder. Haben eh genug davon, alle miteinander.«

Elsi trank ihr restliches Bier in einem Zug aus. »Ans echte Viechfieber kann sich doch eh keiner von uns erinnern. Als das gewütet hat, war mein Großvater noch ein Kind. Das Meiste sind eh nur Schauergeschichten. Als wir Kinder waren, haben die uns sogar noch ernsthaft erzählt, dass das Viechfieber von den Perchtln kommt.« Elsi versuchte die Stimme ihres Vaters nachzuahmen: »Über den Wachten kommen die Perchtln und bringen das Viechfieber.« Dann wieder in normal: »Aber das haben die nur erzählt, damit wir Kinder nicht auf den Wachten gehen. Damit wir ordentlich Angst haben. Lauter Lügengeschichten.«

Elsi rückte näher an mich heran. Sogar mit meinen drei Bier und dem Schnaps konnte ich riechen, dass sie mehr getrunken hatte als ich. Wenn man trotz der eigenen Fahne die Fahne von jemand anderem riecht, ist das nicht nur ein Zeichen für eine besonders feine Nase.

Elsi fuhr fort. Für die Stärke ihres Rausches lallte sie wenig. »Die

Großmutter war wie besessen von den Perchtln. Stundenlang hat sie davon erzählt. Ganz klein und ledrig sollen die gewesen sein. Und mit ihren Hexensprüchen sollen sie die Rinder und Schweine verzaubert haben, hat sie erzählt. So dass die Viecher einfach nur noch gebrüllt haben und dann tot umgekippt sind. Und dass sich die Menschen bei den Perchtln oder bei den Viechern angesteckt haben und auch verreckt sind. Dass es sogar welche gegeben hat, die mit den Perchtln unzüchtig waren und Dämonenkinder bekommen haben. Und dass man die geopfert hat oder sich selber, oder so. Der ganze Blödsinn halt. Und wir Kinder haben uns eingeschissen vor Angst. Die Leute brauchen solche Ausreden.« Elsi sprach jetzt mit einer lustigen Stimme, die so klingen sollte, wie die Bauern im Dorf reden: »Oh, meine Kuh gibt weniger Milch. Das Viechfieber. Meine Frau ist so frigide. Das Viechfieber. Meine Kinder sind hässlich. Das Viechfieber. Mein Schwanz ist so klein. Das Viechfieber. Die Suppe schmeckt meinem Mann nicht. Das Viechfieber. Kommt in die Stube Kinder. Die Perchtln kommen euch sonst holen. Wenn ihr nicht fleißig seid in der Schule, verhexen euch die Perchtln. Ich bin schwanger. Nein, nicht vom Toni, ein Perchtl hat mich überfallen. Ich geh lieber zur Engelmacherin, damit es kein Dämon wird.« Elsi holte Luft und redete dann wieder mit normaler Stimme weiter: »Und wir scheißen uns alle immer noch in die Hosen vor Angst und rennen noch mehr in die Scheißkirche, als wir es eh schon tun. Sonntag, Maiandacht, Osternacht, Rosenkranz. Pfarrer, Jesus, Jungfrau Maria, Gnade und Gebenedeit. Alles frömmelnde Arschlöcher. Nur weil die selber nicht weiter wissen und die Leute im Zaum halten müssen, erzählen die denen so einen Mist. Und die Leute glauben alles. Und als würde die Kirche nicht reichen, rennen die Leute jetzt auch noch zum Heiligen Andreas und zu den Andreasfeuern.«

Elsi war vielleicht noch besoffener, als ich gedacht hatte. Sie redete weiter: »Oder glaubst du etwa, dass der Benno Sailler von einem Perchtl gepackt worden ist und deshalb das Viechfieber bekommen hat?« Ich schwieg. Ich wusste, dass man Elsi bei so einer Rede besser nicht unterbrach. »Oder dass er in Echt einen Teufel gesehen hat oben auf dem Wachten? Das wollen die doch nur, dass wir das glauben. Die steuern uns mit ihren Angstgeschichten und wir merken das nicht einmal. Der Bub hat wahrscheinlich seinem Vater das Bier heimlich weggesoffen, dann ein Schwammerl gefressen, ist gegen einen Baum gestolpert und hat eine Kuh für einen Teufel gehalten.«

Elsi war wie losgelassen. »Mich haben die als Zwölfjährige noch dazu gebracht, wieder ins Bett zu pieseln mit ihren Perchtlgeschichten. ›Nimm dich in Acht, dass dich kein Perchtl packt und dir einen Perchtlbastard macht. So wie du rumläufst, packt dich gleich der nächste Perchtl und du bringst uns das Viechfieber ins Dorf.‹ Und wenn ich heimlich versucht habe, mein Bettzeug zu waschen oder meinen Strohsack auszutauschen und ich dabei erwischt worden bin, bin ich verhauen worden und sie haben mir wieder mit noch mehr Perchtln gedroht. ›Wer ins Bett bieselt, wird von den Perchtln verhext.‹ Als ob man die Angst vor den Perchtln mit noch mehr Angst vor den Perchtln vertreiben kann. ›Scheiß dich nicht so ein vor den Perchtln, sonst holen dich die Perchtln.‹ Quasi.«

Elsi hatte sich in Rage geredet und ich war auch nicht nüchterner geworden. Ich zapfte mir selber noch ein Bier am verlassenen Tresen und brachte ihr einen Schnaps mit.

Der Schnaps machte Elsi ruhiger. Fast nüchtern und nachdenklich. »Weisst du, Kiener, ich wäre längst weg von hier, wenn der Vater mich nicht brauchen würde. Die Frömmelei und die Engherzigkeit und alles. Ich kann das nur aushalten, weil ich manchmal nach Rieding und in die Stadt und ganz woanders hin kann.« Sie lachte in sich hinein. »Das hier ist nichts mehr für mich, Kiener.«

»Aber wo willst du hin?«

»Ich wüsste schon was.«

»Für immer in die Stadt?«

»Ruckzuck wär ich weg. Meistens denk ich mir auch, dass ich das alte Arschloch auch einfach hier lassen könnte. Einfach so. Verrecken lassen oben in seiner Stube. Aber dann hat er wieder einen Anfall. Dann liegt er da im Bett und ihm ist so schlecht. Dann erbarmt er mich. Wenn ich ihn sehe, wie er weint und jammert und sich am Bettkasten festhält, weil er das Gefühl hat, dass alles in der Kammer schwankt und wackelt und er es nur aushalten kann, wenn ich die Fenster aufreiße, damit er den Horizont sehen kann, egal wie kalt es draußen ist. Dann tut er mir so leid, dass ich ihn einfach nicht alleine lassen kann. Und dann bleibe ich doch hier.«

Jetzt wirkte die Elsi wieder vollkommen nüchtern und nachdenklich. Und dann auf einmal ungehalten und grob.

»Jetzt schleich dich Kiener. Ich muss noch zusammenräumen.«

Später im Bett schämte ich mich ein bisschen für den Abend. Viechfieber. Roter Teufel. Perchtln. Scheißdreck. Warum kümmerte ich mich überhaupt um solche Kindereien?

In der Nacht musste ich drei Mal raus. Drehwurm, volle Blase und Kotzreiz im Hals. Jedes Mal versuchte ich, etwas hoch zu würgen, um den Drehwurm endlich loszuwerden. Kein einziges Mal konnte ich tatsächlich kotzen. Was für ein sensationeller Säufer ich doch war! Die Riedinger Brauerei konnte wirklich stolz auf mich sein. Ihr bester Kunde. Auf der Riedinger Dult sollte man mich ausstellen: ›Sehen Sie den Mann, der fast ohne mit der Wimper zu zucken dreieinhalb Bier und einen Schnaps trinken kann. Und das in nur vier Stunden. Für nur zwei Kreuzer sind Sie dabei!‹ Ich armseliger Hanswurst. Allein der Kirtertoni trank zwölf Halbe und mindestens zehn Schnaps an so einem Abend und der war noch nicht einmal der versoffenste von allen.

Trotzdem war meine Nacht um halb vier vorbei. Ich musste zu den Fischweihern. Die Schwarzbäuerin nahm meine Forellen und Karpfen mit zum Markt nach Rieding und wollte mit den geräucherten, den lebendigen und den ausgenommenen Fischen um halb fünf los. Damit sie um sechs auf dem Markt stehen konnte. Zum Glück waren die Forellen schon geräuchert und in Zeitungspapier verpackt. Nur noch das frische Fischzeug fehlte. Die kühle Luft und die vertrauten Gesten halfen mir beim Wachwerden: Netz ins Wasser, Fisch raus, Prügel auf den Fisch, aufschlitzen, Innereien raus, Katzen verscheuchen, Netz ins Wasser, lebenden Fisch ins Fass. Zweimal das Ganze. Bei den Forellen und den Karpfen.

Um halb fünf stand die Schwarzbäuerin am Weg und nahm meine Fische in Empfang. Finster und verschlafen sah ich den Hansi, den Schwarzbuben, auf dem Bock sitzen. Ich rollte die Fässer mit den ausgenommenen Fischen auf den Wagen und bat Hansi, mir bei den drei Tonnen mit den lebenden Forellen und Karpfen zu helfen. Das waren ganz schöne Trümmer und die Schwarzbäuerin stellte sich immer sehr dabei an. Man konnte dem Buben ansehen, dass ihm die Geschichte mit seinem Freund die ganze Nacht lang keine Ruhe gelassen hatte.

Die Schwarzbäuerin fuhr los, ich schaute an mir hinab, riss mir die Fischschürze herunter und lief dem Wagen hinterher.

Das Wollreh

❀

Bericht von Joseph Kiener. Fortsetzung

Ich war zuvor noch nicht oft in Rieding gewesen. Es hatte auch selten Anlässe dafür gegeben. Ein paar Mal zum Markt. Ein paar Mal als Kind mit dem Vater und den Geschwistern zur Riedinger Dult. Wir Oberpfaffinger mögen die Riedinger nicht. Hochnäsige Markterer. Aber wir mögen die Unterpfaffinger genauso wenig. Und die sind keine Markterer. Ich glaube nicht, dass die Riedinger überhaupt wissen, dass es einen Ort namens Oberpfaffing gibt.

Auf dem Wagen schlief ich fast sofort ein. Ich hatte eigentlich gehofft, ein paar Worte mit dem Schwarzbuben zu sprechen. Der aber schaute nur finster und der Wagen schaukelte so regelmäßig und mein Platz zwischen den Kartoffeln, dem Kopfsalat, den Radieschen und den Lagergelberüben war gemütlicher als gedacht. Erst als wir nicht weit vor Rieding in Schoham waren und die Ochsen stehen blieben, um am Wegrand zu fressen, schreckten die Bäuerin, der Bub und ich auf.

Der Verkehr wurde dichter und uns begegneten immer mehr Fuhrwerke. In Schoham kreuzte der Pfaffinger Weg die größere Bacherner Straße und den Weg aus Hinterneukirchen. Die Menschen marktfein herausgeputzt. Mir wurde bewusst, dass ich immer noch mein blutiges und stinkendes Fischgewand trug und aussah und roch wie der letzte Bauerndepp. Außerdem hatte ich kein Geld dabei. Ohne Geld auf den Markt zu gehen, war keine gute Idee. Vielleicht konnte ich mir den Fischlohn von der Schwarzbäuerin vorschießen lassen.

In Rieding war viel los. Markttag halt. Ich half der Schwarzbäuerin beim Abladen und sie zahlte mir die Fische im Voraus aus. Widerwillig. Ich wusch mich an einem Brunnen abseits des Marktplatzes und kaufte ein neues Hemd an einem der Kramerstände. Wenn ich die Fischhose über die Stiefel zog, sah ich nicht mehr ganz so Fischdandlerhaft aus. An einem schon geöffneten Marktstand gab es Schmalznudeln. Ich aß eine zum Frühstück.

Rieding war für einen Oberpfaffinger etwas Besonderes. Der Marktplatz mit dem Königsmonument, der große Brunnen, die vielen Menschen, die bürgerlichen Häuser, mit den Malereien an den Fassaden, die so gar nicht nach Bauerndorf aussahen. Es war immer noch nicht die Stadt. Aber die kannte ich eh nur aus Erzählungen.

Der Markt in Rieding war bekannt und beliebt. Im Laufe des Vormittags erwartete man sogar einige Stadterer, die mit dem Zug nach Rieding kamen, um hier einzukaufen und sich umzuschauen. Käse, Geräuchertes und die Leinenstoffe aus den Arnrieder Webereien.

Ich hatte bis Mittag Zeit in Rieding. Viel zu viel Zeit für den Ort. Also ging ich über den Markt und schaute mir die Stände an: die Bauern mit ihrem Gemüse, dem Geräucherten und dem Käse. Der Papiermüller aus Kräuth mit seinen farbigen Tapetenbögen, den Schulheften und bedruckten Einwickelpapieren. Der Eisenbahnerschmied, der neben seiner Arbeit bei der Bahn Eisenwaren herstellte und verkaufte. Töpfe, Pflugscharen und Messer. Der Wagner, der Bader, der Glasmacher, die Tucher und wie sie noch alle hießen.

Dabei bemerkte ich zum ersten Mal, dass die Fassaden der rechten Häuserzeile am Marktplatz voll mit Wandmalereien waren. Auf jedem Haus über der Türe, zwischen den Fenstern im ersten Stock, ein Bild. Wenn man tagaus tagein nur in Oberpfaffing lebt, beeindruckt einen das schon noch mehr. Auch muss ich gestehen, dass mich die Farben und die ausdrucksstarken Gesichter der Menschen auf den Gemälden sehr berührten. Ich kam ja nicht wirklich oft mit Abbildungen von Menschen oder Malerei im weitesten Sinne in Berührung. In Oberpfaffing gab es fast keine Bilder. Die paar Drucke von hohen Persönlichkeiten im ›Bayerischen Merkur‹, in die ich meine Räucherfische einpackte oder die Erinnerungen an die Bilder in der Schulfibel oder die schmutzigen Schmierereien von nackten Frauen an der Pfafflbrücke. Mehr gab es in Oberpfaffing nicht. Ich versuchte ja manchmal selbst, Menschen und andere Sachen zu zeichnen. Mit einem hellen Stein auf dem großen dunkelgrauen Fels in der Pfaffl unterhalb von meinem Haus. Das klappte manchmal besser, manchmal schlechter. Tiere und Gesichter gingen eigentlich am Besten. Und sobald es regnete, war alles wieder weg und ich musste mich nicht über missglückte Schmierereien ärgern. Einmal ist mir der Wirt so gut gelungen, dass ich das Bild gerne behalten hätte. Ich habe es daheim noch einmal auf einem Fetzen Papier versucht. Ist aber nicht so gut geworden wie auf dem Stein. In letzter Zeit hatte ich sogar darüber nachgedacht, auf den Zetteln zu zeichnen, die wir früher in der Familie Supersol genannt hatten. Das waren ursprünglich große Bögen gelblichen Papiers, auf denen sechzig Mal das Wort ›Supersol‹ stand. Darüber war eine Sonne abgebildet. Mein Bruder hatte immer wieder welche aus dem Auffanggitter im Pfafflabfluss gefischt, weil sie ihn verstopft hatten. Niemand wusste, wo sie herkamen. Er hatte die Bögen getrocknet und jeden in neun Teile geschnitten. Obwohl die Zettel stockfleckig und ausgeblichen waren, hätte der Bruder sie nie benutzt, um damit etwas banales anzustellen, wie Fenster abdichten oder Räucherfeuer anzünden. Die Zettel waren ihm heilig und wir anderen Kinder bekamen sie nur zu Gesicht, wenn unsere Namenstagsgeschenke darin eingeschlagen wurden. Ich hatte genau neun Mal ein Geschenk in einem Supersol verpackt bekommen. Diese neun Bögen hatte ich besser aufbewahrt als die Geschenke selbst. Aber ich traute mich nicht, darauf zu zeichnen. Was, wenn die Zeichnungen nichts wurden? Dafür waren die Zettel eine zu wertvolle Erinnerung an den Bruder.

Mir gefielen die Malereien auf den Markthäusern so gut, weil ich die viele Arbeit dahinter und das handwerkliche Geschick der Maler zu schätzen wusste: Die Sengerquerung mit den vor Anstrengung verzerrten Gesichtern der Siedler. Die Flößer von Fontan mit ihren muskulösen Körpern. Man konnte jede Sehne an den Armen sehen. Der Schmied von Trelef mit ernstem, entschlossenem Gesicht und seinem Walliserprügel mit den Nägeln dran. Der König der Bayern, wie er mit entblößter Brust einen Berglöwen erlegt. Und das für mich beeindruckendste Bild: unser König, wie er die Riedinger besucht, die sich ehrfürchtig vor ihm verneigen. Dieses Gemälde berührte mich besonders. Der König mit seinem gnädigen, väterlichen Blick. Man wusste nicht, ob er einen anblickte oder ob er leicht über einen hinweg sah. Mir schnürte es vor Ergriffenheit fast die Kehle zu. Ich blieb sehr lange vor dem Bild des gütigen Landesvaters stehen. Ich traute mich nicht wegzugehen. Warum bewegte mich das so? Ich hatte schon Bilder des Königs in den Schulbüchern gesehen oder in der Zeitung. Aber hier? Seine scharfen Gesichtszüge, die gütigen Augen, die schützende Geste? Er wirkte fast wie mein Vater im Sarg. So ruhig. Ich konnte den Blick kaum abwenden. Verschämt wollte ich mir die feuchten Augenwinkel abwischen, als ich bemerkte, dass ich nicht der einzige war, der in den Bann des Königs geraten war. Der Schwarzbub kniete nur einige Fuß hinter mir und weinte. Als würde er den König anflehen. Wie beim Gebet. Ich riss mich vom Anblick des Buben und der Wandmalereien los und ging weiter.

An einem etwas niedrigeren Haus am Ende des Marktplatzes war ein Bild übermalt worden. Ob es einfach abgeblättert war und deshalb die Stelle übertüncht worden war oder ob es so schlecht gewesen ist, dass die Besitzer es nicht mehr sehen wollten? Eine ältere Frau öffnete das Fenster und starrte den Schwarzbuben an.

Auf der anderen Seite des Marktplatzes waren die Häuser offizieller aber auch weniger bemalt. Das Rathaus, das Amtshaus, die Gendarmerie. An der Ecke zur Bahnhofsgasse war das Gasthaus Rath. Ich ging daran vorbei und hatte von dort aus das Königsmonument genau im Blick.

Die morgendliche Sonne schien es an und ich konnte es zum ersten Mal richtig ansehen: König Ludwig II. auf einer Säule. In der einen Hand eine Papierrolle, die andere Hand auf ein Schwert gestützt. An der Säule vier weitere Figuren, die mir nichts sagten: Ein langhaariger Mann mit einer großen Feder, eine Frau mit einer Fackel, eine andere Frau mit einem Buch und einer Art Schwert und ein bärtiger Mann, der auf einem Löwen saß. Alle trugen lockere Umhänge. Nur der Mann auf dem Löwen war nackt. Ganz unten, unterhalb der Füße des Königs lagen einige Putten, die ein bayerisches Wappen in den Händen hielten: Altbayern, Franken, Schwaben, die Pfalz und ein fünftes Wappen, das mir noch nie aufgefallen war. Das Tier darauf sah seltsam aus. Nicht wie eines, das ich schon einmal zuvor gesehen hatte.

Ich ging weiter. Durch die Gasse hinter dem Gasthaus Rath bis zur Pfarrkirche St. Jakob. Aus der Kirche drang kein Laut. Ich versuchte das Tor zu öffnen. Es war verschlossen. Die Kirchturmuhr läutete neun mal. Noch vier Stunden bis die Schwarzbäuerin wieder zurück nach Oberpfaffing wollte.

Ich umrundete die Kirche einmal und bemerkte an ihrer Rückseite eine Hütte mit sehr großen Fenstern. Die Werkstatt eines Steinmetzes, der an der Kirche arbeitete oder sein Schuppen? Durch die großen Scheiben konnte ich einen Mann erkennen, der an einer Werkbank saß und in ein Heft schrieb. Ich ging vorbei. Er sah mich und winkte mir zu. Ich nickte höflich zurück. Er nahm einen Becher von seiner Werkbank, hob ihn hoch und deutete mir an, ob ich auch etwas zu trinken wollte.

Immer noch vier Stunden bis Oberpfaffing. Ich nickte. Besser mit einem Unbekannten die Zeit totschlagen als sich alleine zu Tode langweilen. Der Mann kam durch die Tür des Hauses auf mich zu. Eine Tür, die aus vielen kleinen Glasrechtecken bestand. Er war nicht richtig alt, aber auch nicht jung, trug eine hohe rote Hausmütze mit einer Quaste, einen Hausrock und eine Brille. Ungewöhnlich war, dass der Mann glatt rasiert war. Weder Schnurr-, noch Backen-, noch Vollbart. Das machte es mir fast unmöglich sein Alter zu bestimmen. Vielleicht war er doch älter, als ich zuerst gedacht hatte. Die Haare unter der

Mütze waren grau. Das glatte Gesicht eines Kindes, der Körper eines fünfzigjährigen Mannes. Oder eine hässliche Frau in der Kleidung eines Mannes. Bei uns in Oberpfaffing gab es keine Männer ohne Bart und eine Brille kannte ich auch nur vom Pfarrer. Ich musste bei seinem Anblick unweigerlich an meine Fische denken. Der Bartlose musterte mich und mein Fischgewand. Er lachte ölig: »Dass ich in diesem Bauernkaff einmal jemanden treffe, der noch bauernhafter ist, als alle anderen zusammen.«

Seine Sprache war genauso seltsam wie der Rest an ihm. So zerhackt. Jedes Wort war einzeln. Überdeutlich. So als würde man ihn nicht sprechen hören, sondern ihn wie ein Buch lesen. Als hätte er erst vor Kurzem gelernt zu sprechen. Er sprach eine Mischung aus Schriftdeutsch und Bairisch.

»Komm erst einmal herein und trink einen Kaffee mit mir. Wie heißt du denn?«

»Kienerjoseph«, antwortete ich, wie ich es seit der Schule nicht mehr getan hatte.

»Ich bin der Holderer.« Und an seine Zugehfrau gewandt: »Otti, bringst du für mich und meinen Gast einen frischen Kaffee.« Ich hatte noch nie Kaffee getrunken. In Oberpfaffing gab es das nicht. Da trank man Bier, Wasser oder als Kind Milch.

Er setzte sich zurück an seine Werkbank und musterte mich ausgiebig. Ich kam mir vor wie das seltsame Reh, das der Traublingergroßvater auf dem Wachten geschossen hatte und das tot vor dem Wirt in Oberpfaffing gehangen hatte. Das Reh im Schafspelz, das damals alle in einer Mischung aus Grausen und Lachen angestarrt hatten. Genauso wie mich der Holderer jetzt ansah. Der Kienerjoseph, das Wollreh.

Und als ich darüber nachdachte, fiel mir ein, woran mich das Tier auf dem vierten Wappen am Königsmonument erinnert hatte. An genau jenes Wollreh vom Oberpfaffinger Dorfanger. Ein stehender Löwe symbolisierte Altbayern und die Pfalz, die drei liegenden Löwen waren Schwaben, der Rechen Franken. Aber wofür stand das Wollreh?

Der Holderer holte mich aus meinen Grübeleien: »Jetzt erzähl einmal, Kienerjoseph, bist du zum Markt da? Du bist aus …« Der Holderer überlegte »… Oberpfaffing. Hab ichs richtig?« Er lachte. Ich nickte. War das so offensichtlich?

»Setz dich her, Kienerjoseph.«

Die Zugehfrau kam herein, in der Hand ein Tablett mit einer hohen Kanne.

»So, Kienerjoseph, ein oder zwei Stück Zucker? Ein Schluckerl Rahm?«

Ich hatte keine Ahnung, was das zu bedeuten hatte und nickte. Der Holderer goss eine Tasse mit Kaffee voll, tröpfelte etwas Rahm dazu und nahm mit einer kleinen Zange Zuckerbrocken, die er in den Kaffee warf. Er reichte mir die Tasse auf einem kleinen Tellerchen, darauf lag ein metallener Löffel. Es stank bestialisch. Der Holderer machte für sich das gleiche und ich beobachtete ihn, wie er die Tasse auf dem Teller in der einen Hand hielt und mit der anderen den Löffel, mit dem er darin rührte. Ich machte es genauso. Als ich den Kaffee im Mund hatte, wollte ich gleich wieder ausspucken. Das schmeckte mir nicht. Bitter und buttrig. Der Holderer lachte wieder.

»Probier es nochmal. Da muss man erst auf den Geschmack kommen. Das ist die gute Zichorie!« Er lachte, als hätte er einen wirklich guten Witz gemacht. »Den Kaffee muss man unter die Zunge bringen.«

Der Holderer lehnte sich in seinem Stuhl zurück und trank seine Tasse in einem Zug leer. Ihm schien das zu schmecken. Ich probierte lieber nicht, den Kaffee unter meine Zunge zu bringen.

Ich sah mich in dem Raum um. Von innen wirkte die Hütte fast wie ein echtes Stadthaus. Gepolsterte Möbel, Tapeten, Teppiche, Stiche in Bilderrahmen. Alles ein bisschen angestaubt, fadenscheinig und grindig. An den Wänden gegenüber der Fenster hingen große Papiere mit Kohlezeichnungen drauf. Ich hatte so etwas schon einmal gesehen, als wir den Schober vom Doll umbauen mussten. Da wurde auch so ein Plan auf ein großes Papier gezeichnet, bevor wir anfangen konnten.

Aber das war eine viel gröbere Zeichnung gewesen als die hier beim Holderer. Es wirkte aus der Entfernung, als wären da die Häuser vom Marktplatz gezeichnet. Der Holderer stand auf und ging durch den Raum auf die Papiere zu. Er schien sich zu freuen, dass mich seine Papiere interessierten.

»Möchtest du wissen, was das ist?«

Ich schüttelte den Kopf. Dem Holderer war das scheinbar egal, denn er fuhr fort.

»Kienerjoseph. Ich bin der Heimatwahrer.«

Es wirkte so, als erwartete der Holderer, dass die Aussage eine große Wirkung auf mich haben würde. Ich wusste nicht, was das bedeutete, nickte aber.

»Der Heimatwahrer schaut sich alle Sachen in unserer Heimat an und bestimmt, ob sie wahrbar sind. Malereien, Schnitzereien, Altäre, Bücher, Zeitungen. Nicht dass unser König eines Tages unsere Gegend bereist und da sind österreichische Schmierereien an den Riedinger Häusern oder preußische Bilder in der Zeitung und in den Büchern.« Der Holderer lachte öliger als vorher. »Glaubst du, dass das unserem König gefallen würde?«

Ich schüttelte wieder den Kopf.

»Gerade schau ich mir die Fassadenmalereien von Rieding an. Aber auch in St. Jakob gibt es ein paar Dinge, die man im Auge behalten muss. Ich zeichne sie ab und schicke das an die Amtmänner in der Stadt. Und wenn wir das Gefühl haben, dass da welche nicht passen. Weg damit.«

»Wie bei dem kleinen Haus am Marktplatz.«, platzte ich heraus.

»Ah, der Kienerjoseph redet. Genau. Wie bei dem kleinen Haus am Marktplatz. Das haben wir erst letzten Monat übermalt. Die Wagnerin war nicht gerade begeistert. Die hatte das erst vor einigen Jahren neu machen lassen. Und jetzt musste es halt wieder weg. Ich frag mich nur, wer so was da hin malt.«

Der Holderer schien mehr mit sich selbst zu sprechen als mit mir.

»Aber da redet keiner. Als hätten die sich abgesprochen.«

Der Holderer schenkte sich noch einen Kaffee ein und trank ihn ohne Rahm und ohne Zucker. Mich schüttelte es. Der Holderer stand auf und ging zu seinen Papieren hinüber. Er sah mich an, als hätte er eine Idee gehabt.

»Kienerjoseph. Magst du sehen, was da für eine Schmiererei drauf war, auf dem Haus von der Wagnerin? Komm herüber.«

Ich stand auf und ging zum Holderer. Der nahm zwei große Bögen ab und legte sie vorsichtig auf seine Werkbank. Darunter hing eine Kohlezeichnung der Fassade des kleinen Hauses am Marktplatz. Und in farbig darauf das Bild, das ursprünglich einmal die Front verziert hatte. Die Malerei wirkte viel volkstümlicher als die auf den anderen Häusern. Weniger gekonnt als das Bild vom gütigen König Ludwig oder den Flößern. Das hätte sogar ich besser gekonnt. Vielleicht lag das auch nur am nicht vorhandenen zeichnerischen Können vom Holderer.

Auf dem Bild vom Wandgemälde sah man einen weißbärtigen Mann, der in Bundhose und Hut ein viel kleineres Wesen, das vielleicht tot war, denn seine Arme und Beine hingen schlaff nach allen Seiten hinunter, auf eine Art Scheiterhaufen legte. Dort lagen schon einige weitere Kleine. Das Gesicht des ersten kleinen Wesens war verkniffen und seine Haut hatte die Farbe von Leder. Wie eine Puppe, die jemand aus einem alten Stück Sattelleder geschneidert hatte. In der Brust des kleinen Wesens steckte ein Pfahl.

Ich betrachtete das Bild genau und bemerkte, dass ich selbst noch viel genauer betrachtet wurde. Der Holderer beobachtete mich und schien ganz genau wissen zu wollen, wie ich auf das Bild von dem Gemälde reagierte.

Ich war verlegen und sagte: »Ja.«

Der Holderer sah mich auffordernd an. »Ja? Und? Was siehst du auf dem Bild?«

»Das sind die Perchtln, oder? Der Andreas von Rieding, wie er die Perchtln besiegt, oder?«

»Richtig. Und was hältst du von der Geschichte?«

»Eine Sagengeschichte halt. Die erzählt man sich halt bei uns im Tal. Die Kinder sollen Angst vor den Perchtln haben, damit sie nichts anstellen. Sie sollen das Viechfieber bringen und auch noch sonst alle möglichen Hexereien machen, die uns schaden.«

»Hoppla. Was für ein Redeschwall, Kienerjoseph. Aber ist das auch wahr? Meinst du, dass das wirklich passiert ist? Das mit dem Heiligen Andreas und den Perchtln?«

»Eher nicht, oder? Das sind doch nur Geschichten. Für die Alten und für Kinder. Schreckgeschichten.«

»Weißt du, was ursprünglich auf das Wagnerhaus gemalt war?«

Ich zuckte mit den Schultern.

»Die Maria und das Jesulein. Übermalt und ersetzt durch Andreas Riederer und die toten Perchtln.«

Der Holderer wirkte jetzt fast verzweifelt.

»Und in St. Jakob. Da war hinten links ein Korbiniansaltar. Jetzt steht da, prächtig geschnitzt, vergoldet, bemalt und schöner als alles, was da jemals zuvor war, der angebliche heilige Andreas von Rieding mit einem aufgespießten Perchtlkopf. Einfach ausgetauscht. Der Korbinian ist verschwunden. Weggeschmissen oder verbrannt. Und angeblich soll das Weihnachtskripperl in ein Andreaskripperl umgestaltet worden sein. Was meinst du, wie da der Pfarrer geflucht hat, als er davon erfahren hat? Und wenn Pfarrer erst einmal anfangen zu fluchen …«

Ich wußte nicht, was ich dazu sagen sollte. In Oberpfaffing gab es auf dem unteren Goaßweg auch eine Kapelle, die Andreas von Rieding geweiht war. Da sah man auch statt eines Kruzifixes einen Andreas mit aufgespießtem Perchtl vor dem Altar. Die Oberpfaffinger nannten den Ort Andreasspieß. Es war seit einigen Jahren wieder in Mode gekommen, zum Andreasspieß zu gehen, um für etwas zu beten.

Aber ich hielt es eher für eine Art Aberglaube, wie den Perchtllauf und die Perchtllichter in den Fenstern. Und ich glaube, den meisten Oberpfaffingern ging es genauso.

»Die Leute können doch nicht einfach ihren eigenen Glauben machen. Wo kämen wir denn da hin? Ein bisschen Volksglauben mit Perchtllauf, schön und gut. Aber ein eigener Heiliger? Unser Bischof heißt Antonius von Rampf und unser Papst heißt Pius IX. Die kümmern sich um den Glauben, den lieben Gott, die Jungfrau Maria und die Heiligen auch. Und nicht die Riedinger!«

Aus dem Holderer war plötzlich ein furchteinflößender Prediger geworden. Kein Lächeln mehr und kein lustiges »Kienerjoseph«.

»Und um den Teufel? Kümmern die sich auch um den Teufel?«, fragte ich. Plötzlich ganz mutig.

»Gerade um den. Gerade um den.«, antwortete der Holderer.

»Weil, wenn einer den Teufel selbst gesehen hat? Ich kenne einen Buben in Oberpfaffing, der sagt, dass er von ihm gejagt worden ist. Persönlich.«

»Soll er mit dem Pfarrer reden. Bei euch in Oberpfaffing ist doch so ein neuer, junger.« Der Holderer wirkte ermattet von seiner Predigt. Der heilige Andreas und die Perchtln und der Aberglaube schienen ihn mehr zu interessieren als meine Teufelsgeschichten.

Ich fuhr trotzdem fort: »Und dann hat es geheißen, dass er das Viechfieber hat, der Bub. Und Sie erzählen von den Perchtln und dem verbotenen Andreas und allem. Da hab ich gedacht, ob das irgendwas miteinander zu tun hat. Oder ob das alles nur ein Schmarrn ist.«

»Wie heißt er denn, der Bub?«, fragte der Holderer fast gelangweilt.

»Sailler Benno aus Oberpfaffing, wie ich.« Der Holderer schrieb den Namen nachlässig auf den Rand der Zeichnung. Vielleicht war es auch nur irgendein Gekritzel um mich zu beruhigen. Ich redete weiter:

»Der war lange beim Doktor, hat geschlafen und jetzt erinnert er sich an fast nichts mehr. Nur ein paar Fetzen noch. Vielleicht kommen die Erinnerungen ja zurück.«

»Ein paar Fetzen noch, sagst du. Die Erinnerung kommt zurück, meinst du.« Kurz schien es, als würde ihn meine Geschichte doch interessieren. »Ich kann dir da auch nicht helfen. Ich bin nur der Heimatwahrer und kein Doktor und kein Pfarrer.« Sein Zorn von vorhin war jetzt vollkommen verraucht, denn er fragte mich nur noch, ob ich noch mehr Kaffee wolle und noch dies und jenes aus Oberpfaffing.

Irgendwann brachte er mich wieder hinaus aus seiner Hütte.

Auf der Turmuhr war es kurz nach zehn. Immer noch fast drei Stunden, die mir in Rieding blieben. Es war warm und meine Fischhose stank furchtbar. Ich hatte noch über einen halben Gulden, Hunger und Durst. Ich ging durch die Lederergasse, die parallel zum Marktplatz verlief. Mir war nicht klar, was der Holderer gerade von mir gewollt hatte. Wollte er sehen, wie ich auf die Geschichten über die Perchtln und den Andreaskult dachte? Als Mann des einfachen Volkes. Oder war der Holderer einfach nur einsam und suchte Ansprache?

Am Ende der Lederergasse war ein Metzger. Am Markttag verkaufte die Metzgerin in der Gasse warme Riedingerwürstl auf die Hand. Ich nahm zwei Paar und trank dazu Wasser aus einem Brunnen.

Ich setzte mich neben das Becken und verfluchte die zweieinhalb Stunden, die ich noch warten musste. Was ich nicht alles hätte erledigen können, statt mit der Schwarzbäuerin nach Rieding zu fahren (Nichts, denn meine Fischweiher machten praktisch keine Arbeit).

Ich saß lange an der Stelle am Brunnen. Auch noch über zwei Stunden später. In der Zwischenzeit waren vorbeigekommen:

1. Die Elsi im Sonntagsstaat.

2. Die Wimmerin aus Oberpfaffing mit ihren Versicherungsunterlagen.

3. Der Gendarm Voigt mit einem Amtmann.

4. Eine Riedingerin, die sich und ihrem Kind Würstl kaufte.

5. Drei unterschiedliche Stadterer, die Würstl kauften und direkt vor meiner Nase aufaßen.

6. Der Voigt diesmal ohne Amtmann in der entgegengesetzten Richtung.

7. Zwei Riedingerinnen mit Würstln.

8. Zwei weitere Amtmänner. Ich hörte den Halbsatz »... wenn das kein Latein ist, fress ich einen Besen ...«

9. Eine ganze Familie in Stadtkleidung. Sie rümpften die Nasen beim Anblick der Würstl.

10. Der Hobmeyerbauer aus Schoham. Würstl essend.

11. Der Holderer holte sich drei Paar Würstl. Er tat so, als hätten wir uns noch nie gesehen.

12. Ein Hund.

13. Ein Bub, der seinen Hund suchte und Würstl kaufte.

14. Ein Riedinger Gendarm mit dem Voigt. Aufgeregt.

15. Der Holderer mit einem weiteren Amtmann. Sie gingen aufgeregt redend in Richtung Marktplatz.

16. Ein Rossknecht aus Hinterneukirchen (zu erkennen an der Art, wie er seine Peitsche am Gürtel festgemacht hatte und an seinem Hut). Er kaufte Würstl. Zwei Paar.

17. Eine Bäuerin in Unterpfaffinger Kleidung.

18. Vier weitere Riedinger Gendarmen, panisch rennend.

19. Der Riedinger Doktor, ebenfalls rennend.

20. Zwei der Riedinger Gendarmen, die den ersten Riedinger Gendarmen trugen. Er blutete, denn in seinem Hals steckte ein langer Metallstab. Er schrie wie eine Sau auf der Schlachtbank.

21. Der Doktor hinterher.

22. Der Hund.

23. Ein Mann in einer mir unbekannten Kleidung, vielleicht aus Russlach. Er kaufte drei Paar Würstl.

24. Ein anderer Mann im gleichen Gewand. Ebenfalls Würstl kaufend. Oder war es der Mann von zuvor noch einmal?

25. Die restlichen Riedinger Gendarmen, die einen Mann mit einem Sack über dem Kopf, an den Händen gefesselt mit zusammengebundenen Beinen mit sich führten. Der Gefangene hatte nackte Beine. Ein Ärmel seines weißen Wollpullovers und der Sack über seinem Kopf waren blutig.

26. Die Unterpfaffingerin. Sie nahm sich ein Paar Würstl mit.

27. Lange niemand.

28. Der Doktor mit blutigem Kittel. Er kaufte vierzehn Paar Würstl.

Die Metzgerin räumte ihren leergekauften Stand in den Laden, St. Jakob schlug dreiviertel eins und ich machte mich auf den Weg zur Schwarzbäuerin und ihrem Wagen.

Das Bild

❦

Bericht von Joseph Kiener. Fortsetzung

Ich träumte von einem Wald, über den ich hinwegflog. Dann über Hügel, dann über Berge. Ich landete im Traum auf einem Gipfel. Oder eher auf einem sehr hohen Grat. Auf der höchsten Stelle eines Grates. Dort stand schon jemand und schien auf mich gewartet zu haben. Ich ging auf ihn zu. Er drehte sich um und ich sah, dass es ein Perchtl war. Klein, lederfarben und verschrumpelt. Mit zusammengekniffenen Augen, hohen Wangenknochen und einer langen geraden Nase. Aber er schaute nicht so grimmig wie die Masken beim Perchtllauf oder die Figuren der Andreasspieße. Der Perchtl lachte. Dann sagte er meinen Namen. »Kiener.« Woher kannte der Perchtl meinen Namen? Und warum konnte er sprechen wie wir? Und seit wann gab es die Perchtln wirklich?

Ich öffnete die Augen. Der Schwarzbub stand an meinem Bett. Er war so bleich vor Angst, dass ich sein Gesicht trotz der Dunkelheit sehen konnte.

»Der Benno ist weg.«

Der Perchtl auch. Mir tat es fast leid.

»Was ist?«

»Der Benno ist gestern Abend noch bei mir gewesen und wir wollten uns in der Nacht treffen, um auf den Wachten zu gehen. Der ist fast verrückt geworden, weil er sich nicht mehr erinnern konnte, was er da oben gesehen hat. Ich wollte ihn abholen, aber der Alois, sein Bruder, hat gesagt, dass der Benno seit gestern Abend weg ist. Ich hab Angst, dass die ihn nach München gebracht haben.«

»Hansi, es ist mitten in der Nacht. Warte bis morgen. Da ist der Benno bestimmt wieder da. Der schläft im Schober oder ist von seinem Vater verhauen worden und ist beleidigt.«

In den Augen vom Schwarzbuben konnte man die Furcht sehen.

»Der geht doch nicht alleine mitten in der Nacht raus und kommt morgen früh einfach so wieder. Wir wollten miteinander rausfinden, was da auf dem Wachten passiert ist, an das er sich nicht mehr erinnern kann. Da geht der doch nicht alleine los.«

Da hatte der Schwarzbub recht.

»Warum bist du ausgerechnet zu mir gekommen?«

»Soll ich etwa zu meinen Eltern gehen? Das einzige, was ich von denen krieg, ist ein paar auf die Ohren. Oder zu den Bauerndimpfkindern vom Traublinger? Oder zum Alois? Was soll der machen? Mir mit seinem Stoffhasi helfen? Ich habe zu viel Angst.«

»Hansi, beruhig dich. Was soll ich denn deiner Meinung nach machen?«

»Du sollst mit mir auf den Wachten gehen. Auf den oberen Goaßweg. Um sieben sind wir droben und um neun zurück vor der Kirche. Dann merkt keiner, dass wir überhaupt weg waren. Und wenn wir da droben irgendwas finden, wissen wir, dass mit dem Benno alles stimmt und der nicht spinnt vom Viechfieber oder sonst was, und dass die den mit Sicherheit geholt haben. Und dass der sich an irgendwas erinnert, das so wichtig ist, dass die den nach München mitnehmen mussten. Und wenn wir nichts finden, sehen wir weiter.«

»Und dass der weggelaufen ist vor Angst?«

»Und mir vorher erzählen, dass wir das alles zusammen machen? Kiener, red keinen Schmarrn.«

Ich setzte mich auf und blinzelte. Was blieb mir übrig? Schlafen konnte ich eh nicht mehr. Außerdem musste ich die ganze Zeit, die der Schwarzbub neben meinem Bett stand und mir von seinem besten Freund erzählte, an meinen toten Bruder denken. Gestorben mit meiner ganzen Familie. Im Feuer. Der einzige Freund, den ich je gehabt habe. Was würde ich darum geben, noch einmal die Möglichkeit zu haben, den Bruder zu retten. Auf wie viele Wachten würde ich steigen und wie viele Kieners würde ich wecken, nur dass der Bruder noch da wäre.

Der Goaßweg war zweigeteilt. Es gab den unteren, offiziellen, der auf die untere Goaßwiese führt und es gab den oberen, den es eigentlich nicht gab. Den benutzten die Dörfler, wenn sie heimlich Holz schlugen oder wilderten. Jeder wusste davon und jeder nutzte ihn.

Der Schwarzbub und ich gingen schnell. An der Pfaffl entlang, am Schleifbachhäusl abbiegen und den Einstieg zum oberen Goaßweg finden.

Unterwegs redeten wir zum ersten Mal wirklich miteinander. Der Bub erzählte mir von dem, was er eine Woche zuvor belauscht hatte. Von der Angst um seinen Freund, von dem Mann, den der Voigt gefangen hielt und dem ruhig gestellten Benno beim Doktor und dessen veränderter, ängstlicher Art nach seiner Rückkehr. Ich erzählte dem Hansi, dass ich das Gespräch zwischen ihm und dem Saillerbuben belauscht hatte. Aber meine Beobachtungen aus Rieding behielt ich für mich. Vorerst. Obwohl ich nur der faule und ein bisschen einfältige Erbe zweier Fischteiche war, war mir klar, dass es da eine Verbindung gab.

Als wir das erste Mal den Grat sehen konnten, rasteten wir kurz, tranken Wasser und aßen die Räucherforellen, die ich auf die Schnelle eingepackt hatte. Es war schon fast ganz hell. Wir gingen weiter. Der mauerartige Grat über uns. Unter uns die Pfaffl und die Häuser von Oberpfaffing. Irgendwann zeigte der Schwarzbub zur Wachtenwand. An einer Stelle konnte man erkennen, dass ein Stück Fels herabgefallen war und eine kleine Schneise in die Grasnarbe gerissen hatte. Wir gingen zu dem Stück Felsen, das vor den Bäumen zum Liegen gekommen war. Dort war das Gras immer noch heruntergetreten und es lagen zwei leere Bierflaschen auf dem Boden. Eher Amtmänner oder der Voigt als der Benno. Sonst sahen wir nichts. Nichts Rotes, das von selber rot ist und kein seidiges, perfektes Material.

Der Schwarzbub ging gleich zielstrebig weiter die Spur, die der Fels im Gras hinterlassen hatte, entlang. Von oben winkte er mir zu, kam aber gleich wieder zurück gerannt. Er hielt etwas in den Händen und war sehr aufgeregt.

Es war ein Bild. Hinter einer Art Glas. Aber man konnte es trotzdem biegen. Es war zerknittert und an manchen Stellen verwischt und man konnte nicht immer sehr gut sehen, was darauf abgebildet war. Vielleicht hatte auch der Regen, der irgendwann in der letzten Woche gefallen war, einige Details weggewaschen. Was man erkennen konnte, war trotzdem unglaublich präzise gemalt worden. Besonders bei der kleinen Größe des Bildes. Es zeigte einen Mann mit zotteligem schwarzen Bart und schwarzen Haaren, die im Wind zu flattern schienen. Neben ihm eine Frau mit ebenso fliegenden offenen Haaren und ein Kind. Alle drei lachten und blickten uns direkt an. Vielleicht war es auch keine Frau sondern ein bartloser Mann mit langen Haaren, denn die Kleidung wirkte eher wie die eines Mannes. Aber viel war davon eh nicht mehr zu erkennen.

Hinter den drei Menschen war eine Art Haus oder Baracke oder Eisenbahnwaggon zu sehen. Mit einer Aufschrift. Ein Teil war verdeckt, ein Teil verwaschen. Was man erkennen konnte war: LAN dann der Kopf des Mannes und dann IL, dann ein Stück, wo die Farbe abgeblättert war. Die Schrift war glatt und schnörkellos und schräg. Ich schaute zum Schwarzbuben. Der schaute zurück.

»Wer sind die?«, frage er.

»Das wenn ich wüsste«, antwortete ich.

»Das kann doch unmöglich einer gemalt haben. So genau wie das ist. Das sieht nicht aus wie ein Bild oder eine Fotografie. Das sieht aus wie echt. Als würden wir die vor uns stehen haben.«

»Ich hab mal einen Kunden gehabt, der Andachtsbildchen zeichnet. Mit Lupe und einer spitzen Nadel hat der das in eine Platte geritzt und dann ist das gedruckt worden. Das war schon auch sehr genau.«

»Aber das schaut nicht aus wie ein Druck. Schau dir nur die Farben an. Ob das die Farben sind, die der Benno gesehen hat?«

An einer Stelle sah man ein Stück Kleidung des Mannes in einem leuchtenden Rot.

»Kann schon sein«, sagte ich.

»Man kann fast den Wind in seinen Haaren spüren. So echt schaut das aus.« Der Schwarzbub war ganz gefangen.

»Meinst du, dass einer davon der rote Teufel ist, den der Benno gesehen hat?«, fragte ich ihn.

»Da schaut keiner wie ein Teufel aus. Die lachen ja alle. Mit denen auf dem Bild würde ich sofort mitgehen. Weg von meinem Scheißvater und Geschwistern. Seit die Oma tot ist, ist mir das eh alles wurscht.«

»Aber warum liegt das Bild da oben auf dem Wachten? Der Voigt hat das da nicht verloren. So was hat der nicht.«

»Und das Haus da hinten. Mit den kleinen Fenstern. Was steht da drüber? So große Buchstaben und so sauber geschrieben.«

»LAN. Land vielleicht.«

Wir schwiegen beide lange.

Bis ich wieder anfing: »Gestern in Rieding …«

Der Schwarzbub schwieg.

»Da hab ich vier Stunden auf dich und deine Mutter gewartet. Ich weiß auch nicht, warum ich mitgefahren bin. Wahrscheinlich, weil ich mit dir reden wollte. Aber dann hab ich geschlafen und deine Mutter war immer dabei.«

»Ich wollte dir eh alles erzählen auf der Fahrt. Wenn du nicht gleich eingeschlafen wärst …«

»Also, in Rieding, habe ich mich vor den Metzger gesetzt und gewartet. Da kommen am Markttag ganz schön viele Leute vorbei, die Würstl kaufen. Aber nicht nur die. Da sind auch viele Schandi und Amtmänner vorbeigelaufen. Einmal mit einem am Kopf verletzten Schandi und später mit einem Gefangenen. Dem Schandi hat ein Stock im Kopf gesteckt.«

»Ohne Schmarrn? Und der Gefangene?«

»Dem haben sie einen Sack über den Kopf gezogen und der war voller Blut. Aber irgendwas war seltsam an dem Gefangenen. Ich kann nicht beschreiben was.«

»War das der Teufel vom Benno?«

»Ich weiß nicht. Da war nichts rot. Nackte Beine. Aber alles normal. Kein Pferdefuß oder sonst was.« Ich versuchte über meinen eigenen Witz zu lachen. »Aber so viele Schandi für einen einzelnen … Das muss schon ein besonderer Gefangener gewesen sein.«

Wieder schwiegen wir lange. Bis der Schwarzbub erneut anfing: »Wir müssen den Benno suchen. Ich scheiß mir in die Hosen wegen dem. Der ist mein bester Spezi und ich muss auf ihn aufpassen. Der hat eine Scheißfamilie, ich hab eine Scheißfamilie. Wir haben immer gesagt, dass wir aufeinander achtgeben. Meinst du, dass meine Mutter sich jemals einen Dreck um mich geschert hat oder die vom Benno um ihn? Was meinst du, blüht mir, wenn ich auch nur eine Minute zu spät in die Messe komme? Meinst du, meine Mutter oder mein Vater fragen: ›Bub, wo warst du. Wir haben uns solche Sorgen gemacht.‹ Da heißt es ›Komm noch einmal zu spät und du brauchst nie mehr zum Zahnbader‹. Benno und ich, wir sind Spezln für immer und passen aufeinander auf.«

Wie bei mir und meinem Bruder. Brüder und Freunde für immer. Zumindest bis zum Feuer sind wir das gewesen. Unsere Eltern sind nicht so kalt gewesen, wie die der beiden anderen Buben. Trotzdem hatte mich mit dem Bruder besonders viel verbunden. Ich konnte verstehen, dass der Schwarz seinen Freund brauchte. Ich hätte meinen Bruder auch nach seinem Tod noch sehr oft gebraucht. Ich konnte den Schwarzbub und seine Angst um den Freund verstehen und wollte ihm helfen.

»Wir müssen den Benno finden, Kiener«, holte mich der Schwarzbub aus dem Nachdenken heraus.

»Scheißdreck«, dachte ich.

Um neun war ich in der Kirche. Der Schwarzbub ist mit rotgewatschter linker Backe ein bisschen später gekommen.

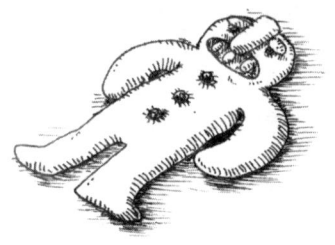

Die Perchtln

❧

Bericht von Roswitha Walmgruber (84) aus Russlach.
Redigiert und umgeschrieben von Joseph Kiener

Die Perchtln haben in unserer Gegend schon immer eine große Rolle gespielt. Das ist quasi die große Tradition bei uns im Tal. Und Russlach ist sozusagen das Zentrum der ganzen Perchtlsachen. Woanders glauben sie an Wetterhexen oder sind Himmelskreuzler, bei uns sind es halt die Perchtln.

Es gibt Perchtlfiguren in den Häusern und Perchtlaltare an den Wegkreuzungen. Man kann in der Kirche eine Kerze gegen die Perchtln aufstellen und für den Schutz vor den Perchtln beten. Es gibt sogar eine Perchtlmesse in den Rauhnächten rund um Weihnachten. Aber nur bei uns im Dorf. Und es gibt natürlich den großen Perchtllauf. Wie in allen Pfaffltaldörfern. Im Herbst, so um Allerheiligen, laufen die jungen Männer und Mädchen den kleineren hinterher. Verkleidet in den grausligen Masken und Kleidern der Perchtln. Sie versuchen die Kinder zu erwischen und in den Perchtlsack zu stecken. Wenn alle erwischt sind bis auf eines, ist es der Perchtlkönig und darf das kleine Perchtlfeuer anzünden. Darin werden Perchtlpuppen aus Fetzen und Stroh verbrannt. Alle Kinder setzen sich rundherum und essen Perchtlmänner aus süßem Nussteig. Das älteste Kind erzählt den jüngeren gruselige Perchtlgeschichten. Das ist der Lieblingstag aller Kinder im Dorf. Halb gruselig, halb schön. Lieber noch als der Nikolotag. So ist das halt bei uns.

Hinter all den Perchtltraditionen steckt aber mehr als nur die Kinderspiele: Die Perchtln, so heißt es in unseren Geschichten und Sagen, sind bösartige Zwergengestalten oder Gnome. Seit jeher leben sie in den Bergen hinter dem Wachten und warten auf ihre Gelegenheit, herunter zu den Menschen zu steigen, um Unglück und Krankheiten zu bringen. Sie wollen den Bauern im Pfaffltal mit ihrem Fieberzauber die Tiere und die Kinder wegtöten und sie schänden die jungen Mädchen. Nur durch unseren Glauben, die große Vorsicht und den Zusammenhalt in den Dörfern konnten wir so lange vor ihnen sicher sein.

Aber wir mussten immer auf der Hut sein. Ich durfte als Kind nie alleine auf die oberen Weiden gehen, um die Viecher zu hüten. Immer musste der Bruder oder der Vetter mitgehen. Da haben die Eltern immer aufgepasst. Ich habe aber als Kind niemals erlebt, dass ein Tier von einem Perchtl getötet worden ist oder ein Kind verschwunden ist. Wir Kinder hatten immer den Verdacht, dass die Eltern uns nur Angst machen wollten mit den Perchtlgeschichten. Und wir haben eigentlich darauf gewartet, dass wir eines Tages herausfinden, dass das nur Geschichten sind und nicht die Wahrheit. Damit wir freiwillig ins Bett gehen und unsere Feldarbeit machen. Wie das Christkindl, das uns nichts bringt, wenn wir nicht brav sind oder der Krampus, der uns in den Sack steckt. Ein Aberglaube wie das sich Bekreuzigen, wenn es donnert oder das dreimal Ausspucken, wenn der Name des Preußenkönigs genannt wird. Weniger echt als der liebe Gott, die Jungfrau Maria und die Heiligen, aber trotzdem haben da alle mitgemacht.

Bis ich fünfzehn war, habe ich immer gedacht, dass das alles nur ein großer Spaß ist, mit den Perchtln. Doch dann gab es einmal einen echten Perchtleinfall in unserem Dorf. Der erste seit Ewigkeiten, haben die alten Leute gesagt. Da habe ich sie plötzlich mit eigenen Augen gesehen. Damals haben die Männer im Dorf alle Perchtln, die den Berg herunterkamen, getötet. Dabei sind auch zwei Männer aus dem Dorf umgekommen. Wir Kinder durften erst dazu, als es das große Andreasfeuer gab. Ein großer Holzhaufen mit einem Pfahl in der Mitte. Drumherum die Perchtln. Im Feuer haben wir gesehen, wie sich die Perchtln noch bewegt haben. Wir haben ihre Lederhaut gesehen, die Haare wie schwarzes Stroh. Statt Augen hatten sie runzelige Löcher. Aber so zwergenhaft klein, wie ich sie mir als Kind immer vorgestellt hatte, waren sie nicht. Sie haben gekreischt und gezischt im Feuer. Ich glaube, das war das schrecklichste an den Perchtln. Ihr fürchterliches Geschrei. Es heißt, die haben Worte, mit denen sie töten können. Zaubergeschrei. Wie Untote. Seitdem hat es im Dorf in meiner Lebenszeit noch zweimal ein Andreasfeuer gegeben. Aber nie mehr so groß. Es soll plötzlich wieder mehr Perchtln in den Bergen über unserem Tal gegeben haben, haben die Älteren gesagt. Oder frechere.

Der Perchtllauf war danach nie wieder so schön wie vorher. Vielleicht war ich auch einfach zu erwachsen dafür geworden.

In den auf meinen ersten Einfall folgenden Jahren hatten wir Kinder und Halbwüchsige viel Angst vor den Perchtln und konnten nicht einschlafen in unseren Stuben. Obwohl wir immer viele waren. Den Eltern konnten wir nichts sagen, denen war das gleich. Da haben wir uns gegenseitig die Geschichte vom heiligen Andreas von Rieding erzählt. Das hat uns beruhigt und geholfen. Es nahm uns die Angst vor der ganzen Grauslichkeit der Perchtln. Einer von uns, stärker als alle Perchtln der Welt zusammen.

Die Geschichte vom heiligen Andreas ging so: Andreas Gumpner, so hieß er, bevor er zum Heiligen wurde, lebte vor vielen Jahren. Wahrscheinlich mehr als tausend. So erzählte es mir die Großmutter und ich den Geschwistern in der dunklen Schlafstube. Er war einer der ersten, der das Pfaffltal bewohnbar gemacht, die Wiesen trockengelegt, das Ackerland gepflügt und die Straßen angelegt hat. Die Legende sagt, dass Andreas und seine Leute das Land im Pfaffltal aber auch das im Tal der Reisach vom Grafen Bartholomäus zugesprochen bekommen haben sollen, um dort zu siedeln. Zuvor waren er und seine Leute in seiner alten Heimat durch Ernteausfälle und Kriege landlos und mittellos geworden. Der Baron schenkte ihnen die leeren Täler aus Mitleid und Menschlichkeit, damit Andreas sie rodet und besiedelt. Bartholomäus unterwarf sich der Wittelsbacher Krone und nahm für das Land an der Pfaffl und an der Reisach den bayerischen König als Lehnsherrn an. Doch Andreas fand, entgegen aller Versprechungen, kein leeres Land vor. Er traf auf das Zwergenvolk der Perchtln, das in den Tälern hauste und dort unter den Siedlern Angst und Schrecken verbreitete. Wenn sie die neuen Menschen nicht töteten, so verhexten sie sie und machten deren Vieh und deren Kinder krank. So krank, dass das Vieh auf der Weide tot umfiel und die Kinder nur noch dumm geworden in den Betten liegen konnten. Doch Andreas war ein sehr mutiger Mann. Trotz der Übermacht der Zwergenwesen, stellte er sich ihnen im Kampf und besiegte sie immer wieder und immer öfter. So dass nach nur wenigen Monaten ein gewisser Frieden in den Orten in den Tälern einkehrte, weil sich die Perchtln immer weiter in die Berge zurückzogen und bald auf der anderen Wachtenseite verschwanden.

Eine der Geschichten, die es über Andreas gab und die ihn in den Augen der Pfaffltalbewohner zum Heiligen machte, war die Folgende. Wahrscheinlich war sie der Grund für die großen Perchtlläufe in unserer Gegend. Das Ganze soll sich in Russlach zugetragen haben. Es gab aber auch fast die gleiche Geschichte aus Irchenbrunn:

Nach Jahren der Ruhe läuteten eines Tages die Kirchenglocken von St. Bartholomä zur Unzeit. Das Dorf war noch nicht fertig gebaut und viele der Menschen in Russlach lebten in Holzhütten neben den unfertigen Mauern ihrer Höfe. Die Menschen liefen in Angst auf dem Anger zusammen. Die Älteren wussten genau, was das Geläut um diese Zeit zu bedeuten hatte. Einige junge Frauen sammelten die Kinder ein und wollten sie in den schon fertigen Gumpnerhof bringen. Auf der anderen Pfafflseite. Dazu mussten sie über den Steg, der einige hundert Fuß entfernt war, denn die eigentliche Holzbrücke war vom Hochwasser weggespült worden. Die Kinder gingen brav über den Steg, während die

Männer und die erwachsenen Frauen auf den Sturm der Perchtln auf der großen Wiese warteten. Bewaffnet mit Mistgabeln und Spaten und großen Prügeln. Doch die Perchtln waren raffiniert und schlichen sich damals von der anderen Seite an. Einige der Perchtln waren sogar zum Steg geschlichen und hatten ihn niederträchtig in die reißende Pfaffl gestoßen. Es gab kein Zurück für die jungen Frauen und die Kinder. Sie saßen in der Falle. Die Perchtln stürmten auf sie zu und fingen in einer wilden Jagd ein Kind nach dem anderen ein, steckten sie in große Säcke und banden diese zu. Die Männer und Frauen standen am anderen Ufer und konnten dem Treiben nur zusehen. Die Kinder schrien und die Eltern waren verzweifelt. Die Perchtln fletschten ihre Zähne und drohten den Männern und Frauen am anderen Ufer mit ihren großen Messern. Sie vollführten einen wilden unheimlichen Tanz. Da fasste sich der schon alte Andreas Gumpner ein Herz, riss einem der Männer seinen Spieß aus der Hand, lief auf die wild strömende Pfaffl zu, stach den Spieß in den Bachgrund und flog über das Wasser hinweg. Auf der anderen Seite waren die Perchtln so erschrocken, dass sie sich erst zu wehren begannen, als Andreas bereits drei von ihnen auf einmal mit dem Spieß durchbohrt hatte. Mit übermenschlichen Kräften rammte der den Stab mit den durchbohrten Perchtln in den Boden. Dann nahm er die umstehenden Perchtln, einen nach dem anderen und brach ihnen das Genick. Alles war voller Perchtlblut. Andreas riss sich das Hemd vom Leib und stand mit nacktem Oberkörper im Regen. Als alle Perchtln tot in einem Kreis um den Spieß lagen, befreite Andreas die gefangenen Kinder.

Ein Mann, schon alt, hatte nur mit der Kraft des Zorns ein Wunder vollbracht und alle Kinder des Dorfes gerettet. Langsam kamen die anderen Männer und die Frauen über die Pfaffl herüber und bejubelten die Tat. Andreas ging in seinen Hof und brachte Holz, Brennalkohol und Feuer. Das zuletzt gefangene Kind, das den Perchtln am längsten Widerstand geleistet hatte, ließ er ein riesiges Feuer entfachen, das alle Perchtln verbrannte. Alle Russlacher ließ Andreas beim Blut der Perchtln den Schwur leisten, dass sie sich stets gegen die Perchtln

wehren sollten und ihren Kindern immer Schutz vor den Zwergen-
ungeheuern bieten wollten.

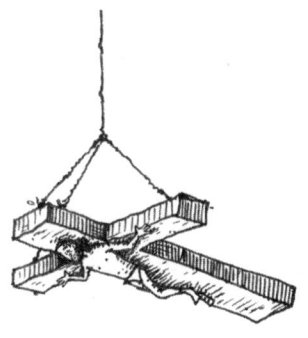

Die Himmelskreuzler

❧

Bericht von Joseph Kiener. Fortsetzung

In der Messe direkt nach unserem Goaßweg-Ausflug war die ganze Saillerbagage von Benno da. Der Alois, die Lisi, die Mimi, die Mutter und der Vater. Alle Knechte und Mägde waren da. Nur die Oma fehlte, aber die lag schon lange in der Sterbekammer. Und der Benno selbst war natürlich auch nicht dabei.

Nach der Kirche ging ich mit den anderen Männern zum Frühschoppen. Ich setzte mich neben den Saillerbauern und fragte ihn nach seinem Sohn.

»Jetzt kommt noch so ein Depp und scheißt sich wegen dem Viechfieber ein. Keiner von uns hat es! Und jetzt schleich dich. Wallermaul. Und nimm deine Bratzen von den Buben!«

Wallermaul. Das riss ein paar Wunden auf. »Wer ist schiacher als ein Gaul? Der Wallermaul, der Wallermaul«, »Du bist noch greisliger als deine Karpfen« oder »Da hat deine Mutter dich als Kleinkind in den Weiher fallen lassen und statt dir einen Waller raus geholt und aufgezogen.«

In der Schulzeit war ich wegen meines Aussehens, aber auch wegen der Fischzucht meiner Familie Wallermaul genannt worden. Lange hatte es mich nicht wirklich gestört. Es war ein Spitzname wie viele andere auch. Batzen, Hosenloch, Schneckerl. Dachte ich. Erst als ich mich wie die anderen Buben für Mädchen zu interessieren begann, wurden der Name und mein damit einhergehendes Aussehen zum Problem für mich. Während die anderen alle möglichen Lieb- und Freundschaften hatten, wurde ich vom Sonderling zum vollkommenen Außenseiter. Und selbst als die Sache mit meiner Familie passierte, der Selbstmord vom Knecht, das Feuer und alles und ich alleine da stand, wurden die Sprüche der Oberpfaffinger nicht besser. Eher schlimmer. Denn ich war jetzt noch alleiner. Ohne Eltern und vor allem ohne den Bruder, der mich als einziger Seppi genannt hatte und nie auf meinem Aussehen herumgeritten hatte, obwohl er immer, im Gegensatz zu mir, so schneidig gewesen ist. Er hat sich auch nie für mich geschämt oder vor seinen Freunden Witze über mich gemacht. Wie die anderen. »Dieser Wurm ist für unser Wallermaul. Friss!« Der Bruder hatte mich mit auf den Waldplatz zum Biersaufen und Schwammerlfressen genommen. Zuschauen, wie die anderen an der Elsi herumfummelten. Träumen, dass ich das auch eines Tages darf. Als der Bruder tot war, hörte es natürlich auf und ich durfte nicht mehr mit. Irgendwann hatte ich mich an das Alleinsein und die Witze und Sprüche gewöhnt und das Geschäft der Eltern weitergeführt, mich zusammengerissen und einfach weitergelebt. Aber mit den Scheißoberpfaffingern hatte ich seitdem nichts mehr zu tun. Einmal die Woche zum Wirt und sonntags in die Kirche, genügten mir als menschlicher Umgang. Oder auch nicht. Ich dachte nicht darüber nach.

Später an diesem Vormittag ging ich ins Badehaus und legte mich eine halbe Stunde ins heiße Wasser. Von der Elsi bekam ich frische Wäsche und etwas später vom Schwarzbauern, vom Saillerbauern und vom Traublinger ein paar aufs Maul. Der Hansi hatte wahrscheinlich von unserem nächtlichen Ausflug erzählt. Erst das heiße Bad und jetzt musste mir die Elsi mit einem nassen kalten Lappen die Lippe kühlen.

Das frische Hemd war voller Blut. Elsi war sehr rücksichtsvoll und zart und ich lag trotz der schmerzenden Lippe gerne zwischen ihren Brüsten.

»Der Benno ist weg«, sagte ich.

»Ich weiß«, sagte sie.

»Der Schwarzhansi und ich haben ihn heute Nacht gesucht.«

Auch das wusste sie.

»Ist der nach München?«

Elsi stand auf und kam kurze Zeit später mit einer Salbe zurück. Die tupfte sie mir sehr vorsichtig auf die Wunde. Nach der Prügelei fühlten sich meine Lippen noch wallerhafter an als jemals zuvor.

»Ist der nach München gebracht worden, habe ich dich gefragt?«

»…«

»Der Schwarzbub scheißt sich in die Hose, weil er nicht weiß, was mit seinem Freund ist. Ist der in München?«

»Ich kann dir dazu nichts sagen.«

»Du tust doch immer so gescheit, was ist mit dem Saillerbuben, Elsi?«

»Ich weiß genauso wenig wie du, Kiener. Ich versteh ehrlich gesagt nicht, was dich das kümmert. Seit wann bist du mit den Buben so eng?«

»Du hättest den Schwarzbuben sehen sollen. Der hat geheult wie ein Kleinkind. Der Sailler ist sein bester Freund. Ich möchte nur wissen, was da los ist und wo der Bub gelandet ist.«

»Das würdest du eh nicht verstehen, Kiener. Was schert dich der Bub? Geh zurück zu deinen Fischen, bunker dein Geld, leg dich in die Sonne und spiel an dir rum, wie sonst auch immer und vergiss die Buben.«

Elsi war nicht zu bremsen. Das alte Sich-in-Rage-Reden: »Das wissen eh alle Frauen im Dorf. Was meinst du, was da geredet wird? Der Wallermaul liegt im Gras am Weiher und schaut sich die Mägde vom Schwarzhof und vom Saillerhof und vom Traublinger an. Wie sie in den Zulauf hüpfen. Und spielt an sich rum. Und jetzt heißt es sogar, dass du die beiden Buben an dir rumspielen lässt. Wie der Wimmer damals mit seinem Lehrbuben? Das fragen sich die Bauernweiber in Oberpfaffing. Hat der Wallermaul den Sailler verschwinden lassen, damit er nichts erzählt? Das reden die Weiber beim Waschen und deshalb hast du eine auf dein großes Wallermaul bekommen von den Männern. Und wo die Watschn herkommt, da wartet noch viel mehr auf dich, Kiener. Die sind in Alarmbereitschaft, seit du mit dem Schwarzbuben auf dem Wachten warst. Der Fischdandler muss bluten, sagen die, erst der Sailler, dann der Schwarz, wer ist der nächste? Der Fischdandler muss bluten!«

So schnell ging das also.

»Ich wollte nichts von dem Buben. Der ist zu mir gekommen. Ich habe neulich zum ersten Mal mit dem Schwarz geredet.« Ich bekam es mit der Angst. »Ich habe mich nur gefragt, was mit dem los ist. Was es mit diesem Teufel auf sich hat und ob das alles vielleicht etwas miteinander zu tun hat. Ich bin halt neugierig und habe mir Sorgen gemacht. Und der Schwarzbub hat mich angefleht, dass ich ihm helfe, seinen Freund zu finden. Ich bin nicht so kaltherzig wie die anderen in Oberpfaffing, was meinst du denn? Was würdest du denn machen, wenn der dich gefragt hätte?«

»Und das alles haben der Schandi und der Amtsdepp von Oberpfaffing mitbekommen und jetzt denkt das ganze Dorf, dass du ein Kinderficker bist.«

»Ich bin aber keiner!«

»Aber irgendwem taugst du nicht. Mit deinem Nachgedenke.«

»Ich denke nicht nach.«

»Das denkst du nur.«

So war das also. Die Dörfler dachten, dass ich, weil ich so ein schräger, hässlicher Hund bin und keine Frau abbekommen habe, mich an die Dorfbuben heranmachte. Erst das Wallermaul, dann der einzige Freund tot, jetzt auch noch ein Schwein.

»Kiener, ich glaube, du musst zum Engel und mit dem Engel reden. Der kann dir das alles erklären. Und dann kannst du das alles regeln. Mit dem Buben.« Elsi wirkte erschöpft. Die Rage war wieder verraucht. »Der Engel kann dir weiterhelfen. Mit dem Benno und deinem Leben und allem, versprochen.«

»Ein Engel? Ich bin noch nicht mal mit dem Teufel fertig.«

»Geh zum Engel. Ich sag dem Hansi, dass er sich solange um deine Fische kümmert. Das ist ja nicht gerade eine schwierige Arbeit. Das ist dann sein Beitrag zur Suche, oder?«

»Jetzt ohne Schmarrn? Ich soll zu einem Engel und der Bub, den ich angeblich schände, kümmert sich um meine Fische. Zum Glück habe ich keine Aale.«

Elsi schaute sich um, im Badhaus war niemand mehr. Sie drehte sich und hob ihre Bluse. Leider nicht sehr weit. In ihrem Unterrocksaum auf dem Rücken (der für ein Wallermaul wie mich schon mehr war, als ich jemals von Elsi zu sehen erhofft hatte) steckte ein Zettel. Den zog sie heraus und gab sie mir. In Schwarz stand darauf: Russlach. Doben. Hinterwald. Nur die drei Worte. Daneben hatte jemand ein Symbol gezeichnet, das aussah wie das seltsame Wollreh auf dem Wappen im Königsmonument in Rieding. Ein sitzendes oder ein sich aufbäumendes Wollreh. Elsi zog ihre Bluse wieder nach unten. Sie nickte mir zu und sagte noch einmal: »Geh zum Engel, Kiener. Das ist der Weg. Zeig ihn niemandem.«

Ich nickte zurück. Sie küsste mich auf die Wange. Ich stand auf. Sie auch. Ich nickte noch einmal und ging hinaus. Von der Dorfmatratze in einem leeren dampfigen Badhaus einen mitleidigen Kuss auf die Wange zu bekommen, war nicht gerade ein Zeichen, dass aus dem Wallermaul ein begehrter Junggeselle geworden war. Trotzdem. Ein Wallermaul nimmt, was es bekommen kann.

Ich holte einen Sack mit Kleidung aus meiner Hütte und steckte mein ganzes Geld (immerhin 342 Gulden) in mein Stiefeltuch. Ich spürte damals schon, dass ich nicht mehr zurückkommen würde, nach Oberpfaffing. Auch wenn ich es mir nicht eingestanden hätte. Deshalb nahm ich alle Andenken an meine Familie mit, die ich nach dem Feuer noch hatte. Das war mir fast das Wichtigste in meinem Leben. Die Haube der Mutter, »Tollo«, der aus Fetzen gebastelte Perchtl, den sich der Bruder und ich geteilt hatten, ein Heiligenbildchen aus dem Gebetbuch der Oma und das Foto der Familie, das wir in Rieding hatten machen lassen. Nur wenige Tage bevor das Schlimme passiert war. Mit der Mutter, dem Vater, dem Bruder, der Großmutter und sogar dem Knecht, dessen Gesicht ich aber aus dem Foto gekratzt hatte. Der verfluchte Selbstmörder. Wenigstens hatte er das Feuer auch nicht überlebt. Und wenigstens hatte er kein Grab auf dem Gottesacker bekommen, sondern war irgendwo verscharrt worden. Ganz besonders wichtig war es mir, die Sammlungen meines Bruders mitzunehmen. Er hatte oft an der Pfaffl gesessen, wie ich heute und ins Wasser geschaut. Dabei hatte er oft seltsame Gegenstände und Dinge gefunden. Sachen über die wir uns gemeinsam gewundert oder sogar gegruselt hatten, weil wir sie nicht verstanden: Eine ganze Sammlung gezackter Metallstücke, auf deren glatter Seite mal deutlich mal undeutlich das Wort ›Imperial‹ zu lesen war. Nur ein Metallstück der Sammlung war anders. Darauf stand sehr deutlich zu lesen: Schneider. Vielleicht die Werkzeuge eines Schneiders? Zum Stoffanritzen. Wir hatten es nie herausgefunden. Und dann natürlich die Supersolzettel. Alle neun, die mir noch geblieben waren. Ich nahm mir vor, bald damit zu beginnen darauf zu zeichnen. Das hätte dem Bruder bestimmt gefallen.

Seit die Geschichte mit dem Benno und dem Schwarzbuben bei mir angekommen war, fiel es mir immer schwerer, nicht an den Bruder zu denken. Ich konnte gut verstehen, dass man seinen besten Freund brauchte und dass man alles dafür tut, um ihn zu finden. Ich wollte dem Schwarzbuben helfen. Ich musste ihm helfen. Was wäre geworden, wenn mir einer der Scheiß-Oberpfaffinger, die um unseren brennenden Hof herumgestanden waren und zugeschaut hatten, wie alles in sich zusammengestürzt ist, dabei geholfen hätte, die Türe aufzubrechen, damit die Familie rausgekommen wäre. Eine Art Kiener wenn da gewesen wäre und die Türe mit geöffnet hätte … Ich musste dieser Retter für den Schwarzbuben sein, es half nichts. Von den Oberpfaffingern würde es keiner sein. Das hatte ich schon beim Feuer am Kienerhof erlebt. Und dem Bruder hätte es auch gefallen.

An diesem Tag schaffte ich es bis nach Egenkofen. Das lag hinter Schoham, weiter an der Pfaffl entlang. Egenkofen war ein Ort, den wir Oberpfaffinger und die meisten anderen aus unserer Gegend sonst eher mieden. Die Egenkofener galten als verschroben. Sie hatten einen Brauch, der dem Rest von uns Pfaffltalern ein bisschen Angst machte: Das Himmelskreuzeln. Ich wusste damals nicht, was genau darunter zu verstehen war. Aber mir war klar, dass es etwas seltsames sein musste.

Als ich im Dorf ankam, war es früher Abend und ich kehrte beim Wirt ein. Dort gab es ein kaltes Essen und ein Strohlager, in dem ich die Nacht verbringen konnte. In der Gaststube waren außer mir noch drei Männer. Jeder saß alleine an einem Tisch vor seinem Bier und schwieg. Es war kalt, ungemütlich und still. Ich trank ein Bier und aß ein Schweinefleisch. Später im Strohlager war nur noch ein weiterer Gast. Der Wieder. Ein uralter Mann, der die ganze Nacht über gurgelnde Geräusche machte. Ich konnte kaum schlafen. Noch schlimmer wurde es, als er zwischendurch gar keine Geräusche mehr machte. Dann dachte ich jedesmal, er sei gestorben, stand auf und fühlte seinen Puls.

Am Morgen war der Wieder fort.

Ich wollte mich schnell auf den Weg nach Russlach machen. Der Wirt bot mir noch Kaffee und ein Musbrot an. Ich nahm nur das Brot und trank eine wässrige Milch dazu. Ich wollte möglichst rasch wieder aus dem Dorf sein. Weiter nach Russlach. Aber etwas versperrte mir den Weg. Eine Art Prozession. Ungefähr dreißig Männer liefen langsam in einer langen Reihe hintereinander her. Alle blickten wie gebannt nach oben. Alle murmelten ein monotones Gebet. An der Spitze der Prozession lief ein Ministrant. Er trug eine Stange, die fast dreimal so lang war wie er selbst. Daran hing, wie an einer Angel, ein Kreuz. Etwa fünf bayerische Fuß lang und ebenso breit. Jedoch nicht mit einem Ende nach unten zeigend, sondern das Kreuz hing waagerecht. Es streckte quasi alle Viere von sich. Der Ministrant hatte ein Rohr oder eine Pfeife in seinem Mund stecken, die, wenn er hineinblies, ein rauschendes Geräusch machte. Als einer der Männer aus der Prozession direkt an mir vorüberging, konnte ich sein gemurmeltes Gebet hören: »Heiliges Himmelskreuz, kehre zu uns zurück und gib uns deinen Segen. Heiliges Himmelskreuz, wir beten, um deine Wiederkehr und deinen Segen für unser Dorf. Heiliges Himmelskreuz, erbarme dich unser …«

Neben mir tauchte der Wirt des Egenkofener Gasthauses auf. Ich schaute ihn an. Und er erklärte mir das Egenkofener Himmelskreuzeln.

Früher, als er, der Wirt, noch ein Kind war, erzählte er, ging es den Egenkofenern gut. Sie waren damals die reichste Gemeinde im Pfaffltal. Die Kühe gaben die fetteste Milch, die Felder hatten das beste Getreide. Egenkofen war bekannt für seinen sahnigen Käse und die Bäuerinnen kamen kaum mit dem Käsen hinterher, so schnell wurde er ihnen damals auf dem Riedinger Markt aus der Hand gerissen, so der Wirt. Der Egenkofener war allen Feinschmeckern und Käsefreunden in Rieding ein Begriff. Die Leute aus dem Dorf glaubten damals, dass das mit dem Himmelskreuz zusammenhing. Einem mystischen Kreuz, das jeden Sonntag und jeden Mittwoch über dem Dorf auftauchte. Wie eine göttliche Erscheinung. Der Wirt erzählte, dass er sich noch gut daran erinnern konnte, obwohl er damals noch ein Kind gewesen sei. Es war ein schwebendes Kreuz, das sonntags von hinter den Bergen im Osten kam, sich langsam über das Dorf bewegte und im Westen hinter den anderen Bergen wieder verschwand. Mittwochs in die entgegengesetzte Richtung. Die Kinder freuten sich jedesmal und jubelten schon, wenn man das leise Rauschen des nahenden Kreuzes ganz leise zu hören begann. Egenkofener Neugeborene wurden nur getauft, während sich das Himmelskreuz über dem Dorf befand. Für die Dörfler war das Kreuz ein Zeichen dafür, dass sie vom Herrgott besonders gesegnet waren. Wenn das Kreuz einmal nicht zu sehen war, wegen zu starker Wolken, galt das als böses Omen.

Dann, eines Tages, blieb das Himmelskreuz aus. Und mit ihm ging der Wohlstand Egenkofens. Keine fette Milch mehr und drei Missernten in Folge. Obwohl das Wetter in diesen Jahren weder besonders gut, noch besonders schlecht war. In Rieding lachten die Leute schon über die plötzlich so armen Egenkofener und man musste die Milch zum Käsen bald in Russlach kaufen, weil die Egenkofener zu mager war.

Seitdem versuchten die Egenkofener verzweifelt, das Himmelskreuz und damit verbunden das Glück zurück zu beschwören. Jeden Tag drei Mal ging eine Prozession bestehend aus allen Egenkofener Männern durch das Dorf und folgte einem an einer Stange schwebenden Kreuz. Dazu murmelte man Gebete und Formeln.

Doch das Kreuz war nie wieder zurückgekommen.

Ich war froh, als die Prozession vorbeigezogen war und ich weiter konnte. Egenkofen war ein trauriger Ort. Schon Oberpfaffing war alles andere als fröhlich. Aber gegen das hier strahlten wir das reine Glück aus.

Das Andreasfeuer

Bericht von Joseph Kiener. Fortsetzung

Bis mittags schaffte ich es fast bis nach Russlach. Vor Betreten des Ortes wollte ich mich noch waschen und frische Kleidung anziehen. Ich ging also vom Weg ab immer dem Rauschen der Pfaffl nach. Ein Wildwechsel führte durch das Unterholz bis ans Ufer. Dort konnte ich mich säubern. Das Wasser war sehr kalt. Barfuß ging ich durch den seichten Bach und hoffte, so den Weg abzukürzen. An einer Furt sah es so aus, als würde ein Pfad vom Ufer in den Wald und dann weiter in Richtung Straße führen. Ein großer moosiger Baumstamm lag quer über den Fluss und ich glaubte, einen Einstieg am runtergetretenen Gras am Bachufer und dem abgerissenen Moos zu erkennen. Vielleicht wieder nur ein Wildwechsel. Aber ich kam zurück ins Trockene, raus aus dem eiskalten Wasser. Nach wenigen Fuß durch Farn und feuchtes Gras öffnete sich eine Lichtung, auf der ich etwas sah, das ich vorher noch nicht gesehen hatte: Ein ungefähr zweimannhoher Pfahl steckte im Boden. Offensichtlich hatte er in der Mitte eines großen Feuers gestanden, denn rings um den Stamm lag noch verkohltes Holz und der Pfosten selbst war ebenfalls rußig schwarz. Die Feuerstelle musste schon uralt sein, denn es roch nicht verbrannt und die Regengüsse und der Schnee vieler Monate oder sogar Jahre hatten von Kohle und Asche kaum noch etwas übrig gelassen. Außerdem war die Feuerstelle bereits stark mit Gras und Farnen eingewachsen und an manchen Stellen vom Gebüsch vollkommen verdeckt. Ich begann langsam um den Pfahl herumzugehen. Auf der anderen Seite sah ich den Wildwechsel, der tiefer in den Wald und hoffentlich wieder auf die Russlacher Straße führte. Vorsichtig schlich ich weiter um die ehemalige Feuerstelle herum. Die verkohlten Stücke sahen seltsam aus. Regelmäßig. Nicht wie Äste mit Rinde und kleinen Zweiglein, eher wie Knochen. Und dann lag da auf einmal ein zerbrochener Schädel. Und noch einer. Und ein dritter. Ich ging schneller. Nur vorbei. Ein vierter Schädel. Ich rannte. Stolperte. Rannte weiter. Bis ich wieder die Straße sah. Ich zitterte vor Angst. »Russlach, Doben, Hinterwald. Russlach, Doben, Hinterwald. Russlach, Doben, Hinterwald ...«, sagte ich mir vor, um mich zu beruhigen.

In meiner Vorstellung war Russlach immer so ähnlich wie Rieding gewesen. Viel größer als Oberpfaffing. Mehr wie eine Stadt als ein Dorf. Ein Marktplatz, ein Brunnen, ein großes Amtshaus. Als ich aber bleich und noch immer zitternd in den Ort rannte, kam es mir erst kurz so vor, als sei ich zurück in Oberpfaffing. Oder in einer noch mickrigeren Version von Oberpfaffing. Nur vier oder fünf Ortshäuser an einer schlammigen Straße, eher eine Kapelle als eine Kirche, kein Kramer, kein Bäcker und kein Wirt. Die Häuser waren schmutzig und schon lange nicht mehr geweißelt, die Türen hingen schief in den Angeln und die Viecher schrien hungrig. Die Pfaffl war durch den Regen in den Bergen sehr stark angeschwollen und rauschte laut und kalt durch den Ort. Auf der Straße war kein Mensch. Und man roch auch nicht das übliche Ofenfeuer, das sonst nach einem Regen, gerade im Frühjahr, in der Luft hing. Alles war kalt und leer. Wo waren alle hin? Meine Angst wurde nicht kleiner durch die fehlenden Russlacher. Lange konnten die noch nicht weg sein. Sonst würden die Viecher noch lauter brüllen. Aber warum brannten keine Herdfeuer? Mir war unwohl.

Neben der Kirche sah ich das Amtshaus. Oder vielmehr die Amtshütte. Ich schob die Türe auf und betrat den kalten Raum. Das vertraute Bild einer Amtsstube: Ein Schreibtisch, das fotografische Portrait des Königs, das in allen Amtsstuben hing, Stempel, ein ordentlich unter den Tisch geschobener Stuhl, Siegellack und die dazugehörigen Siegel im verglasten und abgesperrten Kasten, die Brotzeit sauber verpackt im Brotzeitpapier auf der Fensterbank, der leere Huthaken: Eine Amtsstube halt. Ich rief vorsichtig »He«, eine Kuh schrie etwas lauter als vorher. Sonst nichts.

Langsam erholte ich mich etwas von meinem Schrecken im Wald und merkte, dass ich hungrig war. Die Brotzeit roch gut und der Amtmann war nicht da. Nach München würde der mich schon nicht schicken deswegen. Ich nahm das Brot, schloss die Türe hinter mir und setzte mich vor die Kirche. Es begann zu regnen und ich hatte Heimweh nach Oberpfaffing. Wer hätte das gedacht. Heimweh nach einem Ort, wo man mich gerade erst verhauen hatte.

Die Viecher wurden wieder stiller und auch die Geräusche der Pfaffl schienen in den Hintergrund zu treten. Ich kaute das Brot, aß die Wurst und den Käse und lauschte.

Ganz weit entfernt glaubte ich etwas zu hören. Menschliche Geräusche. Rufen oder eine Feier. Wie Kirchweih oder ein Osterfeuer. Ich stand auf und drehte mich im Kreis um herauszufinden, von wo die Geräusche kamen. Aber da war wieder nur Stille.

Ich stand auf und ging in Richtung Hang. Plötzlich glaubte ich wieder die Geräusche zu hören. Vielleicht war es sogar Gesang. Ich ging weiter. In einem Stall, an dem ich vorbeikam, schrien die Kühe. Je größer die Entfernung zu den Ställen wurde, desto lauter hörte ich jetzt das Gesinge. Oder doch Gerufe? Schließlich war ich nah am Ufer der Pfaffl und blickte auf die andere Uferseite. Dort war eine große Viehweide und dahinter der Wald am ansteigenden Berghang. Auf der Wiese, direkt am Waldrand, sah ich die Ursache der Geräusche: Etwa dreißig oder vierzig Menschen, Männer, Frauen und einige Kinder raufen. So sah es zumindest auf den ersten Blick aus. Eine Schlägerei. Das gab es bei uns nicht gerade selten. Aber eher im Wirtshaus oder auf einer Dult. Vielleicht war es auch nur eine Art Dorfritual. Ein symbolisches Sich-Ausraufen. Ernst konnte es nicht sein, dafür sah es zu lustig aus. Ich musste fast lachen, als ich dabei zusah. Einige lagen bereits wie erschöpft auf dem Boden. Andere rangen noch weiter miteinander.

Ich ging noch näher ans Ufer. Dort stand ein Schober. Ich wollte auf das Dach klettern, um die Rauferei besser sehen zu können. Es sah von hier schon so lustig aus. Ich fand keinen Tritt, um schnell auf das Dach zu gelangen. Also ging ich nach vorne, zur offenen Seite des Schobers, um mir eine Leiter oder einen Hocker oder irgendetwas zum Hochklettern zu besorgen und blickte im Inneren des Unterstands in eine Unzahl ängstlicher Kinderaugen. Zwanzig oder dreißig Kinder saßen im Heu des Schobers und beobachteten angsterfüllt die andere Seite des Baches. Schmutzige, abgerissene Dorfkinder mit panisch aufgerissenen Augen. Die Kleineren hingen an den Größeren. Das Jüngste noch ein Säugling, das Älteste vielleicht dreizehn.

Ich verstand nicht und blickte von den Kindern wieder auf die andere Seite des Flusses. Wenn das hier die Dorfkinder waren, was waren dann das da drüben für Kinder? Ich ging noch näher ans Ufer und zwickte meine Augen zusammen. Ich stand schon fast im Wasser. Das waren gar keine Kinder da auf der anderen Seite. Das waren nur kleine Menschen. Und jetzt sah ich auch, dass ausschließlich die Großen mit den Kleinen rauften. Keine Großen untereinander. Und es war auch kein einfaches Balgen. Da war Blut. Fast alle der Kleineren lagen inzwischen auf dem Boden. Ich schaute wieder zu den Kindern. Dann wieder zurück ans andere Ufer.

Das waren Perchtln. Die Russlacher kämpften mit Perchtln. Die Sagenfiguren. Perchtllauf, Perchtlmannderl, Perchtltraditionen. Die Bringer des Viechfiebers und anderer Hexereien. Der Grund, warum sich Kinder nachts vor Angst in den Schlaf weinten und ich im Egenkofener Schober so schlecht geschlafen hatte. Der Grund, warum die Kinder in Oberpfaffing nicht auf den Wachten durften. Die Feinde des heiligen Andreas von Rieding. Der Grund für den Andreaskult, den der Holderer und seine Heimatwahrer verbieten wollten. »Das sind Perchtln«, sagte ich zu den Kindern im Schober. Die größte, die Dreizehnjährige nickte.

Plötzlich ging alles ganz schnell. Jetzt liefen die letzten drei Perchtln, die noch stehen konnten, in den Wald, verfolgt von einigen Russlachern. Andere Dörfler kümmerten sich um die drei auf dem Boden liegenden Ihrigen. Die schienen nur verletzt zu sein, denn sie bewegten sich, setzten sich auf und lachten sogar. Wieder andere begannen die auf dem Boden liegenden Perchtln zusammenzuziehen und zu einem Haufen zu stapeln. Vor wenigen Augenblicken war noch gekämpft worden und jetzt war alles schon wieder vorüber.

»Jetzt machen wir das Andreasfeuer«, sagte das Mädchen.

Wie auf ein Kommando standen die Kinder auf und gingen zurück ins Dorf. Unterhalb der Kirche war ein Steg über die Pfaffl. Ich folgte den Kindern. Deren Stimmung wurde langsam fröhlicher. Einige Erwachsene kamen uns entgegen und lachten. Sie hatten leichte Verletzungen im Gesicht und an den Armen und Beinen. Aus dem Dorf kam uns ein Trupp Greise hinterher, auf einem Handkarren ein Bierfass und ein totes Schwein. Als wir den Steg überquert hatten, waren die Russlacher auf der Viehweide bereits dabei, einen großen Baumstamm aufzustellen und die Kadaver darum herum aufzuschichten. Es sah aus wie die verkohlten Überreste im Wald. Mich gruselte.

Ich, wie fast jedes Kind hier in der Gegend, hatte schon so viele Schauergeschichten über die Perchtln gehört, so viele Perchtlläufe mitgemacht, aber als Erwachsener natürlich nicht mehr daran geglaubt. Wenn es die Perchtln also wirklich gab und nicht alles bloß eine Geschichte war, was bedeutete das für alles andere? War Andreas von Rieding doch ein echter Heiliger? Und die Kirche, der Holderer und die Amtmänner lagen falsch. Warum versuchten der Holderer, seine Wahrer und die Amtmänner trotzdem alle Spuren des Andreasglaubens auszulöschen? Wenn doch alles stimmte und gar kein Aberglaube war. Waren die Andreaspfähle und -kapellen nicht echter als die Kirchen und Wegkreuze mit der Mutter Gottes und dem heiligen Christophorus.

Ich ging langsam mit den Kindern auf den großen Pfahl mit den Leichen zu. Eltern umarmten ihre Kinder, andere Erwachsene brachten Holz und verteilten es auf, neben und unter den Toten. Irgendwo wurde ein Kohlehaufen angezündet, das Schwein abgeladen und das Fass angezapft. Ich ging langsam aber zielstrebig immer weiter auf den Scheiterhaufen zu. Als ich davor stand, traute ich mich erst nicht, mir die toten Perchtln anzusehen. Oben auf dem Haufen lag ein weiblicher Perchtl. Klein wie ein achtjähriges Kind, schwarze Haare und ledrig-braune, runzelige Haut. Die Nase war stark gekrümmt und die Augen wirkten wie zornig zusammengekniffen. Aber vielleicht war es doch keine Frau und ich tappte wieder in die Holdererfalle, weil ich mir einen bartlosen Mann einfach nicht vorstellen konnte. Alle anderen toten Perchtln hatten auch keine Bärte. Vielleicht hatten sie einfach keine. Ihre Kleidung war, ähnlich der unseren, einfach. Hosen, Wollhemden, Filzhüte. Was mir bei einem der Perchtln auffiel, waren seine farbenprächtigen Schuhe. Weiß mit bunten Seiten. Fast leuchtend. Plötzlich verstand ich, was der Saillerbub mit »von selber rot« gemeint hatte. So musste die Farbe gewesen sein, die Benno auf dem Wachten gesehen hatte. Aber bevor ich mir die Schuhe genauer ansehen konnte, kam einer der Russlacher, schob mich beiseite, goss Spiritus oder etwas Ähnliches über den Scheiterhaufen und zündete ihn mit einer Fackel an. Schlagartig wurde es sehr heiß und ich torkelte zurück.

Ich schaute in das Feuer und sah den Toten beim Verbrennen zu. Gesichter, die sich immer mehr verzerrten, Körperfett, das zischte und sprudelte, Finger, die sich zu Klauen krümmten, der anfangs fast angenehme Geruch von Gebratenem, der einem erst das Wasser im Mund zusammenlaufen ließ und einem dann aber die Kotze in die Kehle trieb, sobald man daran dachte, wessen Fleisch da briet. Später roch es nur noch verbrannt und die Körper der Toten verkohlten mehr und mehr. Ein Geruch, vertraut und beängstigend. Ein Geruch, den ich kannte. Untrennbar mit der Katastrophe verbunden, bei der ich meine ganze Familie verloren hatte.

Neben mir stand ein Mann, der im Vergleich zu allen anderen, die auf der Viehweide waren, sehr sauber war. Seine Kleidung wirkte städtisch und sein Schnurrbart war ordentlich gestutzt. Wahrscheinlich der Amtmann von Russlach, dessen Brotzeit ich gegessen hatte. Fast hatte ich ein schlechtes Gewissen. Er schaute mich an. Er wirkte wie ein Schulbub, der bei einem Streich erwischt worden war. Seine Anwesenheit schien ihm peinlich zu sein. Er schaute mich an, zuckte mit den Schultern und ging zurück ins Dorf.

Die Kirchenglocke begann zu läuten. Der Himmel riss auf und plötzlich war alles wieder gut. Der Spanferkelduft war stärker als der Gestank der verkohlenden Perchtln, das Bier floss und die Kinder tanzten. Einer der Dörfler spielte auf seiner Ziehharmonika. Das Perchtlschlachten war nicht viel länger als eine halbe Stunde her.

Ein Russlacher hatte mir ein Bier gegeben. Ich trank und ging damit über die nachmittägliche Weide in Richtung Wald. Dorthin, wo ich die überlebenden Perchtln hatte verschwinden sehen. Ich konnte mich trotz der brennenden Leichen eines stillen Glücksgefühls nicht erwehren. Die Sonne, die Wärme, die Musik, die tanzenden Kinder, die Berge, der leichte Biersuri. Obwohl ich nichts getan hatte, als dem Kampf vom anderen Pfafflufer aus zuzusehen, fühlte ich mich den Russlachern sehr nah. Ich pfiff und setzte mich auf einen umgefallenen Baum am Waldrand. Die Kinder begannen jetzt sogar in einer Pfafflgumpe zu baden und spritzen sich gegenseitig kreischend mit dem eiskalten Wasser an. Von der Angst in ihren Augen war nichts mehr zu sehen.

Das Schwalbennest

❧

Bericht von Joseph Kiener. Fortsetzung

Kiener«, hörte ich hinter mir. Ich erschrak. »Kiener, komm.« Ich drehte mich um. Hinter mir begann das Dickicht des Waldes. Ich blickte vorsichtshalber wieder stur nach vorne. Das war die Stimme von Elsi. Ich drehte mich wieder um. Sie stand mitten im Unterholz im Dunkeln und schaute mich an. Das helle Gesicht im dunklen Wald. »Ich konnte dich nicht alleine gehen lassen, Kiener. Du siehst ja, was dir dann passiert. Jetzt komm. Zum Engel.«

Als ich mich an das Dämmerlicht im Wald gewöhnt hatte, sah ich dass Elsi ungewöhnlich gekleidet war. Ein grober Janker, ein Jägerhut, eine wollene Bundhose und ein Rucksack. Wie ein Mann. Wie der Traublinger, wenn er ins Holz geht, um seine Fichten zu überprüfen und zufällig mit einer Wildsau und einem Mordsrausch heim kam. Vielleicht waren das sogar die Kleider vom Traublinger. »Komm, ich bring dich zum Engel. Das hätte ich eh besser gleich gemacht und dich nicht erst alleine loslaufen lassen sollen.«

»Elsi, was ist da gerade passiert?«

Elsi ging den Hang nach oben.

»Komm, Kiener.«

»Ich wollte in Russlach nach dem Weg zum Doben und nach Hinterwald fragen, und dann war da niemand und dann plötzlich die Perchtln und das Blut und die Kinder und die Musik.«

Elsi war ungeduldig: »Das muss dir alles der Engel erklären. Und mit Hinterwald wärst du so eh nicht weiter gekommen. So heißt der Engel, wenn er nicht Engel genannt wird.«

Wir gingen langsam. Bergauf ist noch nie meine Stärke gewesen. Elsi lief viel schneller als ich.

Wir stiegen bestimmt über eine Stunde durch den Wald. Als wir schließlich auf einer Lichtung zum Rasten kamen, konnten wir kurz über das ganze Tal blicken. Von Russlach aus stieg immer noch dunkler Rauch auf. Viel weiter hinten konnte ich den Kirchturm von St. Jakob in Rieding erkennen.

»Von ganz oben kannst du bis in die Stadt hinein sehen.« Elsi stieg schon weiter auf.

Wir gingen um einen kleinen Hügel herum und standen auf einer großen Weide. In Oberpfaffing gab es eine ganz ähnliche Stelle: Die Felswand des Wachten und darunter eine große Viehweide, auf der im Sommer die Rinder des Dorfes waren. Hier sah ich aber ganz andere Tiere. Wollrehe, wie vor einigen Monaten auf dem Kirchplatz. Weiße Wollrehe. Zehn oder fünfzehn Stück. Sie sprangen wie Ziegen davon, wenn man ihnen zu nahe kam. Ganz elegant. Nicht wie die normalen Rehe sondern eher wie Böcke. Nach allem, was ich heute gesehen hatte, wunderte mich nichts mehr. Die Tiere und ihre Bewegungen sahen jedenfalls sehr geschmeidig aus. Ich schaute zu Elsi, sie machte mir ein ungeduldiges Zeichen, ihr zu folgen und ging weiter.

Oberhalb der Weide sah ich ein ganz und gar ungewöhnliches Haus. Ein Haus, wie ich es noch nie vorher zu Gesicht bekommen hatte. Vielleicht das Haus einer Hexe oder eines Magiers, dachte ich damals. Es war direkt in die felsige Wand gebaut und hing wie ein Schwalbennest über der Wiese. Das Haus schien ganz und gar aus übrig gebliebenen

Teilen alter Höfe und Stadthäuser zu bestehen: Schiefe Fenster, krumme Türen, quietschende Winden, verzierte Balken, zerbrochenes und ganzes Glas in bunten Kirchenfenstern, bemalte Bauernschranktüren. Etwas, das aussah wie eine Aussteuertruhe, klebte wie ein Balkon an einer der Wände. Ein wilder Haufen unterschiedlicher Teile, windschief und krumm zusammengeleimt, gebunden und genagelt. Alte Schränke und etwas, das aussah wie ein Sarg oder ein Aborthäuschen, wurden zu Türmchen und Erkern. Nichts passte zusammen und doch fügte sich alles zu einem seltsamen Gebäude zusammen. Das Ganze wurde gestützt durch eine Vielzahl von Baumstämmen und alten Dachbalken, die das Haus an den oberen Rand der Felswand drückten. Obwohl es fast windstill war, schienen die einzelnen Elemente immer in Bewegung zu sein und ich befürchtete, irgendeines der wackeligen Teile könnte sich lösen und auf uns herabstürzen.

Ich konnte nicht erkennen, ob es von dort, wo wir standen, überhaupt einen Weg zu dem Schwalbennesthaus gab. Es hing bestimmt dreißig oder vierzig bayerische Fuß über der Stelle, wo die Weide auf die Felswand traf. Elsi wirkte erleichtert: »Willkommen auf dem Doben, Kiener. Gleich sind wir beim Engel.« Ich blickte nach links und rechts die Bergkette entlang. Das Schwalbennesthaus war die höchste Stelle der gesamten Bergkette. »Ist er der Engel, weil er so weit über uns wohnt?«, fragte ich. Elsi lächelte nur milde und sagte: »Wart ab, Kiener. Der Engel ist halt der Engel.«

Hinter einem Busch war eine vergitterte, eiserne Türe vor einer Öffnung im Felsen. Elsi nahm einen winzigen Schlüssel aus ihrem Hosensack, sperrte auf und wir konnten eine steile Treppe in einem in den Fels geschlagenen Gang hinaufsteigen. Oben öffnete Elsi eine Falltüre, die mitten in das Schwalbennesthaus führte.

Das Haus war noch wackeliger und weiter oben als es von unten ausgesehen hatte. Bei jedem Schritt stöhnte und ächzte es und ich hatte dauernd das Gefühl, in einem leichten Luftzug zu stehen. Aber was die Aussicht betraf, hatte Elsi nicht übertrieben. Ich sah Rieding mit St. Jakob und viel weiter hinten konnte ich am Fuß einer anderen

Bergkette die Stadt sehen. Die Stadt mit den drei Kirchen, dem Dom und der Bischofsresidenz.

Ich ging ganz nah an eines der größeren Fenster. Der Boden stöhnte. Zwar war ich schon oft in Richtung Wachten gelaufen und hatte vom oberen Goaßweg Richtung Rieding geschaut, aber der Blick aus dem Schwalbennesthaus ließ mich nicht so leicht los. Ich konnte mich gar nicht satt sehen. Gleichzeitig scheute ich die ungewohnte Höhe. Über Russlach schien die Sonne, weiter hinten über Rieding und der Stadt ballten sich Wolken. Dazwischen Sonnenstrahlen, Regenschlieren, Licht, Dunkel, Blau, Grau, Grün, Berge, Hügel, Felder, Weiher, Wälder, Höfe und Dörfer.

Ich weiß nicht, wie lange ich da stand. Wahrscheinlich lange, denn es wurde langsam dunkel.

Jemand legte mir die Hand auf die Schulter. Es war Elsi. Ich drehte mich um und wusste, dass ich den Engel kennenlernen würde.

Ich erwartete, überrascht zu sein. Eine Lichtgestalt in Weiß oder ein weiser alter Mann. Aber der Engel, den ich mitten im Schwalbennesthaus stehen sah, war ganz normal. Vielleicht vierzig Jahre alt, weder dick noch schlank, schüttere farblose gescheitelte Haare, Schnurrbart, saubere graue Weste, weißes Hemd und graue wollene Hose. »Der Kiener«, sagte er ruhig und ging auf mich zu um mir die Hand zu schütteln.

»Elisabeth sagt, dass du einige Antworten bekommen möchtest. Sie hat das Gefühl, dass du einer bist, dem wir vertrauen können und der alles verstehen wird.«

Er schaute mich lange an und fuhr dann fort. »Elisabeth hat mir das Meiste über dich schon erzählt.« Der Engel ging einige Schritte ins Halbdunkel nahe der Felswand. Da standen zwei Sessel, auf die wir uns setzten. Der Engel schaute mich unverwandt an. Ich fühlte mich unbehaglich.

»Was weißt du über das Königreich Bayern, Kiener?«

Ich schaute irritiert zu Elsi, die mir aufmunternd zulächelte.

»Ich will dir erst mal ein wenig die Augen öffnen, Kiener, und dazu muss ich wissen, was du weißt, verstehst du?« Der Engel sprach sehr ruhig und fast nach der Schrift. Er wirkte herablassend und schaute mir direkt in die Augen. Ich fühlte mich trotzig.

»Halt alles, was wir in der Schule gelernt haben. Wiener Kongress. König Ludwig und die Wittelsbacher, Residenz in München und es gibt Altbayern und Franken und Schwaben und so etwas.«

»Aha, das ist ja nicht besonders viel, oder?« Der Engel lächelte. Ich mochte ihn nicht. Er blickte sich Beifall heischend zu Elsi um.

»Kennst du jemanden, der schon einmal in München war?«

Ich verstand den Sinn seiner Fragen nicht. Die Erwähnung Münchens weckte immer noch und immer wieder Unbehagen in mir.

»Der Dobler aus Oberpfaffing ist nach München, der war so gut in der Schule, dass der zum Studieren da hin musste. Und der Benno vielleicht …«

»Zum Benno kommen wir später. Aber sag, Kiener, kennst du jemanden, der aus München zurückgekommen ist? Nach Oberpfaffing.«

Das brachte mich ein bisschen zum Nachdenken. »Nein.«

»Geh doch mal an das Fenster und zeige mir, in welcher Richtung deiner Meinung nach München liegt.«

Ich schaute zum Fenster und wieder zum Engel. »Das kann ich nicht.«

»Kennst du jemanden, der schon einmal in Rosenheim oder Landshut oder Straubing war?«

»Ich weiß nicht, was das sein soll.«

»Das sind wichtige Städte in Bayern. Wie heißt denn die nächste größere Stadt zwischen hier und München?«

»…«

»Kommt dir das nicht seltsam vor, Kiener? Dass du hier in Bayern bist, aber noch nie von anderen Orten gehört hast?«

»Ich arbeite halt viel mit meinen Fischen und habe wenig Zeit.«

»Ich habe schon gehört, wie viel du arbeitest und was du mit deiner Zeit machst.« Der Engel rollte mit den Augen und schaute wieder zu Elsi. »Hast du vielleicht schon mal etwas über Straubing oder Rosenheim gelesen?«

»Nein.«

»Bist du besonders dumm im Vergleich zu den anderen oder woran meinst du liegt das?«

Langsam wurde ich zornig. »Vielleicht gibt es das alles gar nicht. Nur weil Sie es behaupten, heißt das noch lange nicht, dass das alles existiert. Der Pfarrer hat immer gesagt, dass es gar keine Perchtln oder den heiligen Andreas gibt. Und was habe ich gerade gesehen …? Und jetzt kommen Sie mit Rosenheim und Straubling und lauter solchen Dingen. Warum soll es die denn geben? Nur weil Sie das behaupten.«

»Du hast ja recht, Kiener. Ich versuche es noch mal andersherum.« Der Engel nahm seine Nasenwurzel zwischen Daumen und Zeigefinger, als wollte er mir zeigen, wie besonders gut er nachdenken konnte. »Sag, in welchem Jahr hat unser jetziger König den Thron bestiegen?«

»10. März 1864.« Das wusste jedes Kind in Bayern. Trotzdem ärgerte es mich, dass der Engel mit mir wie mit einem Kind sprach.

»Und er ist unser Herrscher und König und Landesvater und alles?«

»…«

»Und jetzt kommt das Schwierigste, Kiener. Eine Rechenaufgabe. Wenn der König 1864 den Thron bestiegen hat und, wie du sicher weißt, 1845 geboren wurde, wie alt ist denn unser Gebieter heute?«

Ich mochte seinen überheblichen Tonfall nicht. »Gebieter«, sagte er mit einem Unterton, der mir respektlos vorkam. Ich musste an den mystischen Moment in Rieding denken, als ich das Wandbild unseres Königs angesehen hatte und von meinen Gefühlen übermannt worden war. Und mir fielen die Gesichter meiner Mitschüler in der Oberpfaffinger Dorfschule ein, denen beim Singen von »Heil unserem

König« die Tränen über die Wangen liefen. Trotzdem rechnete ich. Und das war nicht schwierig: 2016 minus 1845 war hunderteinundsiebzig. Nicht gerade eine komplizierte Rechenaufgabe für einen Fischdandler. Obwohl ich sonst eher mit kleineren Zahlen zu tun hatte.

»Das wissen Sie doch selbst. Warum stellen Sie mir so eine Frage?«

»Wieviele andere Hunderteinundsiebzigjährige kennst du noch? Oder andersherum: Wie alt ist der älteste Mensch, den du kennst?«

»Die Oma vom Sailler ist achtundachtzig. Aber die machts nicht mehr lang.«

»Und hunderteinundsiebzig. Kommt dir das nicht komisch vor?«

»Er ist immerhin der König.« Ich konnte nicht glauben, dass mir der Engel überhaupt so ein dumme Frage stellte. »Vom Andreas von Rieding heißt es auch, dass er über hundertfünfzig Jahre alt geworden ist. Und, wie ich heute gesehen habe, ist der nicht unbedingt eine erfundene Figur. In der Bibel gibt es auch den Abraham und der ist hundertfünfundsiebzig Jahre alt gewesen. Warum soll unser König also nicht hunderteinundsiebzig sein?«

Der Engel blickte fast verzweifelt in Richtung Elsi. Die kam auf mich zu, nahm meinen Arm und führte mich an das große Fenster.

»Kiener, wir hören jetzt besser mit der Fragestunde auf. Du bist hier aufgewachsen und hast nie etwas anderes gehört, als was man dir in der Schule, im Katechismusuntersicht und in der Kirche erzählt hat. Du hast nie etwas in Frage gestellt. Warum auch. Jetzt bist du den sogenannten Perchtln zum ersten Mal begegnet und hast zum ersten Mal einige Dinge hinterfragt. Vielleicht ist es ein bisschen viel, wenn wir versuchen, dich ohne unsere Hilfe selbst auf alles kommen zu lassen« Elsi blickte zum Engel. Der drehte sich von uns weg. Elsi fuhr fort. »Außerdem ist es schon spät, du hast noch nichts im Bauch und morgen ist ein neuer Tag. Ich zeig dir, wo du schläfst und dann essen wir.«

Elsi führte mich durch eine Türe im Felsen auf der Rückseite des

Schwalbennesthauses in ein geräumiges Höhlenzimmer. Die Wände waren grob aus dem Fels geschlagen und weiß angestrichen. Im Gegensatz zum windigen, wackelnden und knarzenden Holzteil des Schwalbennests, war hier alles fest und ruhig. Und unglaublich sauber. An einer Wand stand ein einfaches helles Holzbett. Gegenüber war ein Waschtisch mit weißem Waschgeschirr. An der Wand über dem Bett hing die farbige Landkarte, eines Landes, das ich noch nie gesehen hatte: Spitz und vom Meer umgeben. Die Ortsnamen waren in einer mir unbekannten Sprache. Elsi zeigte mir noch den Abort. Ein ebenfalls weißes Zimmerchen, das mir so sauber vorkam, dass ich mir nicht vorstellen konnte, dort auf das Klo zu gehen. Aber durch den ganzen Gang nach unten gehen, um in die Büsche zu machen ... Statt eines Brettes mit Loch war da eine Art Stuhl aus demselben, kalten Material wie sonst Teller oder Suppenschüsseln, mit einer hölzernen Einfassung der Sitzfläche. An einer Wand war eine Waschschüssel fest angebracht. Aus einem eisernen Rohr konnte man durch Treten auf ein Pedal am Boden Wasser fließen lassen. Als ich das Abortzimmer verließ, schlich sich Elsi direkt hinter mir hinein und zog an einer Kette, die neben dem Stuhl von der Decke hing. Es rauschte, als ob Wasser fließt.

Im großen Schwalbennestraum gab es an einem Tisch Fleischsuppe, Brot und kaltes Fleisch mit Kren. Es war nur für mich gedeckt und Elsi saß schweigend und abwartend neben mir. Der Engel war nicht dabei.

Durch das große Fenster sah ich im Westen eine untergehende Sonne über den Bergen. Ganz leise hörte man die Kirchenglocken aus Russlach. Abendandacht.

Am nächsten Morgen fiel mir alles schwer. Muskelkater vom schnellen Bergaufgehen. Im Zimmer war es dunkel. Ich wusste nicht, ob noch oder schon wieder. Zwar hatte ich auf der echten Matratze gut geschlafen, besser als auf meinem Strohsack, doch war ich ohne Orientierung und die stehende Luft im Höhlenraum hatte ein drückendes Gefühl in meinem Kopf hinterlassen.

Trotz der Dunkelheit entdeckte ich, dass ich über einen Seilzug-mechanismus eine Klappe öffnen konnte, die einen Spiegel verbarg, der Tageslicht in das sonst fensterlose Zimmer leitete. Es ging mir schon etwas besser. Ich wusch mich ausgiebig und fand frische Kleidung neben dem Waschtisch. Die gleiche, die der Engel auch getragen hatte. Das Hemd war aus einem feinen, aber stabilen Stoff und die Hose machte einen unglaublich exakten Eindruck auf mich. Alle Nähte waren gleichmäßig und nirgendwo fand ich Unregelmäßigkeiten im Stoff oder der Webstruktur. So ein Material hatte ich noch nie in den Händen gehalten. Ich fand auch neue Schnürstiefel neben meinem Bett. Die mussten vom besten Schuster Bayerns gemacht worden sein. Alle Nähte waren perfekt und das Leder der Sohlen war fest und doch elastisch.

In Hemd, Hose, Weste und Stiefeln ging ich in den Schwalbennestraum. Es war doch noch früher als gedacht. Noch war alles still und niemand außer mir war wach. Vom großen Fenster aus hatte ich einen guten Blick auf die Viehweide unter der Felswand. Dort war schon viel los. Drei Männer fingen die Wollrehe ein. Sie versuchten Schlingen um ihre Hälse zu werfen und sie sobald sie eines erwischten an zwei Beinen zusammenzubinden, damit es nicht mehr so gut laufen konnten. Einige der Tiere waren bereits gefangen und in einem eingezäunten Bereich eingesperrt.

Hinter mir hörte ich Geräusche. Elsi kam durch die Türe in der Felswand. Mir verschlug es bei ihrem Anblick fast den Atem. Ich sah nur nackte Beine, nackte Füße und nackte Arme. Sie streckte sich, lachte, als sie meinen Gesichtsausdruck sah und verschwand wieder in der Felswandtüre.

Kurze Zeit später kam sie normal gekleidet zurück. Kleid, Schürze, die Haare hochgesteckt.

Elsi brachte Brot, Butter und Muß, stellte es auf den Tisch. Außerdem platzierte sie eine große Schüssel mit Gsteckelter in der Mitte. In einem großen Krug brachte sie dampfend heiße Milch und in einem anderen war kochendes Wasser. Sie setzte sich und machte mir ein Zeichen, mich neben sie zu setzen. Aus einem Weckglas nahm sie mit einem Löffel braune Körnchen und schüttete diese in einen Tonbecher. Als sie das heiße Wasser darüber goss, wusste ich, was es war: Kaffee. Sie goss von der heißen Milch dazu und nippte am Becher. Dabei lehnte sie sich sehr weit in ihrem Stuhl zurück. Sie legte sich fast hinein.

Ich nahm mir vom Brot und brockte mir einige Stücke in die Gsteckelte. Dann aß ich noch eine Scheibe mit Butter und Mus. Das Brot war sehr frisch und ich befürchtete davon Bauchweh zu bekommen.

»Möchtest du auch einen Kaffee, Kiener? Wir haben zwar nur Löslichen, aber der ist besser als nichts.«

Mich schüttelte es bei dem Gedanken an das bittere buttrige Getränk vom Holderer.

»Aber besser du gewöhnst dich nicht zu sehr daran. Unten bekommst du eh nur Kaffeeersatz und der schmeckt noch furchtbarer.«

Ich schaute Elsi über den Tisch hinweg an.

»Was wolltet ihr mir gestern mit eurer Fragerei erklären?«

»Warte bis der Engel da ist.«

»Der lässt mich dastehen wie ein Depp.«

»Er ist halt sehr klug.«

»Deswegen braucht er mich nicht wie einen Deppen zu behandeln. Ich kenn das vom Holderer. Der hat auch zu mir gesagt, dass ich ein Bauerndepp bin.«

Elsi erschrak. »Der Holderer. Was hast du mit dem Holderer zu tun?«

»Den hab ich am Markttag in Rieding getroffen. Der hat mir auch einen Kaffee gegeben und mir von der Heimatwahr und den Wandbildern in Rieding und dem Andreas von Rieding und so erzählt.«

»Aber warum?«

»Ich bin vor seiner Hütte gestanden und er hat mich einfach reingeholt.«

»Warum sollte dich der Holderer einfach in seine Hütte holen? Das müssen wir dem Engel sagen. Der Holderer ist kein ungefährlicher Mann. Der macht nichts einfach so.«

In dem Moment betrat der Engel das Schwalbennestzimmer. Er hatte ein Buch unter den Arm geklemmt und hielt den gleichen Becher wie Elsi in der Hand.

»Bekomme ich noch einen Kaffee?« Elsi gab ihm von den braunen Körnern und der Milch. Nach einer Geste vom Engel holte sie noch eine Zuckerdose und gab ihm einen Löffel Zucker dazu. So weißen Zucker hatte ich vorher noch nie gesehen. Der Engel gefiel mir nicht besser als am Abend zuvor. Elsi dagegen war von ihm wie gefangen.

Als der Engel in einem der Sessel saß, ich ihm gegenüber und Elsi auf einem der Stühle, die sie vom Tisch zu uns geschoben hatte, lächelte mich der Engel an und nahm den Faden vom Vorabend wieder auf.

»So Kiener, hast du ein wenig über die Fragen von gestern nachdenken können? Wird dir jetzt klarer, was ich, was wir, dir mit unseren Fragen sagen wollen?«

Ich schüttelte den Kopf.

»Vielleicht ist es besser, wir schicken ihn einfach nach Oberpfaffing zurück. Ich habe den Eindruck, das hat alles keinen Sinn.«

»Christian.« Warum nannte Elsi den Engel beim Vornamen? »Du hast selbst gesagt, dass es mehr werden müssen, die Bescheid wissen. Gib ihm ein bisschen Zeit. Du weißt doch noch, wie das bei mir war. Ich hab auch erst nicht verstanden, was du mit deinen Fragen wolltest. Vergiss nicht, dass der Kiener im 19. Jahrhundert lebt.«

Der Engel, Christian, schaute mich nachdenklich an.

»Und der Holderer ist auch schon hinter ihm her ...«

Das ließ den Engel aufhorchen. Aber so erschrocken wie Elsi war er nicht.

»Also gut. Bringst du mir noch einen Kaffee? Aber diesmal heiß.«
Wie er Elsi herumschickte.

»So Kiener, dann höre ich jetzt mit meiner Fragerei auf und erzähle
dir von Anfang an, was du wissen musst.«

Von diesem Zeitpunkt an war mein Leben ein anderes. Nichts war
mehr, wie ich es kannte. Das Ereignis mit den Perchtln vom Vortag und
meine plötzlichen Zweifel an allem waren nur eine Kleinigkeit gegen
den Umbruch, der mit diesem Augenblick begann.

Die Halbwahrheit

※

Bericht von Christian Hinterwald (44)

Mir war schon von Beginn an klar, dass Joseph Kiener nicht der Allerdümmste war. Auch wenn er nur ein Fischzüchter oder Bauer oder irgendsowas war. Faul vielleicht und ein bisschen langweilig. Aber nicht dumm. Ich verstehe inzwischen auch, warum Elisabeth ihn angeschleppt hat. Sie dachte wohl, dass es immer mehr Aufgeklärte braucht, die die festgefahrene Gesellschaft ihrer Heimat, in der sie zu ersticken glaubte, verändern sollten. Steter Tropfen sozusagen. Ich konnte das verstehen. Aber ich war auch sehr eifersüchtig. Elisabeth und er kannten sich von Kindesbeinen an, hatten den gleichen kulturellen Hintergrund und ich glaubte bei ihr eine gewisse Begeisterung für ihn zu spüren. Damals. Unvorstellbar heute. Das war so ähnlich, wie wenn man als Fremder in eine sehr vertraute Situation zwischen zwei Menschen hineinplatzt. Das fünfte Rad am Wagen. Oder wie das die Bayern gerne sehen: Ich war zwischen den beiden einfach der Preuße.

Aber jetzt zur Sache:

Die 1850er- und 1860er-Jahre in Bayern. Eine interessante Zeit. Ein armes Agrarland, kaum Arbeit, sehr späte Ansätze von Industrialisierung, ein komplett rückständiges Erbrecht, das sich nach dem Erstgeborenen richtete und alle weiteren Geschwister – vereinfacht gesagt – zum Mägde- oder Knechtedasein verurteilte, kaum eigene Rohstoffe und der beginnende Niedergang des selbstständigen Königreiches Bayern. Das bedeutete wenig Hoffnung, viel Armut – im Speziellen auf dem Land – und viel Auswanderung. Man hört zwar immer viel über die gute alte Zeit in Bayern. Aber das war sie definitiv nicht.

1858, nur einige Jahre vor dem Tod Maximilians II. Joseph von Bayern, rief die bayerische Regierung unter dem bayerisch-nationalistischen, antipreußischen Vorsitzenden des Ministerrats, dem Ministerpräsidenten sozusagen, Ludwig von der Pfordten, ein geheimes Projekt ins Leben. Ein Projekt, dessen Ziel es war, dem Königreich seine Macht und seinen Glanz zu erhalten, beziehungsweise wieder zu geben und gleichzeitig Bayerns Nationalgefühl zu stärken. Themen, die man im Königreich seit seiner Gründung kannte. Man muss bedenken, dass sich in dieser Zeit Bayern gerade an einem historischen Scheideweg befand. Wieder die dritte Macht im zerfallenden deutschen Bund zu werden oder einfach an der Seite Preußens in der Bedeutungslosigkeit zu verschwinden. Was dann ja so passiert ist. Ludwig II. hat das Land später quasi an Bismarck verkauft.

Von der Pfordten schuf für das Projekt eine eigene Regierungs-kommission unter dem Grafen Adalbert von Reisach, dem jüngeren Bruder des Kurienkardinals August von Reisach. Die Idee war, Bayern mit Hilfe des Erwerbs von Kolonien zu größerer Macht und mehr Gewicht im deutschen Bund und der Welt zu verhelfen. Der alte Trick. Sich Kolonien holen, diese ausbeuten und den Gewinn einstecken. Mehr Geld bedeutete auch damals schon mehr Macht. Aber Kolonien zu bekommen, war nicht einfach. Gerade für das Königreich Bayern. Man konnte sich schließlich nicht auf militärische Stärke verlassen und schon gleich dreimal nicht auf die Kraft einer Seefahrer- und Handelsnation wie England. Ganz abgesehen davon, dass der größte Hafen Bayerns am Bodensee lag. Und große unentdeckte Gebiete gab es auch kaum noch auf der Welt. Also beschloss man, einen anderen Weg zu beschreiten: Land irgendwo auf der Welt billigst kaufen, es mit den eigenen Auswanderern besiedeln, die Ureinwohner, sofern vorhanden, verdrängen, ausnutzen oder versklaven und alles so schnell und effektiv wie möglich ausbeuten. Bodenschätze, Anbau von Lebensmitteln etc. Und schon hat man zwei Fliegen mit einer Klappe geschlagen: die Armut im Land wird durch kontrollierte Auswanderung weniger, das Land wird durch Kolonien reicher. Und so wird aus einer kleinen Provinzmacht ein Land mit wirklichem Gewicht. So dachte zumindest von der Pfordten in seinem bayerisch-nationalistischen Wahn. Und davon konnte er den König überzeugen. Ein Platz auf der Sonnenseite für das Königreich Bayern.

Zuallererst erhielt 1859 Adalbert von Reisach von der bayerischen Regierung den Auftrag, das kgl. bayerische Kolonialamt ins Leben zu rufen. Die Behörde war nicht groß und bestand nur aus etwa zwanzig Mitarbeitern. In den wenigen Jahren der Existenz des kgl. bayer. Kolonialamtes aber stellten diese zwanzig Menschen Unglaubliches auf die Beine.

Der Sitz der Behörde war ein mittelalterlicher Bau in der Landschaftsstraße im heutigen Marienhof in München. Das Haus wurde später im Zuge der Bauarbeiten zum neuen Rathaus abgerissen. Das Archiv im Keller eines anderen Hauses wurde im zweiten Weltkrieg komplett zerstört. Nur einige wenige Dokumente, die sich zum Zeitpunkt der Zerstörung woanders befunden hatten, konnten gerettet werden und werden heute unter anderem im bayerischen Nationalmuseum aufbewahrt. Aber angesehen hat die dort schon seit Ewigkeiten niemand mehr. Außer mir.

Vor der tatsächlichen Gründung der Behörde hatten von der Pfordten und seine Gefolgschaft kurzzeitig die Insel Chatham östlich von Neuseeland als Kolonialgebiet ins Visier genommen. Hamburger Kaufleute hatten sich bereits in den Vierzigerjahren des 19. Jahrhunderts dafür interessiert, sich aber dann gegen einen Kauf entschieden. Also war das Gebiet für das Königreich Bayern zu haben. Aufgrund der klimatischen und geographischen Unterschiede zum

Mutterland Bayern und der zu geringen Hoffnung auf Bodenschätze dort, war man im Kolonialamt jedoch bald gegen die Inseln und suchte woanders: im Grenzgebiet zwischen Argentinien und Chile, im nördlichen Patagonien. Ähnliches Klima wie in Mitteleuropa und trotzdem nur etwa sechzig Kilometer vom Pazifik entfernt. Die chilenische und die argentinische Regierung waren beide bereit das Land an das Königreich Bayern zu verkaufen. Die waren einfach froh ein konfliktträchtiges und wertloses Gebiet wieder loszuwerden. Sollte sich jemand anderer mit den aufmüpfigen Araukanern und Orélie Antoine de Tounens, dem selbsterklärten Führer und späteren König des Königreichs Araukanien herumschlagen. Argentinien und Chile waren die Scherereien mit den Indios los und bekamen sogar noch Geld dafür. Mitte 1860 kaufte Reisach im Namen der Krone die ersten Gebiete und begann mit der Erschließung. Mit den araukanischen Mapuche, die ja gerade dabei waren, ihr eigenes Phantomkönigreich, das von niemandem auf der Welt anerkannt wurde, zu gründen, sprachen die Bayern nicht. Vielleicht auch einer der Gründe für das äußerst schwierige Verhältnis zwischen den Kolonisten und dem Pehuelchestamm, der auf Teilen des Kolonialterritoriums ansässig war. Aber das ist und bleibt eine Vermutung.

Mit dem argentinischen Präsidenten Mitre schloss Reisach einen Vertrag, der eine Bahnanbindung nach Puerto Madryn ermöglichen sollte. Die Stadt befand sich gerade erst in der Gründung und man erhoffte sich dort einen Boom durch die Verbindung mit der bayerischen Kolonie. Einfach mal die Begriffe ›Puerto Madryn‹ und ›Estación Bavária‹ im spanischsprachigen Wikipedia nachschlagen. Erstaunlich.

Das ursprüngliche Kolonialgebiet war in etwa so groß wie der Landkreis Freyung oder Südtirol und umfasste Wälder, Flüsse, zwei Seen, Ebenen und Berge. Das Gebiet war lang und schmal und erstreckte sich über fast achtzig Kilometer von Norden nach Süden und dreißig bis vierzig Kilometer von Ost nach West. In Richtung Osten war das Land hügelig, nach Westen wurde es immer alpiner und in den Anden sogar hochalpin. Es gab dichte nördliche Regenwälder, sumpfige Wiesen und alle Möglichkeiten, dort fast genauso wie in Mitteleuropa zu leben. Die Winter waren etwas milder, die Sommer etwas feuchter. Einzige Crux waren die Ureinwohner im nördlichen Patagonien, die natürlich nicht bereit waren, ihr Land so einfach aufzugeben. Aber es waren nie so viele, dass die Siedler ihnen nicht Herr werden konnten. Mit dem Amtsantritt des Präsidenten Sarmiento in Buenos Aires und seiner neuen, auf Nordeuropäer ausgerichteten Einwanderungspolitik mit der einhergehenden Unterdrückung der Ureinwohner war von den Konflikten mit den Indios quasi nichts mehr zu spüren. Es gab nur noch einzelne Versuche, in das Gebiet einzudringen, die aber von einer starken bayerischen Grenzwache unterbunden wurden. Außerdem gab es nur zwei wirklich begehbare Wege ins Land und die waren leicht zu kontrollieren.

Das Gebiet, das man damals unter dem Codenamen ›Neubayern‹ führte, fungierte als Test für weitere Pläne. Eine Art Brückenkopf in der Welt der Kolonisten. Man verhandelte schon mit Präsident Sarmiento in Argentinien und José Joaquín Pérez Mascayano in Chile über den Erwerb weiterer angrenzender Gebiete und sogar über einen Korridor bis an den Pazifik, wo man die Hafenstadt Maximiliansmund gründen wollte. Heute liegt an der Stelle die Kleinstadt Puerto Aisén.

Maximilian selbst war, soweit ich das feststellen konnte, nie wirklich oder nur sehr wenig in die Kolonialsache involviert. Er verließ sich auf seine Berater und vor allem seine Ministerpräsidenten. Von der Pfordten und später Karl Freiherr von Schrenck. Ab 1864 unter Ludwig II. und dem zum zweiten Mal ernannten Ministerpräsidenten von der Pfordten, unterlag die Kolonie komplett seiner Aufsicht und der des kgl. Kolonialamts. Die Wirren rund um den Tod Maximilians und die Krönung Ludwigs II. nahm von der Pfordten zum Anlass, Neubayern zu seinem persönlichen Projekt zu machen und nun völlig ohne den König und den Rest der Regierung zu agieren. Interessanterweise wurde Ludwig II. und nicht Maximilian zur großen

Identifikationsfigur in der Kolonie selbst. Denkmäler wurden ihm und nicht seinem Vorgänger errichtet.

Bis 1863, ein Jahr vor dem Regierungswechsel von Maximilian zu Ludwig fand man etwa viertausendneunhundert Auswanderungswillige. 1865 folgte noch einmal eine zweite Welle mit ca. sechstausend Menschen, hauptsächlich aus dem bayerischen Wald zwischen Deggendorf und Passau. Offiziell wanderten die Kolonisten nach Nordamerika aus.

Von Reisach hatte sich im Vorfeld seines Kolonialprojektes mit den Methoden Edward Gibbon Wakefields vertraut gemacht, der die Kolonialisierung Neuseelands mitgeplant und stark beeinflusst hatte. Man warb nur freiwillige Siedler an und versprach ihnen Vergünstigungen in den Kolonien, die sie zu Hause niemals bekommen hätten: Land, neue Gebäude, Startkapital in Form von Geld, aber auch Vieh, Werkzeugen und Baumaterialien. Trotz der relativ verdeckten Vorgehensweise hatte die Behörde viel mehr Bewerber, als sie tatsächlich aufnehmen konnte.

Über die Anfangsjahre bis 1866 weiß ich nur wenig. In Neubayern wird ja auch nicht über die echte Vergangenheit gesprochen. Geschweige denn existieren irgendwelche Aufzeichnungen. Es muss sehr strapaziös gewesen sein, durch die noch fast nicht erschlossene argentinische Pampa zu reisen. Wüste, feindselige Indios, die Araukanier. Und sich dann noch im neuen Gebiet etwas aufzubauen. Aber Reisach und seine Behörde hatten die Kolonisten richtig ausgewählt, denn schnell entstanden mit Hilfe lokaler Bauarbeiter, vielleicht auch durch Sklavenarbeit, Dörfer und zwei größere Orte, die sich bis 1870 bis 1875 kaum mehr von Siedlungen in Bayern unterschieden.

Für Ludwig von der Pfordten war das Projekt ›Neubayern‹ ein Beweis der Eigenstaatlichkeit und der Unabhängigkeit Bayerns vom deutschen Reich. Ab 1866 unter dem Ministerpräsidenten Chlodwig zu Hohenlohe-Schillingsfürst wurde das Projekt immer unbeliebter. Hohenlohe wollte sich wieder vermehrt Preußen zuwenden und da war eine eigene Kolonie Bayerns natürlich nicht gerade ein gutes Zeichen an den neuen Partner. Ab 1870, unter Otto von Bray-Steinburg schließlich, im Zuge des deutsch-französischen Krieges und der Reichseinigung, verlor die bayerische Politik komplett das Interesse an Neubayern und das damit verbundene Ziel, mehr Macht und mehr Eigenstaatlichkeit für das Königreich.

Bis 1876 hielt man, wenn auch im Geheimen, an Reisach und den Kolonialplänen fest. Beziehungsweise unternahm man von bayerischer Regierungsseite nichts gegen die Kolonie. Wahrscheinlich weil man nicht glaubte, durch einen Verkauf des Gebietes an irgendwen wirklich Geld zu verdienen. So schrumpfte der Etat, aufgrund der neuen Verknüpfungen Bayerns im deutschen Reich und der allgemeinen Budgetknappheit unter Ludwig II., auf einen Bruchteil der Summe, die man noch in den sechziger Jahren dafür vorgesehen gehabt hatte.

1881 wurde das königlich bayerische Kolonialamt schließlich aufgelöst. Als letzte Amtshandlung schickte man fünfundvierzig Behördenmitarbeiter in die Kolonie, um den dort verbliebenen, inzwischen über zwanzigtausend Bayern das Angebot zu machen, ihnen bei der Rückkehr zu helfen. Zum Beispiel bot man ihnen eine komfortable Ansiedlung in den Erweiterungsgebieten Münchens an. Im heutigen Westend, der damaligen Sendlinger Höhe, plante man die sogenannte Neubayernsiedlung. Auch von einer ganzen neuen Stadt in der Nähe von Kraiburg war die Rede. Das Ergebnis war dürftig. Etwa hundertfünfzig Neubayern kehrten zurück. Dreißig der Behördenleute blieben in Südamerika, um weitere Überzeugungsarbeit zu leisten. Man versah sie mit zusätzlichen Kompetenzen, die ihnen ermöglichen sollten, die Siedler zur Rückkehr zu zwingen. Über die Folgen können wir nur spekulieren. Aber einige Erfahrungen hier und heute in der Kolonie, lassen ein paar Schlüsse über die Rolle der bayerischen Amtsmitarbeiter in Südamerika zu. Erst zur Rückwanderung überreden, dann zwingen. Und als das alles nichts gebracht hat, lügen, drohen, einschüchtern. Welch seltsames Relikt sich daraus entwickelt hat, sieht man ja.

Und dann, 1884, passierte etwas, das für die Reste von Neubayern unvorhergesehene Folgen hatte.

Adalbert von Reisach war, im Gegensatz zu seinem älteren Bruder Karl-August ein Lebemann und den Frauen sehr zugetan. Man weiß von vielen Liebschaften und es soll einige uneheliche Kinder gegeben haben. 1883 hatte er, über sechzigjährig, eine Beziehung zur gerade mal zweiundzwanzigjährigen Münchner Wirtstochter Bertha Ranftl. Ihr Vater Otto unterband die Liebschaft, doch das Paar traf sich weiterhin heimlich. Laut Münchner Polizei kam es im November des Jahres zu einem unglücklichen nächtlichen Zusammentreffen der beiden Herren in der Sendlinger Straße. Eine Rauferei, Geschrei, zum Schluss lag ein Toter im Rinnstein. Beide, sowohl der Tote, als auch der Überlebende, wiesen starke Verletzungen auf. Offenbar haben sie mit Pflastersteinen aufeinander eingedroschen. Besonders die Gesichter waren entstellt und blutig. Anhand der Kleidung und Papiere identifizierte man den Toten als Adalbert von Reisach. Der Überlebende Otto Ranftl beteuerte später, dass er in Notwehr gehandelt habe und Reisach auf keinen Fall mit Mordabsicht aufgelauert habe. Vielmehr habe Reisach wie ein Wahnsinniger auf ihn eingeschlagen, so dass er, Ranftl, gar keine andere Wahl gehabt habe, als sich zu verteidigen. Otto, vernarbt und entstellt, kurierte sich im Spital aus und übernahm bald wieder die Geschäfte in seinem Lokal. Bertha blieb unverheiratet. Man munkelte aus Trauer über den Verlust ihres Geliebten Reisach und gab sich allgemein mit dieser Erklärung zufrieden.

Der Tod Reisachs hatte für die Kolonie in Südamerika, die dort verbleibenden Amtsleute und die Siedler unabsehbare Folgen. Reisach war ihr letzter Anker im Königreich gewesen. Von da an geriet alles zunehmend in Vergessenheit und damit in schräge Bahnen. In der alten Welt hatte man andere Sorgen. Ludwig II., der Märchenkönig, entwickelte sich mit seinen Eskapaden und Bauvorhaben zum Problem, der Einfluss Bismarcks wurde größer und Befürworter und Mitwisser der Kolonialpolitik traten mehr und mehr in den Hintergrund, verloren ihre Position oder starben. Vielen war ihr Glaube an einen königlich bayerischen Kolonialismus auch einfach nur peinlich und sie versuchten das Geschehene zu verdrängen und zu vergessen. Auch der rasante Wechsel der Ministerpräsidenten und Regierungen in den 1870er und 1880er Jahren und die Entmündigung Ludwigs 1886, sein mysteriöser Tod, die Wirren um seine Nachfolge und die behäbigen Kronprinzenjahren, also die tatsächliche »gute alte Zeit«, trugen ihren Teil zum Schicksal Neubayerns bei. So ist die Kolonie wohl einfach im Laufe der Jahre vergessen worden, wie so manches Kellerabteil beim Umzug.

Parallel zu den Ereignissen in Bayern lief in Argentinien gerade die große Wüstenkampagne. Die Eroberung von ganz Patagonien und die dazugehörige Besiedlung und Urbarmachung der Pampa. Dabei ging es den Indios an den Kragen, wenn man das so sagen darf, und das bizarre kleine Kolonialkonstrukt in den Bergen geriet aus dem Blickfeld der argentinischen Regierungen.

Seltsamerweise wurde Otto Ranftl 1881 mit seiner hochschwangeren Tochter in Bremerhaven beim Versuch, eine Überfahrt nach Buenos Aires zu buchen, festgenommen und später in diesem Jahr im wieder aufgenommenen Verfahren wegen Mordes an Adalbert von Reisach zum Tode verurteilt. Im Februar 1882 wurde er aufgehängt und am selben Tag auf dem Südfriedhof in München beerdigt. Ungewöhnlich für einen zum Tode verurteilten, dass er ein echtes Begräbnis mit eigener Grabstelle bekam. Bertha hingegen bleibt verschwunden. Ich gehe heute davon aus, dass sie alleine die Reise nach Südamerika angetreten hat und in Neubayern gestorben ist.

In den turbulenten Jahren nach dem ersten Weltkrieg, der Nazizeit, den Bombardierungen und der Neufindungsphase nach dem Zweiten Weltkrieg, nach all den Revolutionen, Umstürzen, Kriegen, Zerstörungen und Wiederaufbauten, war das Interesse der Politik in Bayern an der Kolonie in Südamerika verschwunden. Nur noch sehr wenige – später quasi niemand mehr – wussten überhaupt, dass etwas wie Neubayern jemals existiert hatte oder noch existierte. Strauß soll ein letzter Eingeweihter in der Sache gewesen sein. Belege dafür gibt es nicht. Beckenbauer, so heißt es, entstammt einer Rückkehrerfamilie von 1876. Keine Ahnung, ob das in irgendeiner Form der Realität entspricht.

Jetzt noch einmal nach Südamerika. Was dort in den letzten hundertvierzig bis hundertfünfzig Jahren passiert ist, lässt sich nicht mehr rekonstruieren. Meine persönliche Theorie ist, dass sich die Menschen dort ein System der Selbstverleugnung geschaffen haben. Sie lebten in einer Welt mit erfundener Vergangenheit und Gegenwart. Zu welchem Zeitpunkt die Neubayern begonnen haben, die Realität außerhalb der Kolonie zu negieren, lässt sich für mich nicht mehr feststellen. Was ich jedoch vermute ist, dass das Obrigkeitssystem aus Amtmännern und Kirche jeden Gedanken an die Wirklichkeit im Keim erstickt und den Realitätsverlust in den Gemeinden noch verstärkt hat. Ich gehe heute sogar davon aus, dass die Urform des späteren Amtmänner-Kirche-Gendarmen-Systems, der Grund für das Phänomen der Wirklichkeitsverleugnung und des Lebens in einer Phantasiewelt ist. Das heißt, die zurückgebliebenen Behördenmitarbeiter, die Kirchenleute und was sonst noch so an Obrigkeit da war, haben eine eigene Geschichte erfunden und den Menschen in Neubayern so lange erzählt, gepredigt und eingebläut, bis alle, einschließlich sie selbst daran glaubten. So ähnlich wie heute in Nordkorea oder in einer Sekte, könnte ich mir vorstellen. Warum das aber geschehen ist, ob das mit Machterhalt, Ruhe bewahren oder dem Grundkonservativismus der Bayern zu tun hatte, kann ich nicht mit Sicherheit sagen. Es entstand eine blasmusikspielende Diktatur. Ein grauer Schleier aus Gleichgültigkeit und Bier legte sich über das Land. Ohne große Sorgen aber auch ohne Zukunft. Es gibt bestimmt Psychologen, die genau belegen können, wie die Mechanismen hinter so einem Phänomen sind und aus welchem Grund eine Bevölkerung von über zwanzigtausend Menschen nach nur wenigen Jahren in einer erdachten Traumwelt verharrt und keine Verbindung mehr zur echten eigenen Geschichte, der Herkunft und den Vorgängen außerhalb des eigenen Umfeldes hat. Oder warum kein Opa mehr den Wunsch hatte, seinen Enkeln von der großen Überfahrt, dem Trek durch die

Pampa oder sogar von daheim in Deggendorf zu erzählen. Ich kann das nur schlecht beschreiben. Ich bin ja schließlich kein Psychologe oder Ethnopsychologe, wenn es so was überhaupt gibt. Ich bin ja nicht einmal ein echter Historiker. Aber die Tatsachen waren ja da. Mal sehen, vielleicht beschäftigt sich bald ein echter Wissenschaftler damit.

Eine Anekdote, die das alles untermauert: In Neubayern gab es das Phänomen der Land-Seekrankheit. Obwohl sich keiner der Bewohner jemals auf einem Schiff aufgehalten hatte. Elisabeths Vater, zum Beispiel, litt darunter. Immer wiederkehrende Anfälle von Schwindel, Übelkeit und der Wunsch, den Horizont zu sehen. Ich denke, dass es sich dabei um etwas wie eine kollektive Erinnerung an die Überfahrt nach Südamerika handelte. Landratten, die plötzlich über Wochen im Inneren eines Schiffes leben mussten, wurden traumatisiert und haben ihr Trauma an die folgenden Generationen weitergegeben. Wie klingt das für einen Laienpsychologen?

Und eine weitere Sache fällt mir noch zum Thema Selbstbetrug ein: Die Neubayern nannten Chinchillas einfach Hasen, Andenfüchse Füchse, Pumas Luchse und Gürteltiere Erd- oder Wildsäue. Sie ignorierten einfach, dass das ganz andere Tiere waren als in Europa. Nannten sie aber bei den Namen der Tiere, die ihre Vorfahren aus Mitteleuropa gekannt hatten. Ein erneuter Beweis für die Kraft der Autosuggestion. Nur für Meerschweinchen fanden die Neubayern einen eigenen Namen: Bergratz.

Bericht von Joseph Kiener. Fortsetzung

An und für sich haute mich das, was mir der Engel erzählte, nicht um. Vorerst. Später dann schon. Ich war anfangs hauptsächlich erleichtert, dass die Perchtln auch Menschen waren. Obwohl es mich doch hätte erschrecken müssen, dass die Russlacher keine krankheitsbringenden Monster getötet hatten, sondern Menschen.

Eigentlich hatte er mir ja auch nichts Weltbewegendes erzählt, der Hinterwald. Weltbewegend für mich, meine ich. Auf mein Leben hatte das alles keine Auswirkungen, dachte ich damals im Schwalbennest. Ich würde auch weiterhin der Besitzer zweier Fischweiher in Oberpfaffing bleiben. Ich konnte mir schon denken, dass für einige die Vorstellung in Wirklichkeit nicht in Europa, sondern in Südamerika zu leben, erschreckend sein konnte. Aber ich wusste noch nichts vom Leben im Jetzt. Ich hatte noch keine Vorstellung von den ganzen technischen Geräten und Fahrzeugen und Dingen, die es im Jetzt gab. Zwar hatte der Engel in seinen späteren Erzählungen einige für mich unvorstellbare Neuerungen wie Fluggeräte und bewegte Fotografien erwähnt, aber was genau das zu bedeuten hatte, konnte ich mir damals noch nicht vorstellen. Ich dachte, gut, ein paar äußere Umstände sind anders, ein paar verrückte Erfindungen erleichtern das Leben der Jetzt-menschen. Das Land, in dem ich lebe, heißt Chile oder Argentinien, aber trotzdem bleibt alles für mich beim Alten. Einzig, die Tatsache, dass es keinen König gab, wurmte mich. Wir alle hier hatten immer ein enges Verhältnis zu unserem König oder der Vorstellung von einem König gehabt. Und jetzt sollte es gar keinen geben. Ich vermisste ihn.

Ich wollte nicht bei Elsi und dem komischen Engel bleiben. Ich wollte nur den Benno wiederfinden, das hatte ich dem Schwarzbuben schließlich versprochen. Vielleicht herausfinden, was das für ein Mann war, den ich in Rieding gesehen hatte und den der Benno auf dem Wachten gefunden hatte, weil ich das Gefühl hatte, dass es zwischen den beiden Ereignissen einen Zusammenhang gab. Eventuell noch den Menschen erzählen, dass sie die Perchtln nicht umbringen müssen. Das wärs dann aber auch. Und dann? Heim nach Oberpfaffing? Zurück zu meinen Fischen, meinem ruhigen, langweiligen und ein bisschen einsamen Leben und den Deppen im Dorf? Ob das nun in Bayern lag oder in Argentinien.

Ich saß ganz ruhig und gefasst im Schwalbennesthaus und zeigte keine Regung. Ich glaube, ich war Elsi und dem Engel nicht erschrocken genug. Denn speziell Elsi war ganz aufgeregt und fragte mich: »Hast du überhaupt verstanden, was wir dir da erzählt haben, Kiener.«

»Schon.«

»Ist das nicht unglaublich, Kiener? Weißt du, wie weit wir vom echten Bayern weg sind? Abertausende Meilen. So als würden wir tausend Mal von Oberpfaffing nach Rieding laufen.« Elsis Stimme überschlug sich fast vor Aufregung. »So weit weg, dass man da mit einer Maschine hinfliegen muss!«

»Und der Benno? Ist der diese abertausend Meilen weit weg? Ist der im echten München oder in Rosenberg?«

»Rosenheim.« Verbesserte mich der Engel. »Hast du nicht verstanden, dass es zwischen dem heutigen Bayern und euch gar keine Verbindung mehr gibt?«

»Schon. Ich weiß nur ehrlich gesagt nicht, was es bedeutet. Müssen wir jetzt alle umziehen? Über das Meer. Oder bedeutet es einfach nichts.«

»Soll sich denn was ändern?«, fragte der Engel.

»Es ist doch alles nicht schlecht«, sagte ich und, »Ist es denn da, wo du herkommst, besser?«

Zum ersten Mal schaute der Engel so aus, dass ich ihn mochte. Er nahm mich zum ersten Mal ernst. Er sagte: »Das wenn ich wüsste.«

»Vielleicht finden wir den Benno und bringen ihn zum Schwarzbuben und alles bleibt so wie vorher.«

Ich blickte zu Elsi und sah, dass sie Tränen in den Augen hatte. Leise sagte sie: »Du warst noch nicht draußen, Kiener. Du hast nicht die Freiheit erlebt. Keine Pfarrer, keine Amtleute, keine Watschn vom Vater, wenn man nicht gleich spurt, kein Bauernfraß, keine Bauernmusik. Kannst du dir vorstellen, was die da draußen für Musik haben?«

»Warst du schon im echten Bayern? Die ganzen abertausend Meilen?«

An der Stelle fragte Elsi den Engel, ob er mir etwas zeigen könne, dessen Namen ich nicht kannte. Der Engel holte ein Brett aus einer Tasche. Etwa doppelt so groß wie ein Buch. Schwarz und silbern und glänzend. Damals kam es mir vor wie Zauberei. Der Engel berührte das Brett und es begann zu leuchten. Er machte einige magische

Gesten darauf und darum herum und aus dem Brett wurde ein Bild. Nach einem weiteren Zauber, begann ein unheimlich lautes und schreckliches Getöse. Ich schrie auf vor Schreck. Der Engel hielt mir das Bild vor die Augen und ich sah, dass in dem Bild lebende Menschen waren. Kasperlmenschen. Sie machten auf Kisten und mit Eimern und Stöcken diesen Lärm. Ich konnte es nicht aushalten und schrie sie an: »Hört auf! Bitte hört auf!« Wie konnten die Kasperlmenschen in diesem flachen Bild leben? Warum machten sie diesen Lärm?

Elsi sah, dass ich Angst hatte und bat den Engel den Zauber zu beenden. »Das ist nicht echt, Kiener«, sagte sie. »Das ist ein Bild, das sich bewegt. Wie eine Fotografie, nur, dass es sich bewegt.« Mir war noch ganz übel von dem Lärm, also fragte ich: »Und der Krach? Warum machen die diesen Krach?«

»Die machen Musik, Kiener. Musik, die nur, was weiß ich, siebzig Meilen von hier gespielt wurde. Vor vier Wochen. In Altorio. In Argentinien. Mach es leiser, Christian, und spiel es ihm noch einmal vor.«

Heute weiß ich, dass es solche Geräte gibt, auf denen man Filme und Bilder anschauen kann. Aber damals zitterte ich vor Angst. Das war wie wenn man einen Zahn gezogen bekommen soll und darauf wartet, dass es losgeht.

Der Engel vollführte noch einmal seine Zauberei und auf dem Bild waren wieder die Kasperlmenschen zu sehen. Manche sahen ähnlich aus wie die Perchtln, andere wie wir. Sie waren größer und hatten hellere Haare und Haut. Jetzt erkannte ich auch, dass der Krach Musik war. Ich hatte so etwas ähnliches schon einmal gehört. Auf der Riedinger Dult war einmal eine Faschingskapelle aufgetreten. Musik aus mehreren Instrumenten, die durcheinander spielten und doch zusammen. Unheimlich schnell und einer der Größeren sang. Elsi war ganz begeistert. »Ich war draußen, Kiener. Im Jetzt. Da ist alles farbig. Alles leuchtet und überall ist Musik. Man denkt, da ist niemals Nacht. Da war eine Frau Gendarm und alles so sauber und warm. Ich war in etwas, das ›Dusche‹ heißt. Warmes Wasser läuft einem über den Körper und man kann sich waschen. Erst danach weiß man, wie dreckig es hier ist.«

»Warum erzählt ihr mir das alles?«

»Damit sich etwas ändert, Kiener.« Elsi nahm meine Hände in ihre und schaute mir in die Augen, wie einem Erstklässler, dem man etwas erklärt. »Und wir sind der Anfang. Weißt du noch, wie ich in der Schule war. Ich hatte immer Angst. Vor dem Vater, dem Pfarrer, dass ich nach München muss, vor dem lieben Gott und der Jungfrau Maria, vor unbefleckter Empfängnis und Marienerscheinungen. Ich war vor Angst wie starr. Und dann hab ich den Christian getroffen.«

»Und wenn ich nicht will, dass sich etwas ändert? Dass alles so wird, wie die Musik in dem Bild.«

»Kiener. Weißt du, wie eingesperrt wir hier in der Kolonie sind und in unseren Köpfen? Ich habe den Christian kennengelernt und geglaubt, dass er ein Engel aus dem Himmel ist. Stell dir das vor. Ich hatte so eine Angst. Aber er hat mir gezeigt, dass ich keine Angst zu haben brauche. Weil er mir vieles erklären konnte, was ich vorher nicht verstanden habe oder einfach hingenommen habe, weil es immer schon so war. Was meinst du, was es für mich bedeutet hat, als ich erfahren habe, woher die Anfälle meines Vaters kommen? Plötzlich war er für mich nicht mehr der unleidige alte Depp, sondern einfach ein armes bedauernswertes Würstl.« Elsi schaute den Hinterwald zu sanft an. »Der Christian hat mir gezeigt, dass alles Neue schön ist.«

»Glaubst du, für die Perchtln war es auch schön, ihre neuen Landsleute kennenzulernen?«

»Erinnerst du dich noch, wie du mal in die Luise verliebt warst? War das nicht neu und schön?«

»Aber dann auch ganz schön greislig. Ich bin das Wallermaul, schon vergessen? Für so einen ist die Liebe nicht schön. Genauso wenig wie es für die Perchtln schön war, ihren neuen Freunden, den Bayern begegnet zu sein.«

»Für mich war es auch meistens nicht schön. Ich war die Dorfmatratze. Was meinst du, wie viele Dorfbuben da drüber rutschen wollten? Und was meinst du, wie viele das gemacht haben. Ob ich wollte oder nicht?«

Ich erschrak. Das war schlimm und gleichzeitig peinlich. Ich hatte noch nie eine Frau ein Wort wie »drüberrutschen« sagen hören.

»Und dann hat mir der Christian gezeigt, dass das auch schön sein kann.« Mir wurde es noch peinlicher. »Für ihn und für mich. Und dass das nicht immer stinken muss und wehtun.« Elsi schaute mich direkt an. »Und das ist was gutes Neues, oder?«

Der Engel kam dazu, legte den Arm auf ihre Schulter und sagte: »Jetzt überfordere ihn damit nicht auch noch, Elisabeth. Der Kiener hat gerade all das gelernt, was du im Zeitraum von fünf Jahren langsam mitbekommen hast.«

Elsi ging auf die andere Seite des Schwalbennestraumes und der Engel folgte ihr. Sie redeten leise miteinander. Es ging um mich und ob das alles ein Fehler war und ob ich nicht zu dumm sei, um das alles zu verstehen und damit umzugehen. Dann verstand ich sie nicht mehr.

Ich musste an die Himmelskreuzler in Egenkofen denken und stellte mir vor, wie ihnen der Hinterwald von der Kanzel in der Kirche erklärte, dass das Himmelskreuz über ihnen gar nicht der liebe Gott war, der ihnen ein Zeichen schickte, sondern eine Flugmaschine, die die Menschen wie ein Ochsenkarren von einem Ort an einen anderen brachte. Nur in der Luft. Die Egenkofener, zwar aufgeklärt darüber, was das Kreuz an ihrem Himmel in Wirklichkeit gewesen war, aber kreuzunglücklich ohne ihre Hoffnung und ohne ihren Glauben an die Möglichkeit einer besseren Zukunft durch endlose Prozessionen.

Und plötzlich war sie doch da, die Angst. Angst davor, dass alles anders werden würde und nichts mehr sein würde wie früher. Angst davor, dass neu nicht gleich besser bedeutete. Obwohl ich offenbar zu dumm für vieles war, so wusste ich auf einmal, dass es für ein Wallermaul weder in Oberpfaffing, noch im Jetzt leicht war. Das sah man ja. Jetztmenschen wie der Engel und die Elsi hielten mich genauso für dumm und hässlich wie die Oberpfaffinger Männer, wenn sie nach dem achten Seidel beim Wirt saßen. Scheiße bleibt einfach Scheiße, egal ob die Menschen in Flugmaschinen reisen oder in Ochsenkarren.

Ich ging in das Zimmer zurück, in dem ich geschlafen hatte. Dort packte ich mein Bündel, einen neuen Janker, der dort noch auf dem Bett lag und einen Hut, den ich ebenfalls im Zimmer fand. Mein Geld hatte ich eh schon wieder im Stiefeltuch versteckt. Zurück im Schwalbennestzimmer sagte ich: »Ich geh jetzt den Benno suchen.«

Dann stieg ich durch die Luke und kletterte die steilen Stufen hinunter. Ich weiß bis heute nicht, ob die überhaupt versucht haben, mir zu folgen oder mich aufzuhalten.

Terra cognita

❧

Bericht von Christian Hinterwald. Fortsetzung

un aber zu Neubayern in den Jahren 2007 bis 2016: So wie ich es auf meinen vielen Besuchen und meiner Beobachterrolle in meinem Ausguck in der Bergwand erleben durfte. Wenn jemand, der dort aufgewachsen ist und dort sein Leben verbracht hat, erzählt, geschieht es ja mit starker Innensicht. Ich kann das mehr wie ein Tourist oder Forscher, der den Blickwinkel des staunenden Besuchers hat.

Ich bin das erste Mal über den schwierigen Weg durch den Felsabbruch in das Land gekommen. Der leichtere Pass wurde von der COMISAF kontrolliert. Mit bewaffnetem Wachpersonal und vielleicht sogar vom argentinischen Militär. Ich hatte das von Weitem schon gesehen und dann lieber vermieden.

Der erste Ort, den ich besuchte, war Oberpfaffing. Sehr früh am Morgen. Einmal durchspaziert und dann wieder zurück in den Wald. Ein unglaubliches Gefühl, das Land wiederentdeckt zu haben. Zwei oder drei Tage später bin ich erneut hin. Natürlich mit dem Risiko, entdeckt zu werden und nicht mehr zurückkehren zu können. Aber wer nicht wagt, der nicht gewinnt, wie man so schön sagt. Es hat sich herausgestellt, dass mich die damals zwanzigjährige Elisabeth schon die Tage zuvor gesehen hatte, sich über den Fremden gewundert hatte und auf seine Rückkehr gewartet hatte.

Ich könnte jetzt lange erzählen, wie Elisabeth durch mich und meine Erzählungen über das Jetzt vom Glauben abgefallen und verzweifelt ist. Wie wir dennoch Freunde geworden sind, wie sie mir die Feinheiten der neubayerischen Variante des Bairischen beizubringen versucht hat und wie sie, die Wirtstochter, mit mir durch Neubayern gereist ist und mir Land und Leute gezeigt hat. Dem Wirt von Oberpfaffing war Reisen immer zuwider gewesen, weil er ja immer wieder seine Seekrankheitsanfälle hatte und er hat seine Tochter und ihre durch mich geweckte Freude am Herumkommen genutzt, um sie in Rieding auf dem Markt einkaufen zu lassen, mit der Brauerei zu verhandeln oder um in der Stadt die Schanklizenz erneuern zu lassen. So sind wir herumgekommen in Neubayern. Gerade mir als Norddeutschem ist es besonders schwer gefallen, den Dialekt zu erlernen. Und weil es mir nie richtig gelungen ist, bin ich oft stummer Beobachter geblieben, während Elisabeth geredet hat. Elisabeth hat mir geholfen, den alten Beobachtungsposten bei Russlach zu finden und so umzubauen, so dass daraus mein Forschungsdomizil und unser Liebesnest werden konnte. Ihre Idee war es, die Höhle mit Balkon, die wir vorgefunden hatten, zu einem seltsamen und auffälligen Sammelsurium umzugestalten. Lieber eine gruselige aber im örtlichen Aberglauben erklärbare Hexenhöhle daraus machen, sagte sie, als den Posten als neumodischen Fremdkörper zu belassen.

Als ich zufällig die Dokumente über den königlich-bayerischen Kolonialismus im Nationalmuseum entdeckt hatte, wollte ich eigentlich nur nach Südamerika, weil ich hoffte, Überreste der Kolonisten zu finden. Ruinen, Scherben, Indios, die in den Mauern eines Kolonisten-hofes wohnten und noch den Ziehbrunnen der Bayern benutzen. Ich war damals besessen von sogenannten Lost Places, also aufgelassenen Höfen, aufgegebenen, verlassenen Häusern und Industrieruinen und hoffte auf nie dagewesene Fotos für meine Freunde in der Lost-Places-

Community. Aber dass ich eine ganze Kultur, ein ganzes Volk, das aus der Kolonie hervorgegangen war, finden sollte, überraschte mich sehr. Ach Quatsch, was rede ich. Es warf mein ganzes Leben über den Haufen.

Neubayern war wie eine Reise ins 19. Jahrhundert. Oder zumindest, wie ich mir so eine Reise vorstellte. Ochsenkarren, kaum Kutschen. Die Dampfeisenbahn zwischen der Stadt und Rieding. Bauern, Handwerker, Markterer, Gendarmen, unendlich viele Tiere. Kein Militär. Aber überall die stille Präsenz der Amtmänner.

In den Dörfern, aber vor allem in Rieding und der Stadt, konnte man die ganze Liebe des späten 19. Jahrhunderts zu architektonischen Zitaten aus allen möglichen Epochen sehen. Rieding sah aus wie eine kleine Stadt, die komplett im Inn-Salzach-Stil erbaut worden war. Ein langgezogener Marktplatz. Drumherum Gebäude mit Scheinfassaden und aufgemalten Verzierungen. Mittendrin die neobarocke Pfarrkirche St. Jakob mit Zwiebelturm und geschnitztem Altar. In der Stadt war es ganz ähnlich. Nur größer und verzierter. Hier waren die Stuckaturen nicht nur aufgemalt, sondern echt und der Dom war so prächtig neugotisch, dass er sich kaum von einem entsprechenden Gebäude in Mitteleuropa unterschied. Wie das alles in den kurzen Jahren entstanden sein soll, ist mir ein Rätsel. Informationen dazu konnte ich keine aufspüren. Ich tippe auf Indiosklaven oder maximale Ausbeutung der Ureinwohner gepaart mit dem starken Willen der Siedler und ihrer Energie Neues zu schaffen. Aber wie gesagt: Etwas Genaueres weiß ich nicht.

Als Mensch des 21. Jahrhunderts ist man den Verfall des 19. Jahrhunderts nicht gewöhnt. Überall blätterte der Putz, Schimmel an den Wänden. Überall moderte und gammelte es. Moos und Algen, Gilb und Hausschwamm. Ich hatte anfangs wirklich permanent Angst davor, die Bauernhäuser zu betreten. Ich dachte, die würden einstürzen oder ich würde Lungenkrebs von all dem Schimmel bekommen. Die Straßen waren schlammig, die Schuhe der Menschen dreckig und obwohl der Müll organisch war, wie man heute so schön sagt, so lag er doch überall herum. Und ein schimmeliger Brotlaib im Straßengraben sieht auch nicht besser aus als eine Plastiktüte.

Ganz entgegen meiner Vorstellungen von der guten alten Zeit, roch die Luft nicht gut. Man denkt ja im 21. Jahrhundert immer: keine Industrialisierung, keine Abgase, die gute alte Zeit. Doch jeder heizte und kochte mit allem, was brennt. Viel feuchtes Holz, Laub und Reisig wanderte in die Öfen. Entsprechend stanken die besiedelten Gegenden. Und nicht zu vergessen die Menschen. Waschen fand zwar statt. Aber eher obenrum. Und mehr die Haut als die Haare oder die Kleidung. Es schweißelte wie in einer Trambahn im Hochsommer und das immer. Ob Winter, ob Sommer. Und es roch nach einer Sache, die ich erst dort kennenlernen musste: Grind. Eine Mischung aus Haarfett, Hautfett und dem, was unter den Fingernägeln hängen bleibt. Das ganze vermischt mit dem Geruch von Schweineställen, Odelgruben und Aborten. Es war mehr als gewöhnungsbedürftig. In der Stadt war es natürlich deutlich besser. Aber auch wenn die Menschen dort weniger Körpergeruch verströmten, so heizten, kochten und kackten dort mehr Leute auf noch engerem Raum.

Ganz wichtig, um als moderner Mensch das 19. Jahrhundert zu spüren, ist der Geschmack des Essens und der Getränke. Zwar hatten die Neubayern viele Ersatzstoffe für Dinge, die sie nicht importieren konnten, trotzdem schmeckte alles intensiver und kräftiger. Kaffee war nur ein Zichoriengebräu, Wein war meistens eine Art Obstmost, Gewürze beschränkten sich auf Petersilie und Salz. Aber nur wer einmal eine Fleischsuppe beim Wirt in Oberpfaffing oder die Dampfnudeln irgendeiner neubayerischen Oma mit eingekochter Honigmilch gegessen hat, weiß wirklich, wovon ich rede.

Der Aberglaube ist auch so ein Thema des 19. Jahrhunderts. Die Himmelskreuzler von Egenkofen sind ein gutes Beispiel. Da ist jahrelang jeden Sonntag und jeden Mittwoch ein Flugzeug der Argentinier über ihre Gegend geflogen. Von Buenos Aires nach Neuseeland oder eine ähnliche Strecke. Einmal die Woche in großer Höhe hin, ein paar Tage später wieder zurück. Wie das halt noch so war in den Siebziger- und

Achtzigerjahren. Für die Neubayern, also für Menschen, die noch nie zuvor ein Flugzeug gesehen hatten, sah das natürlich aus wie ein Kreuz. Und was ist ein fliegendes Kreuz? Genau, ein göttliches Zeichen. Ein Himmelskreuz. Und was macht der abergläubische Neubayer, wenn das Kreuz verschwindet, weil die Fluggesellschaft die Route ändert oder weil die COMISAF oder sonstwer eine Routenänderung erzwingt? Er erfindet etwas, das die Rückkehr des göttlichen Zeichens erfleht. Und wenn dann noch irgendeine zufällige Veränderung wie eine Tierseuche oder so etwas mit dem Verschwinden des Kreuzes einhergeht, umso schlimmer. Dann laufen alle wie besessen dem Kreuz am Stock hinterher.

In Sachen Aberglaube könnte ich Ihnen noch unendlich viele Beispiele nennen. Warum fürchteten sich alle in Neubayern so vor offenem Wasser? Warum bekreuzigen sich alle, wenn einer Wilhelm sagt? Warum fürchtete man die Perchtln so sehr? Warum die Angst vor München? Endlos könnte man das fortsetzen.

Was noch wichtig ist: das Staatssystem. Soweit ich es mit meinen limitierten Möglichkeiten erfassen konnte. Selbst die Bewohner der Dörfer wussten nicht, was in der Stadt geschah und wer sie regierte. Sie gingen davon aus, einen König namens Ludwig II. in der Hauptstadt München zu haben, der sich gottgleich um sie kümmert. Die Menschen hatten ein verklärtes, an Heiligenverehrung grenzendes Verhältnis zu diesem imaginären König. Deshalb wunderten sie sich auch nicht, dass ihr Regent fast hundertsiebzig Jahre alt sein sollte. Im Laufe all der Jahre ohne Kontakt zum Mutterland hatte sich ein wortwörtlich sehr idealisiertes Bild von Ludwig entwickelt. Auf den Wandbildern oder den Abbildungen der Schulbücher sah man einen Kini, der eher einem griechischen Gott mit Spitzbart glich als dem aufgedunsenen Ludwig der Achtzigerjahre des 19. Jahrhunderts.

Mit Hilfe von Elisabeth habe ich einige Theorien zur Verwaltung in Neubayern aufgestellt. Ob die aber genau so waren, wissen wir bis heute nicht sicher. Wichtigstes Element waren die Amtmänner. Sozusagen die Nachfolgeorganisation der Kolonialbehörde. In jedem Ort gab es ein

Amtshaus und in größeren Dörfern oder Marktflecken wie Rieding auch noch ein Rathaus. Die Amtmänner übernahmen alle übergeordneten Entscheidungen, die Judikative, die Legislative und sie bestimmten auch über die Exekutive. Nur niedere Verwaltungstätigkeiten, wie ›wer räumt nach dem Markttag den Dreck weg‹ übernahm das Rathaus. Die Amtmänner begründeten ihre Arbeit immer mit königlichen Befehlen. Ihr größtes Druckmittel war das ›Nach-München-Schicken‹. Ihre schwerste Sanktion. Kleinere Verbrecher landeten im Gefängnis der Stadt. Größere Verbrechen und Politisches wurden mit ›München‹ bestraft. Genau das gleiche Urteil konnte übrigens auch eine enorme Auszeichnung bedeuten. Die Klügsten der jeweiligen Schuljahrgänge kamen ›nach München‹ und wurden Amtmann, Pfarrer oder Schullehrer.

Das alles funktionierte so gut, dass die Amtmänner in der Regel nicht viel zu tun hatten. Es gab ja auch keine Neuerungen in Neubayern, die eine politische Reaktion verlangt hätten. Das Ganze war ein in sich geschlossenes System, das so vor sich hin plätscherte. Ich habe nie von Aufständen oder auch nur größeren Diskussionen gehört. Und die Drohung »du wirst nach München geschickt« wirkte zwar, löste aber auch keine großen Ängste mehr aus, weil die Menschen nur in den wenigsten Fällen überhaupt jemanden kannten, der jemals »nach München« gemusst hätte. Erst mit dem Aufkommen des Andreas-kultes traten die Amtmänner zum ersten Mal seit langem wirklich und aktiv in Erscheinung. Da hat man sich etwas ausgedacht, um auf ungewollte Strömungen in der Bevölkerung zu reagieren. Eine Unterabteilung, die Heimatwahr, wurde gegründet und mit viel Macht versehen. Mich erinnerte die Heimatwahr von Hademar Holderer immer ein wenig an die Inquisition. Inquisition light sozusagen. Bei Aktionen gegen die Perchtln blickte die Heimatwahr gerne weg, entstanden aber Andreasspieße, geheime Andreaskapellen oder gar Andreasgemeinden, griff Holderers Trupp gnadenlos durch. Dann verschwanden Menschen nach ›München‹ und tauchten nie wieder auf.

Das Gendarmeriesystem und die Gerichtsbarkeit erinnerten stark an die Fernsehsendung ›Königlich Bayerisches Amtsgericht‹. Alles, was dort auftauchte, war von minderem Interesse und eher auf dem Niveau »Mein Nachbar hat in meine Odelgrube gepieselt«.

Ich muss auch noch erwähnen, dass ich viel mehr Ähnlichkeit mit der Atmosphäre in Büchern wie ›Herbstmilch‹ erwartet hatte. Harte Arbeit trifft auf bigotte Menschenhasser im Dauerregen. Aber obwohl die Menschen viel arbeiteten, unendlich gläubig waren und quasi in einem totalitären Staat lebten, wirkten die meisten recht gleichgültig, manchmal sogar zufrieden. Ich denke, dass wir hier einem anderen Phänomen, bekannt aus Diktaturen oder absolutistischen Monarchien, begegneten: Die Bildung der Menschen wurde bewusst niedrig gehalten und der Lebensstandard auf einem okayen Niveau. Das ließ die Neubayern die Füße still halten.

Entsprechend war natürlich auch das kulturelle Leben in Neubayern. Ein paar Gstanzln beim Wirt, Kirchenlieder, Blasmusik auf der Dult, der Bayerische Merkur mit den Wetterbeobachtungen, die man auch einfach mit einem Blick aus dem Fenster hätte haben können, rührseligen Geschichten und Gedichten und dem aktuellen Bierpreis.

Ich war selbst oft sehr zwiegespalten. Einerseits fasziniert von der guten alten Zeit, der Einfachheit der Menschen, der Schönheit der Natur, der Romantik des Verfalls, andererseits wusste ich, als ich in Neubayern herumreiste, warum ich gerne wieder in mein Hier und Jetzt zurückkehrte.

Ich weiß noch, wie schön ich meinen ersten Besuch beim Nachtessen einer Familie in Niederbachern fand. Alle rund um den Tisch: Bauer, Bäuerin, sechs Kinder, zwei Knechte, zwei Mägde und die Großmutter. Es war warm, es duftete nach Kerzenlicht und Essen. Wie in einem Rosegger-Roman. Es wurde gescherzt, der Bauer war bester Laune, kniff seiner Ältesten in die Wange, drückte der Mutter unter der Bank die Hand und so. Irgendwann fiel dem dreijährigen Sohn ein Stück Brot unter den Tisch. Der Vater stand auf, beugte sich über den Tisch und schlug dem Jungen mit der geballten Faust ins Gesicht. Nicht einfach eine Watschn oder ein Klaps. Mit der geballten Faust ins Gesicht.

Dazu zischte er: »Noch einmal und du überlebst das nicht!« Aber das Schlimmste waren die Gesichter der Kinder. Die Großen komplett abgebrüht, als hätten sie selbst das schon hundertmal erlebt, die Kleineren mit nie gesehener Angst in den Augen. Keiner machte einen Mucks. Keiner unterbrach das Essen. Keiner weinte. Nicht einmal der geschlagene Junge.

Manchmal war ich ganz gerührt, wenn ich die großen Mengen an Kindern durch die Dorfstraßen laufen sah. Schmutzverkrustet und rotzverschmiert. Aber immer draußen. Im Sommer wie im Winter. So einen Zusammenhalt habe ich selten erlebt. Die Großen und die Kleinen, die Mädel und die Buben. Andererseits sah man viele Erwachsene, denen jedweder Antrieb abhanden gekommen schien. Beim Wirt in Oberpfaffing saßen die Bauern und gut die Hälfte strahlte eine Lethargie aus, die mir so noch nirgendwo anders begegnet war. Ob das von der Bauernarbeit kam, am Lebensgefühl des 19. Jahrhunderts oder am System in Neubayern lag? Ich weiß es nicht.

Einerseits war das Leben dort wie in einem Kitschroman über das Leben früher. Andererseits verpasste einem die Realität des 19. Jahrhunderts manchmal ganz schöne Schwinger in den Magen. Einerseits hilfsbereite Bauersfrauen, die arme Mutterln in ihre adventlich geschmückte Stube holten, um sie aufzuwärmen und aufzupäppeln. Andererseits lagen nicht selten Verhungerte am Straßenrand. Einerseits Lebensfreude beim Tanz auf den Volksfesten und an den Markttagen. Andererseits die toten Augen der Bauern bei der Stallarbeit. Einerseits das gute einfache Essen. Andererseits starb die Hälfte aller Kinder vor dem fünften Geburtstag. Aber so war das wohl im 19. Jahrhundert.

Einen der wichtigsten Punkte habe ich mir bis zum Schluss aufgespart: die Perchtln. Ein ganz seltsames und grausames Phänomen in und um Neubayern. Ich persönlich weiß auch immer noch nicht allzu viel darüber, aber ich habe mir, wie üblich, einiges aus meinen Beobachtungen und Gesprächen vor Ort zusammengereimt.

Perchtln ist der Name, den die Neubayern den Pehuelche-Indios, einem argentinischen Mapuche-Volk im zentralen bis südlichen Patagonien, gegeben haben. Verheiratet mit dem Wort Perchten, den Sagenwesen im alpinen Bayern und Österreich. Die hölzernen, gruseligen Masken zum Winteraustreiben in Partenkirchen zum Beispiel. Denn was denkt der einfache bayerische Bauer, wenn er auf Eingeborene trifft, die nicht so aussehen, wie er es gewohnt ist? Genau: Grusel und Gefahr! Und was macht er bei Gefahr? Er wehrt sich mit Händen und Füßen. So stark, dass er gar nicht merkt, dass er es nicht mit irgendwelchen Kobolden und Geistern zu tun hat, sondern mit Menschen. Treten dann noch irgendwelche Krankheiten oder Missernten oder sonstwas zufällig gemeinsam mit dieser Gefahr auf, ist es ganz aus. Dann ist der Perchtl an allem Schuld. Viehsterben, Kinderkrankheiten und Impotenz. Und dann, genau wie bei den Juden im Mittelalter und den angeblich vergifteten Brunnen, gibts kein Pardon für die Bösewichte.

Das alles hat, so meine Vermutung, die Pehuelche lange Jahrzehnte von Neubayern fern gehalten. Es gab ja auch nicht mehr viele Indigene in Argentinien. Und von Chile aus kam man ja nicht auf das Gebiet Neubayerns. Doch so um das Jahr 2000 herum, parallel zu den chilenischen Mapuche-Aufständen der Coordinadora Arauco-Malleco, entstand die kleine argentinische Reconquista-Bewegung. Das Movimiento-Arauco-Occidental. Junge südargentinische Indios, die von einer Hütte in den Bergen aus versuchten, in das Land ihrer Vorfahren zurückzukehren. Mit fatalen Folgen. Ich habe fünf Andreasfeuer zählen können, die in diesen Zeitraum fallen. Alle rund um Russlach, das nah am mittlerweile unbewachten Einstieg nach Neubayern liegt. Sagen wir, dass das nicht alle waren, die es gab und gehen von acht Feuern für jeweils sieben oder acht Indios aus. Dann macht das acht mal acht Tote. Vierundsechzig, wenn mich mein Matheunterricht der zweiten Klasse nicht täuscht. Vierundsechzig Tote durch Aberglauben und irreale Angst. Und niemand hat jemals etwas dagegen unternommen. Ich meine, warum sind die Pehuelche denn nicht zu den argentinischen Behörden? Warum sind da immer wieder welche auf eigene Faust reingegangen? Haben die geglaubt, dass die anderen, die nicht in das Refugio zurückgekehrt sind, bereits ein prima Leben im Tal haben? Oder haben die gedacht, dass die von der COMISAF einfach schwuppdiwupp eingekastelt worden sind und deshalb nicht mehr aufgetaucht sind? Aber warum haben sie es dann trotzdem wieder versucht? Verzweiflung? Patriotismus und Traditionsliebe? Die Suche nach den Wurzeln? Wer weiß ...

Ich hatte eigentlich – bis ich auf Joseph Kiener traf und dann alles plötzlich unheimlich schnell ging mit der COMISAF und allem – vorgehabt, mein Schwalbennesthaus weiter auszubauen. Als Beobachtungsstation und Archiv Neubayerns. Ich wollte ein Buch schreiben. Zusammen mit einem echten Historiker. Eine wissenschaftliche Sensation. Ich wollte mit Elisabeth zusammenzuleben und mit ihr vielleicht einige Neo-Neubayern in die Welt setzen. Es ist dann alles anders gekommen als gedacht ...

Die Neubayernsammlung

❧

Aus dem Nachlass von Mathew Brady, New York

Mathew B. Brady (geboren am 18. Mai 1822 in Lake George, New York, gestorben am 15. Januar 1896 in New York City) war ein US-amerikanischer Fotograf. Auf dem Höhepunkt seines Schaffens berichtete er in eindringlichen Fotografien vom amerikanischen Bürgerkrieg. Er verwendete ab 1850 das sog. Albumindruck-Verfahren, das besonders scharfe und lebendige Bilder ermöglichte. Seine Bilder von den Schlachtfeldern des Sezessionskrieges sind berühmt und ermöglichen einen ungewöhnlich modernen Blick in die damalige Zeit.

In seinen späteren Lebensjahren verarmte er zusehends und wurde alkoholabhängig. Ab 1876 musste er um jeden Auftrag kämpfen. Irgendwann in den darauffolgenden Jahren wurde er vom ehemaligen bayerischen Gesandten in Washington beauftragt, die bayerische Kolonie zu bereisen und zu dokumentieren. In seinem Nachlass fand man einige – nicht ganz geglückte – Aufnahmen, die wohl aus genau diesem Grund als einzige erhalten geblieben sind. Die gelungenen Fotos sind im Bombenhagel des Zweiten Weltkriegs unwiederbringlich zerstört worden.

Bild 1: Andreasheiligtum. Ort unbekannt

(Farbige Fotos aus dem hinten eingelegten Heftchen heraustrennen und hier einkleben)

Bild 2: Bäuerin mit Guanakos

Bild 3: Kinder und Indio vor Dorfhaus. Ort unbekannt

Bild 4: Jäger mit erbeutetem Gürteltier. Auf dem Bild ist vielleicht sogar Brady selbst zu sehen

Bild 5: Junge mit frisch geschlachtetem Riesen-
meerschweinchen

Bild 6: Andreasfeuer. Ort unbekannt

Bild 7: Straßenszene in Reisach. Im Hintergrund der Vulkan Chopico

Bild 8: Rieding mit Pehuelcheheiligtum

Der Dua=da

❧

Bericht von Joseph Kiener. Fortsetzung

Unten vor dem Schwalbennest angekommen, füllte ich meine Flasche mit Quellwasser und sortierte noch einmal meine Sachen im Bündel. Dort fand ich, in das Butterbrotpapier des Amtmannes von Russlach eingeschlagen, das Bild vom Wachten. Die Menschen darauf waren wahrscheinlich aus dem Jetzt. Vielleicht aus Argentinien oder Chile. Vielleicht war einer davon der Mann, den die Amtmänner und Gendarmen in Rieding abgeführt hatten. Der Teufel, den der Benno gesehen hatte. Ob das Bild auch so ein Zauberding, wie das vom Engel war? Ich versuchte es mit allen möglichen Gesten zum Leben zu erwecken. Aber nichts rührte sich. Ich packte das Bild zurück.

Mit meinen neuen Schuhen kam ich sehr schnell den Berg hinunter. Ich hatte noch nie so gute Schuhe besessen. Zwar hatte ich keine Erinnerung mehr an den Weg, den Elsi und ich hinauf benutzt hatten. Aber ich würde unten schon irgendwo wieder auf eine Straße treffen, die in ein Dorf oder sogar direkt nach Russlach führte. Einfach runter. Von dort wollte ich weiter in die Stadt. Das sollte mein Ausgangspunkt für die Suche nach Benno sein.

❧

Ich kam wieder in den Wald. Dort lagen noch vereinzelte große Findlinge zwischen den Bäumen, aber insgesamt wurde das Gelände schon wieder flacher. Ich setzte mich auf einen der Felsen und rastete. Auf meinen Platz schien genau die Sonne. Ich legte mich zurück und genoss die Wärme.

Langsam versuchte ich die Dinge, die ich gerade erfahren hatte, zu sortieren und einzuordnen. Das fiel mir nicht leicht. Schließlich kannte ich damals nichts anderes als mein Leben in Oberpfaffing. Dass auf der anderen Seite des Wachten, nur ein paar Meilen entfernt, eine andere Sprache gesprochen wurde und dass das Land, in dem ich bisher zu leben geglaubt hatte, jenseits eines riesigen Meeres lag, und was das alles für mich zu bedeuten hatte, konnte ich damals noch nicht begreifen. Einzig die Erkenntnis, dass nichts mehr so sein würde wie bisher, machte sich ganz bedächtig in meinem Kopf breit. Ich hatte doch dem Nachbarsjungen versprochen, seinen verschwundenen Spezl zu finden. Hatte das etwa auch etwas mit der Geschichte, die ich gerade gehört hatte zu tun? Wenn der Teufel ein Mann aus dem Jetzt war, war dann der Benno verschwunden, weil er mit etwas in Berührung gekommen war, von dem er eigentlich nichts wissen durfte. Und war der Teufel verhaftet worden, weil er dem Benno etwas verraten hatte? Über das Jetzt jenseits des Wachten. Und wussten diejenigen, die für Bennos Verschwinden verantwortlich waren etwa, dass wir nicht in Bayern lebten? Die ganzen Amtmänner, Pfaffen und Schandis. Hatten die die ganze Lüge erfunden? In meinem Kopf rumorte es. Ich versuchte mich zu beruhigen und schloss die Augen ein wenig.

Um mich herum war es sehr still und ich glaubte kurz die Pfaffl rauschen zu hören. Ich horchte auf die Geräusche des Waldes, das Knacken des Holzes in der Mittagswärme, die kleinen Tiere im Laub und die Vögel. Langsam entspannte ich mich wieder. Ich dämmerte sogar ein bisschen weg.

Als ich wieder wach wurde, war ich unglaublich erholt. Aber auch verwirrt, denn ich konnte mich erst nicht erinnern, wo ich war. Ich schaute mich um und und langsam kam die Erinnerung zurück. Wie lange ich geschlafen hatte, wusste ich nicht. Ich bemerkte, dass sich unter einem Findling, der etwas weiter hangabwärts lag, in einer kleinen Höhle, etwas bewegte. Erst dachte ich ein Hase oder ein Fuchs oder eine Erdsau.

Doch, was da hervor kroch war viel größer. Ein Perchtl. Vielleicht eines der Opfer der Russlacher. Er war vollkommen verdreckt und sah durchgefroren aus. Seine Kleidung und sein Hut waren über und über mit Erde und Laub bedeckt und er schlotterte vor Kälte. Vielleicht hatte er von gestern Nachmittag bis jetzt in seinem Versteck gewartet und traute sich gerade zum ungünstigsten Zeitpunkt wieder hervor. Wahrscheinlich war den ganzen Tag kein einziger Mensch vorbeigekommen und jetzt, nicht wissend, dass ich in der Nähe war, wagte sich der Perchtl wieder heraus. Der ungünstigste Zeitpunkt überhaupt. Als er im Freien stand, blickte er sich vorsichtig um. Direkt in meine Augen. Wahrscheinlich überlegte er, was zu tun sei. Er kannte die Gefahr, die von den Neubayern ausging. Fliehen, Kämpfen oder sich in sein Schicksal ergeben. Ich hob die Hand. Um zu zeigen, dass ich ihm nichts tun wollte, um ihn zu grüßen und irgendwie auch um ihm zu zeigen, dass ich wusste, dass er ein Mensch war. Er bewegte sich nicht. Langsam stieg ich vom Felsen. Beide Hände erhoben. Keine Bewegung des Perchtl. Ich sagte, so ruhig ich konnte: »Hab keine Angst. Ich tu dir nichts.« (»I dua da nix« auf Bairisch)

Der Perchtl schaute sich ängstlich um. Er entdeckte keinen Fluchtweg. Er schien in sich zusammenzusinken, als ihm bewusst wurde, dass er verloren hatte. Ich ging noch weiter auf ihn zu. »Ich tu dir nichts«, wiederholte ich immer wieder, leise und so sanft ich konnte. Der Perchtl ließ sich auf den Boden fallen. Vollkommen erschöpft und mit dem Leben abschließend. Ich ging neben ihm in die Hocke und streckte die flache Hand in seine Richtung aus, wie bei einem Esel. »Ich tu dir nichts.«

In meinem Bündel hatte ich noch einen Apfel, eine Scheibe Brot und meine Wasserflasche. Ich holte alles hervor, riss das Brot auseinander und legte dem Perchtl die Hälfte auf sein Knie. Ich biss in meinen Teil vom Brot und schnitt den Apfel entzwei. Der Perchtl musste wirklich sehr hungrig sein. Er schlang das Brot hinunter. Ich gab ihm beide Teile des Apfels. Seine verkniffenen Augen wirkten jetzt größer und geöffneter. Sein Gesicht war so bartlos, dass ich mir nicht sicher war, ob ich nicht doch ein Kind vor mir hatte. Ich reichte ihm das Wasser. Er sagte ein langes genuscheltes Wort. Seine Stimme klang hell aber trotzdem ein wenig rauchig. Er wiederholte das Wort und fügte »Dua-da« hinzu. »Aschaschaschascha, Dua-da« oder so ähnlich.

Wir kauerten sehr lange nebeneinander auf dem Boden. Langsam erwärmte sich sein Körper in der Sonne.

Irgendwann zeigte der Perchtl auf mich und sagte »Dua-da«. Dann zeigte er auf sich und sagte »Ipi«. Er war Ipi. Aber ich nicht Dua-da. »Kienersepp.« Ich streckte ihm die Hand hin. »K-i-e-n-e-r-s-e-p-p.« Seine Hand war so klein. Er versuchte meinen Namen zu sagen. Es gelang ihm nicht. Aber was viel besser war: wir mussten beide ein bisschen lachen. Er versuchte es immer wieder »Kinasp, Kinasch, Kiasch-Epp.« Es klappte nicht.

Wir kauerten eine ganze Weile nebeneinander auf dem Waldboden. Er hatte begriffen, dass ich ihm nichts tun würde, dass er vor mir keine Angst zu haben brauchte.

Es war schon Nachmittag und ich musste mir eine Übernachtungs-möglichkeit und etwas zu essen suchen. Ich konnte nach Russlach zurück. Da würde ich schon in einem Schober oder einem Stall unterkommen. Und bei einem Bauern konnte ich ein Brot und Geselchtes oder eine Wurst kaufen. Aber natürlich nur ohne den Perchtl. Ipi. Ich schaute ihn fragend an. Dann deutete ich auf ihn und anschließend in Richtung Berge. Er verstand sofort, schüttelte aber den Kopf. Bestimmt. Scheinbar konnte er nicht so einfach zurück. Vielleicht weil er das Gefühl hatte, seine Kameraden im Stich gelassen zu haben. Vielleicht weil das, was ihn drüben erwartete, schrecklicher war, als hier zu bleiben. Oder vielleicht war er einfach zu erschöpft, um den ganzen Weg zurück auf sich zu nehmen. Ich machte ihm ein

Zeichen, mir zu folgen. Ich wollte mich um ihn kümmern. Irgendwie dachte ich, dass ich, wenn ich ihm über die Nacht helfen und ihm etwas zu essen organisieren könnte, etwas von dem Gemetzel des Tages zuvor wieder gut machen würde. Oder vielleicht war es mir auch nur wichtig, dass der Perchtl merkte, dass nicht alle hier so waren, wie er es am Tag zuvor erlebt hatte. Jedenfalls hatte ich beschlossen, ihn erst mal mitzunehmen. Wir gingen auf das Geräusch der Pfaffl zu.

Plötzlich hörte ich Ipi meinen Namen rufen: »Dua-da!« Er hatte eine Hütte am Ufer entdeckt. Wahrscheinlich von einem Fischer aus Russlach. Fast wie meine Hütte an den Oberpfaffinger Weihern. Nur viel kleiner. Wir schlichen um das Häuschen herum. Es schien schon seit einiger Zeit unbewohnt zu sein. Ich drückte die Türe auf. Innen war es fast komplett dunkel. Aber trocken. Als sich meine Augen ein wenig an die Finsternis gewöhnt hatten, konnte ich eine Kerze auf einem kleinen Tisch in der Mitte des Raumes erkennen. Aber keine Feuerhölzer.

Plötzlich wurde es schlagartig sehr hell. Ipi hielt ein kleines silbriges Gerät in den Händen, das Feuer spuckte. Er hielt die Flamme an den Docht der Kerze und mit einem metallischen Geräusch erlosch die Flamme an dem Feuerkastl wieder. Sogar die Perchtln kannten sich mit Zauberdingen aus dem Jetzt besser aus als ich. Die Kerze brannte.

In der Hütte gab es alles, was wir brauchten: Einen kleinen Allesbrenner, trockenes Holz, einen Strohsack, eine Decke, Tonbecher, Gabeln, einen Topf mit einem Salzstein, mehrere Flaschen mit Most, eine Flasche mit Schnaps. Alles war staubig, aber noch gut zu gebrauchen. Im Strohsack waren nicht einmal Mäuse.

In einem kleinen Kästchen fand ich Angelhaken und eine Schnur. Ich grub einige Würmer aus dem weichen Boden am Ufer aus und fing schnell vier Forellen. Gelernt ist schließlich gelernt. Viel zu viel für uns beide. Aber wir waren sehr hungrig. Ipi hatte draußen ein Feuer gemacht und wir brieten die Fische über der Glut, als die Flammen endlich heruntergebrannt waren. Der Perchtl holte ein paar Kräuter, die ich nicht kannte, aus dem Wald. Die legte er zu den Fischen. Es schmeckte sehr gut. Besser als alle Forellen, die ich je gegessen hatte.

Später heizte ich den Allesbrenner in der Hütte ein und spannte eine Schnur quer durch den Raum, damit Ipi seine klamme Kleidung trocknen konnte. Anfang Mai war es nachts noch sehr kalt. Ipi ging währenddessen nach draußen. Ich hörte ihn in der Pfaffl plantschen. Wahrscheinlich wusch er sich und seine Klamotten.

Die Pritsche war nur für eine Person, aber in einem Kasten fand ich noch einige Pferdedecken, die man als Unterlage auf den Boden legen konnte. Ich stöberte in den beiden Kisten herum, die unter dem kleinen Fenster standen. Darin fand ich einiges an Kleidung, einen Lodenumhang, einen Hut, eine Bundhose und mehrere Hemden. Alles roch modrig. Dazu eine Flinte ohne Munition, ein Jagdmesser, einen Rucksack und ein Bild in einem Rahmen.

Ich nahm das Bild mit zur Kerze und öffnete die Klappe das Allesbrenners, um noch mehr Licht zu haben. Es war ein Druck. Darauf war eine Straße zu sehen, prunkvolle Gebäude, Droschken, Männer mit steifen Hüten und Frauen mit eleganten Kleidern und Regenschirmen. Am unteren Rand die Zeile »Gruß aus München«. München. Ich bekam eine Gänsehaut. Alles wirkte riesig im Vergleich zu den winzigen Menschen. Was musste das für eine Welt sein, in der die Häuser so gigantisch waren. Die Straße wirkte glatt und sauber. War das das echte München im echten Bayern? Beim genaueren Hinsehen, bemerkte ich, dass da jemand etwas mit grauer Schrift dazugeschrieben hatte: »Bevor ich es vergesse: Vater und Mutter lassen schön grüßen und ebenso die ganze Nachbarschaft.« Da stand bestimmt noch mehr auf der anderen Seite. Ich drückte das Bild aus dem Rahmen und drehte es um. Auf der Rückseite war der Text besser zu lesen: »München, den 17. Juni 1872. Lieber Alois, wir hoffen, dass Du Dich in der neuen Welt gut eingelebt hast. Wir hier herüben hören nie etwas von Euch. Schreib uns doch, wie es dir ergeht. Wir ziehen nächsten Monat in eine neu gebaute Wohnung auf der Sendlinger Höhe. Ich hoffe, in dem neuen Haus wird dem, inzwischen gar nicht mehr so kleinen, Leo das Atmen leichter fallen. Wir hoffen, bald von Dir zu hören. Deine Mimi.« Die Adresse war: Alois Draxl, Russlach, Neubayern. Ich steckte die Postkarte zu der Fotografie vom Wachten in mein Bündel.

Von draußen hörte ich Ipi rufen: »Dua-da.« Ich ging nachsehen, was er wollte. In der Dunkelheit war kaum etwas zu erkennen. Ipi stand bis zum Hals im tiefen eiskalten Wasser der Pfaffl und machte mir ein Zeichen, dass ich ihm etwas zum Abtrocknen bringen solle. Ich holte eine der Pferdedecken und warf sie ihm zu und ging zurück in die Hütte. Wenig später kam Ipi nach. Er war komplett in die Decke eingewickelt, hängte seine gewaschene Kleidung auf die Schnur und setzte sich auf den Strohsack. Ich zeigte ihm die Kleidung, die ich in der Kiste gefunden hatte. Er musste darüber lachen. Ich verstand nicht warum. Das war doch besser, als nackt in der dreckigen Pferdedecke zu stecken. Auch wenn die Sachen vielleicht zu groß für ihn waren. Als Ipi fertig gelacht hatte, versuchte er mir etwas zu sagen. Ein langer unverständlicher Satz. Ich zuckte mit den Schultern. Ipi sagte nur noch ein einzelnes Wort »Domo« und zeigte dabei auf sich. Und dann etwas wie »Wentru«, dabei schüttelte er den Kopf. Was sollte das heißen? Er zeigte auf mich und sagte ein Wort, das so ähnlich klang wie »Tschicko«, dann auf sich und dazu ein neues Wort »Tschicka«. Ich verstand nicht und zeigte auf mich und sagte »Kienersepp« und auf ihn und sagte »Ipi«. Dann machte ich eine schulterzuckende Fragegeste, zeigte wieder auf mich, sagte »Kienersepp« dann »Dua-da«, dann deutete ich auf Ipi und sagte »Tschicko«. Ipi lachte hell. Schüttelte den Kopf, stand dann vom Strohsack auf und öffnete kurz die Decke, in die er eingewickelt war. »Domo« und »Tschicka« hieß also sowas wie Frau.

Zweimal nackte weibliche Haut an einem Tag. Mehr als in meinem ganzen bisherigen Leben. Eigentlich lief es ganz gut für mich.

In der Hütte war es inzwischen warm, wir tranken den Most und etwas Schnaps und lachten, brachten uns Wörter in unseren Sprachen bei. Nach einigen kurzen Augenblicken der Verlegenheit, war das Eis gebrochen. Mir kam es immer verrückter vor, dass ich Ipi für einen

Mann oder einen Buben gehalten hatte. Sie war sehr weiblich. Bei Elsi hatte mich ihre Fast-Nacktheit eher befangen gemacht. Ich hatte mich so geschämt, dass ich ihr nicht mehr in die Augen schauen konnte. Ipi nahm sich nicht allzu ernst und das bewirkte, dass wir miteinander umgehen konnten.

Ihre Sprache und ihre Leute hießen ›Pueltsche‹. Sie brachte mir ein paar Wörter bei. Aber offen gestanden, lernte sie viel schneller bairische Wörter als ich ihre Perchtlischen. »I hoaß Ipi«, »Fisch«, »Schnaps«, »Prost«, »Pfuideifi«, »greislig«, »sche warm«, »i bi miad«, »schlaffa«, »Guadnacht«.

Ich heizte in der Nacht noch drei Mal nach.

Am nächsten Morgen stand Ipi am Allesbrenner und kochte irgendeinen Sud. Es roch gut. Sie hatte die Kleidung aus der Kiste angezogen und sah aus wie ein zwölfjähriger Bub. Die Stühle standen vor der Hütte in der Sonne und Ipi sagte »kimm« und zeigte mir, dass wir uns dort hinsetzen sollten. Sie gab mir einen Becher mit ihrem Gebräu. Darin schwamm ein Stück Honigwabe, die sie offenbar im Wald gefunden hatte. Außerdem gab es eine Art Brei mit ebenfalls einem Stück Wabe auf einem Stück Rinde. Auch aus dem Wald. Alles schmeckte gut, die Sonne wärmte mich auf, die Pfaffl rauschte. Ich schaute ins Licht, schloss die Augen und sah leuchtend und hell meine eigene Iris.

In meinen Gedanken gab es auf einmal keinen Benno und keinen Bruder mehr. Alles weg, als wäre es nie geschehen. Aber nicht so, wie ich es die ganzen Jahre nach dem Feuer gemacht hatte. Als ich allen Schmerz so tief in mir vergraben hatte, dass ich ihn durch die ganze Haut und das ganze Fleisch hindurch nicht mehr fühlen konnte. Einfach weg. Ich dachte nicht mehr daran, wie es weitergehen sollte.

Die Einsicht

❦

Bericht von Joseph Kiener. Fortsetzung

ber es musste ja auch erst einmal nicht weiter gehen. Am Vormittag lief ich die Stunde pfafflabwärts nach Russlach und kaufte bei einem der Bauern Milch, Käse, Butter, Brot, Mehl und etwas Gemüse, Kartoffeln und ein paar Lageräpfel. Bei einem anderen gab es Speck, Geselchtes, Eier und getrocknete Würste. Der Amtmann verkaufte hinter seiner Amtsstube eine kleine Auswahl an Waren und so holte ich dort noch Zucker, einige Flaschen Zoigl und eine Seife. Beiläufig versuchte ich zu erfahren, was mit den Perchtln geschehen war und ob im Dorf etwas über das Schwalbennesthaus bekannt war. Aber der Amtmann war nicht sehr gesprächig und schien sich nicht einmal an mich zu erinnern. Obwohl wir beim Andreasfeuer doch nebeneinander gestanden hatten.

Auf der Dorfstraße begegnete mir das dreizehnjährige Mädchen aus dem Schober. Ich fragte sie, ob es seitdem neue Perchtlvorfälle gegeben habe. Sie verneinte. Ich fragte weiter: »Wie oft gibt es eigentlich so ein Andreasfeuer bei euch in Russlach?«

»Ich hab schon einmal eines erlebt, bisher«, antwortete sie.

»Und der Amtmann oder der Pfarrer? Haben die nichts dagegen?«

»Was sollen die denn dagegen haben?«

»Naja, erlaubt ist das ja nicht gerade, oder?«

»Das weiß ich nicht. Was sollen wir denn sonst machen, wenn die Perchtln kommen? Sollen wir die Toten einfach liegen lassen?«

»Was tun euch die denn, dass ihr die gleich töten müsst?«

»Das sind Perchtl, die gehören getötet. Der heilige Andreas hat die auch getötet. Die könnten uns ja was tun. Die kommen mit ihren Hexensprüchen und dem Fieber. Zu uns kann nicht jeder einfach kommen.«

»Weißt du was das sind, die Perchtln?«

»Dämonen und Teufel. Sie schreien in ihrer Teufelssprache und verhexen unsere Viecher. Was sollen die sonst sein?«

»Hast du dir die schon einmal genauer angeschaut?«

»Beim letzten Feuer war ich erst neun und die Perchtln wurden gleich verbrannt. Beim nächsten Mal bin ich bestimmt gefirmt und dabei und kämpfe mit und dann schaue ich den Dämonen direkt in die Augen.«

»Versprich mir, dass du den Perchtln wirklich in die Augen schaust, bevor du kämpfst.«

Sie verstand nicht, was ich meinte. Wie sollte sie auch. Aber sie war neugierig und vielleicht würde sie beim nächsten Kampf sehen, dass die Perchtln Menschen waren und keine seelenlosen Dämonen, die getötet werden mussten.

Das Mädchen hatte auch Fragen: »Kommst du vom Vogelnest?«

»Meinst du das Haus an der Felswand am Doben?«

»Ja.«

»Da war ich.«

»Stimmt es, dass da ein Engel wohnt, der fliegen kann?«

»Da wohnt ein Mann, den alle Engel nennen. Und ob der fliegen kann, weiß ich nicht. Ich hab es nicht gesehen.«

»Die Buben sagen, dass der Engel ein Licht hat, das so hell strahlt, wie die Sonne. Sogar in der Nacht.«

»Ich hab das Licht nicht gesehen. Aber ein Wunderklo.«

Das Mädchen lachte und rannte einer Gruppe kleinerer Kinder hinterher.

Ipi und ich verbrachten eine Woche in der Hütte an der Pfaffl. Wir aßen, tranken und sie lernte sehr schnell einige Brocken Bairisch. Ich verstand sie bald besser als den Engel mit seiner Schriftsprache. Langsam kam ich auch hinter ihre Geschichte und die Geschichte der Perchtln. Der Engel hatte es ja schon angedeutet. Sozusagen die Bewohner Neubayerns bevor es Neubayern geworden war. Erst hatten sie alleine in dem Land gelebt. Vor einigen hundert Jahren. Dann sind weiße Leute von woanders gekommen und haben sich einfach angesiedelt. Die haben dann das Land verkauft und die Perchtln mussten weg. Vertrieben und getötet. Durch die Siedler und die Krankheiten, die sie mitgebracht hatten. Genau andersherum, als wir es erzählt bekommen hatten. Dann ein Auf und Ab. Es gab kurz ein eigenes Land für die Pehuelche und die anderen Eingeborenen. Dann kamen die Weißen zurück und nahmen sich das Land. Immer mehr Unterdrückung und Rechtlosigkeit. So verstand ich es zumindest in der Mischung aus Bairisch, Händen und Füßen und dem bisschen Perchtlisch, das ich gelernt hatte. Jetzt, so Ipi, war das Leben der Perchtln in den beiden Ländern, die um Neubayern herum lagen, nicht gut. Ihre Familie lebte östlich der Wachtenkette. Sie waren sowas wie Knechte auf einem großen Bauernhof mit enorm vielen Schafen. Fast wie Sklaven. Es gab große Schwierigkeiten mit den weißen Nichtperchtln und die Obrigkeit mochten sie auch nicht. Ipi erzählte, dass sie von dem Bauernhof und ihrer Familie weggegangen sei und sich einer Gruppe angeschlossen habe, die versuchen wollte, sich die alten Rechte auf ein eigenes Land zurückzuholen. Da spielte Neubayern natürlich eine große Rolle. Sie war mit anderen Perchtln wie eine Art Vorhut über die Berge gekommen. Zumindest hatte ich sie so verstanden. Freunde und Gleichgesinnte. Eine eingeschworene Gemeinschaft. Alle aus verzweifelten Verhältnissen, für die die Gruppe die letzte Möglichkeit war, etwas im eigenen Leben zu verändern. Jetzt waren alle tot. Umgebracht von den Russlachern und ihrem Aberglauben. Das brachte Ipi oft an den Rand der Verzweiflung. Aus Trauer und Angst, glaube ich. Ich hörte sie nachts weinen. Aber was sollte ich machen? Trösten? Mit meinen drei Worten Perchtlisch. Ein Nachkomme derjenigen, die erst ihr Land besetzt hatten und sie dann auch noch umbringen wollten. Trotzdem hatte ich nicht das Gefühl, dass sie mich dafür mitverantwortlich machte. Sie schien zwischen den Russlachern, die die anderen Perchtln getötet hatten und denen sie nur knapp entkommen war und mir zu unterscheiden. Das eine waren die Mörder, das andere ich. Ich glaube nicht, dass ich das gekonnt hätte. Wären die Oberpfaffinger von den Perchtln ermordet worden und ich hätte als einziger überlebt, ich wäre nicht in der Lage, auch nur einem Perchtl zu verzeihen. Auch nicht, wenn er gar nichts mit dem Mord zu tun gehabt hätte. Wie bei meiner Familie. Dem Knecht, dem Selbstmörder, hätte ich nicht mehr in die Augen schauen können, wenn er noch lebte. Auch seiner Familie nicht, wenn er eine gehabt hätte.

Was ich an dieser Stelle auch noch sagen muss: Ich war sehr bald auch ein bisschen verliebt in Ipi. Oder eigentlich sehr verliebt. Wie noch nie. Bisher hatte ich immer nur für Elsi geschwärmt. Aber eher für ihre körperliche Ausstrahlung. Oder für die Tatsache, dass sie als Dorfmatratze galt und deshalb körperlich erreichbar zu sein schien. Ich glaube nicht, dass sie mich jemals in einer ähnlichen Art und Weise gesehen hat. Ich war das Wallermaul. Ich hatte sie immer aus der Ferne begehrt und sie mir nackt vorgestellt. Und wenn ich mit ihr sprach, war da zwar eine gewisse Vertrautheit gewesen, aber die stammte eher aus der gemeinsamen Schulzeit und der Zeit, als das mit meiner Familie passiert ist. Mir war es immer mehr wie Mitleid vorgekommen. Begehren von meiner Seite, Mitleid von ihrer. Und jetzt, da ich den Engel kennengelernt hatte und wusste, dass sie und er schon lange ein Paar waren, war mir auch klar warum. Der arme, naive, depperte, fischmaulige Neubayer konnte natürlich nicht mit dem klugen Jetztmenschen gleichziehen.

Mit Ipi war es anders. Wir lachten miteinander und ich hatte das Gefühl, zu ihr zu gehören und sie zu mir. Ich fühlte mich gemocht. Ich glaube nicht, dass ich vorher schon einmal gemocht worden war. Gleichzeitig wollte ich sie haben. So richtig. Ich wusste aber nicht, wie ich anfangen sollte. Ich war das Wallermaul und sie die exotische Schönheit aus dem Sagenreich. Mir fehlte das Selbstvertrauen.

Es verging fast eine Woche, bis sie eines Abends zu mir auf mein Pferdedeckenlager kam. Sie war nackt und sagte, dass ihre Kleidung schon wieder trocknen müsse und ihr kalt sei. Ich fühlte mich ungewaschen und klein in jeder Hinsicht. Doch das verging. Ich musste an Elsi und das Neue denken.

Bald gingen unsere Vorräte zu Ende. Wir fischten noch einen Tag und tranken Wasser.

In der Nacht vor dem letzten Tag in der Hütte hatte ich einen Traum. Vielleicht lag mir in dieser Nacht der letzte Fisch im Magen, oder das Stroh war zu hart. Jedenfalls konnte ich kaum schlafen. Immer wieder grübelte ich über Benno nach. Zum ersten Mal seit einer Ewigkeit. Eine Mischung aus schlechtem Gewissen, Ratlosigkeit und Erinnerungen an den Bruder. Und wenn es mir dann doch kurz gelang einzunicken, träumte ich. Eine Abwandlung von dem Traum, den ich immer habe, wenn ich nicht richtig tief schlafen kann, weil mir zu viele Dinge durch den Kopf gehen. Im Traum stand ich vor dem Kienerhof, wie er vor dem Feuer gewesen war. Hinter mir höre ich jemanden rufen. Es war der Bruder. Noch stattlicher als er jemals gewesen ist. Aber er war nicht so fröhlich, wie er eigentlich immer gewesen ist. Er wirkte ängstlich. Er rief mir etwas zu. Ich konnte ihn nicht verstehen und ging zu ihm. Er schien es so aufzufassen, dass ich ihn jetzt doch verstanden hatte und ihm deshalb folgen wollte. Er ging los, in den Wald. Ich hinterher. Der Bruder verschwand immer wieder aus meinem Blickfeld und ich wurde immer wieder von der Angst gepackt, ihn ganz zu verlieren. Ich hatte das Gefühl, dass das was er mir zeigen wollte, wichtig war. Wenn ich ihn wieder irgendwo zwischen den Bäumen und Felsen sah, drehte er sich zu mir um und sah noch verzweifelter aus. Wir gingen immer höher hinauf in den Wald. Bis wir an die Wachtenwand stießen. Hier begann der Bruder die senkrechte Wand hinaufzugehen, als wäre sie eine waagrechte Straße. Ich konnte ihm nicht mehr folgen. So sehr ich es auch versuchte. Der Bruder drehte sich zu mir um. In seinen Augen sah ich wieder die Angst. Sein Mund bewegte sich, doch ich hörte nur ein lautes Brummen. Ich schaute in den Himmel. Über mir bewegte sich ein riesiges Kreuz von Osten nach Westen. Daher kam das Brummen. Wieder konnte ich den Bruder nicht verstehen. Schon war er oben angelangt und deutete auf eine Stelle in der Wand unter sich. Da war eine Treppe. Ich rannte darauf zu und stieg hinauf. Ich fiel immer wieder hin und musste mich aufrappeln. Als ich endlich oben ankam, drehte mir der Bruder den Rücken zu. Er schaute von der Wachtenkette weg, in die entgegengesetzte Richtung. Doch dort sah es genauso aus, wie wenn man in Richtung Oberpfaffing schaute. Einfach das gespiegelte Neubayern nochmal. Und dahinter, glaubte ich noch ein weiteres zu erkennen. Als ob es sich endlos fortsetzen würde. Ein Neubayern am anderen. Nur Neubayerns bis ans Ende der Welt. Ich ging zum Bruder, um ihn etwas zu fragen und fasste ihm an die Schulter. Er drehte sich um und es war nicht mein Bruder. Es war der Benno. Er sagte etwas und im Gegensatz zu meinem Bruder konnte ich ihn verstehen. Er sagte: »Alle sind tot. Nur ich lebe noch.« Ich war wieder halb wach und dachte: »Erst zum Engel, dann zum Benno.« Ich musste ihn finden, das war ich nicht nur dem Schwarzbuben oder dem Saillerbenno schuldig, sondern auch meinem Bruder.

Es musste nun doch noch etwas geschehen. Am Benno führte für mich kein Weg mehr vorbei. Ich fragte Ipi, ob sie zurück über die Berge wolle. Sie wusste es nicht. Ich fragte sie, ob sie wolle, dass ich mit ihr über die Berge gehe. Nachdem ich den Benno gefunden hätte. Sie gab mir zu verstehen, dass es dort sehr schwierig sei. Man brauche viel

Geld und die richtige Hautfarbe, um dort über die Runden zu kommen und eine Sprache namens ›Hispanjo‹ müsse man auch können. Und, ganz wichtig: Man musste ›Nopehuelche‹ sein. Ich wusste nicht, was sie damit meinte. Es gäbe Banditen und Räuber und ihren Vater und den ›Padron‹. Unsere Gespräche waren manchmal noch holprig.

Ich fragte sie, ob sie mit mir hier bleiben wolle. Ob wir versuchen sollten, uns in Neubayern etwas aufzubauen. Obwohl ich nicht wusste, ob das möglich war. Auch darauf hatte sie keine Antwort. Immerhin hatte ich den Eindruck, dass ihr der Gedanke schon besser gefiel. Vielleicht fanden wir ein Plätzchen ganz woanders, wo wir leben konnten. Sie sah ein bisschen nach Hoffnung aus.

Ich sagte ihr, dass ich vorher noch etwas zu erledigen habe. Dass ich einen Buben suchen müsse. Dass ich damit in der größten Stadt Neubayerns weiter machen würde. Ich zeigte ihr das Bild vom Wachten von dem Mann, der Frau und dem Kind vor dem weißen Gebäude mit den runden Fenstern und der Aufschrift »LAN … ILE« und sagte ihr, dass ich glaube, dass dieser Mann etwas damit zu tun habe. Ich schlug ihr vor, hier in der Hütte auf mich zu warten. Sie antwortete »Lan Tschile« und lief mit ausgebreiteten Armen im Kreis. Dazu machte sie laute brummende Geräusche. Fast wie das des Himmelskreuzler-Ministranten. Ich fasste es als positives Signal auf.

Ipi verschwand im Inneren der Hütte. Nach einigen Minuten kam sie wieder heraus. Sie hatte sich verkleidet und trug die Kleidung aus der Kiste. Sie hatte sich den Hut tief ins Gesicht gezogen und sich den sichtbaren Rest vom Kinn und die Hände mit einer Art hellem Schlamm aus der Pfaffl gefärbt. »Ich bin der Bub vom Dua-da«, sagte sie und »Ich bin Feuer. Wir gehen in die Stadt.« Sie war verbrannt, aber lebendig. Wie die Familie, wenn ich die Türe aufbekommen hätte.

So gingen wir los: Ich mit meinem Bündel und den Sachen aus dem Schwalbennesthaus, Ipi barfuß mit Rucksack als mein Neffe, der aufgrund eines Brandes schwachsinnig und entstellt war und deshalb eine weiße Salbe im Gesicht trug.

Wir gingen durch Russlach und später durch Egenkofen. Beim Wirt kehrten wir ein. Er erkannte mich wieder und sogar der Bewohner dieses Unglücksortes hatte Mitleid mit meinem verunstalteten Neffen. Er spendierte dem Kleinen einen Krapfen. In Schoham nahmen wir den Weg nach Rieding. Direkt zum Bahnhof.

Dort beobachtete ich ein paar Amtmänner, die zurück in die Stadt fuhren, beim Billetkauf und machte einfach das Gleiche wie die beiden. Der Verkäufer am Schalter fragte mich noch, wie alt der Bub sei. Ich antwortete zwölf. Ipi fuhr umsonst.

Wir waren beide aufgeregt und angespannt. Ich hatte die Lok zwar schon das ein oder andere Mal von Weitem gesehen, aber so aus der Nähe betrachtet, hatte ich doch einen gewissen Respekt. Ipi schien das genauso zu sehen. Ein öliges Metallding, das einen Riesenlärm machte und stank. Wenn schon ein Zug so groß und erschreckend war, wie musste dann erst ein Flugzeug sein? Wir gingen trotzdem in einen der beiden Waggons und setzen uns auf eine der Holzbänke. Der Zug pfiff laut und setzte sich langsam in Bewegung. Es stank noch verbrannter. Mir wurde immer schlechter. Von der Fahrt und dem Gewackel. Das gleiche Gefühl, wie besoffen im Bett zu liegen. Ein Drehwurm. Man kann die Augen nicht schließen, weil sich alles um einen dreht.

Eine Frau in der Kleidung der Stadterer öffnete das Fenster und von draußen kam frischere Luft in den Waggon. Ich steckte den Kopf hinaus. Das half. Ipi lachte unter ihrem Hut. »So langsam«, flüsterte sie mir zu. Ich fühlte mich totenblass. Die städtische Frau nickte mir zu. »Das erste Mal im Zug?«

Zum Glück dauerte die Fahrt nicht lange. Vielleicht fünfzehn Minuten. Ich torkelte auf den Bahnsteig der Stadt. Auf den Schildern stand groß der Name der Stadt: Reisach. Ich kotzte genau unter eines.

Wie viel Angst Ipi vor den Begegnungen mit den Neubayern und den Orten, in denen sie lebten, gehabt haben musste, konnte ich damals nur ahnen. Gemerkt habe ich davon auf der ganzen Reise von Russlach in die Stadt nichts. Ich an ihrer Stelle hätte mich nicht getraut, mit einem wie mir tief in das Feindesland vorzudringen. Ich hätte wahrscheinlich ängstlich in der Fischerhütte gewartet. Aber das war nicht Ipis Art.

Die Stadt war größer als alles, was ich bis dahin gesehen hatte. Die Häuser waren bis zu drei Stockwerke hoch, der Stadtplatz war so lang, dass man das Ende kaum sah und über allem, hoch wie ein Berg, der Dom. So hatte ich mir München oder Altorio vorgestellt.

Heute weiß ich: viertausend Einwohner sind nicht viel. Eher eine sehr kleine Kleinstadt oder ein größeres Dorf. Aber für einen Oberpfaffinger aus dem 19. Jahrhundert, wie mich, war das unvorstellbar.

Ipi war genauso eingeschüchtert wie ich. Wahrscheinlich nicht wegen der Größe, sondern wegen der vielen möglichen Perchtlschlächter. Wir gingen unter den Arkaden am Rand des großen Platzes und waren wie benommen von den vielen Geschäften und Menschen, den Fuhrwerken, Kindern, dem Geschrei und den unterschiedlichen Gerüchen. Ich hielt Ipi an der Hausseite im Schatten und unter ihrem Hut versteckt.

Am Ende des Stadtplatzes stand ein massiver Turm. Langsam liefen wir immer weiter darauf zu. Eine Gruppe von Amtmännern überquerte laut lachend den Platz und verschwand in einer schmalen Quergasse. Ich fühlte mich oberpfaffingerhafter denn je. Wenn es mir schon in unserer neubayerischen Stadt so ging, wie musste es dann in München für mich sein? Oder in Altorio? Ipi drückte meine Hand. Ihr ging es nicht anders. Eine dicke Frau rannte uns fast über den Haufen. »Dorfdeppen!«, rief sie uns hinterher.

Überall waren Menschen. Auf dem Platz, in den Läden unter den Arkaden, in den Zimmern darüber. Ein Mann transportierte Schachteln auf einem Schubkarren mit riesigen Speichenrädern. Eine Gruppe von Frauen in weißen Schürzen stand vor einem Geschäft und wartete auf etwas. Ein dunkel gekleideter Mann mit gescheitelten Haaren, einem großen Schnurrbart und einer enormen ledernen Schürze zeigte einem Bauern eine Messerklinge. Aus einem Fenster in einem der oberen Stockwerke schrien sich ein Mann und eine Frau an. Zwei Halbwüchsige lehnten an einer Hausecke und spuckten auf den Boden. Die beiden schauten uns an. Irgendetwas schienen sie an uns zu sehen, denn sie lösten sich von ihrer Ecke und gingen uns einige Schritte hinterher. Als sie sahen, dass ich das gesehen hatte, stellten sie sich wieder an eine Hauswand und spuckten auf den Boden. Sie machten mir ein bisschen Angst. In Oberpfaffing war der Dorfanger immer leer. Manchmal spielten ein paar Kinder dort. Aber die restlichen Oberpfaffinger blieben meist im Haus oder waren auf dem Feld. Höchstens auf dem Weg zur Kirche oder zum Wirt überquerte man den Platz. Und dann so schnell wie möglich.

Überall in Reisach sahen wir Plakate und Beschriftungen auf den Hauswänden. Aufgemalt oder aufgeklebt. Dallner-Hüte. Königl. bayr. Hoflieferant‹, ›Medizinalrat Schmädel, 1.Treppe links‹, ›Frisör‹, ›Metzgerei Probst‹, ›Medium – Handauflegen, Pendeln, die Zukunft sehen‹, ›Professionelle Contacte zum Amt. Rechtsberatung‹, ›Augendoktor Rank‹, ›Philomena: Firmungs-, Kommunions- und Namenstagskarten‹, ›Turmbräu Dunkel. Schmeckt immer gleich‹, ›Raucht Prinzregent. Die Labecigarre‹, ›Bäckerei Walther. Wir haben sie, die echten bayerischen Königssemmeln. Bischöfl. Lieferant‹, ›Maximilian Bartcreme. Die Wahl der bayer. Könige‹, ›Einkauf von Lumpen und Knochen‹, ›Oh Maria nimm uns auf in den Schutz deiner Liebe.‹ In Oberpfaffing gab es drei Hausaufschriften: ›Gasthaus Erlacher‹, ›Bäckerei Langer – Colonialwaren‹ und ›Kgl. bayer. Amtshaus‹. Und einen Wegweiser außerhalb des Dorfes: Rieding. Manchmal schrieb einer der Bauern seine Angebote mit Kreide auf ein Brett. Wenn er geschlachtet hatte oder Eier oder Kartoffeln zu verkaufen waren.

Kurz vor dem großen Stadtturm am Ende des Platzes führte links eine Gasse leicht bergab. Kleine Stützbögen unterbrachen die Sicht. Aus irgendeinem Grund gruselte mich vor dem Turm und ich wollte lieber nicht hingehen. Manchmal hat man ja so Momente, wenn man etwas ablehnt, ohne zu wissen warum. Mit dem Turm ging es mir so. Instinktiv, wie wenn man beim Wirt bestimmten Menschen aus dem Weg geht, weil man genau weiß, dass es Ärger gibt. Es war nicht nur der Turm. Bei den beiden Ausspuckern vom Platz ging es mir genauso. Ich zog Ipi in die Gasse. Am Ende des engen Wegs konnten wir das Ufer der Reisach erkennen. Es roch feucht und nach altem Laub.

Vor dem Flussufer querte eine etwas breitere Gasse. Sie hatte sogar einen Namen, den wir auf einem steinernen Schild lesen konnten: Grünbaumgasse. Links roch es nach Schlachten, Blut und Fleisch. Rechts schien die Gasse nach wenigen hundert Fuß zu Ende zu sein. Dort war es hell und sonnig.

Ich hatte das Gefühl, dass uns die beiden Spucker vom Platz gefolgt waren und musste mich vorsichtshalber immer wieder umdrehen, um nachzusehen. Ipi drängte mich zum Licht. Fast an der Stelle, an der sich die Gasse auf einen kleinen, hellen Platz mit Brunnen öffnete, sahen wir über einem Hauseingang ein Schild: Pensionszimmer. Ich flüsterte Ipi eine Erklärung zu. Sie nickte und sagte »Hotel«. Ich klopfte an die Haustüre und hörte von drinnen jemanden »Hereinkommen!« rufen. Nichts wie weg vom Turm, dem Platz und den Spuckern.

Ein dunkler Flur, eine steile Treppe, die Stimme rief: »Oben«, knarrende Stufen, der Geruch von Essen, ein noch dunklerer Raum, eine gelb leuchtende Türe, durch die wir jemanden mit Geschirr klappern hörten. Vorsichtig betrat ich den hellen Raum. Ipi wartete im dunklen Zimmer.

Das Zimmer war eine Küche, die sich für mich nicht deutlicher vom Rest der Stadt hätte unterscheiden können. Zwar war sie genauso vollgestellt und verwinkelt wie die Stadt Reisach selbst. Aber im Gegensatz zum großen Stadtplatz fühlte ich mich hier wohl. Eine große dicke Frau wusch in einem steinernen Becken Geschirr ab. Sie drehte sich kurz zu mir um und sagte: »Setzt euch erst einmal hin.« Die Frau war vielleicht fünfzig oder sechzig Jahre alt. Ihr Haar war dunkel und zu einem Turm aufgesteckt. Ihre fleischigen Hände wirkten, als wären sie immer feucht vom Waschen, Spülen und Kochen. Sie wirkte so mütterlich, wie meine Mutter nie gewesen ist und wie es sich die beiden Oberpfaffinger Buben wahrscheinlich von ihren Müttern erträumt hätten.

In einer Ecke der Küche standen ein mit Kuchenblechen und Formen vollgestellter Tisch und eine sehr kleine Eckbank. Ich holte Ipi herein und wir setzten uns.

»Wen hast du mir denn da mitgebracht, Dorferer?« Die dicke Frau setzte sich auf einen Schemel an den Tisch. »Ist dir das nicht zu gefährlich, mit einem Perchtl durch die Stadt zu laufen?« Ich wurde blass. Woher wusste sie? War das gefährlich? Mussten wir fliehen? Wie kam ich am schnellsten an ihr vorbei? Ich sah mich schon auf dem Weg nach München und Ipi abgeschlachtet von einer wilden Meute Reisacher. Ihr Körper in einem Andreasfeuer brennend.

Zu Ipi gewandt sagte sie etwas in der Perchtlsprache. Ipi horchte auf und antwortete. Es sprudelte förmlich aus ihr hervor. Das einzige, was ich verstand, war, dass sie der Frau ihren Namen sagte. Die Wirtin lachte über mich und meine Furcht. »Stell dich nicht so an. Oder meinst du, dass sie die erste von drüben ist, die ich hier bei mir habe? Scheiß dich nicht ein, Dorferer.« Ihre Gaunersprache passte so gar nicht zu ihrem mütterlichen Aussehen.

Sie gab uns riesige Stücke Butterkuchen und Kaffee. Ipi schmeckte beides. Mir nur der Kuchen.

Ipi stellte der Frau viele Fragen. Sie antwortete in Ipis Sprache. Ich verstand nichts, obwohl ich einige Worte Perchtlisch von Ipi gelernt hatte. Ich aß den Kuchen und versuchte unauffällig zu sein.

Nach dem Gespräch mit Ipi, führte uns die Frau zu einem der Pensionszimmer. Alles war ganz selbstverständlich und sie fragte gar nicht, ob wir überhaupt eines wollten. Ich hatte noch nie in einer Pension übernachtet. Wozu auch? Ich wusste nicht, wie das abzulaufen hatte.

»Was kostet es denn?«, fragte ich vorsichtshalber, weil ich befürchtete, dass ich mir das nicht leisten können würde.

»Was ihr geben könnt. Sagen wir zwanzig Kreuzer pro Woche inklusive Kost? Frühessen, Brotzeit, Nachtessen mit einem Seidel Bier pro Person. Frisches Bettzeug einmal im Monat, wenn ihr solange bleibt. Aber da wärt ihr die ersten, die sich so schnell wieder schleichen würden.«

»Gut«. Ich war nicht geübt im Verhandeln. Meine Fische kosteten immer das Gleiche. Da musste ich nie über Preise reden.

»Wenn dir das so leicht fällt, kannst du mir auch mehr geben.« Die Frau lachte. So fügten sich Auftreten und Aussehen der Wirtin zu einem neuen Bild zusammen. Mütterlich, aber trotzdem aufs Geld bedacht. Quasi: Extra Hilfe kostet auch extra. Wie ein zweites Frühstück.

Wir gingen durch dunkle Flure und Treppen. In einen Bereich, der vom Rest der Pension abgetrennt zu sein schien. Aber bei all den Winkeln und Ecken, konnte ich da nicht sicher sein. Schließlich öffnete sie eine Türe und führte uns in ein kleines Zimmer mit einem richtigen Matratzenbett, Federzudecken, einem Waschtisch und einem Schrank. »Wasser gibt es an der Pumpe unten. Zum Selberholen. Zum Essen ruf ich euch.« Ich wusste nicht, ob es Mittag oder Abend war.

Alleine im Zimmer erzählte mir Ipi in ihren wenigen bayerischen Worten, worüber sie mit der dicken Frau gesprochen hatte: Sie hatte ihr ihre Geschichte erzählt und von ihr auch ein paar Dinge erfahren. Dass es in der Stadt und den angrenzenden Dörfern einige geheime Perchtln gebe. Ipi erzählte auch, dass sie versucht habe, aus der Wirtin herauszubekommen, was sie wisse. Ob ihr klar sei, wie die Situation Neubayerns war und ob sie um die wirklichen Hintergründe hinter den Perchtln wisse. Die Frau habe nur gelacht und sie gefragt, ob Ipi glaube, dass sie, die Wirtin, hinter dem Mond lebe.

Was auch immer das zu bedeuten hatte.

Vom Zimmerfenster hatten wir einen guten Blick über die Rückseite der Häuser des großen Platzes. Direkt unter dem Fenster befand sich ein Hinterhofgarten mit Gemüsebeeten, Wäscheleinen, Hasenställen und einem Pumpbrunnen. Der Garten war von den übrigen Häusern fast nicht einzusehen, da diese keine Fenster nach hinten hatten und die Mauern, die den Hof umgaben hoch waren. Ipi legte sich auf das Bett und wirkte zufrieden. Sie sagte, sie wisse nicht, wer die Frau sei. Aber sie sei erleichtert, sie getroffen zu haben.

Wenig später saßen wir mit der Wirtin an einem Tisch in dem Zimmer vor der Küche. Sie hatte es nicht viel heller gemacht als vorhin. Nur zwei Kerzen brannten. Wir konnten kaum etwas erkennen. Vielleicht eine Vorsichtsmaßnahme. Oder einfach Sparsamkeit. Es gab Suppe, Tellerfleisch und Kartoffeln. Die Wirtin hatte aus einem Wirtshaus für jeden ein Bier bringen lassen. Wir aßen und schwiegen.

»Es kommen jetzt nach und nach meine Gäste und bekommen ihr Essen. Die meisten wissen gar nicht, dass es Perchtln wirklich gibt und würden vielleicht die Schandi oder die Amtmänner rufen und das wärs dann für euch. Deshalb esst ihr jetzt. Am Ende vom Flur ist ein Zimmer. Kommt in zwei Stunden dort hinein. Ohne anzuklopfen«, sagte sie uns am Ende des Essens in zwei Sprachen.

»Sie spricht meine Sprache gut«, sagte Ipi.

Das Zimmer am Ende des Flurs war fast das gleiche wie unseres. Nur war es leer bis auf drei Sessel. Es war genauso finster wie die anderen Räume im Haus auch. Nur zwei Kerzen brannten. Die Wirtin empfing uns mit Likör.

»Ihr wundert euch wahrscheinlich, warum ich mich nicht wundere.« Die Wirtin sprach abwechselnd auf Perchtlisch und Bairisch.

»Jetzt schaut mich nicht so erschreckt an. Ihr meint doch nicht ernsthaft, dass ihr die ersten seid, die so daherkommen wie ihr. Da waren schon ein paar vor euch bei mir. Einheimische Männer mit Perchtlfrauen und hiesige Frauen mit Perchtlmännern. Habe ich alle durchgeschleust. Ich weiß auch nicht, warum die immer bei mir landen. Nachhelfen tu ich nicht. Das wäre ja noch schöner. Mir noch mehr Scherereien und Arbeit aufhalsen, als ich eh schon habe. Ich glaube, dass das Gschwerl immer in die gleiche Richtung fliegt. Wie die Fliegen zum Misthaufen kommen die immer zuerst in die Stadt und dann auf dem direkten Weg zu mir in den Grünen Baum. Der Misthaufen von Reisach.« Die Wirtin lachte. »Damit ihrs wisst: Umsonst mach ich es bei niemandem. Ich bin schließlich keine Almosenanstalt. Es kostet immer, was es kostet. Ich habe hier auch kein Widerstandsnest von Obrigkeitsgegnern und Revoluzzern oder sowas, wenn ihr das sucht. Der Grüne Baum ist nur eine normale Pension. Wie die anderen Pensionen in der Stadt auch. Ich schau nur weniger drauf, wer hier reinkommt zu mir. Ob das Unverheiratete sind, die zum heimlichen Vögeln herkommen, oder Perchtl-Bayern-Paare, oder welche, die wegen der Steuern nicht mehr heim können, oder welche, die ihrem Bauern Geld gestohlen haben, oder welche, die zu viel wissen, weil sie etwas gesehen haben, was sie nicht hätten sehen sollen und ihr Maul nicht halten können. Ist mir alles wurscht, solange gezahlt wird. Und zwar pünktlich.« Die Wirtn schenkte uns Kirschlikör nach.

»Wenn ihr brav zahlt, könnt ihr so lange bleiben, wie ihr wollt. Wenn ihr was extra wollt, mehr Essen, mehr Bier oder Informationen, kostet das auch extra. Im Grünen Baum gibt es nichts, was es nicht gibt. Wenn der Preis stimmt. Und wenn ihr mir keine Scherereien macht. In der Stadt wird nicht über mich geredet und auch sonstwo nicht. Und die Perchtlin bleibt drin. Da könnt ihr mir so viel Geld geben, wie ihr wollt, sobald die auf die Straße geht, verkleidet oder nicht, kenne ich euch nicht mehr und euer Zeug verbrenne ich im Hof.« Die Wirtin nahm einen Apfel und schälte ihn, schnitt ihn in kleine Schnitze und verteilte sie an Ipi und mich.

»Was heute passiert, ist noch im Zimmerpreis mit drin. Wenn ihr morgen einen Apfel wollt, kostet der extra. Schälen und Schneiden noch mal extra.« Die Wirtin lächelte uns an. »Haben wir uns?« Ich nickte. Ipi wirkte auf einmal sehr eingeschüchtert in der Gegenwart der Wirtin. »Also, wenn ihr was wissen wollt, über die Pension, über die Stadt, über Neubayern oder darüber, wo ihr hingehen könnt, wenn ihr hier nicht mehr bleiben wollt, dann fragt ihr besser jetzt. Morgen könnt ihr euch das vielleicht nicht mehr leisten. Drei Fragen schenke ich euch. Wie im Märchen mit den drei Wünschen.«

Ipi schaute mich an. Als wollte sie mich auffordern, etwas bestimmtes zu fragen. Ich wusste nicht was. Ich fing einfach an: »Wegen uns beiden. Ich meine, wo können wir denn hin? Gibt es einen Ort? Weil wir können ja nicht nach Oberpfaffing. Und zu Ipis Leuten können wir auch nicht. Wo sind denn die anderen, die wie wir sind, hin?«

Die Wirtin sprach ab da nur noch auf Bairisch. Ich glaube, dass Ipi das meiste mehr oder weniger verstanden hat. Zumindest hat sie mich nie mehr danach gefragt. »Die anderen habe ich nach Perchtling geschickt. Angeblich ein Ort, wo Leute wie ihr leben. Zusammen und ohne Probleme. Irgendwo am Rand. In den Bergen vielleicht. Keine Ahnung. Es gibt jemanden, der euch den Weg sagen kann. Einen Schmuggler, den Binzer. Auch für Geld natürlich. In der Stadt ist nichts umsonst.« Die Wirtin machte eine kurze Pause. »Aber, ob die anderen jemals wirklich nach Perchtling gekommen sind, kann ich euch nicht sagen. Keine Garantie.« Die Wirtin holte eine Pfeife aus ihrem Kittel und begann sie zu stopfen.

Ich schaute zu Ipi. Sie sah aus, als wäre sie sehr erleichtert über die Neuigkeiten. Perchtling und alles. Vielleicht war es für sie wirklich so unmöglich, wieder heim zu gehen, dass Perchtling ihre letzte Möglichkeit war.

»Bevor wir nach Perchtling gehen können, muss ich noch etwas erledigen. Ich habe eine Pflicht, die ich noch erfüllen muss. Ich habe einem Dorfbuben ...« und meinem toten Bruder, dachte ich ... »versprochen, dass ich seinen Freund finde. Der hat etwas gesehen, was er nicht hätte sehen sollen und ich glaube, dass jemand Angst hat, dass er sein Maul nicht halten wird. Wie bei deinen Gästen.«

»Dann muss ich mich ja fast wundern, dass der Bub nicht hier bei mir gelandet ist.« Die Wirtin lachte. »Und was ist jetzt deine Frage?« Sie zündete die Pfeife an.

»Wo ich weiterkomme. Wo ich den suchen kann. Wen ich fragen kann. Wo die die hinbringen. Wo dieses München ist, wo die die angeblich hinstecken. Solche Fragen.«

»Ich tu mal so, als wäre das alles zusammen eine Frage.« Gönnerhaftes Lächeln. »Vor allem deswegen, weil ich es auch nicht weiß. Weil ich die, die normalerweise nach München gesteckt werden, bei mir habe, bevor sie dorthin müssen. Und ob es Rückkehrer überhaupt gibt, weiß ich genauso wenig. Geh halt einfach in die Amtmännerzentrale in der Bischofsresidenz. Wer dumm fragt, fällt da nicht auf. Die sind nicht gerade die Hellsten im Amt. Vielleicht stellst du dich ja geschickt an und findest etwas heraus. Ich glaube aber kaum, dass die selber viel über München wissen. Höchsten ganz weit oben. Aber an die kommt man nicht ran.« Nachdenklich starrte die Wirtin Ipi an. »Oder du gehst gleich ins Ludwigsstüberl. Da findet sich immer wer, der was weiß. Und bevor du fragst, wo das Stüberl ist. Such es selber, da sparst du dir eine Frage. So groß ist die Stadt auch nicht.« Die Wirtin paffte ihre Pfeife. »Und jetzt die letzte kostenlose Frage. Sonst rechne ich stundenweise ab.«

»Kann ich mir die Frage aufsparen? Wenn ich später noch was wissen will.«

Die Wirtin wirkte etwas beleidigt. »Ich bin keine Fragenbank. Lass dir nicht zu lange Zeit damit.«

Was ich von der Wirtin erfahren hatte, gab mir noch mehr Antrieb. Ich war richtig vorfreudig. Auf den Benno und die Augen, die der Schwarzbub machen würde, aber vor allem auf die Aussicht, mit Ipi zusammen an einem Ort leben zu können, der für sie und für mich gut war. Und der nicht Oberpfaffing war.

Den Vormittag verbrachten wir auf unserem Zimmer. Wir malten uns aus, wie wir zusammen in Perchtling leben würden, Kinder bekämen, Fische züchteten, alt würden und auf der Bank vor dem Haus säßen. Es waren schöne Gedankenspiele. Am Nachmittag hockte Ipi am offenen Fenster in der Sonne und war sehr schön und roch gut. Ich grübelte über mein weiteres Vorgehen nach. Kam aber zu keinem Ergebnis. Trotzdem glaubte ich, dass sich alles schon irgendwie arrangieren würde. Vielleicht kam ja der Plan zu mir.

Mit einem quasi Zuhause in der Stadt und einer Art Plan im Kopf, ging es sich gleich viel leichter über den großen Platz und am Turm und den Spuckern vorbei. Es war Markttag in Reisach und überall wurden Stände aufgebaut. Nicht so viele wie in Rieding, aber mehr als in Oberpfaffing. Es roch nach Beeren und Geräuchertem und Brot. Die Sonne schien fast wie im Sommer. Ich war zuversichtlich. So kannte ich mich bisher nicht. Ob das die Stadtluft war oder einfach die Tatsache, fast einen Plan zu haben. Ich hatte das Gefühl, das Wallermaul in Oberpfaffing zurückgelassen zu haben.

Ich traute mich bald auch in die abgelegneren Gassen der Stadt. Sogar spät abends bis in die besonders dunkle und heruntergekommene Messergasse. Dort war es anders als auf dem Stadtplatz. Winzige Geschäfte mit ungewöhnlichem Angebot: Ein Laden, der nichts als alte gesäuberte Knochen anbot. Kuh, Schwein und Waldtiere. Ein anderer, der sich ›Kurioses für den Sammler‹ nannte. Darin gab es, wie ich inzwischen zu erkennen glaubte, Fundstücke, die ihren Weg aus dem Jetzt nach Neubayern gefunden hatten. Ganz ähnlich den Sopersolpapieren und den gezackten Schneiderscheiben, die mein Bruder aus der Pfaffl gezogen hatte. Im Fenster gab es viel Papierenes, manchmal gerahmt, manchmal in Alben zusammengefasst, oft einfach nur so. Meistens standen vollkommen unverständliche Worte darauf, wie ›Impuestos‹ oder ›Brahma‹ oder ›El Oeste‹. Ich sah Säckchen aus einem seidigen, dünnen Papier, auf denen das mir schon bekannte Wort ›Supersol‹ mit dem Sonnensymbol zu sehen war. Das wichtigste Fundstück aber schien ein roter Zylinder in der Mitte des Fensters zu sein. Er stand etwas erhöht und war auch schon recht zerbeult und ausgebleicht. In verschnörkelter Schrift stand weiß auf rot ein fast unlesbares Wort. ›Coca Cola‹ oder ›Loca Cola‹, oder so ähnlich. Die Schrift war zu schnörkelig, um das eindeutig sagen zu können. Der Laden war geschlossen und schien es auch auf Dauer zu sein. Die Auslage hatte man wahrscheinlich einfach vergessen zu räumen. Was sollten die Stadterer auch aus den Kuriositäten schließen?

Ich ging weiter die Gasse entlang und landete, fast an deren Ende, vor dem Ludwigsstüberl. Gefunden, ohne meine letzte Frage zu verschwenden. Ich war ein wenig stolz. Das Stüberl war in einem niedrigen, sehr heruntergekommenen Haus. Ungewöhnlich war das besonders tiefe Dach, das kurz über dem Erdgeschoss anfing und sich dann über zwei Stockwerke erstreckte. Mit Augenfenstern und allem. Im Erdgeschoss eine Türe, daneben zwei Fenster. Über dem Eingang waren unauffällig die Worte ›Zapfwirtschaft Ludwig I.‹ und eine Art Wappen mit dem Bild des alten Königs gemalt worden. Fast nicht mehr zu erkennen, so dunkel und vergilbt war die Farbe. Im Holz der Türe war eine kleine Klappe, über der Gassenschänke stand.

Ich traute mich nicht hinein. Lieber ging ich vor dem Stüberl auf und ab. Zu schüchtern. Ich schüttelte mich. Was hatte ich schon zu verlieren? Was sollten die Männer dort drinnen im schlimmsten Fall von mir denken. »Schau an, wieder ein Depp, der sich zu uns verirrt hat. Den schmeißen wir einfach wieder raus!« Rausgeschmissen und gleich wieder vergessen. Ich war ja nicht einmal aus der Stadt. Trotzdem war es sehr schwer, mich zu überwinden, die Klinke in die Hand zu nehmen. Als ich es geschafft hatte, ließ ich sie aber gleich wieder los. Vorsichtshalber ging ich die Gasse noch einmal zurück zur nächsten Quergasse und kehrte erst dort wieder um. Lieber noch ein bisschen Zeit schinden. Vielleicht kam ja einer aus dem Stüberl heraus und ich konnte einen Blick hinein werfen. Zur Absicherung. Es kam aber keiner. Was, wenn ich morgen wieder kam? Morgen passte es besser. Wieder ging ich zur Quergasse zurück. Je weiter ich vom Stüberl weg war, desto schlechter fühlte ich mich. Feige Sau. Also kehrte ich zum zweiten Mal um und blieb wieder vor der Türe stehen.

Zu guter Letzt half mir der Zufall. Ein Mann kam die Gasse hinunter. Oder er wackelte. Krumm, gebückt und sehr alt. Mit einem Stock. Mit seinen krummen und kurzen Beinen wackelte er mit dem Oberkörper so stark hin und her, dass er fast an beide Seiten der Gasse anstieß. Ein grauer Hut über einem grauen Gesicht, über einem grauen Kittel über einer grauen Hose. Er kam näher und ich konnte ihn nicht mehr nur sehen, sondern auch riechen. Eine Mischung aus altem Essen, alter Kleidung, altem Tabak, altem Schnaps und altem Soach. Als er vor dem Ludwigsstüberl stand, schaute er mich kurz an und fragte: »Rein oder raus?«

»Rein«, antwortete ich und ging hinter ihm her.

Drinnen war es eng. Trotzdem wirkte der Raum leer. Eine Art Holztresen, zwei Tische mit jeweils vier Stühlen. Alles schäbig. Und sieben alte Männer im ganzen Stüberl verteilt. Der Graue aus der Gasse war sofort irgendwo im Raum verschwunden. Ich hätte nicht mehr sagen können, ob er einer der Männer an den Tischen war oder nicht. Der Raum war duster und staubig. Es roch nach Rauch, alten Männern und altem Bier. Anders als beim Oberpfaffinger Wirt, war, trotz der Enge, jeder der Männer für sich. Keiner spielte Karten, keiner unterhielt sich. Drei standen am Tresen und vier waren an den beiden Tischen verteilt. Das einzige, was man hörte, war das laute Schimpfen eines der Männer. Sonst hielten alle ihr Maul und tranken Schnäpse oder seidlweise Bier.

Ich stellte mich an den Tresen. Neben den, der so schimpfte. Der Wirt trat aus einer dunklen Ecke auf mich zu und schaute mich an. Ich sagte, dass ich ein Bier wolle. Er stellte es sofort vor mich hin. Als hätte er es unter dem Tresen schon seit Stunden für mich bereit stehen gehabt. Genauso schmeckte es übrigens auch.

Ich war vorher noch nie in einer Zapfwirtschaft gewesen. Hatte nur aus Rieding davon gehört, wenn die Freunde meines Bruders von ihren Abstürzen im Marktstüberl erzählten. Erst zum Markt, dann ins Stüberl, Rausch ausschlafen auf dem Ochsenkarren. Der Ochse findet den Weg heim schon von selbst. Ich hatte mir so eine Zapfwirtschaft immer größer, bunter und lustiger vorgestellt. Mit Musik und Freibier. Frauen und Lachen. Aber vielleicht war es in Rieding ja anders.

Als mich der Schimpfer entdeckte, drehte er sich zu mir und schwieg plötzlich. Er konnte es scheinbar nicht glauben, dass ein Neuer im Stüberl war. Jetzt war es nur noch still in der Zapfwirtschaft. Ich trank von meinem Bier. Der neben mir murmelte wieder vor sich hin. Wenigstens war es jetzt nicht mehr still im Ludwigsstüberl. Langsam wurde sein Schimpfen wieder stärker. Je lauter er redete, desto deutlicher konnte ich hören, dass er über mich schimpfte. »Schaut aus wie einer, der ein paar auf sein Fischmaul braucht. So eine dumme Sau. Drecksau, die. Soll sein Bier aussaufen und sich wieder schleichen.« Die anderen im Raum kümmerten sich nicht um ihn. Auch der Wirt schaute weg. Selten hatte ich mich so unwohl gefühlt. »Wenn der nicht geht, dann zerschlag ich ihm mit meinem Krug den Schädel und schneide dann die Eingeweide raus. Wird dann schon sehen, was er davon hat, dass er nicht geht.« Ich schaute zum Wirt. Das konnte man jemanden doch nicht so einfach sagen lassen. »Und dann stopf ich ihm seinen Darm solange ins Maul, bis er sein eigenes Arschloch küsst.« Das konnte ich nicht einfach so stehen lassen. Was, wenn der Mann das ernst meinte. Ich schaute ihn zum ersten Mal richtig an. Viel konnte ich im dunklen Rauch eh nicht erkennen. Ein kleiner alter Mann, speckiger zu großer Rock, zauseliger grauer Bart, die Augen zeigten beide nach außen. Selbst als ich ihm direkt ins Gesicht blickte, schien er mich nicht wahrzunehmen. Als würde ich genau zwischen seinen Augen stehen und er links und rechts an mir vorbeischauen. »Sein eigenes Arschloch …«, wetterte er. Jetzt wurde sogar ich wütend. »Was?«, schrie ich ihn an und: »Ich will nur das Bier trinken. Du Zipfel.« Immerhin reagierte der Wirt auf meinen Ausfall: »Lass den Bertl in Ruhe, Zefix. Sonst bist du schneller draußen, als du schaust.« Wieso ich? Der hatte doch angefangen. »Besser du säufst aus und schleichst dich. Zahl deine vier Kreuzer für das Seidel und dann raus.« Ich musste meine Chance auf Informationen nutzen und schnell ein paar Fragen stellen. Nicht dass ich auf der Straße stand und nichts in Erfahrung hätte bringen können.

»Ich will keinen Streit.«

»Warum soll sonst einer den Bertl einen Zipfel nennen?«

»Bei allem, was der zu mir gesagt hat.«

»Das ist der Bertl. Wer den nicht vertragen kann, soll sich schleichen. Das Bier wird nicht billiger, je länger du brauchst.«

Meine letzte Chance: »Ich bin nur hier, weil ich wissen muss, wo München ist.« Und verzweifelt: »Bitte.«

»Zahl und geh.« Der Wirt kam hinter seinem Tresen vor und begann mich zu schubsen.

»Weiß einer von euch, wie ich nach München komme? Es geht um ein Kind!«, rief ich in den Raum. Letzte Möglichkeit, bevor mich der Wirt rauswarf. »Smaul, hab ich gesagt.« Der Wirt war wütend.

»Lass ihn. Ich will mit ihm reden.« Ohne Schreien klang die Stimme des Mannes, den der Wirt Bertl genannt hatte, ganz anders.

»Erst zahlt er. Und kriegen tut er auch nichts mehr.«

»Gib ihm noch ein Seidel und mir auch. Ich zahl.«

Seine Augen schauten mich jetzt direkt an und nicht mehr an mir vorbei. Ich ging zurück an den Tresen, neben ihn. Der Wirt stellte neue Biere vor uns. Der Bertl von vorher war weg und ein neuer abgebrühter stand neben mir. Ein Geschäftemacher.

»Du willst wissen, wie man nach München kommt?« Ich nickte.

»Das ist nicht so leicht, wie du dir denkst. Da geht man nicht einfach los und irgendwann ist man dann dort. Hast du Geld?«

Ich hatte zwei Zwei-Guldenscheine und ein paar Kreuzermünzen aus meinem Stiefeltuch eingesteckt. Den Rest hatte ich in der Pension gelassen.

Ich antwortete: »Kommt drauf an wie viel.«

»Lass sehen.« Der Bertl machte eine Geste mit den Händen. Ich legte zwei Gulden auf den Tresen.

»Ah, die Frau Bavaria. Hat die noch Schwestern?«

Erst verstand ich nicht. Dann sah ich die Bavaria auf der Rückseite des Scheins. Ich schüttelte den Kopf. Lieber nicht verraten, dass es noch einen zweiten Schein gab. Man konnte ja nie wissen.

»Eine reicht nicht. Das sind wertvolle Informationen. Wieviele seid ihr denn, die da hin wollen? Mehr als einer?«

Ich merkte, dass das Gespräch nicht so lief, wie ich es gedacht hatte. Das waren nicht nur ungewaschene Großväter, die langsam ihren Tod herbeisoffen, aber halbvergessene Dinge wussten, die mir weiterhelfen konnten. Die für ein kleines Gespräch bereit waren, alles zu erzählen. Zumindest der Bertl war mir überlegen. Geschäftsmäßig. Er hatte den zweiten Schein schon gesehen und wollte ihn auch haben. Und wo ein zweiter war, war auch ein dritter.

»Ich will nur wissen, wo München ist. Ich muss wahrscheinlich jemanden rausholen.«

Jetzt schaute der Bertl besorgt. »Rausholen? Du musst ja einen Geldscheißer haben, wenn du dir das leisten kannst.« Ich zuckte mit den Schultern. Der Bertl weiter: »Pass auf, Fischgesicht, du holst jetzt noch ein paar von den Bavaria-Schwestern. Und ich erzähl dir, was du wissen willst.«

Was sollte ich tun? Einfach gehen und die Chance verpassen, zu erfahren, wo der Bub sich aufhalten konnte? Außerdem glaubte ich nicht, dass mich der Mann einfach entkommen ließ ohne zumindest den Zwickl genommen zu haben. Bestimmt ahnte er, dass ich im Grünen Baum wohnte. Und wenn er erst einmal herausgefunden hatte, dass ich nicht alleine war und wer da mit mir in der Pension war, konnte das für Ipi und mich gefährlich werden. Und ob die anderen Greise im Ludwigsstüberl so harmlos waren, wie sie wirkten, wusste ich auch nicht. Ich beschloss, noch ein wenig Geld zu holen und nachzulegen. Vielleicht konnte mir der Bertl doch noch weiterhelfen.

»Gut, ich gehe was holen.«

»Aber der Zwickl bleibt da. Zur Sicherheit.«

Ich ließ mein Bier stehen und ging hinaus, die Gasse hinauf bis zum Stadtplatz. Im Dunkel der Arkaden ging ich schnell in Richtung Pension. Fünf Gulden wollte ich noch holen. Viel Geld. Aber was blieb mir übrig. Als ich in die Gasse abbog, die zur Grünbaumgasse hinunter führte, trat mir einer der Männer aus dem Ludwigsstüberl in den Weg. Also doch. Wirkten alt, gebrechlich und hilflos, waren aber in Wirklichkeit Verbrecher.

»Ich gehe lieber mit. Beim Tragen helfen.«, sagte der Mann.

Ich konnte ihn nicht mit in die Pension nehmen. Was wenn er Ipi sah? Er schob mich vor sich her. Ich überlegte. Mir fiel aber nichts ein.

Da kam wieder der Zufall ins Spiel. In Form der beiden Spucker. Der Mann aus dem Stüberl und ich gingen um die Ecke in die Grünbaumgasse. Dort standen die beiden Spucker. Als hätten sie auf mich gewartet. Aber scheinbar wussten sie, dass mein Geld direkt in die Hände des Ludwigsstüberl-Greises gewandert war, denn sie knüpften sich gleich den Alten vor und schauten mich gar nicht erst an. Der kleinere Spucker schlug ihm direkt ins Gesicht und der andere durchsuchte seine Taschen nach dem Geld, als der Greis auf dem Boden lag. Ich stand währenddessen wie versteinert an einer Hauswand. »Nichts«, sagte der Kleine. Und »Ist noch im Stüberl«, der Größere. »Das holen wir uns.« Er pfiff und zwei weitere Spucker kamen aus Richtung der Pferdemetzgerei. Einer trat dem Greis noch in den Magen. Dann rannten sie los in Richtung Stadtplatz. Der Alte lag jammernd auf dem Boden. »Wo ist jetzt dieses Scheißmünchen.«, schrie ich ihn an. Doch der Mann war zu sehr mit seinen Schmerzen beschäftigt. Ich wollte ihm noch mehr Schmerzen zufügen. Für den Zwickl und dafür, dass er mir nichts über München sagen wollte oder konnte. Aber ich trat nicht zu. Das mit dem Zutreten kam erst später.

Ich habe weder die vier Spucker, noch die Alten aus dem Stüberl jemals wieder in der Stadt gesehen. Nicht auf dem Stadtplatz, nicht am Fluss, nicht in den Gassen. Was mit denen passiert ist? Zwar habe ich mir später wegen der Verbrecher von Reisach immer wieder Sorgen um Ipi gemacht. Aber sie hatte ja kaum Geld bei sich in der Pension.

Das Ludwigsstüberl war ein Reinfall gewesen. Ob die Wirtin daran beteiligt gewesen ist, weil sie wusste, dass ich mehr Geld dabei hatte, als man mir ansah? Ich vermutete, ja.

Ich brauchte einen neuen Plan. Wahrscheinlich die Amtmännerzentrale. Am nächsten Tag musste ich in die Bischofsresidenz, um dort ein paar dumme Fragen zu stellen. Irgendwas mit einer Erbschaft vielleicht. Ein Vetter, der etwas geerbt hat, aber in München war und, dass ich wissen musste, wie ich ihm sein Geld geben konnte. Vielleicht konnte ich damit einem der Amtmänner etwas entlocken.

Die zweite Einsicht

❧

Bericht von Joseph Kiener. Fortsetzung

Die Bischofsresidenz war ein breiter dreigeschossiger Bau in schmutzigem Hellrot, mit reicher, weißer Verzierung an der Fassade. Über den Fenstern und rund um die Eingangsportale waren die Köpfe von großen Amtmännern aus der Vergangenheit in die Ornamente hineingemalt. Darunter in goldener Schrift der jeweilige Name und der dazugehörige Titel: Anton Hofmair, kgl. bayer. Amtsrat zweiten Grades. Franz-Xaver Wildenauer, kgl. bayer. Oberamtsrat, Bartholomäus Romig, kgl. bayer. Amtsassessor ersten Grades. Letzteren kannte ich sogar aus den Erzählungen meiner Großmutter: Der Schrei-Bartl. Er war lange Amtmann von Oberpfaffing gewesen und bekannt dafür, Antragsteller regelmäßig laut brüllend hinausgeworfen zu haben.

Anhand der Figuren erkannte man die unterschiedlichen Bestimmungen der Eingänge: Einen bischöflichen und einen amtlichen. Über dem bischöflichen Teil sah man statt der Amtmänner Bischöfe, Weihbischöfe und Pfarrer: Petrus Pustet, Erzbischof der Erzdiözese Reisach, Johann Martin Mandl, Titularbischof, Georg Oettl, Dechant in Rimsting, Ralling, Gröbenlohe und Willberg. Ich ging durch die schwere amtliche Tür in eine Halle.

An der Wand saßen schon einige auf Bänken und warteten. Ich ging auf eine Frau mit zwei Kindern neben sich zu und fragte sie, was ich tun müsse. Sie deutete auf eine Türe und murmelte: »Klopfen und anmelden.« Ich klopfte, wartete auf ein »Herein«, blickte mich zur Frau um. Sie schaute weg. Ich stand verloren vor der Türe. Ich klopfte erneut. Wieder nichts. Als ich beschloss, mich hinzusetzen und abzuwarten, öffnete sich die Türe. Ein älterer Mann mit weißem Backenbart in Amtmännerkleidung, ohne Jacke und Hut, mit einem Stapel handtellergroß geschnittener Zeitungspapierblätter in den Händen kam aus dem Empfangszimmer, schloss hinter sich ab und ging auf der anderen Seite des Flurs durch eine weitere Türe. Auch die schloss er – von innen – ab. Lange Minuten später kam der Mann zurück. Er roch an seinen Fingern, verzog etwas angewidert den Mund, schloss das Zimmer wieder auf, ging durch die Türe hinein und zog sie hinter sich zu. Ich wartete einige Augenblicke und klopfte dann wieder. Diesmal hörte ich »Herein« und betrat den Raum. Eine kleine stickige und vollgestellte Stube. Staub, dunkle Möbel, Holzvertäfelung an den Wänden. Hinter einem Schreibtisch saß der Amtmann. Er rauchte und tat so, als schreibe er etwas auf einem Zettel. Nur war da, wohin er schrieb, kein Papier, nur der blanke Tisch.

»Grüß Gott«, sagte ich in den Raum.

Der Amtmann schwieg. Er schrieb nicht mehr, sondern blickte nur starr vor sich auf die Schreibtischplatte. Ich traute mich nicht, erneut zu grüßen. Vielleicht musste man warten, bis er einen ansprach. Ich schaute mich um und sah keine Sitzgelegenheit. Also wartete ich im Stehen. Es klopfte an der Tür. Der Amtmann schwieg. Ein Mann in städtischer Kleidung schaute herein und grüßte vorsichtig. Der Amtmann sprang auf und schrie: »Kann man denn hier nicht eine Minute seine Arbeit machen? Eingetreten wird erst, wenn ich es sage!« Er setzte sich wieder und schrieb wieder ein paar Worte nieder, ohne wirklich zu schreiben. Es wirkte, als täte er es mit Nachdruck. Ich stand immer noch mitten im Raum. Das Warten fiel mir nicht schwer. Nur das Stehen ohne eine Wand in direkter Umgebung war ungewohnt. Ich fühlte mich ausgeliefert. Der Amtmann lehnte sich zurück und schaute mir jetzt minutenlang direkt ins Gesicht. Ich hatte immer wieder den Reflex, auf ihn zuzugehen oder etwas zu sagen. Aber dann kam es mir doch unangebracht vor. Der Amtmann schaute wieder auf den Schreibtisch vor sich. Dann stand er auf und ging an ein Fenster und öffnete es. Er blieb am geöffneten Fenster stehen und blickte lange hinaus. Schließlich schloss er es wieder gewissenhaft und kehrte langsam an seinen Platz zurück.

»Angelegenheit«, sagte der Amtmann plötzlich und seine Stimme klang grau und kalt. Nach grauem Papier und grauen Wänden und dem grauen Scheißhauszeitungspapier, das er benutzt hatte. Ich hatte mir ja eigentlich ein Anliegen überlegt. Einen Vorwand, unter dem ich glaubte, nähere Informationen über Bennos Aufenthaltsort zu erhalten. Doch all meine Ideen waren weg. Verschwunden im Grau. Ich drehte mich um und ging schnell aus dem Raum und noch schneller weiter bis auf die Straße.

Das war zum ersten Mal der Atem der Amtmänner, den ich zu spüren bekommen hatte. Der graue Schleier, mit dem sie alles einhüllten und erstickten. Plötzlich begriff ich es. Das System Neubayern und warum wir hier über hundert Jahre geschlafen hatten. Warum Kinder noch fröhlich waren, aber die meisten Erwachsenen innerlich wie abgestorben. Warum alles Neue sofort wieder verschwand. Warum manche Menschen nach dem Abschlachten der Perchtl gierten. Sie brauchten die Anspannung und die Erlösung des Kampfes. Sie suchten den Hass gegen die Perchtl, damit sie sich selbst nicht so sehr verachten mussten. Und die Erlösung durch den heiligen Andreas. Wo alles nur grau war, machten sie sich ihre Farben selbst. Blutrot und Tiefschwarz. Mir war klar geworden, warum die Menschen den Andreasglauben brauchten und dort am Feuer der brennenden Perchtln die Wärme suchten, die sie weder beim Bischof, noch in der Behörde, geschweige denn bei ihren Familien und Freunden fanden. Darum kämpften die Amtmänner und der Holderer so vehement gegen diesen Glauben an. Weil er das Einzige war, was uns das Leben spüren ließ. Jetzt hatte ich verstanden. Jetzt wusste ich es. Ich konnte da nicht mehr hineingehen. Ich brauchte einen anderen Weg, Benno aufzuspüren.

Vor der Bischofsresidenz sprach mich ein Mann an. »Du schaust aus, als wär dir was Schlimmes passiert.« Die Stimme kam mir bekannt vor. Es war ein Amtmann. Etwa in meinem Alter, steifer Hut, Anzug, geputzte Schuhe, eleganter Schnurrbart. »Kaum ist man ein paar Jahre weg aus Oberpfaffing, haben einen die Leute schon vergessen.« Ich schaute mir das Gesicht genauer an. Es war der Dobler, mein Schulkamerad aus Oberpfaffing. Der, den sie nach München geschickt hatten.

»Der Doblergirg«, sagte ich. Ich versuchte, so wenig überrascht wie möglich zu wirken. »Der Dobler aus meiner Schule. Den sie nach München geschickt haben. Der alle Bücher in Oberpfaffing schon im ersten Schuljahr gelesen hat?«

»Alle beiden.« Der Dobler von heute war offensichtlich weit entfernt von dem verschlossenen Eigenbrötler, der er in der Schule gewesen war. Ein gestandener Amtmann mit einem gepflegten Schnurrbart. Eine Respektsperson, könnte man sagen. »Die Leute sagen jetzt Georg. Oder Herr Amtsrat Dobler. Im Amt haben wir keine Spitznamen.«

Wir standen uns verlegen gegenüber. In unserer gemeinsamen Oberpfaffinger Zeit hatten wir nie viel miteinander zu tun gehabt. Obwohl wir beide eher am Rande der Schulgemeinschaft gewesen waren. Er der Siebengescheite, ich der Wallermaul. Aber ich glaube im Nachhinein, dass ich trotz Fischmaul doch weniger unbeliebt gewesen bin als der Dobler.

Ich witterte meine Chance, mit Hilfe vom Dobler mehr über den Benno und den Teufel und alles zu erfahren: »Wie wäre es dann mit Herr Amtsrat Girg?« Ich dachte, dass ich ihn mit einem verzweifelten Witz am ehesten knacken konnte. Und tatsächlich lächelte er. »Was machst du in der Amtszentrale in Reisach, Kiener? Warum gehst du nicht zum Amtshaus in Oberpfaffing? Kannst du deine Angelegenheit nicht dort regeln? Das habe ich auch noch nicht erlebt, dass einer aus einem Dorf direkt hierher kommt.« Jetzt traute ich mich, ihm die Frage zu stellen, die mir auf der Seele lag: »Es gibt da eine Sache, wegen der ich hier bin. Die kann ich einfach nicht in Oberpfaffing klären … Du kennst doch den Sailler vom Hirschenhof. Der Bub von denen. Der Benno …« Der Dobler sah so aus, als ahne er, worüber ich sprechen wollte. »Der ist weg. In München, heißt es. Ich habe seinem besten Spezl, dem Schwarzhansi, versprochen, dass ich ihm helfe, ihn zu finden. Deshalb bin ich lieber direkt in die Amtszentrale gekommen. Ich weiß nur, ehrlich gesagt, nicht, wie ich es anstellen soll, zu erfragen, wo solche wie der Bub hingebracht werden. Ich weiß nicht, was ich fragen soll. Oder wen.«

»Die Wachtengeschichte«, antwortete er. »Ich habe davon gehört. Interessiert einen ja doch immer ein bisschen, was in der alten Heimat so passiert. Der Bub soll verrückt geworden sein. Oben auf dem Wachten, oder? Und dann war er beim Doktor. Das ist alles, was ich weiß. Und jetzt ist er weg?«

»Ich glaube, dass er in München ist. Weil der Schwarzhansi gehört hat, dass sie ihn dahin bringen, wenn er sich nicht beruhigt.«

»Davon weiß ich nichts. Ich habe mit dem ganzen Münchenzeug nichts zu tun. Niemand hat damit wirklich was zu tun.« Die Antwort war schnell gekommen.

Andere Amtmänner kamen aus dem amtlichen Tor und lüpften ihre Hüte, als sie den Dobler sahen. Er nickte nur. Als ob er über den anderen stünde. Rangmäßig.

»Wir können hier nicht reden, Kiener. Komm heute Abend in den Torbräu. Frag beim Zapfschenk nach mir.« Ich nickte und wollte gehen.

»Kiener.« Der Dobler schaute mich vorsichtig an. Seine Stimme klang vorsichtig. »Wie geht es der Mutter? Und den Geschwistern?«

Es stimmte also. Einmal in München studiert, kehrte man nie mehr zur Familie zurück. Ich drückte seine Hand und sagte: »Wie soll es einer Mutter schon gehen, wenn der Sohn weg muss?« Es klang theatralischer, als ich es meinte. »Sie war zuerst fast ein Jahr nicht in der Kirche. Deine Mutter. Nicht in der Kirche. Die, die sonst eine Stunde vor und eine Stunde nach der Messe noch in der Bank gekniet hat. Du kannst dir ja denken, wie das für sie gewesen sein muss.« Der Dobler wirkte inzwischen so traurig, dass ich ihm etwas Aufmunterndes sagen wollte: »Aber jetzt geht es ihr wieder einigermaßen. Weißt du eigentlich, dass dein Bruder inzwischen drei Kinder hat und die Anni den Franz geheiratet hat. Und sie erwartet ihr erstes Kind. Vielleicht hat sie es inzwischen auch schon. So viel sehen wir uns nun auch wieder nicht.« Der Dobler schaute sich um und sagte dann leise: »Dass ich das gefragt habe, bleibt unter uns, Kiener. Dass wir zwei Oberpfaffinger hier miteinander reden, ist eigentlich unmöglich. Einmal Amt, immer Amt.« Dann lächelte er wie zur Entschuldigung.

»Warst du jemals in München? Zum Lateinlernen, meine ich.«

Ich hatte kurz die Vorstellung, dass der Dobler wirklich im echten München gewesen war und mir von den Wundern des Jetzt erzählen konnte. Vielleicht war er über das Meer geflogen und hatte sogar den König gesehen.

Der Dobler warf mir einen Blick zu, der belustigt und gleichzeitig traurig war. »Komm heute Abend in den Torbräu. Bitte.«

Ich wusste nicht genau, was der Dobler mit Abend gemeint hatte. Die Wirtin sagte, dass ich mit sieben nichts falsch machen würde. Gleichzeitig warnte sie mich vor den Amtmännern. »Sei vorsichtig, Kiener. Das sind falsche Hunde. Warum redet der plötzlich mit dir, wenn der angeblich nicht einmal mit seiner Mutter spricht. So ein Amtmann macht nichts einfach so aus Oberpfaffing-Nostalgie oder weil er so einsam ist. Die sind alles andere als allein und einsam. Was meinst du, was denen Nutten ins Bett gelegt werden und wie es bei denen in den Stuben zugeht. Das ist eine eingeschworene Gemeinschaft. Zwischen die Amtmänner passt kein Grashalm. Eine Hand wäscht die andere. Einer für alle und so. Sei vorsichtig, Kiener.«

Auch Ipi bat mich aufzupassen. Ich glaube, sie hatte wirklich Angst um mich. Nicht so sehr um sich. Ein ungewohntes Gefühl. Um das Wallermaul hatte sich nie jemand Sorgen gemacht. Ich beschloss, Ipi auf keinen Fall vor dem Dobler zu erwähnen und so nüchtern wie möglich zu bleiben. Wer weiß, was da passieren konnte.

Der Rausch

❦

Bericht von Joseph Kiener. Fortsetzung

Das Gasthaus Torbräu war das größte Haus am Reisacher Hauptplatz. Größer als das Rathaus oder die Gendarmerie. Wahrscheinlich sogar größer als die bischöfliche Residenz. Es stand neben dem Stadtturm und war mit Malereien verziert. Ein Gasthaus, das einem Amtmann wie dem Dobler angemessen schien.

Drinnen das genaue Gegenteil. Es war verraucht und stank nach Bier und Kraut. Alles Holz und Messing war von den Jahren, dem Rauch und dem Suff dunkel, grindig und abgegriffen. Durch einen dunklen Eingangsraum ging ich in die Schwemme. Dort saßen nur wenige Reisacher und aßen oder tranken Bier. In einem gläsernen Kasten neben dem Tresen sah ich den Zapfschenk. Er nahm die Zettel der Kellner mit den Bestellungen aus der Schwemme an und reichte sie an die Zapfknechte weiter. Die wiederum füllten die Krüge und Gläser und gaben sie zurück in den Glaskasten, wo sie von den Kellnern an einer Luke in Empfang genommen wurden, die sie dann an den Tischen verteilten. Ein viel zu kompliziertes System, das zur Folge hatte, dass im Torbräu niemals Bier mit Schaumkrone getrunken werden konnte. Ich fragte den Zapfschenk nach dem Amtmann Dobler. Der wies mit

dem Kopf in Richtung einer Doppeltüre, über der ›Saal Alt-München‹
stand. »Der hat schon vor zwei Stunden nach dir gefragt. Ich weiß nicht,
ob mit denen noch viel anzufangen ist. Bei denen fängt der Abend um
drei schon an.« Denen? Ich wollte nur den Dobler treffen.

Durch die Doppeltüre war dumpfes Stampfen, wie beim Dreschen,
leises rhythmisches Stöhnen und gedämpftes Grölen vieler Stimmen zu
hören. Alles zusammen ergab einen rhythmischen, treibenden Brei von
Geräuschen. Dazu ein Rauschen, wie der Pfafflfall nach dem Winter.
Als würden dort Menschen an einer Ochsenmühle arbeiten. Immer im
Kreis, angetrieben vom Dobler mit einer Peitsche und dem Holderer
mit einer Trommel. Stampfen, schieben, drehen und dabei stöhnen.
Bumm bumm bumm, stampfen, stöhnen. Der Zapfschenk machte
mir ein Zeichen, einfach reinzugehen. Das Stampfen und Stöhnen
wurde lauter und schneller. Ich öffnete die Türe und blickte in ein
infernalisches Gewusel und Gewirr von Amtmännern, Kellnerinnen,
Musikanten, Bier, Pfeifen, Zigarren und Essen. Und genauso roch es.
Dazu ein unerträglicher Lärm aus Musik, schreienden, klatschenden und
johlenden Amtmännern, kreischenden Kellnerinnen und krachenden
Bänken. Schrecklicher als die argentinische Musik, die ich auf dem
Zauberbild vom Engel gesehen hatte. Lauter, gefährlicher, wütender
und verzweifelter. Einige Amtmänner standen auf den Bänken und
Tischen mit Bierseideln in den Händen, die Gehröcke, Westen und
Hüte verrutscht, die Barthaare wirr in alle Richtungen abstehend. Rauch
kam ihnen aus Mündern und Nasen und sie bewegten sich rhythmisch
zur Stampfmusik. Andere saßen auf den Bänken oder schliefen
bereits an den Tischen, wippten aber trotzdem zum Gestampfe mit
den Köpfen oder den Armen oder irgendeinem anderen Körperteil,
das sie noch bewegen konnten. Ein Bild wie aus der Apokalypse.
So hatte mir die Oma die Hölle beschrieben. Die Musik endete in
einer Art letztem Aufbäumen und die ganze Amtmännergemeinde
jubelte und grölte in einem einzigen Schrei. Das Gewirr der Körper,
Bierkrüge, Knochen, Hüte, Bärte und nackten Beine verwandelte sich

in eine riesige Menschenwoge, die auf und ab schwappte. Immer der Kapelle entgegen. Wie ein Glas voller Bachwürmer, mit denen ich die Fischaufzucht in den kleinen Becken bei meinen Fischweihern großzog. Über allem ein Meer aus Rauch und Dampf und toter Luft. Ob die Männer wütend oder glücklich waren, oder einfach nur besoffen, war egal. Sie waren eins und walzten hin und her. Auf einem kleinen Podest an der Stirnseite des Saals stand der Kopf des Menschenmeeres: eine Kapelle aus Blechinstrumenten und einer Pauke, welche die Ursache für das stampfende Geräusch war. Alle Musiker durchgeschwitzt und ängstlich in den Saal blickend. »Mehr!« und »Da Capo!«, riefen die Amtmänner. Und »Sonst bringen wir euch nach München!« Ich weiß nicht mehr, ob es zwanzig waren oder zwanzigtausend. Ich konnte nicht hineingehen. Was wenn mich die Woge erfasste und umwalzte?

Der Dobler sah mich, sprang auf mich zu und zog mich in den Saal. Mitten hinein in die Menge. Die Musik setzte erneut ein. Es stank nach Schweiß, Bier und Braten. Der Dobler schrie mir etwas in die Ohren. Eine Kellnerin reichte mir ein Seidel. Ich roch daran und nahm dann einen Schluck. Der Dobler hob mich auf die Bank und nach einem weiteren Schluck Bier zog mich die Musik mit sich fort. Ich war drin. Einige Augenblicke später fand ich mich mit dem Dobler und einem weiteren Amtmann Arm in Arm auf der Bank stehend, immer wieder die Zeile »Zipfi nei, Zipfi naus …« singend. Ein Amtmann schüttete einer Kellnerin sein Bier in den Ausschnitt, einer blutete aus der Nase, während alle »Der Stolz von Unterau« sangen. Das Lied hatte im Refrain die fast euphorische Zeile »Wir sind weiß, wir sind blau, wir sind der Stolz von Unterau!«, die wir alle mit erhobenen Bierseideln mitsangen. Dann spielte die Kapelle ein Lied, das bei den Amtmännern besonders beliebt zu sein schien. Der Refrain klang so ähnlich wie: »Rufst du, mein König, folg ich dir blind. Zurück in mein München, möcht ich geschwind.« Die Amtmänner lagen sich in den Armen. Sogar diejenigen, die schon auf den Bänken geschlafen hatten, standen auf und sangen mit.

Ich erinnere ich mich noch an folgende Premieren, die ich an diesem Abend erlebte:

1. Ich rauchte meine erste Zigarre.
2. Ich schlug auf meinen ersten Kellnerinnenhintern.
3. Ich zettelte meine erste Schlägerei an.
4. Ich kotzte zum ersten Mal in ein Bierseidel.
5. Ich weinte zum ersten Mal in den Armen eines Mannes.
6. Ich pieselte zum ersten Mal in Gegenwart anderer Männer.
7. Ich schlief zum ersten Mal auf einem Abort ein.

Der Dobler und zwei weitere Amtmänner schleppten mich auf den Stadtplatz. Ich war sehr betrunken und erinnere mich nicht mehr genau an mein Gespräch mit dem Dobler. Aber es muss ungefähr so gewesen sein: »Wallermaul, du bist so ein verreckter Hund. Das warst du schon immer.« Das war ich noch nie gewesen.

»Zipfi nei, Zipfi naus …«, sang ich, während der Dobler neben mir auf dem feuchten Pflaster saß.

»Wallermaul. Das waren doch alles Arschlöcher bei uns in der Schule. Aber ich habe denen alles heimgezahlt.« Der Dobler spuckte mir mehr ins Ohr als dass er sprach.

»Pack ihn aus, mach ich heiß, nimm ihn in den Mund …«, sang ich.

»Oder warum meinst du, ist dem Doll sein neuer Stall nicht genehmigt worden? Oder die neue Unterpfaffinger Straße durch den Grund vom Liegsalz gelegt worden, nach dem Erdrutsch.« Der Dobler lachte. »Rache ist süß!« Der Doll hatte seinen Stall einfach ohne Genehmigung gebaut und der Liegsalz sehr viel Geld für eine saure Wiese bekommen. Oh, ihr mächtigen Amtmänner.

»Das ist die Busenpolka …«, sang ich weiter. »Busenbusenbusen.«

»Die unterschätzen alle die Macht eines Amtmannes. Und dann kommen sie wieder angekrochen. Die Würstl. Herr Amtmann Dobler, bitte dies, bitte jenes. Aber dafür haben wir das höchste Leben. Hast du die Kellnerinnen gesehen? Ein Zeichen und ich könnte jede haben. J-E-D-E-!, verstehst du. Da muss ich nicht lange herumsuchen und dann die Eltern fragen und heiraten und alles. Ich pack mir die einfach. Und mach alles klar. Wenn du verstehst, was ich meine. Zackzackzack und die dreckige Unterhose fliegt unters Bett. Am nächsten Tag die nächste. Und wenn die eine oder andere schwanger wird, ist mir das Wurscht. Scheißegal. Da kümmert sich das Amt drum. Weg! Nie wieder gesehen. Aus den Augen, aus dem Sinn, verstehst du mich?«

»Dreimal in die Hos' vergossen, dreimal in den Schoß geschossen …« Mir gingen die Lieder aus dem Torbräu nicht aus dem Kopf.

»Ich brauch keine Frau und keine Kinder. Steht nur meiner Karriere im Weg. Hast du den Zackl gesehen. Freilich, du hast beim Soachen neben ihm gestanden. Der ist neunundsiebzig und brunzt immer noch einen Strahl wie ein Schulbub. Arbeitet noch immer in der Behörde und hat sein Leben lang keine Ehefrau gebraucht. Meinst du, mit Kindern wäre der noch so gut in Schuss? Hast du gesehen, wie der auf der Bank getanzt hat? Tadellos. Neunundsiebzig. Keinen Tag gefehlt. Meine Mutter hat mit dreiundvierzig älter ausgesehen als der Zackl.«

»Zackizackizipfelpolka …« Ich hüpfte auf und ab.

»Ich habe über fünfzig Frauen gevögelt. Und du? Fünfzig. Ich. Aber da gibt es welche, die hatten noch deutlich mehr. Der Lenz hatte – angeblich – über hundert. Was soll ich mich mit einer Frau rumschlagen, wenn ich fünfzig haben kann. Und die halten nach dem Blasen immer schön ihr Maul. Welche Frau macht das schon. Blasen und dann das Maul halten. Was brauche ich da eine Ehefrau? Die gibts immer nur mit Familie. Wir vom Amt haben ja uns, oder? Was soll ich mit meinen Kindern reden, wenn ich meine Amtsbrüder habe? Und die eigenen Eltern? Die sterben eh einfach weg. Besser man bekommt das nicht mit.«

»Sperr auf den Mund, mach auf den Latz, gleich kommt mein kleiner Hosenmatz …« Ich dirigierte eine imaginäre Kapelle.

»Und du, Kiener? Ich kann dir jederzeit eine von den Kellnerinnen organisieren. Die Dunkle, oder? Oder hast du schon eine für deinen Hosenmatz?«

»Du hast die Kellnerin geküsst, in die Sakristei gepisst …« Alles drehte sich. Scheißdrehwurm. Scheiß Bierlieder!

Auf einmal wurde der Dobler weinerlich. »Kienerkienerkiener. Ich habe gelogen. In Wirklichkeit ist es nicht dasselbe, mit den Amtsdeppen. Es ist nicht echt. Ich würde da sofort weggehen, wenn ich nach Oberpfaffing zurück könnte. Lieber heute als morgen. Zur Mutter. Zum Doll. Zu dir. Zum Wirt. Zum Kramer. Zur Pfafflbrücke. Und sogar zu den Arschlöchern aus der Schule.« Der Dobler weinte wirklich ein kleines bisschen. Sehr theatralisch. Das war nicht echt. Das merkte ich, obwohl ich besoffen war. Ich drehte mich trotzdem herum und umarmte ihn. Dazu sang ich ihm zärtlich ins Ohr. Jetzt war mir wirklich schwindelig und schlecht. Ich legte mich bäuchlings auf das kühle Pflaster. So ging es besser. Der Drehwurm wurde weniger. Ich drückte meinen Mund auf die kalten Steine.

»Ich verrat dir was, Kiener.« Der Dobler hockte sich neben mich und näherte sich meinem Ohr. »Es gibt kein München. Wir bringen die alle ganz woanders hin.«

»Die Münchner Liebe, sie brennt …«, murmelte ich. Ich hatte Sodbrennen und konnte schlecht atmen.

»Ich kann dir nicht sagen, wohin. Weil ich es selber nicht weiß. Das wissen nur die Oberamtsräte ersten Grades. Da brauch ich noch ein paar Jahre. Aber ich bin vielversprechend. Ich kann dir sagen, wo wir waren, nachdem die uns aus den Dörfern geholt haben. In Romansbrunn. Da haben wir Amtmann gelernt. Das war unser München. Erst da, später noch woanders. Ich kann keine Silbe Latein. Aber Behörde, das kann ich jetzt.«

»… wer sie nicht kennt …« Ich summte mehr als ich sang.

»Wenn du wüsstest, was ich weiß. Über den König. Und Bayern. Und wer eigentlich die Hosen an hat. Fast keiner weiß es. Im Amt auch nicht. Die sind alle nicht vielversprechend. Nur ich. Kiener. Weil ich ein schlauer Hund bin. Zu schlau manchmal. Zu vielversprechend. Was da in Wirklichkeit los ist, das könnt ihr euch alle gar nicht vorstellen mit euren kleinen Köpfen.«

»… der flennt und rennt …« Mir fiel der Liedtext zur Melodie nicht mehr ein. Ich reimte selbst.

»In Romansbrunn gibt es einen Mann. Bruder Martin. Der Martl. Sag ihm, dass du von mir kommst und er soll dir beim Benno weiterhelfen.«

»… im letzten Hemd …«

»Tu es für uns Oberpfaffinger, Kiener! Nicht nur für den Spezl vom Schwarzbuben. Wenn er überhaupt noch lebt.«

»… lalalala. Münchner Liebe …« Obwohl mich der letzte Satz erschreckte, konnte ich immer noch nicht aufhören zu singen.

»Vergiss München, Kiener, vergiss es. Es ist alles gelogen.«

»… sie ist immer noch so heiß …«

»Alles gelogen. Kiener.«

»… so blau und auch so weiß …«

»Adios, Kiener, ich geh jetzt kotzen. Und dann geh ich eh rüber. Bald bin ich drüben und dann können mich eh alle mal. Goldener Handschlag. Verstehst?« Beim letzten Teil war ich mir nicht sicher, ob ich ihn richtig verstanden hatte.

Der Dobler verschwand über den großen Platz. Schnell und zielstrebig. Ich wäre nach der Menge Bier, die er intus hatte, nicht mehr in der Lage gewesen, so nüchtern zu wirken. Oder war er überhaupt betrunken? Vielleicht hatte er mir das alles nur vorgespielt. Er blickte zu mir zurück, sah, dass ich ihn sah und begann zu schwanken.

Um halb elf lag ich jammernd neben Ipi in unserer Kammer. Hoffentlich war alles gut gegangen. Hoffentlich hatte ich nichts verraten. Hoffentlich nichts über Ipi erzählt, den Engel, oder was ich über das Jetzt wusste. Hoffentlich.

Der Teufel

❧

Bericht von Joseph Kiener. Fortsetzung

Sowohl die Wirtin als auch Ipi waren dagegen. »Wenn du allein, einfach so nach Romansbrunn gehst, kannst du gleich mit einer geladenen Büchse bewaffnet in die Amtszentrale gehen. Das kommt aufs Gleiche heraus. Die kasteln dich ein. Überleg dir was anderes.«

Aber was?

Ich überlegte den ganzen folgenden Tag. Und noch einige Tage. Ipi war komplett im Pensionsbetrieb aufgegangen. Sie machte die Zimmer, wenn die Gäste außer Haus waren, sie versorgte den Garten, wenn sie sicher war, dass sie wirklich niemand sehen konnte und sie lernte von der Wirtin immer mehr Bairisch. Es war erniedrigend, ihr beim Lernen zuzusehen. Sie lernte jetzt seit gut zwei Wochen und würde sprachlich weniger in der Stadt auffallen als der Engel. Wenn nur ihr perchtlisches Aussehen nicht gewesen wäre. Und alles ohne jemals Schriftdeutsch gelernt zu haben. Entweder war sie besonders klug oder die Menschen des Jetzt waren viel intelligenter als wir.

Tagsüber durchwanderte ich die Stadt von vorne bis hinten und von oben bis unten. Die Menschen begannen mich zu grüßen. Schon am ersten Tag nach meinem Rausch plauderte ich in den Arkaden des großen Platzes mit der Bäckerin. Über das schöne Frühjahr und ob der Sommer genauso werden würde und den ganzen Schmarrn, den man halt so redet. All der Respekt, den ich als Oberpfaffinger vor den Stadterern gehabt hatte, war dahingeschmolzen. Es gab zwar weniger Kuhmist und es stank weniger nach Sau, aber im Wirtshaus saßen die gleichen besoffenen Deppen wie in Oberpfaffing. Ich vertrödelte meine Tage, kaufte mir ein Schulheft und begann darin meine Erlebnisse der letzten Wochen zu notieren. Zuerst schrieb ich es wie einen Aufsatz in der Schule. Dann warf ich das erste Heft weg und schrieb alles bisherige nochmal auf. Aber diesmal als einzelne kleine Geschichten, Gespräche, die mir wieder einfielen, Namen von Menschen, die mir begegnet waren und solche Dinge. Schon am zweiten Tag brauchte ich ein drittes und ein viertes Heft. Ich kaufte noch viele weitere.

Am dritten Tag entdeckte ich einen geheimen Ort an der Reisach. Eine Kiesbank mitten im Fluss. Ich zog mir die Schuhe aus, watete durch das Wasser und setzte mich zwischen die Weiden. Ich hätte Ipi sehr gerne dabei gehabt. Aus lauter Übermut und Langeweile flocht ich aus den langen Weidenzweigen eine Art Höhle. Wie ein kugelförmiger Korb. Fast blickdicht, mit nur einer runden Einstiegsluke. Als hätte ich es geahnt.

Hier verbrachte ich viel Zeit. In meiner Weidenhöhle. Zwei Tage lag ich tagsüber lange Stunden auf der sonnigen Kiesbank und schrieb zuerst ausschließlich in meine Hefte. Ipi erzählte ich, dass ich Nachforschungen über Benno anstellte. Ich befürchtete, dass sie sich langweilen würde ohne mich und dass sie mir Vorwürfe machen würde, weil ich sie alleine ließ. Aber entweder reichten ihr unsere gemeinsamen Stunden am Abend und am Morgen oder sie schluckte ihren Unmut einfach hinunter und ließ mich gewähren. Warum auch immer.

Am vierten Tag des Müßiggangs zog ich die Erinnerungen an meine Familie aus meinem Bündel. Ich weinte ein bisschen. Als mir die Supersolzettel meines Bruders in die Hände fielen, hatte ich Lust etwas zu zeichnen. Zum ersten Mal seit Ewigkeiten. Mit Mehlleim aus dem Heftegeschäft klebte ich die Blätter, die mein Bruder säuberlich zerschnitten hatte, wieder zusammen. Mehr schlecht als recht. Und ich begann, zuerst mit einem Stück verkohltem Stock, dann mit einer gefundenen Gänsefeder und Tinte aus Wasser, Rost und Kohle, ein großes Sammelsuriumbild meiner Reise durch Neubayern zu zeichnen. Das fiel mir noch leichter als das Aufschreiben. Ich hatte das Gefühl, dass mein Aufgeschriebenes das Geschehene nicht gut genug wiedergeben konnte.

Am sechsten Tag des Müßiggangs kam mir der Zufall zu Hilfe. Ich saß spät nachmittags in der Sonne auf dem Stadtplatz und schrieb in mein Heft. Plötzlich ein riesiger Gendarmenauflauf vor dem Turm. Gendarmen rein in den Turm, Gendarmen raus aus dem Turm. Amtmänner kommen, Amtmänner gehen. Noch mehr Gendarmen. Und natürlich immer mehr Schaulustige. Bald waren die ratlosen Schandis umringt von schaulustigen Stadterern. Und bald wussten auch alle Umstehenden, was da los war, und warum die ganzen Offiziellen da waren: Ein besonders wichtiger Gefangener war ausgebrochen. Und ich ahnte natürlich auch, wer. Der Mann vom Bild. Der rote Teufel. Der Mann mit dem Sack über dem Kopf aus Rieding. Die Gendarmen waren aufgebracht, die Amtmänner zornig. Jetzt wusste ich, an welcher Stelle ich weitermachen konnte. Und irgendwie wusste ich auch, wo ich den Geflohenen finden würde. Der rote Teufel war über die niedrigeren Berge nach Oberpfaffing gekommen und dorthin würde er auch zurück gehen, wenn er nach Argentinien ins Jetzt zurück wollte. Dazu musste er über die Reisach. Die einzige Stelle, an der er den Fluss überqueren konnte, ohne über die Brücke zu gehen, war das seichte Wasser bei meiner Insel. Und wo würde er die restliche Zeit des Tageslichts besser ungesehen überstehen können als in meiner Korbhöhle? Es war fast so, als hätte ich ihm eine Falle gebaut. Wie für einen Bergratz.

So war es natürlich auch. Ich kaufte mehrere Schusterbuben beim Bäcker, eine getrocknete Wurst und eine Tüte Karamell beim Kramer. Beim Gassenschank holte ich ein Bier. Damit ging ich an die Reisach, watete durch das Wasser und versuchte beim Gehen über die Kiesel keine Geräusche zu machen.

In der Weidenhöhle, ganz an die hintere Wand gedrückt, lag der Teufel. Struppiger und bärtiger als auf dem Bild, viel magerer und nackter. Er trug den blutverkrusteten, schmutzigen Pulluver. Die Beine waren nackt wie damals in Rieding. Er stank und zitterte. Vor Hunger, Kälte und Angst. Ich versuchte, ihn mit einigen Worten Perchtlisch zu beruhigen. Er zischte etwas zurück. Das war eindeutig eine andere Sprache. Vielleicht das Hispanjo, von dem Ipi gesprochen hatte. Ich zeigte ihm das Bier. Keine Wirkung. Schließlich hatte ich die Idee, dem Teufel das Bild vom Wachten zu zeigen. Seit ich die Hefte immer dabei hatte, um darin zu schreiben, trug ich auch mein Bündel mit mir herum. Immer noch brav in das Butterbrotpapier des Amtmannes von Russlach eingeschlagen, lag darin auch das Bild vom Wachten. Als ich dem Teufel das Bild zeigte, veränderte sich sein Verhalten. Er wurde wütend. Er stürzte auf mich zu, warf mich auf den Boden und schlug auf mich ein. Aber er war so entkräftet, dass sogar ich ihn leicht überwältigen konnte. Er lag schwer atmend auf dem Rücken, ich saß auf seiner Brust und probierte alle Gesten der Freundschaft aus, die mir einfielen. Als ich auf Schriftdeutsch sagte »Ist ja gut«, horchte er auf. »Guuuuud?«, fragte er. Ich antwortete so sanft ich konnte: »Jaaaaa, guuuuud.« Irgendwie schien ihn das zu beruhigen. Oder entwaffnen. Jedenfalls ergab er sich von da an in sein Schicksal. Ich fütterte ihn mit den Schusterbuben und der Wurst. Wir teilten das Bier und lutschten das Karamell. Ich überreichte ihm das Bild und sagte, dass ich es für ihn nur aufbewahrt habe. Irgendwie schien er zu verstehen.

Langsam dämmerte es. Ich beschloss, ihn mit in die Pension zu nehmen. Der Teufel leistete keinen Widerstand. Als es ganz dunkel war, kurz bevor die wenigen Laternen der Stadt angezündet wurden, schlichen wir los, drückten uns an den Hauswänden entlang und betraten die Pension Grüner Baum.

Die Wirtin war wenig überrascht. Ihr einziger Kommentar war: »Der zahlt den gleichen Preis wie ihr, Kiener.«

Ipi hingegen war dem Teufel gegenüber sehr feindselig. Sie sprach und verstand seine Sprache. Aber nur sehr widerwillig. Sie schien wütender auf ihn zu sein als auf uns Bayern. Obwohl doch unsere Leute die ihrigen abschlachteten und jagten und vielleicht sogar vor vielen Jahren aus ihrem angestammten Land vertrieben hatten. Wir konnten mit Ipis Hilfe dem Teufel erklären, dass er keine Angst zu haben brauche, dass wir ihm ein Bad einlassen würden. Er hatte sich offenbar entschlossen, uns zu vertrauen. Oder er war einfach zu fertig, um zu kämpfen.

Gewaschen, gescheitelt und rasiert bis auf einen Schnurrbart, in hiesiger Kleidung, sah der Teufel nicht mehr anders aus als ein Riedinger auf Stadtbesuch. Wir aßen zu dritt Suppe, Fleischpflanzerl und Kartoffeln. Dem Teufel fielen fast die Augen zu. Wie mein kleiner Bruder Oskar am Kachelofen nach dem Essen. An die Mutter gekuschelt. Der Vater mit der Mundharmonika. Ich mit dem Schnitzmesser und einem Stück Holz. Bevor das Schlimme passiert ist.

Der Teufel, von dem wir immer noch nicht seinen echten Namen kannten, wurde in das Zimmer neben unserem einquartiert. Ipi schloss unseres von innen ab und stellte sogar die Kommoden vor die Tür. Sie traute dem Teufel nicht.

Später im Bett erzählte sie mir, warum sie so misstrauisch war. Natürlich war ihr Bairisch noch nicht so gut, wie ich es hier aufschreibe. Aber auch nicht viel schlechter.

»Der Teufel redet wie die Argentinier. Er ist ein Huinca. Die Huinca haben den Pehuelche noch nie etwas Gutes gebracht. Sie haben uns immer das Land genommen. Sie haben uns und den anderen Mapuche das eigene Königreich weggenommen und sie arm werden lassen.«

»Aber haben nicht die Bayern den Pehuelche das Land weggenommen und halten wir euch nicht immer noch davon ab, dass ihr zurückkehren könnt? Manche von euch werden sogar von den Bayern getötet.«

»Aber wir hassen die Huinca. Alle Pehuelche, auch die Mapuche, hassen die Huinca. Wir hatten unseren König Antoine, ein eigenes

Land. Die Huinca haben den König vertrieben. Seitdem haben wir kein eigenes Land mehr. Die Huinca haben den Bayern das Land verkauft. Die Huinca haben uns unser Land weggenommen und den Bayern gegeben. Wir haben nichts von dem Geld der Bayern bekommen. Dreckshuinca.«

»Du musst dir anhören, was der Teufel zu sagen hat, bitte.«

»Ich höre ihm zu und übersetze es dir. Damit du den Bub finden kannst. Aber ich werde ihn nicht mögen, den Huinca.«

»Ich verstehe aber immer noch nicht, wie das alles funktioniert bei euch in Argentinien. Wer gehört zu wem? Wer mag wen? Der Teufel sieht nicht aus wie ihr Perchtl. Der sieht aus wie ich.«

»Pass auf, Kiener. In Argentinien und in Chile lebten früher nur Menschen wie ich. Mapuche und Pehuelche und Inkas und andere Indigene, also Eingeborene. Dann kamen vor einigen hundert Jahren die Huinca aus Europa und haben uns alles genommen. Europa ist da, wo auch das echte Bayern liegt, verstehst du? Auf der anderen Seite des Meeres. Deshalb sieht der Huinca aus wie du und nicht wie ich. Erst haben sie uns die Krankheiten gebracht und damit fast alle getötet und dann haben sie den Restlichen alles andere genommen. Heute gibt es fast nur noch Huinca in Argentinien und in Chile. Wir Pehuelche sind nur noch wenige und haben ein Scheißleben.«

Das mit dem Meer konnte ich mir immer noch nicht wirklich vorstellen. Ich kannte Weiher, aber dass da ein Meer zwischen hier und Bayern liegt, das so groß ist, dass man mehrere Tage brauchte, um darüber hinweg zu fahren, konnte ich nicht glauben. Außerdem löste der Gedanke an ein großes Wasser bei mir dasselbe unangenehme, beklemmende Gefühl aus, wie bei den meisten anderen Neubayern.

»In Argentinien und in Chile leben auch viele Huinca aus Deutschland.«

»Was meinst du mit Deutschland? Deutsch wie in Schriftdeutsch?«

»Bayern liegt doch in Deutschland?«

»Du hast doch gerade gesagt, dass Bayern in Europa liegt.«

»Ich kenne mich nicht so gut mit der Geschichte Europas aus. Aber ist Bayern nicht ein Teil Deutschlands? Oder war es Österreich?«

»Die Österreicher. Bayern ist nicht in Österreich. Um Gottes Willen. Ich sag nur Sendlinger Mordnacht.«

»Also doch Deutschland. Das Land von euch Deutschen.«

»Ich dachte, wir wären Bayern und keine Deutschen. Königreich Bayern.«

»Ich weiß es auch nicht besser. Das muss dir vielleicht eines Tages der Engel erklären.«

»Also wenn die Deutschen auch Huinca sind, und die Bayern Deutsche. Bin ich dann auch ein Huinca?«

»Nein, um Gottes Willen. Du bist kein Huinca.«

»Ich verstehe das nicht. Wer ein Huinca ist und wer nicht.«

»Huinca sind die Argentinier und Chilenen, die nicht so sind wie wir. Nicht die Bayern. Die Bayern sind nicht wie die Huinca. Die sind fast so wie wir. Fahr nach Altorio und dann in mein Dorf und dann siehst du, dass Oberpfaffing viel mehr ist wie mein Dorf und nicht wie Altorio. Auch Reisach ist nicht wie Altorio. Bei mir gibt es keinen Strom, bei dir gibt es keinen Strom. Sonst gibt es überall Strom. Bei mir gibt es kein Wasser im Haus, bei dir nicht. In Altorio gibt es überall Wasser im Haus. Ihr seid wie wir. Primitivos.«

Ich wusste nicht, was Strom war. Nur das mit dem Wasser im Haus hatte ich beim Engel gesehen. Aber ich fragte lieber nicht nach. Ich wollte nicht wie der letzte Hinterwäldler dastehen. Vielleicht war es die Musik und das Licht von Altorio, von dem Elsi erzählt hatte. Das hatten wir nicht in Oberpfaffing. Ich war mir damals auch sicher, dass Ipi versuchte, sich die Neubayern schön zu reden, weil sie sonst ein schlechtes Gewissen zu haben, mit einem wie mir zusammen zu sein. Ich wusste, dass wir Neubayern genau wie die Huinca waren. Wir hatten den Pehuelche das Land genommen und brachten sie reihenweise um. Da wusch uns das bisschen arm sein nicht sauberer.

Am nächsten Tag schlich ich mich ins Zimmer vom Teufel. Ipi besorgte das Frühessen aus der Küche und wir warteten darauf, dass der Teufel erwachte. Er schlief lange und als er endlich aufwachte, wirkte er wie ausgewechselt. Freundlich. Fast froh uns zu sehen. Er lachte, als er uns sah, aß die Gesteckelte, das Brot mit Muss, trank den Kaffee. Er hatte unglaublich weiße Zähne.

Ich bat Ipi, uns vorzustellen. Sein Name war Alberto und er kam aus einem Ort namens Bahia Blanca am Meer. Er nannte mich Joseph. Sein Beruf war irgendetwas mit Lernen. Er zog das Bild vom Wachten hervor und zeigte auf die Frau. Das sei seine Frau Isabella und das Kind sei seine Tochter Anya. Dann passierte etwas Seltsames. Er spreizte den kleinen Finger und den Daumen weit voneinander ab und hielt die Hand so an sein Ohr. Er fragte, ob er etwas machen dürfe, von dem ich nicht wusste, was es bedeutete. Ipi schien ihn zu verstehen, war aber ratlos, wie sie darauf antworten sollte. Heute weiß ich natürlich, dass er einfach nur fragen wollte, ob es hier irgendwo ein Telefon gab. Ipi blickte mich an. Ich schaute zurück. »Soll ich ihm alles erzählen? Alles, was du vom Engel weißt. Mit Neubayern und dem Unterschied zwischen hier und dem Jetzt? Ich glaube nicht, dass er sonst versteht, was los ist.« Ich nickte.

Bericht von Alberto Brunetti (40). Übersetzt von Ipi Marhiquewun.
Sonst unverändert

Das alles war mir sowieso vorgekommen wie ein Horrorfilm. Wie ein Fehler in der Matrix. Man muss sich das mal vorstellen. Ich war drei Wochen in Gefangenschaft. In einem Knast des 19. Jahrhunderts, umgeben von diesen Knallchargen mit ihren bescheuerten Hüten und Röcken oder wie diese langen Jacken heißen. Ich wurde in dieser bizarren Sprache angebrüllt und man versuchte mich mit grauenvollem halb vergammeltem Essen und Bier am Leben zu halten. Was ich aß, erbrach ich fast sofort wieder. Ich dachte, ich wäre wahnsinnig geworden.

Aber besser ich fange vorne an, oder? Das wühlt mich immer noch auf, wenn ich nur daran denke. Isa dachte ich sei tot und Anya … Ich mag mir das gar nicht ausmalen.

Also von vorne. Isa hatte mir zum Vierzigsten eine Reise geschenkt. Ich alleine in die Voranden und dann durch die Berge langsam immer höher. So weit es halt ging. Sechs Wochen Alleinesein. Sechs Wochen Auszeit. Keine Verpflichtungen in der Schule, keine Familie. Ich brauchte das. Nach meinem Hörsturz und der Geschichte mit Karen, meinem Vater, dem Burnout und allem.

Ich bin also los durch das Manel-Tal. Zwei Tage. Dann den Torrente entlang und schließlich hoch in die Berge. Alles klappte wunderbar. Ich fand tolle Stellen zum Campieren, sah exotische Tiere und war vor allem alleine. Keine Sau. Endlich mal.

Irgendwo auf meinem Weg muss dann da ein Kartenfehler gewesen sein, denn mein GPS-Gerät spielte verrückt. Dachte ich damals zumindest. Es zeigte mir an, dass ich bereits über die Grenze nach Chile gewandert war. Aber das konnte einfach nicht sein. Da waren plötzlich zwanzig oder dreißig Kilometer mehr Land im Westen auf dem Satellitenbild und als auf der Landkarte. Eine oder zwei Bergketten mehr. Verstehen Sie? Wenn ich meine Position auf der GPS-Karte mit der Papierlandkarte und dem ausgedruckten Satellitenbild verglich, stimmte nichts überein. Das war alles durcheinander. Entweder war ich schon viel weiter gewandert, als vermutet oder die hatten einfach einen ganzen Streifen Land vergessen einzuzeichnen. Und das in Zeiten von Google Maps und Google Earth und Streetview und wie das alles heißt.

Ich stieg etwa hundertfünfzig Höhenmeter weiter bergan. Ein sanfter Aufstieg. Auf halber Höhe zeltete ich an einem Wasserfall. So was bekommt man schließlich nicht oft zu sehen. Ich hatte das Gefühl, Pionier zu sein. Der erste, der an dieser Stelle campiert und tagträumte von einem Orden, weil ich unentdecktes Gebiet erschlossen hatte. Es war schon so warm, dass ich in dem kleinen Tümpel beim Wasserfall badete. Und das im Oktober. Später angelte ich einen Fisch und grillte ihn. Er schmeckte furchtbar und war voller Gräten. Trotzdem ein tolles Gefühl. Am nächsten Morgen beschloss ich, bis auf den Gipfel der Bergkette weiter zu wandern. Vielleicht hatte ich dort ja sogar Handyempfang.

Der Aufstieg war schwieriger, als gedacht, denn es gab nur Wildwechsel und keine Wanderwege. Anfangs konnte ich durch das Bachbett, doch irgendwann war auch das weg und ich musste wirklich mit der Machete durch das Gebüsch. Oben war es dann karger und ich kam an eine steile Kante. Eine vielleicht dreißig Meter hohe Felswand, die steil nach unten ragte und sich weit nach Norden und Süden erstreckte. Mehr als zwanzig Kilometer, schätze ich. Doch auf meiner Landkarte: nichts. Nur auf dem Satellitenbild eine vage Andeutung unter Wolken. Aber die Aufnahme war an dieser Stelle sehr unscharf. Im Nachhinein denke ich sogar, bewusst unscharf, wenn Sie verstehen, was ich meine.

Ich schaute lange auf das Gebiet unter der Felskante: grüne Landschaft. Vielleicht ein paar Ahnungen von Feldern. Mit dem bloßen Auge konnte ich eine kleine Ansiedlung etwas weiter unten erkennen. Ich nahm den Feldstecher und suchte die Gegend ab. Kleine Feldparzellen, eine Kuhweide, eine ungeteerte Straße. In der Ansiedlung, einem armseligen Indiokaff oder einer Schaffarm, wie ich vermutete, sah ich sogar Menschen. Eher Weiße als Indios. Aber sicher war ich nicht. Sie waren zu weit weg, um das richtig erkennen zu können. Weiße wohnten eigentlich nicht in solchen Hütten. Ich fragte mich, ob das da unten nicht schon das Nationalparkgebiet in Chile war. Ich wusste nicht, ob es dort überhaupt Siedlungen gab. Ich hatte immer gedacht, dass Nationalparks unbewirtschaftet und naturbelassen waren.

Ich ging einige hundert Meter in Richtung Süden und stieß auf ein verwittertes Schild: ›Vorsicht vulkanisches Risikogebiet. Eintritt auf eigene Gefahr.‹ Das Schild stammte mindestens aus den Fünfzigerjahren und der nächste aktive Vulkan in Chile war locker sechzig Kilometer weit entfernt. Obwohl – nach den Verwirrungen um GPS und Satellitenbilder, war ich mir da nicht mehr sicher.

Ich ging wieder einige Meter zurück in die Richtung, aus der ich gekommen war. Im Gebüsch sah ich etwas Rotes, Neues. Ich langte in die Dornen und holte ein modernes Plastikschild hervor. Wie man es aus dem Baumarkt kennt. ›Einfahrt verboten‹ oder ›Privatgrund‹ oder ›Warnung vor dem Hunde.‹ Es fehlte ein Stück. Das Plastik war durch den Einfluss des Wetters schon etwas spröde. Was ich noch lesen konnte war: ›… MISAF. Betreten verboten. Biohazard.‹ Ich warf das Schild zurück ins Gebüsch.

Die exponierte Lage der Hügelkette veranlasste mich, mein Handy auszuprobieren. Ich schaltete es ein und fuchtelte damit herum, um vielleicht doch eine Stelle zu finden, von wo ich Isa erreichen konnte. Ich hatte ihr versprochen, dass ich mich gelegentlich melde. Aber sie wusste ja, dass es nur selten möglich sein würde. Und eigentlich hatte ich ja ihrem Kontrollwahn entkommen wollen.

Irgendwie verlor ich dann den Halt. Erde bröckelte. Ich rutschte die Felswand hinunter. Dreißig Meter. Mein freier Fall wurde zum Glück von ein paar Büschen, die in der steinigen Wand wuchsen, gebremst. Ich kam fast unversehrt unten an. Nur ein paar Kratzer an den Beinen. Und meine rote Funktionshose war komplett zerrissen.

Durch den Sturz war oben ein recht großer Felsbrocken abgebrochen und ebenfalls unten gelandet, weiter über die Grasnarbe gerutscht und etwa fünfzig Meter tiefer liegen geblieben. Man sah die Spur des Felsen deutlich im Gras. Ich hatte ganz schönes Glück gehabt, dass der Brocken nicht auf meinem Kopf gelandet war.

Ich rappelte mich auf und versuchte, eine Stelle zu finden, wo ich die Felswand zurück hinaufklettern konnte. Aber es war zu steil. Oder ich war einfach ein zu schlechter Kletterer. Zum Glück hatte ich Signalraketen in meiner Weste. Acht Stück. Eine würde schon irgendwo Aufmerksamkeit erregen. Am Manso gab es schließlich ein Refugio, eine Schutzhütte. Das war maximal sieben oder acht Kilometer entfernt. Die würden das sehen. Ich überlegte, ob ich nicht besser auf den Abend warten sollte, vielleicht sah man da die Leuchtraketen besser. Irgendwo hatte ich ein paar Verhaltensregeln für den Notfall gelesen, aber ich erinnerte mich nicht mehr genau daran, was besser war. Warten oder gleich Signalisieren. Oder doch erst mal in das Dorf gehen? Aber wenn das da unten doch schon in Chile war und ich ohne Papiere ...

Ich beschloss, erst einmal zu warten. In meiner Weste hatte ich einen Energieriegel und Wasser konnte ich aus einem kleinen Bach trinken. An das Biohazard-Schild glaubte ich einfach nicht. Wenige hundert Meter entfernt lebten schließlich Menschen. Also setzte ich mich auf den Felsen, der mit mir heruntergefallen war und wartete. Vom Dorf waren von meiner Position aus nur noch einige dünne Rauchfahnen zu sehen.

Ich vertrieb mir die Zeit mit Angry-Birds-Spielen auf dem Handy und einem kleinen Spaziergang nach Norden. Immer die Felswand entlang. Als sich die Sonne langsam senkte und das Licht spätnachmittäglicher wurde, schoss ich meine erste Leuchtrakete ab. Eine Stunde später, um 19 Uhr, wollte ich die zweite abfeuern.

Kurz vor sechs kam ein Junge über die Wiese auf mich zu. Ich glaube, er hatte mich noch gar nicht gesehen. Er kam von Norden und lief schnell über die Wiese auf die Rauchsäulen des Dorfes zu. Er war ungefähr elf oder zwölf und sah sehr ungewöhnlich für ein weißes Kind in Chile aus. Barfuß, schmutzig und abgerissen. Eine grob gewebte Hose bis zum Schienbein und eine gestrickte enge Jacke. Am Ungewöhnlichsten war, dass er einen gefilzten Hut auf dem Kopf trug. Fast wie die Indios in den Anden Perus oder Ecuadors. Aber selbst dort trugen die Kinder, egal wie arm, Kappen aus Plastik. Und Schuhe, zumindest Flipflops, hatte doch selbst der ärmste Indio.

Ich stand auf, winkte dem Jungen zu und rief etwas wie »Hallo, Junge«. Mit seiner Reaktion hatte ich nicht gerechnet. Er sah mich, schrie und rannte panisch weg. Sah ich so furchtbar aus nach den Tagen in der

Wildnis und meinem Sturz? Ich weiß auch nicht warum, aber ich rannte ihm hinterher, riss ihn zu Boden und versuchte ihn zu beruhigen.

Klar, heute weiß ich, dass er meine Sprache nicht verstanden hat und Angst vor den fremden Lauten hatte und dass meine moderne Funktionskleidung in den grellen Farben nicht unbedingt vertrauensbildend gewesen ist. Aber ich dachte, einen chilenischen Jungen vor mir zu haben. Und da würden ihn meine spanischen Sätze doch wohl beruhigen, glaubte ich. »Ich will dir nichts Böses tun«, sagte ich zu ihm und: »Ich brauche deine Hilfe. Bitte bring mich in das Dorf.« Aber der Junge wurde immer wilder. Er riss mir meine Weste herunter. Dabei muss sich eine der Leuchtraketen gelöst haben und in Richtung Dorf losgegangen sein. Das rote Licht verschwand im Wald und jagte mir einen gehörigen Schreck ein. Der Junge schrie etwas in einer fremden Sprache, kämpfte sich los und rannte mit meiner Weste in den Händen weg. Ich konnte seine Worte keiner mir bekannten Sprache zuordnen. Das war weder Spanisch, noch Englisch oder eine Indiosprache. Auch Französisch oder Deutsch war das nicht, dachte ich damals zumindest. Vielleicht war der Junge behindert und redete nur Quatsch.

Diesmal blieb ich zurück. Ich sah ihm nach. Der Junge flüchtete und blickte sich im Rennen immer wieder zu mir um. Er übersah einen Baumstumpf oder eine Unebenheit im Boden, stolperte, kullerte ein paar Meter und blieb dann regungslos liegen. Ich rannte sofort zu ihm und sah, dass er am Kopf leicht verletzt war und Hilfe brauchte. Eine Beule auf der Stirn, aber das konnte ja trotzdem eine Gehirnerschütterung sein. Natürlich konnte ich nicht alleine ins Dorf gehen, um Hilfe zu holen und den Jungen mutterseelenalleine hier liegen lassen. Also schulterte ich ihn und begann in Richtung Dorf abzusteigen. Was gab das für ein Bild ab. Ein Mann mit zerrissener Hose und einem bewusstlosen Jungen auf den Schultern.

Bald erkannte ich einen schmalen Trampelpfad durch den Wald und an einer kleinen Hütte mündete der Pfad in eine Schotterstraße.

Inzwischen weiß ich, wie nostalgisch und wohlvertraut der Ort auf Deutsche oder andere Mitteleuropäer wirken würde. Wie ein Guckloch in eine andere Zeit. Eine vermeintlich bessere. Doch für mich, Südamerikaner, der nur zwei Mal in Spanien gewesen ist, war das ein furchtbarer Anblick des Schmutzes, des Verfalls und der Trostlosigkeit. Eine schlammige Straße voller Löcher und Pfützen führte an einigen niedrigen Häusern vorbei. Irgendwo weiter hinten stand eine kleine Kirche. Hätte nicht die Sonne abendlich geschienen, wäre das mit Abstand der traurigste Ort gewesen, an dem ich jemals war. Noch dazu war ich vollkommen alleine auf der Straße. Ich weiß nicht, vielleicht war gerade Kirche oder eine Art Vollversammlung des Kollektivs, aber da war niemand. Ich stürzte mit dem Jungen im Arm in den erstbesten Hausflur und rief um Hilfe. Aber da war niemand außer einem vielleicht zehnjährigen Mädchen, das mich verschreckt ansah und gleich wieder hinter einer Türe verschwand. Ich schleppte den Jungen weiter, sah neben der Kirche eine Art Gasthaus oder Herberge und stolperte hinein. Ein dunkler Gastraum. Fünf oder sechs Tische, Stühle. Holzvertäfelung mit einer Art Bank die ganze Wand entlang. Ein Tresen, der unbesetzt schien. Ein einziger Tisch war besetzt. Daran saßen ein Uniformierter und ein Mann in einem formellen Anzug, seinen Hut auf den Knien haltend. Der Uniformierte sprang auf mich zu und hieb mir direkt und ohne Vorwarnung mit seinem Bierkrug mitten ins Gesicht.

Als ich wieder erwachte, war es dunkel. Ich musste dringend pinkeln. Ich stand auf und tastete mich bis zu einer Wand, an der ich mich erleichterte. Keine Ahnung, wo das war.

Irgendwann öffnete sich eine Türe und grelles Licht blendete mich. Ich spürte erneut einen Faustschlag und erwachte auf den Holzdielen eines hellen Zimmers. Der Uniformierte zog mich mit Gewalt an einen kleinen Tisch und zerrte mich auf einen Stuhl. Dann schüttete er mir einen Krug kalten Wassers ins Gesicht und setzte sich mir gegenüber.

Er starrte mich lange an und stellte mir Fragen in der gleichen seltsamen Sprache, die der Junge gesprochen hatte. Er wurde zunehmend lauter, brüllte irgendwann regelrecht und knallte schließlich mein Handy vor mir auf den Tisch. Es hatte einen Sprung im Display und ich sah, dass ein Anruf in Abwesenheit darauf eingegangen war. Isas Nummer. Also gab es hier doch irgendwo Empfang.

Der Uniformierte schob mir ein Stück Brot über den Tisch und einen Tonbecher mit Wasser. Ich trank, ließ aber die Finger vom Brot. Es sah alt und grau aus. Der Uniformierte stand auf, schüttelte den Kopf, sagte etwas, das resigniert klang und verließ den Raum. Hinter sich schloss er ab.

Ich blieb einige Tage in dem Raum. Drei um genau zu sein. Ich konnte durch ein kleines Fenster auf eine blühende Streuobstwiese und den Garten einer Schule sehen. Dort spielten Kinder, benahmen sich wie überall auf der Welt. Abgerissen und schmutzig, obwohl sie hellhäutig waren. Aber sonst wie alle Kinder auf der Welt. Das Einzige, was mir durch meine kleine Luke im Dorf auffiel, war das Fehlen jeglicher Technik. Zumindest in dem kleinen Ausschnitt, den ich sehen konnte. Keine Autos, keine Antennen, kein Strom, keine Musik.

Drei Tage in so einer Zelle boten Platz für viele Theorien zu meiner Lage und Situation. Verzweiflung wechselte sich mit fassungslosem Kopfschütteln und der Hoffnung ab, dass bald jemand käme und sich für das Missverständnis und die schlechte Behandlung entschuldigen würde.

Ich fragte mich schließlich, ob ich in etwas wie einer Mennonitengemeinde gelandet war. Aber waren die nicht eher im Norden? Paraguay und Mexiko? Oder eine Art chilenische Version der Amish? Colonia Dignidad reloaded? Die Kinder sahen so hell aus. Teutonisch, irgendwie. Und je mehr ich von ihrem Geschrei auf dem Schulhof mitbekam, desto deutscher kam mir die Sprache dann doch vor. Sprachen die Amish in diesem Harrison-Ford-Film nicht eine Art deutschen Dialekt? Alles war genauso altertümlich wie in dem Film. Nur war hier alles so undeutsch schmuddelig. Ich hatte mir die Amish retro, aber gleichzeitig extrem reinlich und sauber vorgestellt.

Hier herrschte der Verfall. Schimmel an den Wänden, bröckelnder Putz, undichte Fenster und Türen, zerschlagene Scheiben, Ruinen und Kinder, die vor Schmutz nur so starrten. Oder blickte ich durch meine Luke nur auf eine besonders unvorteilhafte Stelle?

Ich trank das Wasser und nahm gelegentlich einen Bissen von dem sauren Brot. Die getrockneten Würste und das geräucherte Fleisch ließ ich lieber liegen. Einmal bekam ich zwei schrumpelige Äpfel und etwas wie ein Schmalzgebäck mit Zucker. Als ich es aufbrach, waren weiße Blüten darin und deren Stängel. Es schmeckte nicht schlecht. Das beste, was ich seit meiner Gefangennahme bekommen hatte.

Am Morgen des vierten Tages wurde ich wieder niedergeschlagen. Ich kam im Inneren einer wackeligen Kutsche zu mir. Durch einige Ritzen konnte ich sehen, dass wir in einen etwas größeren Ort fuhren. Die Häuser waren in besserem Zustand als die im Dorf und die Menschen sahen nicht ganz so verwahrlost und verdreckt aus. Soweit das vom Inneren des Wagens aus zu beurteilen war. Wir fuhren in den Innenhof eines größeren Gebäudes. Als der Wagen stand, wurde mir ein Sack über den Kopf gezogen und man trieb mich mit Stockhieben in einen Raum. Das konnte ich an der veränderten Akustik hören. Dort wurde mir der Sack vom Kopf gezogen und die Türe verschlossen. Ich war wieder im Dunklen.

Als die Türe wieder aufging, kam ein Mann in einer ledernen Schürze zu mir in den Raum, riss mir brutal die Kleidung herunter und schrubbte mich mit eiskaltem Wasser ab. Ich musste meine verschmutzte Unterhose und meinen blutigen Wollpullover anziehen. Die Reste meiner Hose und meiner Weste bekam ich nicht wieder. Dann hieß es wieder warten. Ich habe keine Ahnung wie lange. Mir kam es unendlich vor. In kompletter Dunkelheit verliert man das Gefühl für die Zeit. Ich lag gegen eine Wand gepresst und versuchte mir die Zeit mit Träumereien von meiner Rettung und dem brutalen Niedermetzeln meiner Peiniger zu vertreiben. In meinen Gedanken floss viel Blut und Maschinengewehrsalven töteten die komischen Amish reihenweise. Obwohl ich von meiner Mennoniten-Amish-Theorie wieder abgekommen war. In meiner Harrison-Ford-Erinnerung waren das besonders friedliebende, gewaltfreie Menschen gewesen. Aber dafür war ich zu oft brutal niedergeschlagen worden.

Irgendwann, nach viel zu langer Zeit, öffnete sich die Türe wieder. Grelles Licht. Ich blinzelte und erkannte mehrere Uniformierte. Enge blaue Uniformen und seltsame hohe Huthelme in Schwarz und Gold. Sie prügelten mich mit ihren Stöcken in ein weißes Zimmer und drückten mich auf einen Holzstuhl. Durch ein Fenster konnte ich sehen, dass es Tag war. Man brachte mir wieder Wasser und Brot. Ich trank und aß ein wenig. Nur nicht zu gierig sein. Das wirkt schwach, dachte ich.

Ein Mann betrat den Raum. Er trug wie die anderen einen Schnurr-bart, hatte aber keine Uniform an. Sein Bart war länger und gekämmter als die der anderen. Er zog langsam seine seltsame lange Jacke aus und reichte sie zusammen mit seinem Hut an einen der Uniformierten weiter. Der Schnurrbärtige setzte sich mir gegenüber und schaute mich lange an. Dann sagte er etwas. Es schien eine andere Sprache zu sein als die der Umstehenden. Ich glaubte sogar einzelne Wörter zu verstehen: Tu und mons. Oder etwas Ähnliches. Aber einen Zusammenhang zwischen den Wörtern konnte ich nicht erkennen. Versuchte er etwa, auf Lateinisch mit mir zu sprechen? Ich hatte Latein in der Schule gelernt und wollte etwas antworten. Aber da Latein ja bei jedem Sprecher aus einem anderen Sprachkreis unterschiedlich ausgesprochen wird, erntete ich nur Kopfschütteln.

Nach und nach kamen weitere, ähnlich gekleidete Männer dazu. Als ein vierter Mann in Hut und Jacke den Raum betrat, verließen plötzlich alle anderen unterwürfig das Zimmer. Und plötzlich war da einer, der Spanisch mit mir sprach. Sehr ernst und bestimmt, mit deutlichem deutschen Einschlag, fragte er mich Dinge, von denen ich nichts verstand.

Protokoll der Befragung von Alberto Brunetti (41), Geographielehrer aus Bahía Blanca, Provincia de Buenos Aires, Argentinien. Durchgeführt von Franz-Xaver Bogenrieder, Oberster Amtsrat im exterritorialen Rayon Reisach/Vastago der Provinz Río Negro, Argentinien und der Región de los Lagos, Chile. Das Protokoll wurde auf Spanisch und Deutsch verfasst und liegt in beiden Sprachen vor.

Die Befragung fand am 16. Oktober 2016 um 10 Uhr im Amtshaus der Gemeinde Rieding/El Junco in spanischer Sprache statt. Der Aufgefundene, Alberto Brunetti, Lehrer in Beurlaubung der Escuela n 7 in Bahia Blanca/Pr. de Buenos Aires, geb. am 15. Februar 1975 in Bahia Blanca, Argentinien, ist zum Zeitpunkt der Befragung der deutschen Sprache nicht mächtig. Bezeugen kann die Richtigkeit des Protokolls niemand, da keines der in Rieding/El Junco anwesenden Judikativ- und Exekutivorgane der spanischen Sprache mächtig ist. In der Anlage zum Protokoll befindet sich eine eidesstattliche Erklärung unterschrieben von Oberamtsrat Franz-Xaver Bogenrieder, geb. 2. Juli 1962 in Reisach/Vastago, exterr. Rayon Arg./Chile wohnhaft ebenda.

Der aufgefundene Brunetti macht nach mehreren Tagen Gefangenschaft in Oberpfaffing/Parroquia Alta einen den Umständen entsprechenden Eindruck. Gesund, aber, da er lange fast komplett die Nahrungsaufnahme verweigert hat, ausgehungert. Er ist von den Riedinger/El Junco Exekutivorganen gewaschen, aber nicht mit neuer Kleidung versehen worden. Die Befragung fand in angespannter, von Seiten des Aufgefundenen, erst aggressiver, dann ängstlicher Stimmung statt. Oft war es nicht möglich, vom Aufgefundenen Antworten auf die Fragen zu erhalten. Seine Beschimpfungen sind hier im Protokoll wortwörtlich wiedergegeben.

Bogenrieder: Sie wissen, warum wir Sie aufgegriffen haben und hier gefangen halten?

Brunetti: Sie verdammtes Arschloch. Ich bin seit, was weiß ich, fünf Tagen eingesperrt. Die Vollidioten hier sprechen nur ihr Scheiß-Nazi-Deutsch, oder was auch immer das ist. Was meinen Sie denn? Ich habe mich mit einem der sympathischen Uniform-Nazis bei einem Gläschen

Nazi-Bräu hingesetzt und er hat mir liebevoll erklärt, warum ich hier bin? Ich habe so oft eine aufs Maul bekommen, dass ich das gar nicht mehr zählen kann. Sobald mein Cousin davon Wind bekommt, was hier abgeht, bekommen Sie sowas von Schwierigkeiten. Der kennt den Minister persönlich. Das können Sie sich selbst ausmalen, was dann passiert, Sie Würstchen. Was glauben Sie denn, wer Sie sind? Sie können sich doch nicht einfach irgendjemanden greifen und dann tagelang gefangen halten. Bei Wasser und sauren Steinen, die Brot sein sollen. Wir sind doch nicht bei Pinochet!

Bogenrieder: Ich werte das als ein ›Nein‹. Ist Ihnen die Firma Compañía Minera San Fernando de los Aguas, COMISAF bekannt? Wenn ja, welche Verbindungen unterhalten Sie zur COMISAF?

Brunetti: Ich verstehe nichts von dem, was Sie sagen. Bergbau? Ich bin Erdkundelehrer, Mann. Mit einem beschissenen Burnout. Außerhalb meines Schulatlas habe ich noch nie etwas mit Bergbau zu tun gehabt. Ich kenne die kleinen Förderturm-Symbole auf den Landkarten. Und ich kann Ihnen was über die Bodenschätze Argentiniens erzählen, wenn Sie wollen. Ich warne Sie, wenn ich irgendwelche Schäden durch meine Gefangenschaft davontrage, klage ich Sie in Grund und Boden. Ich hatte einen Hörsturz und höre rechts nur noch fünfzig Prozent. Ein Prozent weniger, wenn das vorbei ist und Sie zahlen bis an Ihr Lebensende. Sie persönlich, Sie brutales Arschloch!

Bogenrieder: Ich nehme das ebenfalls als ›Nein‹. Haben Sie Verbindungen zum Freistaat Bayern? Insbesondere zum bayerischen Innenministerium, namentlich dem Referenten Erhard Auer.

Brunetti: Ich wusste es. Das war also wirklich Deutsch. Ich war mir erst nicht sicher. Aber als ich die Nazifressen der Uniformschweine gesehen habe, ist mir klar geworden, dass ich die schon mal wo gesehen habe. Im Film Schindlers Liste! Als KZ-Wärter. Der Typ SS, oder?

Haben die Deutschen also auch hier ihre Finger drin. Immer wenn es um Geld geht, halten die ihr Säcklein auf. Überall auf der Welt. Was holen die jetzt hier wieder aus dem Boden? Uran? Und Sie sind der

Chef? Aber der Chef würde sich nie zu so etwas, wie es hier stattfindet, herablassen. Sie sind auch nur ein Handlanger. Einer mit Kompetenzen, aber ein Handlanger, oder? Auch einer von den Drecksnazis. Heil Hitler, Herr Sturmbannführer.

Bogenrieder: Ich notiere wieder ›Nein‹. Bitte intervenieren Sie, falls ich Ihre Aussagen falsch interpretiere. Wie sind Sie, ohne die vorhin genannten Verbindungen auf das Gebiet des exterritorialen Rayon Reisach/Vastago gelangt? Jeder Übertritt in das Gebiet des exterritorialen Rayon Reisach/Vastago ist sowohl von chilenischer als auch von argentinischer Seite verboten und wird streng bestraft. Sie müssen also von irgendwem Hilfe gehabt haben. Sonst säßen Sie schließlich nicht hier.

Brunetti (sein Tonfall wird weniger aggressiv, fast weinerlich): Hören Sie. Keine Ahnung. Ich bin in Altorio los und war nach ein paar Tagen Wandern auf einer Anhöhe. Ich habe mich blöd angestellt und bin abgestürzt. Natürlich gab es keinen Handyempfang und ich habe Leuchtraketen abgefeuert, um Hilfe anzufordern. Aus dem Torrente Refugio. Dann war da der Junge. Der schrie. Aber ich habe ihm wirklich nichts getan, wenn Sie das meinen. Der Junge ist weggelaufen, gestürzt, war bewusstlos und ich bin mit ihm ins Dorf. Die haben mich sofort eingesperrt. Mann, ich habe keine Ahnung, wovon Sie da reden. COMISAT oder wie das heißt, habe ich noch nie gehört und mit Bayern habe ich nichts zu tun. Ich war mal auf dem Oktoberfest bei uns in der Stadt. Aber ich bin eher ein Weintrinker. Bier ist mir zu primitiv. Aber ich habe auch nichts dagegen. Lassen Sie mich heim! Ich spreche über nichts von dem hier. Bitte!

Bogenrieder: Die Entscheidung darüber liegt nicht bei mir.

Brunetti: Ich habe Frau und Kind. Denken Sie doch an das Kind. Anya. Schauen Sie auf mein Handy, da sind ganz viele Bilder der Kleinen. Haben Sie Kinder? Sie haben doch ein Herz. Das mit dem Nazi habe ich nicht so gemeint. Mein argentinisches Temperament ist mit mir durchgegangen. Da sind Sie als Deutscher kühler, oder? (Auf Deutsch) Auf Wiedersehen, Prost, Volkswagen, Guten Tag, schnell.

Bogenrieder: Ich weiß nicht, was ich mit Ihnen weiter anstellen soll. Ich nehme Ihre Aussage auf. Aber über Ihren Verbleib muss eine höhere Instanz entscheiden. Ich stelle Ihnen jetzt noch einige Fragen zu Ihren persönlichen Habseligkeiten. Ist dies Ihr mobiles Telefon?

Brunetti: Ja.

Bogenrieder: Sind dies Ihre Jacke, Ihre Hose, Ihre Wanderschuhe und Ihre Kappe?

Brunetti: Ja.

Bogenrieder: Sind dies Ihr Wanderrucksack und Ihr Wanderstock?

An dieser Stelle der Befragung gerät der Aufgegriffene außer Kontrolle. Er greift sich den auf dem Tisch liegenden Wanderstock und schlägt auf mich ein. Ich nehme die Arme schützend hoch und kann so das Schlimmste abwenden.

Brunetti (schreit): Ihr wollt mir doch etwas unterschieben. Wusste ichs doch. Ihr Nazis!

Ich rufe auf Deutsch um Hilfe und zwei Gendarmen, Franz Hofreiter und Kilian Schwabinger, die vor der Türe Wache halten, sind sofort zur Stelle. Einer schafft es, den Aufgegriffenen zu fixieren. Doch Brunetti schlägt und sticht um sich und rammt dem zweiten Gendarmen Schwabinger den Wanderstock in den Hals. Schwabinger geht sofort zu Boden. Sogleich eilen weitere Gendarmen herbei und überwältigen Brunetti. Wenige Minuten später ist der Riedinger/El Junco Mediziner Dr. Untersberg da und kümmert sich um den verletzten Schwabinger.

Die Gendarmen fesseln und knebeln Brunetti und bedecken seinen Kopf mit einem Sack. Vom Amtshaus wird der Gefangene über unbelebte Seitengassen direkt in die Arrestzelle am Bahnhof verbracht. Von dort soll er direkt nach Reisach/Vastago transportiert werden. Schwabinger wird medizinisch versorgt und ist gegen Mittag sogar wieder in der Lage eine kleine Mahlzeit und ein kleines Bier zu sich zu nehmen.

Gezeichnet Rieding, El Junco, den 16. November 2016, Franz-Xaver Bogenrieder, Oberster Amtsrat

Bericht von Alberto Brunetti. Fortsetzung

Die Informationen, die ich aus dem Gespräch mit dem Mann namens Bogenrieder ziehen konnte, waren nicht ergiebig: Ich war in einer Art Sperrgebiet gelandet. Aus Versehen. Irgendetwas Exterritoriales. Weder Argentinien, noch Chile. Es gab eine Verbindung zum Bergbau und zu Deutschland oder Bayern.

Mein Angriff auf den Polizisten hatte kaum Veränderungen im Verhalten der übrigen Uniformierten zur Folge. Ich wurde wieder niedergeschlagen, erwachte und hatte das Gefühl in einem Zug zu sitzen. Später in einer Kutsche. Noch später wieder in einer Zelle. Man brachte mir wieder Brot und Wasser. Dann saß ich wieder alleine im Dunklen.

Eines Tages, ich habe keine Ahnung, wie viel Zeit ich in meinem neuen Gefängnis zugebracht hatte, ergab es sich, dass einer der Wächter bei der Essensausgabe die Türe einen Augenblick offen stehen ließ, und ich davonlaufen konnte. Ich stieß auf so gut wie keine Gegenwehr. Es war Mittag oder Nachmittag. Ich schaute nur kurz auf die Sonne und lief in die Richtung, die ich für Westen hielt. Nach Argentinien. Nach Hause. Zu Isa und Anya. Schnell lief ich durch die Straßen der kleinen Stadt. Nur weg! Das Einzige, was mir im Vorbeirennen auffiel war, dass alles unglaublich alt wirkte. Keine Autos, keine Antennen, keine bunte Reklame. Ich rannte auf einen Fluss zu und weiter an dessen Ufer entlang. Bis zu einer Stelle, an der eine kleine Kiesbank in der Mitte des Flusses auf eine Furth hindeutete. Ich war am Ende meiner Kräfte. Ich watete durch das Wasser, fand auf der Insel eine kleine Weidenhütte, die wahrscheinlich von Kindern als Versteck gebaut worden war, und kauerte mich hinein. Bis mich Joseph fand und in die Pension Grüner Baum brachte.

Was mir die Indiofrau und der hässliche Einheimische dort erzählten, verwunderte mich nicht mehr sehr. Die ehemalige Kolonie einer deutschen Provinzmacht. Vergessen und zurückgelassen. Übriggeblieben und gefangen in einer Zeitschleife des 19. Jahrhunderts. Nach meinen Tagen im Knast des 19. Jahrhunderts wunderte mich gar nichts mehr.

Die Indiofrau, Ipi, erklärte mir, dass es keine Chance auf ein Telefonat gäbe und sie sich nicht einmal sicher sei, ob ich mit einem Handy hier telefonieren könne. Wir seien hier so weit ab vom Schuss, sagte sie. Nicht einmal sie und ihre Familie oben in Argentinien hätten Handys. Dort, wo sie lebten, gebe es ebenfalls keinen Empfang. Also musste ich so schnell wie möglich rüber nach Argentinien. Zumindest aber raus aus dem Gebiet der seltsamen Bayern. Meine beiden Retter waren genauso ratlos wie ich.

Was wir alle drei nicht verstanden, war, warum mein Gegenüber bei der Befragung plötzlich doch Spanisch gesprochen hatte. Und auch noch so gut. Das widersprach der These vom von der Welt vergessenen Land, gefangen im Gestern. Irgendeine Verbindung ins Jetzt schien es also doch zu geben. Ob das etwas mit der Frage nach COMISAF oder der bayerischen Regierung zu tun hatte? Aber staatenunabhängiges Gebiet zwischen Argentinien und Chile, das hätte ein argentinischer Erdkundelehrer wie ich doch gewusst, oder? Und dann noch ein Gebiet, an dem in irgendeiner Form ein Bergbauunternehmen interessiert zu sein schien? Bodenschätze. Aber welche? So wertvoll, dass sie so ein Brimborium darum veranstalteten. Ipi und Joseph sahen mich nur ahnungslos an. Was hätte ich an dieser Stelle für einen Internetzugang gegeben. Einmal COMISAF gegoogelt und schon hätten wir mehr gewusst.

Joseph erklärte mir noch, mit Hilfe der Übersetzung der Indiofrau, dass er auf der Suche nach einem Jungen sei, dem Jungen, der mir nach meinem Sturz ins 19. Jahrhundert begegnet war und den ich so erschreckt hatte. Er erzählte mir, dass er Benno hieß und verschwunden war. Ich hatte sofort ein schlechtes Gewissen. War ich dafür verantwortlich?

Weil ich ihn so erschreckt hatte, war er gestürzt, hatte sich verletzt und war von mir ins Dorf getragen worden. Die Polizisten, oder die SA, oder was auch immer die waren, hatten mich mit ihm gesehen und jetzt war er genauso verdächtig wie ich. Schlimmer als bei Pinochet.

Bericht von Joseph Kiener. Fortsetzung

Worüber ich mit keinem der beiden sprach, waren meine Gedanken vom großen Platz, die ich in den Tagen vor dem Auftauchen des Teufels gemacht hatte. Was es bedeuten würde, wenn alle Neubayern von der Existenz des Jetzt erfahren würden. Wie würde sich das Leben hier verändern oder sogar verbessern? Ipi war für mich inzwischen der Beweis, dass das Jetzt besser war als das Gestern. Aber was bedeutete es für den Saillerbauern? Für die Schwarzbäuerin? Würden die mit so einem Zauberbild vom Engel etwas anfangen können. Und zu welchem Land würden wir dann gehören? Argentinien, Chile oder Bayern? Oder dieses Deutschland, von dem ich zum ersten Mal gehört hatte. Würden wir alle weg müssen von unseren Höfen und nach Echtbayern geschickt werden? Ich konnte doch nicht über das Meer fahren. Tagelang dauerte das. Hatte der Teufel erzählt. Zwei Wochen fuhr so ein Schiff, sagte er. Deswegen würde man heutzutage fliegen. Das dauere nur einige Stunden. Fliegen. Was passierte mit meinem Zuhause, meinen Fischen, wenn ich über das Meer nach München flog? Mit dem Wirt, der Pfafflbrücke, unserer Kirche, dem oberen Goaßweg?

Ich fühlte mich verantwortlich. Für Ipi und den Teufel. Zwei unbedarfte Kinder in Neubayern, die nicht auf die Straße durften. So fühlte es sich zumindest an. Und draußen im Jetzt wäre es wahrscheinlich genau umgekehrt. Ich das Kind und sie die Erwachsenen. Irgendwas musste in den nächsten Tagen geschehen. Schließlich konnten wir nicht ewig in der Pension Grüner Baum sitzen und warten. Und mein Geld würde nicht ewig reichen. Also setzten wir uns nach dem Mittagessen zusammen und berieten uns. Der Teufel wollte so schnell wie möglich zurück nach Hause. Raus hier. Ipi wollte nach Perchtling. Auch so schnell wie möglich. Und ich musste Benno finden. Am besten noch schneller als die beiden anderen Dinge.

Irgendwie lähmte mich die Macht, die in meiner Entscheidung lag. Plötzlich hatte eine einzige Entscheidung so viel Gewicht. Ipi verstand, dass ich mich zuerst um Benno kümmern wollte und dass sie nicht mitkommen konnte. Sie sagte, sie würde hier in der Pension warten, bis ich zurück sei. Der Teufel beharrte auf seinem Recht, als allererstes von mir persönlich nach Argentinien gebracht zu werden. Seine Frau und seine Tochter seien bestimmt schon krank vor Sorge und ich als Bewohner von Neubayern sei quasi mitverantwortlich für all das Leid, das man ihm schon zugefügt habe, und deshalb sei es meine Pflicht, ihn sofort hinüber zu bringen.

Mir war das alles zu viel.

Um klarer denken zu können, spazierte ich wieder durch die Straßen von Reisach. Auch ein bisschen, um die Lage in der Stadt auszukundschaften. Aber es waren weder besonders viele Gendarmen noch Amtmänner unterwegs.

Im Auf- und Abgehen auf dem großen Platz dachte ich meine Optionen noch einmal durch. Eigentlich gab es nicht wirklich welche. Ich musste Ipi in der Pension zurücklassen und den Teufel mitschleppen, um ihn irgendwie nach Chile oder Argentinien zu bringen. Ich hatte keine Ahnung, ob Romansbrunn in der Nähe der Grenze zu einem der beiden Länder lag, aber der Teufel schließlich auch nicht. Und Romansbrunn war meine nächste Station. Das stand für mich fest.

Der Wackiwacki=Mann

❧

Bericht von Johann Schwarz. Fortsetzung

ach der Messe bin ich wieder an der Pfaffl gesessen und war sehr wütend auf meine Eltern. Weil sie mich geschlagen hatten, obwohl ich pünktlich in der Kirche gewesen wäre, wenn sie mich nicht geschlagen hätten. Und die Mutter hat mir sogar noch extra eine gelangt. Und ich war wütend auf den Benno, weil er weg war. Das Pfafflufer war ein angenehmer Ort, wenn man sich nicht gut fühlt.

Bis die Elsi auf einmal vor mir gestanden ist und mir gesagt hat, dass der Kiener jetzt unterwegs ist. Unter anderem, um den Benno zu finden und dass ich mich gefälligst um seine Drecksfische kümmern soll.

Mir war zwar Angst und Bang um den Benno, und ich hätte schon Hilfe vom Kiener gebrauchen können, um ihn zu suchen. Aber ich hätte es auch alleine geschafft und auf keinen Fall den Kiener ohne mich gehen lassen.

Ich bin ihm dann einfach hinterher. Die Fische habe ich den einen Traublingerbuben machen lassen. Welchen von den beiden weiß ich selber nicht. Die schauen sich eh so gleich. Ich habe ihm einfach einen zehn Kreuzer pro Woche versprochen. Keine Ahnung, wo ich das hätte hernehmen sollen.

Um die Sorgen meiner Eltern machte ich mir keine Gedanken. Der Bruder hat mir schon leid getan.

Ich habe heimlich meine Sachen eingepackt und bin gleich los, um den Kiener noch einzuholen. Am Nachmittag war ich auf der Straße. Bis Schoham konnte der Kiener nur den einen Weg nehmen. Weil es nur den gab. Bis dahin würde ich ihn schon eingeholt haben.

Auf der Schohamer Landstraße habe ich aber dann doch Angst bekommen, weil ich befürchtet habe, nicht schnell genug zu sein. Also bin ich gerannt. Aber ich bin so rasch außer Atem gewesen, dass ich mich an den Wegrand hinsetzen musste, um auszuruhen.

Ich bin dann ungefähr zehn Minuten so da gesessen und dann kurz im Wald verschwunden, um zu pieseln. Als ich zurückgekommen bin, habe ich von weitem einen Ochsenwagen gesehen. Den habe ich anhalten wollen, vielleicht konnten die mich ja ein Stück mitnehmen.

Der Wagen war sehr schnell für ein Ochsengespann. Fast wie ein Rossfuhrwerk. Es ist immer näher gekommen und ich habe mich in die Mitte der Straße gestellt, damit ich auch sicher sein konnte, dass der Lenker mich auch wirklich sieht. Aber statt anzuhalten, sind die glatt an mir vorbei gefahren. Der Ochsenknecht auf dem Bock, ein unbekannter Mann, und die Elsi hinten auf der Pritsche. Eigentlich kann man auf so einen Wagen ja, während er fährt, aufspringen. Aber die haben einfach so getan, als würde da gar niemand stehen. Als wäre ich unsichtbar. Ich habe denen noch laut hinterhergerufen, was das soll. Aber die Elsi hat nur den Kopf eingezogen und auf die Seite geschaut. Als ob sie mich nicht genau gesehen hätte. Die hochnäsige Kuh. Kommt immer nur an, wenn sie was von einem braucht. »Sag dem Papa, dass er mir noch was schuldet. Und sag ihm, dass er sich damit beeilen soll, sonst muss ich mit der Mama reden.«

Nachdem meine Wut etwas verraucht war, bin ich dann weiter die Landstraße entlang gegangen. Langsamer. Ein bisschen habe ich angefangen, nicht mehr daran zu glauben, dass ich den Kiener jemals einholen würde. Aber es war warm und ich fühlte mich ganz leicht. Fast wie wenn ich an der Pfaffl sitze und die Kirche schwänze. Wahrscheinlich weil ich raus war aus Oberpfaffing.

Nach ein paar Stunden Marsch war ich in Schoham. Dort war eine große Kreuzung. Bachern, Egenkofen und Russlach, Rieding oder zurück nach Oberpfaffing. Ich hatte das Gefühl, dass es überall besser sein würde als in Oberpfaffing.

In Schoham gab es ja nur ein paar Höfe und die Kapelle. Aber vor allem gab es dort keinen Kienerjoseph. Auch die beiden Kinder, die ich auf der Straße angesprochen habe, hatten vor dem Ochsenkarren mit der Elsi und auch seitdem niemanden die Landstraße entlanggehen sehen. Wohin konnte der Kiener gegangen sein? Vielleicht nach Rieding. Da war er erst mit mir und der Mutter gewesen. Bestimmt hatte er da irgendetwas herausgefunden, von dem er mir nichts erzählt hatte. Und jetzt war er wieder dorthin zurück, um noch etwas zu erledigen.

Ich wollte nur noch schnell aus dem Brunnen trinken, meine Flasche auffüllen, bevor ich mich auf den Weg nach Rieding machen wollte. Ich trank eine Handvoll und hielt meine alte Bierflasche mit dem Bügelverschluss unter das Wasser. Auf einmal waren da vier Buben, die sich um mich herum aufstellten. Zwei so alt wie ich, zwei ungefähr fünfzehn oder noch älter. Alle vier barfuß mit zerfetzten Hosenbeinen und dreckigen Händen und Gesichtern. Einer kam mir vor wie der Anführer der Bande. Er nahm mir meine Flasche weg, warf sie ins Gras und drängte mich an die Brunnenwand.

»Das kostet dich aber was. Oberpfaffinger kriegen hier nichts umsonst.«

»Ich will nur das Wasser für unterwegs. Dann bin ich schon wieder weg.«

»Da musst du schon was springen lassen.«

Und der zweite Fünfzehnjährige: »Eine Flasche Wasser, ein Gulden.«

»Schau ich aus, als ob ich Geld dabei hätte?«

»Du stinkst nach Geld. Gespickte Oberpfaffinger mit Schuhen haben Pulver ohne Ende.«

»Ich habe nichts. Es ist doch nur Brunnenwasser.«

»Nur Brunnenwasser?« Er schaute sich belustigt zu seinen Freunden um. »Feinstes Schohamer Quellwasser. Das Beste im ganzen Land!« Die anderen lachten. »Was können wir denn da machen? Irgendwie musst du das Wasser bezahlen. Hier gibt es nichts umsonst, Oberpfaffinger.«

»Ich schütte es wieder in den Brunnen.«

»Jetzt ist es schon drin in der Flasche und in dir.«

»Ich treffe in Rieding einen Freund, einen Erwachsenen, der hat Geld. Ich lass mir von dem welches geben und zahl es euch auf dem Rückweg. Ohne Schmarrn.«

Ich dachte, dass ich mich vielleicht mit so einer Geschichte freilügen könnte. Ich wollte keinen Ärger. Aber die Bande war nicht dumm. Die waren auch nur auf Ärger aus und nicht wirklich auf Geld. Sonst hätten die sich nicht mit einem Bürschchen wie mir abgefunden und einen Kramer oder erwachsenen Reisenden abgezogen.

»Erzähl uns keinen Krampf, Oberpfaffinger. Du hast keinen Freund. Oberpfaffinger haben keine Freunde auf der ganzen Welt. Und verarschen brauchst du uns nicht.«

Einer der jüngeren: »Schau nach, was er in seinem Beutel hat?«

Er riss mir meinen Reisesack aus der Hand und leerte ihn auf die Straße. Da waren nur ein Jancker, von der Oma gestrickte Socken, ein Hemd zum Wechseln und mein Schnitzmesser drin.

»Das reicht nicht, Oberpfaffinger.« Der Junge schüttelte mitleidig den Kopf.

»Das ist alles, was ich dabei habe.«

»Da musst du uns leider noch mehr geben.«

Ich hielt von da an lieber meinen Mund. Der zweite Jüngere zeigte auf meine Hose: »Die schaut doch noch ganz gut aus, oder?«

Jetzt fing der erste Fünfzehnjährige an zu lachen: »Genau. Und das Hemd auch. Ist besser als unsere Fetzen. Ich nehm sogar die stinkende Unterhose und seine Strümpfe.«

Alle vier lachten jetzt. »Los, runter damit.«

Ich versuchte mitzulachen. Ich hoffte, dass das alles nur ein Witz war. Aber in dem Moment hörten die vier wieder auf zu lachen.

»Das ist kein Witz, Oberpfaffinger. Zieh dein Zeug aus!«

Meine letzte Hoffnung war, den Vieren einfach davonzulaufen. Ich sprang auf, stieß den Kleinsten um und lief, so schnell ich konnte. Die vier waren erstaunt, dann rannten sie hinter mir her.

Ich lief zuerst in Richtung Rieding auf der Landstraße und hatte schnell einen Vorsprung. Wahrscheinlich wegen meiner Schuhe. Die vier Schohamer waren barfuß. Ich bin nicht sehr sportlich und die vier holten irgendwann auf. Im Laufen überlegte ich mir, dass ich vielleicht im Wald doch wieder schneller sein könnte als die vier Burschen. Mit meinen Schuhen über Stock und Stein und die ohne. Also rannte ich bei der ersten Gelegenheit in den Wald hinein. Um die Bäume herum, über einen Bach, immer weiter. Trotzdem hörte ich sie immer näher kommen. Der Waldboden war weicher als gedacht. Nur Gras und Tannennadeln, und die Fußsohlen der Vier waren mindestens so zäh wie meine Schuhsohlen.

Doch plötzlich war es still. Kein Geschrei mehr und kein Rascheln mehr. Ich lief langsamer. Immer noch nichts. Ich blieb stehen. Es war ganz ruhig im Wald. Nicht einmal Tiere waren zu hören. Ich blickte mich um. Bäume hinter Bäumen, Moos, Farn und Gras. Dazwischen Sonnenflecken. Keine Fieslinge aus Schoham. Ich wartete ein bisschen und als ich immer noch nichts hörte, drehte ich um und ging vorsichtig zurück. Heute wundere ich mich, dass ich damals so mutig gewesen bin.

Nicht weit entfernt sah ich schon den ersten. Den Anführer. Er lag auf dem Boden. Blut auf der Stirn. Ich war mir sicher, dass er tot war. Ich hatte schließlich schon mehrere Tote in meinem Leben gesehen. Den Ebner, die Ranningerin und den alten Wimmer natürlich. Neben ihm mein Bündel mit meinen wenigen Habseligkeiten. Ein paar Meter weiter der zweite und der dritte Schohamer, die beiden jüngeren. Beide mit blutiger Stirn. Was war da passiert? Den vierten, den zweiten Fünfzehnjährigen, sah ich nirgends. Ich ging zum Anführer zurück und schaute nach, ob er wirklich tot war. Aber er atmete noch. Die beiden anderen auch. Zum Glück. Oder nicht. Aber drei bewusstlose Scheißkerle irgendwo im Wald und ich mittendrin. Ohne dass ich mich genau erinnern konnte, aus welcher Richtung ich gekommen war. Was, wenn die Arschlöcher zu sich kommen? Mitten im Wald. Was wenn die aufwachten und dachten, dass ich sie umgehauen habe? Ich musste weg. Aber wohin? Ich schaute mich um.

Mir kam es so vor, als ob jemand hinter einem großen Baum stehen würde. Der Vierte? Scheißwald, Scheißbäume. Wie soll man denn da einen Menschen entdecken. Ich rief »Heda!« und »Komm raus!« Vielleicht hatte er ja Angst und dachte, dass ich ihn, wie die anderen, umhauen würde. Ich war schon fast selbst davon überzeugt, die drei alleine umgehauen zu haben. Und nicht irgendeine geheimnisvolle Macht.

Ich rief: »Ich sehe dich doch. Komm raus, dann tue ich dir nichts.«

Nichts rührte sich mehr. Vielleicht hatte ich mich getäuscht. Vorsichtshalber rief ich nochmal: »Komm raus, sonst hau ich dich um. Wie die anderen.«

In dem Moment fing irgendwo über mir jemand an zu lachen. Und von woanders hörte ich eine zweite Stimme und eine dritte und eine vierte. Vielleicht sogar noch mehr. Ich schaute nach oben. Im Baum über mir saß einer und lachte. Ich schaute in die Richtung, aus der ich weiteres Gelächter zu hören glaubte. Jetzt sah ich, dass in einem Busch ein Zweiter saß. Das waren also die, die die Scheißkerle umgehauen hatten.

So lernte ich die Wilden kennen. Eine Gruppe von fünf Burschen, fast noch Buben wie ich, aus Russlach, Bachern und Rieding. Sie hatten gesehen, wie mich die Bande aus Schoham verfolgt hatte und drei davon mit Schleudern umgehauen. Der Vierte war zurück in Richtung Landstraße entkommen.

Die Wilden nahmen mich mit in ihr Waldlager und gaben mir etwas zu essen und zu trinken. Sie sagten, dass sie alleine und heimlich im und vom Wald lebten, und nur manchmal in die Dörfer gingen, um etwas von den Bauern zu stehlen. Nicht oft, damit man sie nicht finden würde. Ich fragte sie, warum sie die Scheißkerle aus Schoham umgehauen, mich aber in ihr geheimes Lager mitgenommen hätten. Weil ich einer von ihnen sei, sagten sie. Ein Wilder. Das hätten sie sofort gespürt. Und ein Wilder hilft den anderen Wilden. So sei es ausgemacht.

Später erzählten sie mir noch, warum sie im Wald lebten, und dass es eigentlich noch einen sechsten Wilden gäbe, den sie mir aber noch nicht zeigen konnten.

Die Wilden, das waren die fünf Schüler, die drei Jahre zuvor, weil sie so gut in ihren Schulen gewesen waren, nach München geschickt werden sollten. Zum Lateinlernen. Wie seinerzeit der Dobler aus Oberpfaffing. In Rieding waren sie alle zusammen in einem Raum im Bahnhof gesessen, hatten auf ihre Weiterreise nach München gewartet und dann war etwas geschehen, das sie zu dem Entschluss gebracht hatte, abzuhauen und im Wald zu leben. Was das war, konnten sie mir nicht erzählen. Zuerst aber wollten sie ihr Lager abbrechen. Denn der vierte Scheißkerl war bestimmt schon auf dem Weg zu den Gendarmen oder vielleicht auch nicht. Jedenfalls wollten sie das Risiko nicht eingehen, entdeckt zu werden. Sie bauten die Zelte ab, packten ihre paar Sachen zusammen und verwischten in wenigen Minuten alles so gut, dass man keine Spuren vom Lager mehr erkennen konnte. Ich zumindest nicht. Nur ein kleines Zeichen für den sechsten Wilden wollten sie hinterlassen, damit der wusste, wo der Rest der Bande hingegangen war.

Auf dem Weg zum neuen Lagerplatz erzählten sie mir, wie sie hießen und woher sie kamen. Lorenz aus Russlach, Adolf und Georg aus Bachern, Wenzel aus Rieding und Alto aus Arnried an der Pfaffl. Der sechste würde Rom heißen. Mit kurzem ›o‹, erklärte mir Alto. So einen Namen hatte ich noch nie gehört. Aber Alto eigentlich auch nicht.

Wir gingen eine ganze Weile. Bis wir plötzlich vor einem großen Findling standen, der in der Mitte gespalten war. Georg ging als erster in den Spalt. Wir anderen folgten.

Nach wenigen Metern wurde es geräumiger und man konnte in eine Art Höhle unter die eine Hälfte des Findlings schlüpfen. Den Unterschlupf nannten sie ›beim Tot-Has‹. Alto und ich sollten gleich noch einmal hinausgehen und Reisig, Moos und Gras suchen, damit wir uns in der Höhle eine Unterlage bauen konnten. Außerdem sammelten wir noch einiges an trockenem Holz für ein Feuer.

Ich war zwar noch etwas eingeschüchtert, trotzdem fühlte ich mich in Altos Gegenwart schnell so sicher, dass ich ihm von Benno und dem Kiener erzählte. Er fand es sehr ritterlich, dass ich mich so um meinen Freund sorgte und mich so für seine Rettung einsetzte.

»Dann ist dein Freund auch einer von uns. Der achte Wilde.«

Als wir ins Lager zurückkamen, pfiff der Alto einmal kurz, um uns anzukündigen. Die gepfiffene Antwort klang ungewöhnlich. So ungewöhnlich, dass mich Alto beiseite nahm, um mit mir zu sprechen.

Er fragte: »Hans, was weißt du über die Perchtln?«

Eine komische Frage. Von meinen Schulkameraden glaubte keiner an die Perchtln. Das war etwas für die Erwachsenen. Da hätte ich ja auch an das Christkind glauben können oder den König Ludwig. »Dass sie ein Schmarrn sind. Dass es die nur gibt, damit wir Kinder Angst haben. Und damit die Erwachsenen an den heiligen Andreas glauben können. Aber ich glaub da nicht dran. So viel Blut. Genau wie beim Jesus.«

»Und wenn ich dir jetzt sagen würde, dass unser sechster Wilder ein Perchtl ist?«

»Dann lügst du.«

»Es ist aber so. Der Rom ist ein Perchtl. Aber die Perchtln sind nicht das, was die andern glauben. Es sind Menschen. Die schauen nur anders aus und reden eine andere Sprache. Aber wenn man es ihnen beibringt und sie sich ein bisschen bemühen, reden die wie wir.«

Ich bekam es doch mit der Angst.

»Was erzählst du da? Du willst mich verarschen. Du willst schauen, ob ich Angst habe und mich trotzdem noch in die Höhle traue, oder? Ob ich wirklich ein echter Wilder bin, oder? Und dann gehe ich rein und ihr macht ›Buh!‹ mit einer Maske vom Perchtllauf und alle lachen, oder?«

»Nein, Hans, der Rom ist da, deshalb haben die anderen so gepfiffen wie ein Erdratz. Damit ich dich vorwarnen kann.«

Und so erfuhr ich, dass es die Perchtln gibt, und gleichzeitig, dass es sie nicht so gibt, wie es immer alle erzählt hatten. Und alles andere auch.

Mir grauste es am Anfang sehr vor dem Rom. Er war nur so groß wie ich, vielleicht sogar kleiner. Er sprach mit einem komischen Akzent und einer tiefen Stimme wie ein Erwachsener. Seine Haut war dunkel und wie Leder und seine Haare pechschwarz und lang. Die anderen Wilden hatten schon Bartflaum und versuchten, sich Schnurrbärte stehen zu lassen. Der Perchtl aber, obwohl er schon älter zu sein schien, war glatt im Gesicht wie ich.

Aber er war nett. Er lachte viel. Abends am Feuer sang er ein lustiges Lied in einer fremden Sprache und die anderen Wilden brummten den Refrain mit. »Kuckuck Rascha« oder so ähnlich. Er konnte meinen Namen nicht richtig sagen und nannte mich ›Chans‹. Er machte uns Bergratz auf dem Feuer und sang noch mehr.

Als wir mit den Zeltplanen zugedeckt einschliefen, war Oberpfaffing weit weg. Noch weiter als in Wirklichkeit.

Von da an lernte ich, ein Wilder zu sein, wie die anderen. Wir sammelten Holz und Schwammerl und Kräuter. Wir fingen Hasen und Bergratzen in Fallen. Einmal gingen wir bis nach Rieding und stahlen dort auf dem Markt ein Messer, einen großen Sack Kartoffeln, Salz und ein Brot. Mit dem Messer rasierten sich die bayerischen Wilden am Abend gegenseitig und schnitten sich die Haare. Rom lachte sie aus.

Am Tag darauf zogen wir zum zweiten Mal um. In die Höhle am Rupertsloch. Die Wilden hatten mehrere Verstecke, die sie alle paar Tage wechselten, um nicht entdeckt zu werden. Ich wurde dabei mehr und mehr zum Spezialisten fürs Spuren verwischen. Aber ich glaube auch, dass das unnötig war, denn gesucht hat uns niemand.

Von Rom erfuhr ich einiges über die Welt, aus der er stammte. Er erzählte mir auch über sein Land namens Argentinien, von selbstfahrenden Wagen und sich von selbst bewegenden Bildern. Ich begann einige Zusammenhänge zwischen dem, was dem Benno passiert war, und den Geschichten von Rom zu erkennen. Das mit dem Rot und der fremden teufelhaften Sprache und so. Aber eigentlich interessierte mich das alles fast nicht mehr, denn im Kreise der Wilden ging es mir so gut wie noch nie in meinem Leben. Ich fühlte mich verstanden und nicht bevormundet. Meinem Freund Benno, das wusste ich, hätte es bei den Wilden genauso gut gefallen.

Benno war der einzige Haken, der mich noch in meiner Vergangenheit zurück hielt. Ohne Benno, glaube ich, hätte ich genauso schnell wie die anderen Wilden vergessen, woher ich kam. Aber auch diese letzte Erinnerung begann langsam immer unwichtiger zu werden.

Wir waren gerade dabei, unsere Sachen zusammenzupacken, um wieder einmal in ein neues Lager umzuziehen. Ich fegte mit einem Tannenzweig die Höhle aus und streute altes Laub und Reisig auf dem Boden aus. Rom und Adolf hatten das neue Lager schon ausgekundschaftet und bereits einige Sachen dorthin gebracht. Wir wollten nur noch unsere beiden Fässer mit Quellwasser auffüllen, denn im neuen Lager, das alle nur den ›Hochsitz‹ nannten, war sauberes

Wasser nicht die ganze Zeit verfügbar. Also gingen Alto und Lorenz mit ihren Kraxen in Richtung Rupertsloch. So nannten wir unsere Hauptquelle, weil dort der heilige Rupert einem Wanderer erschienen sein soll. Nach nur wenigen Minuten kamen sie ohne Wasser, sehr käsig im Gesicht und aufgeregt zurück. Sie hatten etwas gefunden, das wir uns unbedingt ansehen sollten. Alle sieben liefen wir los. Hinter einem Hügel in einer Mulde, nur noch wenige Schritte vom Rupertsloch entfernt sahen wir es. Da lag ein Mann. Regungslos wie die Scheißkerle aus Schoham. Schon wieder einer bewusstlos. Statt Kleidung trug er ein grelles Leuchten. Ich konnte fast nicht hinsehen, so sehr blendete es mich. Ein gelbes, kaltes Leuchten. Auch die anderen Wilden waren erschrocken.

Lorenz erzählte, dass ihn der Mann überrascht habe und er ihn vorsichtshalber mit einem Stock niedergeschlagen habe.

Georg ging langsam auf den Mann am Boden zu. »Der lebt noch. Zum Glück«, rief er und »Das ist bloß seine Weste, die so leuchtet.« Wir anderen kamen hinterher. Georg hatte den Kopf des Mannes zwischen seine Knie genommen und hielt ihn mit beiden Händen fest. Der Mann röchelte. Dann öffnete er die Augen. Als er Georg sah, fing er an zu schreien und zu rufen. Aber in einer Sprache, die ich noch nie gehört hatte. Die anderen Wilden ließen Rom näher an ihn heran, aber auch der wusste nicht, was das für eine Sprache sein sollte. Dann haute Lorenz ihm zum zweiten Mal mit einem Stock auf den Kopf. Der Fremde wurde wieder ohnmächtig. Adi öffnete die leuchtende Weste des Mannes und sein Hemd. Weil wir das Gefühl hatten, er könne so besser Atmen. Weil wir wollten ja nicht, dass er starb. Sonst sahen wir nur seine mittlerweile zwei Verletzungen am Kopf. Alto und Rom fesselten ihn. Lorenz und Wenzel suchten die Umgebung ab. Der Mann musste ja von irgendwoher gekommen sein und vielleicht hatte er ja etwas bei sich gehabt, das uns mehr über ihn verriet. Wir fanden eine lange, rotweiß gestreifte Stange und einen kleinen, schwarzen Kasten aus einer Art Eisen. Der Kasten gab seltsame Geräusche von sich. Er knirschte und rauschte und manchmal klang es fast so, als wäre in dem Rauschen auch eine Stimme zu hören. Rom sagte, dass er das kenne und dass das eine Maschine sei, mit der man über lange Strecken hinweg miteinander sprechen könne. Ein Wackiwacki oder so ähnlich. Ich fragte ihn, ob das, was wir da hörten, die Stimme eines anderen Menschen sei, von weit weg. Rom sagte ja. Aber er sagte auch, dass er den Mann genauso wenig wie wir verstehen könne.

Der Wenz kam jetzt noch mit einem weiteren Ding an, das er im Wald gefunden hatte. Eine Art Fernrohr auf einer Stange. Wir schauten hindurch. Aber das Fernrohr vergrößerte nichts. Beim Durchschauen war alles genauso groß und weit weg wie vorher. Man sah eine Art Kreuz.

Der Mann lag jetzt schwer atmend auf Georgs Schoß und sagte gar nichts mehr. Das Wackiwacki rauschte und knackte und ab und zu hörten wir eine Stimme, die etwas fragte. Wenn man ganz genau hin horchte, klang ein Wort fast wie ›Ralph‹. Aber das ›R‹ konnte auch ein ›L‹ sein. Oder irgendwas dazwischen: »LRLRALF.« Ich versuchte, den Laut nachzumachen. Rom schaute mich dabei an und sagte: »Das ist Ingles. Die Sprache der Amerikanischen. Ich kann das nicht sprechen. Aber ein paar Lieder kann ich nachsingen.« Er beugte sich zu dem Mann mit der Leuchtweste hinunter und sang etwas. Wahrscheinlich in der Sprache Ingles. »Eikisst agerrrl endei leiktit.« Dabei schaute er den Mann ganz fest an und wackelte mit dem Kopf. Der Mann öffnete die Augen und sagte »Kediperri« mit der Mischung aus ›R‹ und ›L‹ wie aus dem Wackiwacki. Dann schloss er sie wieder und wir konnten ihn nicht mehr wecken.

Georg, Rom und Adi wollten den Mann einfach liegen lassen und gleich zum übernächsten Lager weiterziehen. Lorenz, Wenz und Alto waren dafür, den Mann zu verarzten oder ihn sogar nach Rieding zum Doktor zu bringen. Ich war noch nicht lange genug ein Wilder, um mitreden zu dürfen. Doch mir kam es unmenschlich vor, den Mann einfach im Wald verrecken zu lassen.

Jedenfalls führte diese Meinungsverschiedenheit dazu, dass die hilfsbereiten drei, Lorenz, Wenz und Alto, zusammen mit mir aus Ästen und Seilen eine Bahre bauten und begannen den Mann durch den Wald zu schleifen. Die anderen gingen gleich zum neuen Lagerplatz. Wir nahmen das Wackiwacki mit und die anderen Dinge, die wir bei dem Mann gefunden hatten. Wir beschlossen, ihn am Ortseingang von Rieding abzulegen, und ich als einziger Legaler sollte dann den Gendarmen Bescheid sagen und dann wieder abhauen.

Wir mussten uns ganz schön abmühen, den Mann bis an den Waldrand zu bekommen. Dort warteten wir, bis es dämmerte und wir sicher sein konnten, dass uns niemand begegnete.

Als es dann ganz dunkel wurde, konnten wir die ersten Häuser von Rieding sehen. Ich verabschiedete mich von den drei Wilden, und wir machten aus, dass wir uns am Tag darauf am neuen Lagerplatz wieder treffen würden. Den Mann legten wir an einem alten Schober ab.

Das Wackiwacki, das schon seit dem Waldrand nur noch leise rauschte und nicht mehr sprach, wollte ich neben den Mann legen. Im letzten Moment steckte ich es aber dann doch in meinen Reisebeutel. Ich weiß auch nicht warum.

In Rieding war ich schnell bei der Gendarmerie. Ich erzählte dort gespielt aufgeregt, dass ich auf dem Weg zu meiner Tante war und am Wegrand einen Verletzten gefunden habe. Der Gendarm schimpfte mich und ermahnte mich, nicht so spät alleine über die Landstraße zu laufen und jetzt schleunigst zu meiner Tante zu gehen. Ich wollte mich sofort wieder auf den Rückweg in den Wald machen, um zu den Wilden zurückzukehren. Schließlich war ich auch einer von ihnen. Aber ich war doch neugierig und schlich den Gendarmen zum Schober nach, um zu sehen, was mit dem Mann geschehen würde.

Als die beiden Gendarmen bei ihm ankamen, waren sie viel weniger erstaunt, als ich gedacht hatte. Ein bisschen vorsichtig. Aber sie schienen keinen Anlass zur Panik zu haben. Sie zogen ihm die leuchtende Weste und die leuchtende Hose aus und steckten beides schnell in einen Beutel. Wie um es zu verstecken. Dann packte ein Gendarm den Mann am Genick und der zweite nahm ihn an den Füßen. So trugen sie ihn bis in die Gendarmeriestation von Rieding.

Ich schaute dem Treiben heimlich durch eines der Fenster hinten am Gendarmeriegebäude zu. Wie einige Tage vorher am Wirtshaus von Oberpfaffing. Ein dritter Gendarm war sofort losgelaufen, als die beiden ersten mit dem Bewusstlosen aufgetaucht waren und war nur wenig später mit dem Riedinger Doktor zurückgekommen. Der hatte den Mann untersucht, seine Wunden am Kopf gesäubert und verbunden und ihm dann ein Fläschchen unter die Nase gehalten. Er fuhr sofort hoch und sah sich verwirrt um. Der eine Gendarm, dem ich zuvor von dem Mann erzählt hatte, nahm einen Zettel aus einem Kasten und las dem Mann etwas vor. Durch das Fenster konnte ich mithören. Es klang fast wie die Sprache aus dem Wackiwacki. Das schien den Mann zu beruhigen. Der Doktor nahm ebenfalls den Zettel und las dem Mann jetzt auch etwas vor. Vielleicht eine vorgefertigte Anweisung für den Notfall. Weil der Mann ja eine andere Sprache sprach und die Gendarmen und den Doktor sonst nicht verstanden hätte. Dazu zeigte der Arzt dem Verletzten ein kleines Fläschchen. Der Mann ließ sich daraufhin freiwillig den Inhalt einflößen und schlief kurz darauf wieder ein. Der Doktor und die beiden Gendarmen standen eine ganze Weile schweigend neben dem schlafenden Mann. Bis der dritte Gendarm mit einem der Riedinger Amtmänner durch die Türe kam. Die vier Männer sprachen eine ganze Weile miteinander. Ich konnte nur ein paar vereinzelte Wörter verstehen. »Notfallprotokoll«, »Hilfe rufen« und »Wackiwacki benutzen«. Dann ging der Amtmann zu dem Kasten an der Wand und nahm das gleiche Wackiwacki wie das in meiner Tasche daraus hervor. Er setzte sich damit an einen der Schreibtische, bekreuzigte sich kurz und legte den Zettel, den zuvor schon die beiden anderen gelesen hatten, vor sich. Noch kurz ein Stoßgebet, dann nahm er das Wackiwacki und sprach hinein.

Zu meinem großen Schreck kam seine Stimme aus meinem Hosensack heraus. Zum Glück nicht laut und mit einer Art Rauschgeräusch zusammen, aber klarer und deutlicher als im Wald. Es war die Stimme des Amtmannes, nur in einer fremden Sprache. Ich versteckte mich vorsichtshalber in den Büschen, um nicht entdeckt zu werden. Ich konnte den Amtmann natürlich nicht verstehen. Kurz darauf antwortete eine andere Stimme. Die konnte ich verstehen, wenn ich mich ein bisschen anstrengte. Obwohl sie die Worte fremdartig aussprach. »COMISAF Schutzraum an Rieding Gendarmerie. Kommen.«

Darauf die nervöse Stimme des Amtmannes: »Ja, hier Amtmann Wiesböck in der Gendarmerie in Rieding. Wir hätten hier einen von den Ihrigen verletzt und bewusstlos aufgefunden. Wir haben ihn ärztlich erstversorgt und jetzt schläft er.« Eine kurze Pause vom Amtmann, dann hörte ich ihn noch eilig »Bitte kommen« sagen.

Die fremde Stimme aus dem Wackiwacki wieder: »Es handelt sich um Ralph«, dann ein Wort, das komisch und verwaschen klang. Vielleicht sein Familienname. »Er und Clark vermessen gerade das Gebiet um Rupertsloch. Clark ist heute Nachmittag alleine in den Schutzraum zurückgekehrt und hat Ralph als vermisst gemeldet. Gut, dass Sie ihn gefunden haben. Wie ist die genaue Position des Fundortes? Bitte kommen.«

Darauf wieder ein bisschen Rauschen und Knacken aus dem Wackiwacki und dann wieder die Stimme des Amtmannes: »Beim Hinterleitner seinem Schober. An der Schohamer Straße. Bitte kommen.«

»Das ist ungewöhnlich. Sehr weit entfernt vom Vermessungsgebiet. Bitte kommen.«

»Ja. Ein Bub hat ihn beim Schober gefunden und bei uns gemeldet. Bitte kommen.«

»Wie sind die Personalien des Jungen? Bitte kommen.«

Langes Rauschen und Knacken, dann wieder die Stimme des Amtmannes: »Die haben wir nicht aufgenommen. Bitte kommen.«

»Das hätten Sie mal besser gemacht, Amtmann Wiesböck. Da wird man seitens der Koordinierungsstelle nicht begeistert sein. Sie wissen doch, dass solche Vorfälle immer detailliert protokolliert werden müssen. Sie waren doch beim Vorfall Benno Sailler mit involviert. Sie waren derjenige, der den Erstkontakt mit der Exekutive von Oberpfaffing hergestellt hat? Der Junge, der in den Fall Brunetti verstrickt war, oder? Daher sollten doch gerade Sie das Protokoll für solche extraterritorialen Vorkommnisse kennen. Ihr Protokoll und Ihr Verhalten von damals waren vorbildlich. Wiesböck. Bitte kommen.«

Kurz musste ich den Atem anhalten. Der Benno. Das war der Amtmann, den ich durch das Fenster des Oberpfaffinger Wirts belauscht hatte. Und jetzt belauschte ich ihn schon wieder.

Der Amtmann antwortete: »Aber das waren die beiden Gendarmen Schindler und Liegsalz aus dem Ort, die das aufgenommen haben und die haben gedacht, dass anlässlich der Situation und in Anbetracht des Notfalls vielleicht eine gewisse Ersthilfe zuvorderst angebracht gewesen wäre, wenn Sie verstehen, was ich meine. Das war mit Sicherheit keine böse Absicht. Bitte kommen.«

»Ist ja gut, Amtmann Wiesböck. Ich bitte Sie nur für das Protokoll, dem Buben einen Namen zu geben, sonst haben wir dann alle gemeinsam die Scherereien. Denken Sie sich was aus. Bitte kommen.«

»Gut, ich veranlasse das. Was geschieht mit Ihrem Vermesser? Bitte kommen.«

»Ist bereits in die Wege geleitet. Null Uhr dreißig am Riedinger Kontaktpunkt. Seien Sie mit Ralph dort. Ende.«

Es knackte noch ein paar Mal im Wackiwacki und dann war nur noch Rauschen. Ein paar Dinge hatte ich nicht verstanden. Was war null Uhr? Was ein Vermesser? Aber seit Bennos Name gefallen war, wusste ich, dass ich nicht einfach in den Wald zurückkehren konnte. Höchstens mit Benno.

Ich beschloss abzuwarten. Zum Glück war ich so aufgekratzt, dass ich nicht müde war.

Es dauerte nicht lange und die beiden Gendarmen trugen den

Verletzten aus dem Gebäude. Hinter ihnen der Amtmann Wiesböck. Der dritte Gendarm zog einen Handkarren. Sie legten den bewusstlosen Mann hinein und redeten kurz miteinander, dann zogen die beiden ersten Gendarmen den Karren direkt an meinem Versteck vorbei. Als sie weit genug entfernt waren und der dritte Gendarm wieder in seiner Stube war, schlich ich hinterher.

Die Schandis zogen den Wagen lange über einen Feldweg. Der Wiesböck ging dahinter. Fast eine Stunde, schätze ich. Ich hinterher. Aber so, dass sie mich nicht sehen konnten. Immer im richtigen Abstand. Es war auch zu dunkel, um überhaupt etwas anderes erkennen zu können als den hellen Feldweg. Die drei sprachen nicht viel. Zumindest hörte ich kaum etwas. Vielleicht war ich auch zu weit weg. Und wenn ich etwas hörte, dann nur sowas wie:»Jetzt ist es schon fast halb« oder »Ich bin saumüde« oder »Die tun ja schon so, als wären sie die Scheffs von allem.«

Der Feldweg endete an einer dreimannhohen Hecke. Von weiter weg sah sie noch aus wie eine Wand oder ein Hügel. Je näher ich kam, desto deutlicher konnte ich die Zacken und Ecken der Äste, Dornen und Blätter gegen den Himmel erkennen. Die Männer und der Handkarren waren nicht mehr zu sehen.

Ich ging ganz vorsichtig auf die Hecke zu. Es war ein Teufelshag. Giftig. Das lernten wir schon in der Schule. »Meide den Teufelshag, sonst ist es dein letzter Tag«, hieß es. Oder so ähnlich. Keiner, den ich kannte, hätte sich da nahe herangetraut. Wenn man die Blätter nur mit den Fingern berührte, warf die Haut sofort brennende Blasen. Da konnte man sich ja leicht vorstellen, was passierte, wenn man mit dem ganzen Körper in den Hag kam. Trotzdem waren die drei Männer mitsamt dem Karren irgendwie auf die andere Seite des Teufelshags gekommen. Ich schaute nach links und nach rechts. Teufelshag soweit ich bei der Dunkelheit sehen konnte. Also konnten sie auch nicht so schnell außenrum gegangen sein.

Von der anderen Seite hörte ich die Schandis und den Amtmann reden. »Hast du das Loch zugemacht?« Und dann ein anderer: »Wir müssen eh gleich wieder zurück. Das rentiert sich doch nicht.« Wieder der erste: »Du fauler Hund.« Alle lachten.

Es gab also irgendwo einen Durchgang. Ich ging wieder dorthin zurück, wo der Feldweg am Hag endete. Und tatsächlich. Wenn man genau hinschaute, war das Gebüsch an der Stelle anders. Das war gar kein lebendiger Teufelshag, an dem Busch waren Blätter aus Papier. Man konnte den Teil des Hags einfach nehmen und wie eine Türe aufklappen. Dahinter ging der Feldweg weiter. Die Schandis waren weit genug vom Ausgang auf der anderen Seite weg, also traute ich mich durchzugehen.

Auf der anderen Seite fiel mir als Erstes der veränderte Weg auf. Es war eher eine Straße. Aber vollkommen glatt. Also nicht aus Schotter oder festgefahrener Erde oder Pflastersteinen. Glatt und eben. Nur ganz leicht angeraut. Aber nach meiner Begegnung mit dem Perchtl Rom, der selbstleuchtenden Weste oder dem Wackiwacki wunderte mich die perfekte Straße nicht mehr.

Nicht allzu weit entfernt konnte ich die Umrisse der drei Männer erkennen und im Mondlicht sah ich die Linie der glatten Straße am Teufelshag entlang im Wald verschwinden. Irgendwo darauf, ganz weit entfernt, erschienen plötzlich zwei Lichter, die sich langsam auf uns zu bewegten. Je näher sie kamen, desto deutlicher konnte man auch ein Geräusch hören, ein helles Klingeln oder Summen. Ein Summeln. Leise und gleichmäßig. Auch so etwas hatte ich vorher noch nie erlebt. So ein Geräusch habe ich auch seitdem nicht mehr gehört. Deshalb ist es auch so schwer zu beschreiben.

Irgendwann erkannte ich, dass die Lichter zu einer Art Gefährt gehörten. Etwa so groß wie ein halber Ochsenkarren. Nur geschlossen wie ein Planwagen und ohne Zugtiere. War das die Eisenbahn? Ich hatte mir Schienen immer anders vorgestellt. Und den Zug viel lauter. Mit Dampf und Rauch und Pfeifen. Dieser Wagen summelte nur leise vor sich hin und manchmal hörte man ein leises Knacken unter seinen Rädern.

Ich versteckte mich auf der anderen Seite der Straße im Graben. Schließlich wollte ich nicht gesehen werden. Ich hörte, wie ein paar Worte gesprochen wurden, Klappern, Scheppern. Dann wieder das Summeln des Gefährts. Nach ein paar Minuten traute ich mich wieder aus dem Graben heraus. Die Gendarmen und der Wiesböck waren weg. Auf der glatten Straße sah ich in einiger Entfernung die Lichter des Wagens. Nur waren sie jetzt rot.

Ich dachte nicht lange nach und ging den roten Lichtern hinterher. Sie waren schon verschwunden, aber ich hatte ja die glatte Straße, der ich folgen konnte. Der Wagen musste ja diesen Weg genommen haben.

Ich musste nicht sehr lange laufen, bis ich in einen kleinen Wald kam. Dort endete die Straße an einem Holztor. Links und rechts davon gab es keine Mauer oder einen Zaun. Da war nur das Tor mitten auf der Straße. Ich ging also einfach neben dem Tor in den Wald und dann noch ein Stück an der Straße entlang.

Im Wald stand da ein ganz glattes, gerades Haus. Oder vielleicht waren es auch mehrere Häuser übereinander. Fast wie ein Kistenstapel. Nur ganz groß. Jede der Kisten war in einer anderen Farbe angestrichen. Das konnte ich sehen, weil vor dem Kistenstapel eine Lampe brannte und innen einige Fenster beleuchtet waren. Es war nicht sehr hell, aber hell genug, um zu erkennen, was vor dem Haus passierte. Zwei Männer trugen den verletzten Mann aus dem Wagen in das Haus hinein.

Ich dachte mir, schaust du halt wie immer heimlich durch ein Fenster hinten am Haus. Das hat schon zweimal geklappt und was gebracht. Warum nicht auch dieses Mal? Das Gebäude war nicht verputzt wie die Häuser bei uns, sondern aus einer Art dünnem Blech. Ich schlich geduckt unter den dunklen seitlichen Fenstern entlang. Auf der Rückseite war eines der Fenster im Erdgeschoss erleuchtet. Sehr hell. So hell wie ich es noch nie gesehen hatte. Fast wie Sonnenlicht. Ich kroch unter das Fenster. Es hing irgendwie schief im Fensterrahmen, denn es war nicht ganz geschlossen. Vielleicht war es kaputt, keine Ahnung. Jedenfalls konnte ich die Leute drinnen ganz gut hören. Zwei Männerstimmen sprachen laut und deutlich auf eine dritte Person ein. Sie schimpften. Obwohl sie dieselbe sehr komische Aussprache wie der Mann aus dem Wackiwacki in Rieding hatten, konnte ich sie doch verstehen. Vielleicht war einer der Männer sogar der Mann, den ich aus dem Gerät gehört hatte. »Wenn du nichts isst, hilft dir das gar nichts. Du kommst hier nicht raus. Du musst mit uns zusammenarbeiten.« Und: »Ich habe langsam keine Lust mehr, die ganze Zeit in so ein verheultes Gesicht zu schauen. Friss jetzt was.« Eine Hand schlug laut und scheppernd auf eine Tischplatte. Ich hörte jemanden leise wimmern. Die erste Stimme sagte jetzt leiser etwas in einer fremden Sprache. Das klang so ähnlich wie das, was ich im Wald aus dem Wackiwacki gehört hatte.

Plötzlich hörte es sich so an, als würde drinnen ein Kampf stattfinden. Die wimmernde Stimme fing an zu gurgeln. Vielleicht versuchten die Männer mit der Wackiwackisprache, dem Dritten etwas einzuflößen. Die Geräusche klangen immer brutaler. Ich befürchtete, dass sie den da drinnen umbringen würden. Also begann ich damit, mich von unten hochzudrücken, um mit dem linken Auge durch das Fenster spicken zu können.

Das Zimmer war weiß und so hell, dass ich mich erst ein paar Augenblicke daran gewöhnen musste. Dann sah ich, dass zwei Männer mit Bärten und bunten Hemden mit halben Ärmeln einen kleineren Menschenkörper in ihrer Mitte hielten und ihm mit einer Flasche Wasser einzutrichtern versuchten. Der kleine Mensch in ihrer Mitte strampelte und versuchte sich mit allen Kräften zu wehren. Dann plötzlich wurde der Körper ganz schlaff und hing nur noch still da. Und ich konnte erkennen, dass es der Benno war.

Hatte ich es doch geahnt, als ich dem Wagen hinterher gegangen war. Dass ich hier den Benno finden würde.

Von drinnen hörte ich noch einige Minuten Geraschel. Das Fenster wurde zugeschlagen. Dann ging das Licht aus und die Geräusche hörten auf.

Aufgeregt saß ich da und wusste nicht, was ich tun sollte.

Nach einer Weile stand ich auf und schaute durch das Glas. Ganz dunkel sah ich, dass der Benno auf einer Pritsche lag. Er bewegte sich. Ich nahm meinen ganzen Mut zusammen und klopfte leicht gegen die Scheibe. Erst reagierte Benno nicht. Ich klopfte wieder. Jetzt bewegte er sich und schaute in meine Richtung. Ich winkte. Er erkannte mich nicht. Ich klopfte wieder. Benno stand auf und kam auf das Fenster zu. Er stand jetzt ganz dicht an der Scheibe und schaute mir direkt ins Gesicht. »Hansi«, machten seine Lippen. Ich musste lachen. Er auch. Aber nicht fröhlich. Eher erleichtert, aber auch traurig.

Das war ein komisches Gefängnis. Das Fenster konnte Benno ganz einfach von innen mit einem Griff öffnen, und ich konnte hinein klettern. Das einzige, was uns daran hinderte, sofort gemeinsam abzuhauen, war die Kette, mit der Benno an der Wand festgemacht war. Zuerst versuchte ich, die Befestigung an der Wand mit Fußtritten zu lockern. Das haute aber nicht hin. Machte nur Lärm. Dann schauten wir uns die Kette genauer an. Sie wurde, eng um Bennos Fuß gelegt, mit einem Schloss zusammengehalten. Das Schloss war so, wie ich noch nie eines gesehen hatte: Da gab es kein Loch für einen Schlüssel. Stattdessen konnte man vier Ringe verdrehen, auf denen Zahlen standen. Benno hatte gesehen, dass einer der Männer die Zahlen in einer bestimmten Reihenfolge angeordnet hatte, um das Schloss zu öffnen. Aber er hatte nicht erkannt, welche Zahlen das waren. Ich probierte ein paar aus: 1-1-1-1 und 9-9-9-9. Das wäre auch zu leicht gewesen. Ich probierte Ludwigs Geburtsjahr. Falsch. Das Krönungsjahr. Auch falsch. Ich rechnete anhand der Position der Buchstaben im Alphabet aus, dass aus dem Wort Ralf die Zahlen 1-8-2-6 folgen könnten. Falsch. Das aktuelle Jahr. Auch nicht. Der Benno war inzwischen fast eingeschlafen. Trotzdem stellte er im Delirium die Frage, die das Schloss öffnete: Was wenn gar nicht das Jahr ist, das wir denken? Und dann fiel mir wieder ein, was mir der Rom erklärt hatte. Dass wir hier auf der anderen Seite der Welt, von Bayern aus gesehen, waren und dass hier immer genau die entgegengesetzte Jahreszeit war. Aber dass die das irgendwann geändert hatten, damit Weihnachten wie im großen Bayern im Winter war und nicht im Sommer. Dass die den Dezember in den Mai verlegt hatten und alles. Ich zählte die Monate mit meinen Fingern durch und kam ungefähr zu dem Ergebnis, dass jetzt gar nicht April oder Mai oder was war, sondern September oder Oktober. Im Jahr davor oder danach. Ich probierte beides aus. Wir waren also unserer Zeit hinterher. Wer hätte das gedacht? Das Schloss war offen und wir konnten fliehen. Durch meinen Verstand und Bennos dumme Frage.

Ich musste Benno helfen, aus dem Fenster zu klettern. Dann nahm ich die komischen Semmeln und das Wasser in der weichen Flasche vom Tisch mit und sprang hinterher. Die Semmeln waren in einer Art Papier verpackt. Es war sehr glatt und durchsichtig. Erst dachte ich einen Augenblick lang, das wären gar keine echten Semmeln, sondern welche aus Wachs, weil sie so glänzten. Deshalb hatte der Benno sie nicht angerührt.

Ich schubste den Benno vor mir her in den Wald und über die Straße und durch Rieding hindurch. Einmal machten wir eine kurze Pause. Der Benno wie im Halbschlaf. Ich stopfte ihm ein paar Brocken von der Semmel in den Mund, die sich ausgepackt anfühlte, als wäre sie feucht. Da war eine Art salziges Fleisch drauf und Blattsalat und Tomate. Es schmeckte furchtbar. Aber danach hatten wir beide wieder etwas mehr Energie.

Wir stolperten einige Stunden durch Rieding und über die Landstraße. Bis zum geheimen Eingang in den Wald der Wilden. Ein bisschen kannte ich mich ja aus. Aber um eines der Lager der Wilden zu finden, war es zu dunkel. Wir ließen uns in eine moosige Mulde fallen und Benno schlief sofort ein.

Vor lauter Schlottern konnte ich nur wenig schlafen. Zwei Stunden später, im Morgengrauen, wachte ich endgültig auf. Wegen der großen Kälte. Ich schüttelte den Benno wach und wir stolperten weiter. Ich erkannte jetzt, wo wir waren und fand das Lager beim Rupertsloch wieder. Das war das letzte Lager gewesen, bevor wir den Wackiwackimann gefunden hatten. Ich hoffte, dass die Wilden mir eine Nachricht hinterlassen hatten, wohin sie von dort aufgebrochen waren. Das Lager sah aber aus, als hätten es die anderen nie verlassen. Die Decken und die Töpfe und die Messer, das Brot und das Geräucherte waren alle in der kleinen Höhle verstaut. Als würden die fünf Wilden gleich zurückkommen. Aber eigentlich hatten wir dort nicht mehr bleiben wollen. Etwas musste passiert sein.

Benno und ich aßen vom Geräucherten und dem Brot. Ich machte ein kleines Glutfeuer ohne Rauch, wie ich es von den Wilden gelernt hatte und kochte dem Benno einen Krauttee mit Honigwabe. Er zitterte und fröstelte, obwohl es inzwischen warm war. Ich wickelte ihn in eine der klammen Decken ein. Er kippte zur Seite und schlief wieder.

Ich saß eine Weile neben ihm. Dann wollte ich mich umschauen. Vielleicht konnte ich herausfinden, was mit den Wilden passiert war. Ich steckte meinen Kopf aus der Höhle. Draußen schien die Sonne durch die Blätter, das Laub vom Vorjahr raschelte durch den Wind. Stamm hinter Stamm. Moos. Ein Vogel. Ich schnupperte. Es roch nur nach Wald. Das trockene staubige Laub, ein Hauch Nadelbäume. Es duftete nach Sonne auf dem Moos, nach Schwammerln und ein kleines bisschen stank es nach Mensch. Irgendjemand war da außer Benno und mir. Ganz leicht roch ich die ungewaschene Kleidung von jemandem. Wie einer von uns Wilden. Keiner von außerhalb des Waldes. Ich pfiff, so gut ich konnte den Geheimpfiff. Das Pfeifen von Rom. Ich wollte schon wieder in die Höhle zurück, als ich einen Antwortpfiff hörte. Das war Rom. Niemand sonst konnte das so gut. Rom war nicht weit weg. Ich schaute in die Bäume. Er saß weit oben in einer großen Buche. Er hob die Hand und winkte mir zu. Wie zum Abschied. Ich zwinkerte. Dann war er verschwunden. Vielleicht habe ich mir das auch nur eingebildet. Keine Ahnung.

Ich kroch in die Höhle zurück, denn das Wackiwacki redete wieder. Eine aufgeregt klingende Stimme sprach in der Wackiwackisprache mit einer anderen Stimme. Wahrscheinlich hatten sie gerade bemerkt, dass der Benno nicht mehr da war.

Ich ließ den Benno ausschlafen. Als er aufwachte, ging es ihm besser. Wir tranken Tee, aßen einen Bergratz, den ich gefangen hatte. Ich buk mit Wasser, Salz und zerriebenen Körnern aus dem Vorrat der Wilden ein Bazbrot auf einem Stein aus dem Feuer. Benno wurde zusehends wacher und aktiver und eigentlich war er fast wie vor seiner Begegnung mit dem Teufel. Zum ersten Mal.

Am Abend am Glutfeuer erzählte er mir, was er wusste. Und ich konnte heraushören, warum er sich besser fühlte.

Sie hatten ihn damals, ein paar Tage nachdem er dem Teufel begegnet war, nachts daheim aus seinem Strohsack gerissen und in einem Fuhrwerk in einen Gefängnisraum gebracht. Dort war er viele Tage auf einer Pritsche gelegen und war immer wieder verhört worden. Die Amtmänner hatten versucht, herauszufinden, was er wusste und an was er sich genau erinnerte. Immer wieder kamen neue Amtmänner, die immer zorniger wurden und ihn immer grober anpackten. Da immer wieder die Frage auf den Wachten und den Mann dort oben kam, wurde Benno klar, dass er nicht verrückt geworden war. Dass die Bruchstücke, an die er sich erinnerte, echt waren und nicht seiner Phantasie oder einem Viechfiebertraum entsprungen waren. Irgendwann war er von den komisch sprechenden Männern abgeholt und in das Kistenhaus eingesperrt worden. Dort hatte er sich entschlossen, nichts mehr zu essen. Vielleicht ließen sie ihn ja so frei. Ich jedenfalls war froh, meinen einzigen Freund wieder zurück zu haben. Und sogar besser als früher. Weil wir Oberpfaffing endgültig hinter uns gelassen hatten.

Der Benno und ich blieben noch einen Tag und eine Nacht in der Höhle am Rupertsloch. Als die Vorräte aufgegessen waren, begannen wir zu überlegen, wie es mit uns weitergehen sollte. Zurück nach Oberpfaffing ging nicht. Der ehemals eingekastelte Benno konnte dort nicht einfach wieder auftauchen. Außerdem war das für mich abgeschlossen. Nie mehr Oberpfaffing. Die Freiheit, die ich bei den Wilden gespürt hatte, hatte mich Oberpfaffing-untauglich gemacht.

Ich hatte Benno erzählt, was ich bei den Wilden alles erlebt hatte. Und was ich von den Geschichten, die mir Rom erzählt hatte, noch wusste. Über die Wahrheit, das Jetzt und die Welt in Argentinien. Hinter dem Wachten. Von den ganzen Wundern, die wir in Bayern nicht kannten, und den Perchtln. Benno hatte einiges mit eigenen Augen gesehen. Die selbstfahrende Kutsche hatte er selbst erlebt, und die laufenden Bilder waren ihm im Kistenhaus begegnet. Das mit den Perchtln glaubte er zwar noch nicht ganz. Aber nach all den Dingen, die jeder von uns beiden in den letzten zwei Wochen gesehen hatte …

»Wir gehen rüber.« Benno war noch wacher. »Wir gehen nach Russlach und dann über den Steinrutsch bis auf die Bergkette. Der Geheimweg. Und dann sind wir raus aus dem ganzen Scheißland, oder? Keine Ahnung, wie es in Argentinien ist, aber da kann es ja nur besser sein.« Ich hatte ehrlich gesagt auch schon daran gedacht, als Benno schlief. Aber jetzt, da er es aussprach, machte es mir Angst. Ich schaute ihn an. Er war sich ganz sicher. »Das sind doch alles gefährliche Menschen. Die Amtmänner und die Schandis, die ganzen Oberpfaffinger. Deine und meine Familie. Und die Oma ist eh tot.«

Wir gingen zwei Nächte. Weil Benno noch nicht genug Kraft hatte, gingen wir langsamer als sonst. Tagsüber schliefen wir im Wald. Als wir in der zweiten Nacht an Russlach vorbeiliefen, kam es mir vor, als sei ich seit Jahren nicht mehr in einem Dorf oder einer Stadt gewesen. Wir schliefen den dritten Tag über in einem Schober auf dem Doben. Es regnete und wir sahen keinen Menschen. Als es Abend wurde, ließ der Regen nach und wir rannten fast zum Steinrutsch. Die Stelle, von der uns immer erzählt worden war, dass von dort aus die Perchtln ins Land kamen und Krankheiten und Tod brachten. Die Stelle, zu der sich kein Pfaffltaler Kind jemals alleine hingewagt hätte. Die Stelle, die

Benno und ich einfach hinaufkrochen und immer wieder den Schotter hinunterrutschten. Die Stelle, die uns aus unserer alten Welt in die neue hinüberbrachte.

Oben trauten wir uns nicht, ein Feuer zu machen. Wir tranken unser Wasser und aßen unsere trockenen Rationen. Schlafen konnten wir nicht. Kurz bevor die Sonne aufging, begannen in Russlach die Kamine zu rauchen. Wahrscheinlich war es in Oberpfaffing genauso. Dort zündeten unsere Familien auch gerade die Herde an. Als die Russlacher Kirche zu läuten anfing, gingen wir los. Nach Osten.

Die Vizekönigin

❦

Bericht von Joseph Kiener. Fortsetzung

Ich schwindelte den Teufel vorsichtshalber an. Ich erzählte ihm mit der Hilfe von Ipi, dass ich ihn erst an die Grenze zu Argentinien bringen und dann alleine weiter nach Romansbrunn gehen würde. Ipi selbst wollte bei der Wirtin bleiben. Ich machte mir keine Sorgen um sie. Sie war vorsichtig und gescheit. Und außerdem wäre es viel zu gefährlich gewesen, eine Perchtlfrau mit durch Neubayern zu nehmen.

Mit meinem Bündel voller Zeug und dem als Bayer verkleideten Teufel, der rasiert, schnurrbärtig, gewaschen und stumm von keinem Gendarmen Neubayerns erkannt werden würde, verließen wir Reisach in der Richtung, die die Wirtin uns beschrieben hatte. Am Fluss entlang auf die hohen Berge zu. Erst auf einer befestigten Straße, dann zweigten wir in einem namenlosen Weiler auf einen schmalen Pfad ab. Eine Gruppe schmutziger Kinder starrte uns hinterher. Sie blieben die einzigen Menschen, die uns begegneten. Einmal rasteten wir, dann ging es weiter. Über einen Gebirgsbach, den Pfad weiter, bis es Abend wurde. Der Teufel und ich konnten nicht miteinander sprechen. Aber anhand seines Gestöhnes und seinem ständigen Murren, merkte ich, dass er ein Jammerlappen war. Unleidig und ständig am Mosern. Alles war ihm zu viel. Zum Glück verstand ich nichts von dem, was er sagte. Und zum Glück hörte uns niemand. Seine Argentiniersprache wäre sofort aufgefallen, denn er winselte nicht gerade leise. Wir übernachteten in einem Schober.

Spät am nächsten Vormittag sahen wir Romansbrunn. Es war so, wie die Wirtin es beschrieben hatte: ein Tal. Dahinter die hohen Berge im Westen. Viel höher als der Wachten. Am Fuße eines Berges ein langgestreckter Bau. Zwei graue, dreigeschossige Gebäudeflügel, geteilt durch einen verzierten Kuppelbau. Trotzdem ein trauriges Gebäude. Räudig stand es im Nebel und Nieseln des Tals. Schräg davor sahen wir eine Kirche mit Zwiebelturm. Auch sie wirkte, obwohl sie rot angestrichen war, grau und alt.

In genau dem Moment begann der Teufel meinen Plan zu durchschauen. So kam es mir zumindest vor. Sein Jammern wurde aggressiver und seine Worte immer lauter. Ipi hatte ihm alles über den Schwarzbuben, Benno, den Dobler und meine Suche erzählt. Mein hoffnungsvoller Blick, das Gebäude und die hohen Berge, die eher auf Chile als auf Argentinien schließen ließen, brachten ihn sofort in Rage. Die Menschen aus meiner Zeit hätten schon viel früher den Betrug bemerkt, denn sie können die Himmelsrichtungen viel besser anhand der Sonne bestimmen. Den Jetztmenschen mit ihren iPads und diesem ganzen Zeug fällt das nicht mehr von selber auf. Der Teufel beschimpfte mich und schlug auf mich ein. Immer wieder fiel ein Wort, das ich aus seinen Gesprächen mit Ipi kannte: Nazi. Ich wusste nicht, was das sein sollte. Wir hatten einmal ein sehr liebes Kalb, das so hieß aber wahrscheinlich bedeutete es nichts Gutes, wenn der Teufel es benutzte. Er tobte um mich herum und schubste mich immer mehr. Er fing an, um mich herumzutänzeln und mich immer wieder zu schlagen. Wie ein Volksfestboxer. Eigentlich hätte ich ihm gerne eine gelangt. So richtig. Mit Zähnespucken und allem. Aber das war ja nur ich. Ich ging einfach weiter. Langsam war es mir egal, was mit dem Teufel passierte.

Wir näherten uns dem Gebäude und gingen durch einen zerrupften Kräutergarten. Weiter hinten sahen wir drei junge Männer, die auf einer halb eingestürzten Mauer saßen und zu uns herüber schauten. Als sie bemerkten, dass auch wir sie sahen, taten sie schnell so, als würden sie in Büchern lesen. Die drei trugen eine Art schwarze oder dunkelblaue Uniform mit hohem steifem Kragen und Messingknöpfen. Auf den Köpfen trugen sie viel zu kleine runde Kappen. Der Teufel hatte aufgehört, auf Argentinisch zu jammern und zu schimpfen. Endlich.

Wir kamen an das große Tor. Es ließ sich einfach aufdrücken und blieb offen stehen, als wir hindurchgegangen waren. Innen war es düster und kalt. Ein Treppenhaus. Kein Mensch. Wir stiegen in den ersten Stock. Dort gingen zwei Gänge in die beiden Gebäudeflügel ab. Ich ging nach rechts und klopfte an die erste Türe. Nichts. Ich öffnete sie und blickte in einen Schlafraum mit mehreren Stockbetten aus Holz. Auf zweien lagen junge Männer und schauten uns an. Die anderen acht Betten waren offensichtlich nicht belegt. Alle weiteren Räume auf diesem Flur sahen von außen gleich aus. Wir schauten noch durch eine offen stehende Türe und sahen einen unbelegten Schlafraum.

Wir stiegen in den obersten, den dritten Stock. Dort gingen wir in den linken Gang. Die Türen dort waren geöffnet und die Zimmer dahinter leer und schmutzig. Moosige Wände, schimmelige Fensterrahmen. In einem Raum standen leere Schulbänke und vor einer Tafel lag ein umgestürztes Pult. Es sah eigentlich aus wie in der Oberpfaffinger Schule, nur waren die Bänke hier eine Nummer größer. Eher für Erwachsene als für Kinder.

Am Ende des Ganges lagen sich zwei geschlossene Türen gegenüber. Ich öffnete zuerst die rechte. Im Raum dahinter war die Decke eingestürzt und Teile der Außenmauer ebenfalls. Hinter der Öffnung in der Mauer konnte man fast den steil ansteigenden Berghang berühren. So dicht stand das Gebäude am Hang. Ich öffnete die Türe auf der anderen Seite des Flurs ohne zu klopfen. Ich rechnete damit, auch dort einen leeren Raum zu finden. Doch saß darin ein kleiner grauhaariger

Mann in einer weißen Mönchskutte an einem Schreibtisch. Er wirkte sehr verwundert, uns zu sehen. Aber nicht feindselig.

»Ich suche den Bruder Martin. Den Martl. Der Dobler schickt mich.«

»Den Martl. Der Dobler. Und wen sucht der da?« Der Mönch zeigte auf den Teufel.

»Der gehört dazu. Mehr oder weniger.«

»Vom Dobler hab ich nichts gehört, seit er weg ist. Das ist auch schon einige Jahre her. Der soll ja Karriere gemacht haben in der Stadt, heißt es.«

»Ich bin aus Oberpfaffing, wie der Dobler.«

»Jugendfreunde quasi.«

»Leidensgenossen eher.«

»Warum schickt er dich, dein Leidensgenosse?«

»Ich suche München.«

Das brachte den Mann zum Lachen.

»Und dann schickt er dich hierher, der Dobler? Das ist Romansbrunn. Oder die Reste von Romansbrunn. Das weißt du schon? Ich denke, dass man das ganz gut sehen kann, oder?«

Ich konnte nicht einschätzen, was ich dem Mönch alles erzählen konnte. Ich vermutete zwar, dass das der Martl selbst war, doch wusste ich es nicht sicher. Das machte mich unsicher. Seit ich Ipi hatte, hatte ich zum ersten Mal, seit meine Familie tot war, etwas Wichtiges zu verlieren. Trotzdem fühlte ich mich waghalsig.

»Ich suche einen Buben, der nach München gebracht worden sein soll, und der Dobler hat gesagt, ich soll nach Romansbrunn und den Martl finden. Ich bin aber nicht mehr ganz so blöd wie all die anderen und weiß, dass München ganz was anderes bedeutet, als alle immer meinen.«

»Ja, was bedeutet es denn deiner Meinung nach?«

»Frag den da mal was. Dann kannst du dir schnell denken, was ich alles weiß.« Ich deutete auf den Teufel.

»Der Stumme weiß besser als du, was du weißt und was nicht? Was soll ich ihn denn fragen? Ob er aus München kommt?«

»Frag ihn, wie er heißt oder woher er kommt oder wie alt er ist oder so was.«

Der Mönch ging auf den Teufel zu und stellte sich direkt vor ihn hin. Er schaute ihm in die Augen. »Und, wie heißt er also?«

Der Teufel blickte verunsichert zu mir. Dann grinste er den Mönch verlegen an und zuckte mit den Schultern. Der wiederum schaute belustigt zu mir.

»Frag ihn lieber auf Argentinisch«, sagte ich. So fühlte es sich also an, Oberwasser zu haben.

Jetzt war der Mönch verunsichert. Ich sah sofort, dass er genau wusste, was das Wort zu bedeuten hatte. Aber er konnte noch nicht einschätzen, was ein Oberpfaffinger Bauerndepp wusste oder nur zu wissen vorgab. Er reagierte lange nicht. Dann setzte ich noch einen drauf: »… Martin.«

»Ist das einer?«, fragte er endlich.

»Das ist einer. Direkt aus Argentinien in die Hände der bayerischen Amtmänner und Schandis und dann zu mir.« Es tat gut, alles in der Hand zu haben und den anderen nach meiner Pfeife tanzen zu lassen.

Der Martl war still.

»Wenn dich das schon verwundert, solltest du erstmal die Ipi kennenlernen.« Bei Ipi horchte der Teufel kurz auf und schaute zu mir herüber.

»Oder kennst du schon viele Perchtln persönlich?«

Martl stand auf und ging zur Zimmertüre. Er schaute, ob der Flur leer war, und schloss die Türe dann. »Was willst du hier? Mit deinem Argentinier im Schlepptau? Sag dem Dobler, dass das das letzte Mal war, dass ich ihm den Rücken frei halte. Willst du den rüberbringen?

Wie ist der überhaupt hier gelandet? Ist das einer von der Firma? Du weißt schon auch, dass es nach Argentinien in die andere Richtung geht, oder?«

»Ich bin, wie gesagt, nicht ganz deppert. Der Argentinier ist mir wurscht. Den bring ich heim, wenn ich den Buben gefunden habe. Ich bin da quasi in der Pflicht, verstehst du.« Was ich plötzlich für einen Verhandlungston an den Tag legte. So selbstsicher und beredt. Fast wie ein echter Stadterer. Was so ein paar Tage Reisach nicht alles bewirkten. Ich fühlte mich, als ob ich auf alle Fragen, die mir der Martl stellen würde, eine Antwort parat hätte. Als würde nicht ich vom Martl etwas wollen, sondern er von mir.

»Was willst du wissen? Das hier ist Romansbrunn, die Amtsschule. Hier werden die, die gescheit und vief sind, zu Amtmännern und Pfaffen ausgebildet. Das hier ist quasi das München für die Doblers. Das andere für die Unguten ist nicht hier.«

Das letzte sagte der Martl sehr nachdenklich. Und kam näher zu mir. So als würde er ab jetzt lieber flüstern.

»Früher waren hier noch viel mehr Amtsanwärter. Aber jetzt machen wir nur noch die für den niederen Dienst. Die für Oberpfaffing zum Beispiel. Noch niederer geht es ja fast nicht mehr. Der mittlere und obere Dienst für Amt und Pfarramt, das machen wir hier gar nicht mehr. Seit vorletztem Jahr. Seit der Abt gestorben ist, nimmt man es ganz weg von uns. Aber wo die für den höheren Dienst jetzt hinkommen, weiß ich ehrlich gesagt nicht.«

»Mich interessiert nur, wo die Unguten hinkommen, Martl«, sagte ich. »Die Guten sollen hingehen, wo sie wollen. Oder wo ihr wollt oder wer auch immer. Den Benno haben die bestimmt nicht eingekastelt, weil er so gut in der Schule war. Der hat was gesehen, was er nicht hätte sehen sollen. Nämlich den da.« Ich zeigte auf den Teufel. »Mit seinem ganzen modernen Zeug aus Argentinien in den leuchtenden Farben und mit seinem roten Leuchtschussgerät und allem. Und dann haben die nicht hingekriegt, dass er sich an nichts mehr erinnert und dann haben sie ihn geholt. Nach München gebracht, heißt es. Und sein Spezl, der Schwarzhansi, gibt keine Ruhe, bis der andere Bub gefunden worden ist.«

Martl schaute mich an. Er legte seine Hand auf meine Schulter und sagte: »Den wirst du nicht finden. Glaub mir. München bedeutet für die Unguten …« Martl machte diese Geste, die aussah, als würde er sich den Hals durchschneiden. Jetzt verlor ich mein Oberwasser schlagartig wieder. Tot. Mit einem Schlag wurde mir klar, was das für den Schwarzbuben, mich, Ipi und den Teufel bedeutete. Aber auch für die Wirtin und die Handvoll Aufrechter in Reisach. Wenn das stimmte, was der Martl andeutete.

»Oder hast du schon mal einen Unguten gesehen, der, wenn er seine Strafe abgesessen hat, wieder zurückgekommen ist aus München?«

Ich hatte überhaupt noch nie einen Unguten gesehen, der nach München gebracht worden war. Nur Angst davor hatte ich immer gehabt. Also vor München, nicht vor den Unguten.

Jetzt wandte sich der Martl dem Teufel zu und sprach mit ihm in seiner Sprache. Ich verstand nichts mehr. Ich hatte zwar von Ipi einiges an Perchtlisch gelernt, aber das Argentinische vom Teufel verstand ich nicht. Die Sprache klang mir aber so in den Ohren, wie ich mir die Sprache der Perchtln immer vorgestellt hatte, bevor ich es von Ipi zum ersten mal gehört hatte: zischend und rollend.

Sie sprachen eine Weile miteinander. Dann sagte der Martl wieder auf Bairisch zu mir: »Wir essen jetzt was und ich erkläre dir die ganze Geschichte. Soweit ich sie weiß. Hilft ja nichts. Vielleicht könnt ihr, du und der Argentinier, meine Wissenslücken im Gegenzug mit dem was ihr wisst auffüllen. Dann haben wir alle was davon, oder?« Jetzt klang der alte Mann ganz erleichtert, fast schon fröhlich. Vielleicht war er ja froh, seine Geschichte endlich loszuwerden.

Martl führte uns durch den Gang und das Treppenhaus in den zweiten Stock. Dort war ein Speisezimmer. Wir setzten uns an einen großen verschnörkelten Tisch und eine dicke Frau im Hausgewand brachte uns eine Suppe. Sie füllte die Teller für uns und legte uns weiße Servietten auf den Schoß. Ich fühlte mich unwohl, so bedient zu werden. Die Fleischsuppe war fast kalt und die Leberspatzen schmeckten fad. Wir aßen dann noch einen Rinderbraten und tranken dunkles Bier. Beides schmeckte auch nicht sehr gut. Als die Frau alles Geschirr und Besteck abgeräumt hatte, bat Martl sie, uns in Ruhe zu lassen und erst eine Nachspeise zu servieren, wenn sie gerufen würde.

Zuerst wollte Martl, dass ich sagte, was ich wusste. Ich erzählte ihm alles: von Oberpfaffing und den beiden Buben, vom Schwalbennest, vom Engel und Elsi, von Neubayern und den Perchtln. Von Ipi und der Wirtin. Vom Teufel und von dem, was er Ipi über seine Gefangenschaft in Neubayern erzählt hatte. Martl hörte zu. Es war wie eine Beichte.

Dann sprach er lange mit dem Teufel in dessen Sprache. Wahrscheinlich ließ er sich dessen Geschichte noch einmal erzählen.

Dann fing er an, uns zu erzählen, was er wusste. Vieles verstand ich damals noch nicht. Erst jetzt mit meinem ganzen Perchtlinger Wissen über das Jetzt und alles draußen, außerhalb von Neubayern, sehe ich die Zusammenhänge.

»Da weißt du ja schon einiges, Kiener. Soweit ich das beurteilen kann. Mit dem König und der vergessenen Kolonie und den Perchtln und so. Was du aber nicht weißt, ist, dass wir seit einiger Zeit nicht mehr nur alleine vor uns hin simmern in unserem neubayerischen Sud. Und warum die da draußen im echten Bayern oder in Argentinien uns nicht einfach ins Jetzt geholt haben. Gerettet aus dem 19. Jahrhundert. Einfach alle raus aus ihren stinkenden, halb verfallenen Häusern, über das Meer. Heim ins echte Bayern. Ich habe gehört, dass es denen da gut gehen soll. Mit warmen Zimmern im Winter, und jeder hat einen eigenen Motorwagen vor dem Gartentürl stehen. Fleisch jeden Tag in der Woche und fast keine Feldarbeit mehr. Das machen die schließlich oft heutzutage mit neuentdeckten Völkern. Wenn die gefunden werden, irgendwo im Urwald, und schlagartig in die moderne Welt gebracht werden. Zu den Segnungen der Moderne, quasi. Da wären wir armseligen Neubayern nicht die ersten.

Ich selbst bin noch in einer Zeit geboren und aufgewachsen, als niemand in Neubayern wusste, was außerhalb passiert. Niemand. Niemand wusste, dass es überhaupt ein Außerhalb gibt. Und niemand östlich vom Wachten und westlich vom Berthahorn hat damals über uns Bescheid gewusst. Irgendwann ist aber etwas geschehen, das dazu geführt hat, dass es für die Welt außerhalb notwendig wurde, mit uns in Kontakt zu treten. Aber die Bevölkerung hier weiter in der Vergangenheit leben zu lassen.

Mir hat das niemals jemand so gesammelt erzählt. Aber als Schulmönch kriegt man einiges mit. Ich habe mir das meiste selbst zusammengereimt.

Es gibt etwas, das nennt sich Strom. Das ist etwas furchtbar Wichtiges. Vielleicht das Allerwichtigste überhaupt, draußen. Wie kann ich dir das erklären? Du hast doch auf dem Bildergerät des Engel gesehen, wie hell und bunt es drüben in Argentinien aussieht. Das alles geschieht mit Hilfe dieser Stromsache. Das ist außerhalb überall und wird für fast alles gebraucht. Waschen, Kochen, Fahren, Licht, Feldarbeit, alles. Das machen dort alles Maschinen. Da funktioniert nichts ohne Strom. Genau kann ich dir das auch nicht erklären, dafür verstehe ich davon zu wenig. Und gesehen hab ich es auch erst ganz selten. Aber die, die ich kenne, die Strom täglich erleben, haben sich kaum mehr gefangen.

Ich stell mir das so vor: Der Strom ist etwas Ähnliches wie die Wärme. Um sie herzustellen, braucht man Hilfsmittel. Holz oder Kohle oder Spiritus, verstehst du? Sowas wie ein Brennmittel. Diesen Strom kann man, wie die Wärme auch, auf ganz unterschiedliche Art und Weise und mit ganz unterschiedlichen quasi Brennmaterialien erzeugen. Man hat mir von einigen dieser Methoden erzählt, ich habe es aber nicht begriffen. Da gibt es, glaube ich, eine mit strömendem Wasser und eine, die sehr gefährlich sein soll und schon ganze Länder verseucht hat. Frag mich nicht wie und warum. Alles schwierig und gefährlich und teuer. Jedenfalls ist man deshalb außerhalb immer auf der Suche nach neuen Methoden, Strom zu machen. So als würde es bald keine Bäume und keine Kohle und keinen Spiritus mehr geben, und man müsste plötzlich etwas Neues finden, mit dem man Wärme machen kann. Und stell dir vor, du wärst derjenige, der diese neue Wärmequelle erfunden hätte. Da würdest du ganz schnell ganz reich werden, oder? Strom machen zu können, bedeutet also, viel Geld verdienen zu können. Denn der wird nicht gratis aus einem Brunnen geschöpft wie Wasser. Der wird einem verkauft wie Bier.

Jetzt gibt es scheinbar eine neue Methode Strom herzustellen, die mit dem Wind zu tun hat. Dafür werden auf Feldern große Windmühlen aufgebaut, die den Wind einfangen und in Strom verwandeln. So habe ich es jedenfalls verstanden. Für diese Windräder braucht man sehr schwierig zu beschaffende, sehr wertvolle Materialien. Die gibt es nur an wenigen Orten auf der Welt. Und einer davon, wie sollte es anders sein, ist hier. Das haben die schon vor vielen Jahren herausgefunden. Irgendwie können die Bilder aus der Luft machen, vom Mond aus oder so, und dann können die sehen, wo ihr Strommachmaterial unter der Erde liegt. Und dabei haben die uns gefunden. Mit ihren Bildern vom Mond aus. Und auf denselben Bildern haben die gesehen, dass es uns gibt. Unsere armseligen Häuser, Höfe, Kirchen, Felder, Mühlen. Wie in Bayern, nur auf dem falschen Kontinent. Die vergessene Kolonie des vergangenen Königreichs Bayern.

Zuerst haben die, die das Stromerzeugungsmaterial abbauen wollen, alles geheim gehalten und sich überlegt, wie die ohne uns zu stören an das Zeug kommen können. Aber das liegt, wie gesagt, unter der Erde, und man muss wahrscheinlich große Stollen graben oder ganze Berge abtragen oder so etwas. Es gibt auch eine Art Weltbund, in dem alle Menschen der ganzen Erde vertreten sind, und die sollen darauf aufpassen, dass Völker, die noch nicht entdeckt wurden, Schutz erhalten. Mit denen wollten die sich auch nicht anlegen. Davor haben die Entdecker Angst. Und davor, dass, wenn dieser Bund erst einmal von uns erfahren hat, gar nichts mehr geht mit den Grabungen und den Bergwerken. Eine weitere Entdeckung, die sie gemacht haben, war, dass sie festgestellt haben, dass das Land, auf dem wir uns befinden, immer noch dem Nachfolgestaat des Königreichs Bayern gehört. Ich weiß nicht, ob du das schon weißt, aber Bayern gehört heutzutage zu einem Land namens Deutschland und ist nur noch ein bisschen unabhängig. Und diesem Deutschland gehört das Land, auf dem wir stehen. Oder dem Restbayern. Ist nie zurückgegeben worden an Argentinien oder Chile.«

»Oder den Perchtln«, sagte ich.

»Oder den Perchtln. Aber die sind so arm dran, denen würden die das einfach so wegnehmen. So etwas haben die schon oft mit den Perchtln gemacht, in der Vergangenheit.

Die Firma, die das Windstromzeugs bei uns gefunden hat, heißt COMISAF und tut alles, um Neubayern geheim zu halten. Die zahlen viel Geld an Firmen, die Landkarten herstellen und die Bilder vom Mond aus fotografieren, dafür, dass Perchtln, die immer wieder hierher kommen, verschwinden, wenn sie wieder rüber gehen nach Argentinien, dafür, dass in den an Neubayern angrenzenden Gegenden geschwiegen wird. In Argentinien gibt es einige Regierungsstellen, die davon wissen und mit den COMISAF-Leuten kooperieren. Aber die halten ihr Maul, weil die COMISAF denen Geld gibt. Massen an Geld. In Bayern drüben gibt es niemanden, der Bescheid weiß. Heißt es zumindest. Wahrscheinlich auch deshalb, weil alles Material über uns verschwunden ist oder vernichtet wurde. Bestimmt nicht nur durch Feuer oder die Zeit. Bestimmt hat da auch die COMISAF ihre Finger im Spiel. Jetzt kannst du dir ja denken, dass da wahnsinnig viel Geld zu verdienen ist mit dem Stromerzeugungsmaterial. Sonst würden die nicht soviel Geld ausgeben, um das alles so hinzubiegen, wie es ihnen passt, oder?«

Ich nickte und trank einige Schluck Bier, während der Martl dem Teufel übersetzte, was er mir erzählt hatte. Der war ganz aufgeregt und schrie und schüttelte seine Faust und der Martl musste ihn mehrmals ermahnen, still zu sein. Der Teufel ging mir wirklich auf die Nerven. Damals verstand ich noch nicht wirklich, was mir der Mönch da erzählte.

Aber heute weiß ich ganz gut, was es bedeutet, wenn eine internationale Firma etwas will, weil sie damit Geld verdienen zu können glaubt.

»Jedenfalls arbeitet die COMISAF seitdem daran, alles zu übernehmen, ohne dass die Veränderungen für die Bevölkerung sichtbar werden. Erst wurden wir Pfaffen und die gehobenen Amtleute von angeblich königlichen und päpstlichen Gesandten geschult und langsam darauf vorbereitet, dass wir in Wirklichkeit in Südamerika sind und dass wir euch, die Bevölkerung, nur in Gefahr bringen würden, wenn wir euch davon erzählten. Zum Beispiel Krankheiten oder so eine Art Gift, das die Menschen außerhalb nehmen und dann ganz berauscht werden und das Gift immer wieder nehmen wollen und davon immer kränker werden. Schreckliche Folgen haben die uns beschrieben und auf Bildern gezeigt, wenn ihr einfach ins Jetzt geholt werden würdet. Wie das mit den Waldperchtln woanders schon geschehen ist. Die haben in aller Ruhe im Wald gelebt in ihrer eigenen Welt, nackt und unschuldig. Und dann plötzlich, schlagartig, sind sie in die Jetztzeit hinein katapultiert worden. Und wie geht es denen heute? Alle, die noch nicht tot sind, sind zumindest krank, heißt es. Dann haben sie uns Spanisch – so heißt die Sprache der Argentinier in Wirklichkeit – beigebracht. Das war für uns Pfaffen nicht schwer. Wir können alle mehr oder weniger Latein wegen der Messe und das ist sich recht ähnlich. Für die Amtmänner war das fast unmöglich. Es können auch immer noch nur sehr wenige von denen. Jedenfalls haben wir uns da auch dran gewöhnt und denen auch bald vertraut und die uns. Dachten wir. Doch nach einigen Monaten haben sie angefangen, unsere Anwärter auf die gehobene Amtlaufbahn in ihren eigenen neuen Schulen auszubilden. Eine für die Geistlichkeit und eine für die Verwaltung. Bei uns landet inzwischen nur noch der Bodensatz und manchmal ein Ausnahmetalent wie der Dobler, den wir schnell zur COMISAF weiterschicken müssen. Ihr seht ja, wie das alles den Bach runter geht hier.

Eines der letzten Probleme, das die COMISAF noch nicht hinbekommen hat, sind die nach Neubayern hereinkommenden Perchtln. Weil sie sozusagen eine Brücke zwischen draußen und drinnen darstellen. Für die COMISAF ist beides gefährlich: Wenn die hier herinnen herum erzählen würden, was draußen in Wirklichkeit los ist, oder wenn die draußen von hier drinnen erzählen würden. Denen geht es nicht sehr gut, da drüben in Argentinien und sie versuchen immer wieder, hierher zu gelangen. Hier gibt es mehr Regen, und bei denen heißt es, dass das hier eigentlich ihr versunkenes Königreich ist und so. Da gibt es seit vielen Jahren eine kleine Bewegung unter den Perchtln. Zurück zu den Wurzeln. Deshalb kommen gelegentlich kleinere Perchtl-siedlergruppen. Eigentlich, so sollte man meinen, müsste man nur den Perchtlkult und die natürliche Abneigung der Einheimischen gegen die Fremden verstärken. Alle Perchtln tot, Problem gelöst. Vielleicht kommen dann immer weniger. Aber aus irgendeinem Grund versuchen sie es jetzt mit der Heimatwahr. Lieber den ganzen Kontakt, auch den gewalttätigen, abstellen. Damit ja nix durchsickert. Du siehst ja auch an dir, dass die damit nicht falsch liegen, oder? Und du weißt ja auch, wie das mit den Verboten so ist. Gerade da, wo er am verbotensten ist, wie in Russlach, ist der Andreaskult am stärksten.

Vielleicht haben sie auch Angst, dass die Perchtln, als frühere Landbewohner, das Gebiet für sich haben wollen und dieser Weltenbund ihnen verbietet, das Windstrommaterial abzubauen. Ich weiß es nicht.«

Jetzt trank der Martl selbst in großen Schlucken sein Bier leer. Dann stand er auf und brachte uns noch drei neue aus dem Nebenraum. Obwohl frisch eingeschenkt, schmeckte das Bier abgestanden.

»Du kannst dir vorstellen, Kiener, dass es für die COMISAF nichts schlimmeres gäbe, als wenn plötzlich alle hier vom Jetzt erfahren würden oder die draußen in Echtbayern von uns und ihrem unerwarteten Landbesitz in Südamerika. Verschollene Brüder mit einem Land voller Windstrommaterial, das viel Geld einbringt.

Deshalb bin ich mir sicher, dass dein Bub, der zu viel gesehen hat, nicht einfach wieder zurück ins sein altes Leben geschickt werden konnte. Den haben sie entsorgt.

Das gleiche gilt übrigens auch für deinen grantigen Freund hier. Was meinst du denn, was die mit dem anstellen, wenn die den finden oder auf dem Wachten beim Rübergehen aufgreifen? Der hat Glück gehabt, dass der Oberpfaffinger Schandi keine Ahnung hat und nur weiß, dass er den Riedingern Bescheid sagt, wenn etwas Seltsames passiert. Da musst du nochmal gut nachdenken, was du mit dem anstellst.«

Das letzte übersetzte er nicht. Dann wurde er wieder nachdenklich.

»Was ich nicht verstehe, ist die Geschichte mit dem Engel. Ich kann mir beim besten Willen nicht vorstellen, dass die COMISAFler den bisher nicht entdeckt haben oder dass sie ihn einfach nicht ernst nehmen und herumwursteln lassen. Ich persönlich glaube, dass der auch dazugehört zu dem Verein und sich sein eigenes kleines Freudenhaus da hinauf gebaut hat. Der vögelt wahrscheinlich nicht nur seine Oberpfaffingerin, sondern ein neubayerisches Mädchen nach dem anderen da droben, überwacht die kleinen Neubayern und schreibt Berichte. Und alles mit dem Geld der COMISAF.«

Der Martl wurde mir immer sympathischer. Mir hatte es immer vor den Pfaffen gegraust. Ich hatte bisher immer einen großen Bogen um sie gemacht. Er war der erste, mit dem ich mich gerne unterhielt.

»Ich verstehe auch was nicht«, sagte ich. »Mit wem von uns hier herüben reden die COMISAF-Leute eigentlich? Irgendwer muss denen doch erlaubt haben, dass die jetzt plötzlich die Amtmänner ausbilden und die Pfaffen und alles. Irgendwer muss ja der Chef sein bei uns, oder? Ich habe immer gedacht, dass über den Amtmännern der König in München steht. Den König gibts nicht. Der Oberste vom großen Bayern weiß nichts von uns. Der Papst weiß auch nichts von uns und der heißt eh nicht Pius sondern Franziskus. Mit wem reden die also? Das frag ich mich.

Über uns Dorfbauern stehen die Dorfschandi und die Dorfamtmänner, über den Stadterern die Stadtamtmänner und Stadtschandis. Daneben gibt es die Kirche mit den Pfarrern. Dorf und Stadt. Darüber der Bischof und darüber der Erzbischof in Reisach. Es gibt die Oberamtmänner und darüber wieder die Amtsräte und ganz oben der Oberamtsrat. Zumindest ungefähr. Da muss noch jemand sein, der der Chef von denen allen ist. Einer, der dem Oberamtsrat und dem Erzbischöfen befohlen hat, dass sie jetzt der COMISAF gehorchen müssen. Ein König von Neubayern. Meinst du nicht, Martl?«

Wie gesagt, ich verstand damals nicht alles, worüber der Martl da redete. Aber mit meiner Frage hatte ich scheinbar auch bei ihm etwas zum Klingeln gebracht.

»Das weiß ich, offen gestanden, auch nicht. Vielleicht machen die das einfach so. Gerade weil es niemanden gibt. Und die Argentinier halten ihre Hände schützend über die ganze Aktion, weil sie so ihr Gebiet zurückbekommen und Steuergeld von der COMISAF. Aber wissen tu ich auch nichts genaues.«

Der Martl zuckte mit den Schultern. Dann huschte eine Art Schalk über sein Gesicht: »Wir haben schon so etwas wie einen König hier. Also jemanden, der über allen anderen steht. Die Vizekönigin.«

Davon hörte ich zum ersten Mal. Martl fuhr fort: »Das ist keine Person im eigentlichen Sinn. Die hat jetzt nicht wirklich Macht. Die Schwestern unten nennen sie die heilige Bertha. Aber die als unseren Chef zu bezeichnen ...«

Der Martl schmunzelte. Es wirkte fast wie Vorfreude.

»Ich zeige sie euch. Dann könnt ihr das besser verstehen. Und lustig ist es auch. Irgendwie.«

Der Martl führte mich und den Teufel aus dem Gebäude. Am rechten Häuserflügel vorbei zu der Kirche, die davor stand. In deren Innerem sah es aus, wie so eine Kirche halt aussieht. Weißer Stuck, Engel, Heilige, Beichtstühle, Kirchenbänke, ein Altar. Martl führte uns daran vorbei. Leise flüsterte er mit dem Teufel auf Spanisch. Wahrscheinlich erklärte er ihm, was er mir zuvor gesagt hatte. Hinter dem Altar führte eine Treppe in eine Gruft. Wir stiegen hinunter und kamen in einen Raum, der von einer Petroleumlampe erleuchtet wurde. Zwei Klosterschwestern knieten auf einem Gebetsbänkchen vor einem Altar, der im Dunklen lag. Die eine trug irgendetwas in ein Buch ein.

Sie erschraken lautlos, als sie uns bemerkten. Der Martl versuchte sie zu beruhigen. Alles wortlos und nur mit Gesten. Schließlich gaben die Schwestern nach und verschwanden die Treppe hoch im Kirchenschiff. Jetzt traute sich Martl wieder zu sprechen. Aber er flüsterte: »Das wird dir hier alles seltsam erscheinen. Erschrick nicht. Du wirst gleich die heilige Bertha sehen. Sie ist sozusagen die amtierende Vizekönigin.« Der Martl lachte leise. »Ich kann dir nicht sagen, ob der Name irgendwas offizielles hat oder ob das nur ein von den Schwestern erfundener Titel ist. Es heißt, dass sie älter ist als der König. Und die von uns Geistlichen, die nicht in die Wirklichkeit eingeweiht wurden, behaupten, dass sie eines Tages den neuen König Bayerns gebären wird. Du wirst gleich sehen, warum das wenig wahrscheinlich ist.« Ich mochte Martls lustigen Unterton. Er war zwar sarkastisch, doch fühlte es sich an, als würde er mich als gleichwertig betrachten. Komplizenhaft. Als sei ich einer wie er. So fühlt es sich wahrscheinlich an, wenn man einen besten Freund hat. »Und …«, fuhr er fort »… du wirst auch gleich sehen, dass man unser Land noch besser versteht, wenn man sie kennt.«

Martl nahm die Petroleumlampe und hielt sie in Richtung des Altars. Ich hörte den Teufel erschrocken einatmen.

»Man sagt, sie sei in den vielen Jahren des Gebets und der Trauer um ihren Mann, den sie tot in Europa zurücklassen musste, in eine Art Ruhezustand geglitten. Deshalb kann sie so lange leben. Ihr Herz schlägt nur mehr einmal am Tag, sie atmet einmal morgens und einmal abends und ihre Augen bewegen sich wie bei Schlafenden unter den Lidern hin und her. Einmal sechs Stunden lang hin und dann sechs Stunden lang wieder her. Die Schwestern führen darüber Buch. Unter ihrem Herzen soll sie das Ungeborene tragen, das statt in neun Monaten in zweihundert Jahren zu einem Kind heranwächst. Sie, so heißt es, sei diejenige, welche … Wenn du verstehst was ich meine.«

Auf einer schmalen Gebetsbank sah ich die Vizekönigin knien. Eine Gestalt wie ein verschrumpelter Apfel. Kahl, mit nur wenigen Flocken weißen Haares auf dem Kopf, auf die Größe eines Kindes zusammengetrocknet. Eingehüllt in eine Art Priestergewand. Die

Lippen leicht geöffnet. Dass es sich dabei um eine Frau handelte, konnte man nicht sehen.

»Fass hin, Kiener. An den Hals. Du wirst die Körperwärme spüren und fühlen, dass sie nicht tot ist«, zischte der Martl.

Mir grauste vor der schrumpeligen Gestalt. Ich traute mich nicht, sie anzufassen. Ich traute mich ja kaum hinzusehen. »Ich glaub dir auch so«, sagte ich.

»Das ist die Vizekönigin Bertha. Stellvertreterin König Ludwigs hier im Kreis Reisach. Ich denke nicht, dass sie es war, die unsere Provinz an die COMISAF abgetreten hat, oder was meinst du, Kiener? Oder es waren recht lange und zähe Verhandlungen.« Ich konnte genau hören, wie sehr sich Martl darüber freute, in dieser Situation nicht ernst bleiben zu müssen. Ich fühlte mich ihm verbunden, weil ich ihn lustig fand. Gleichzeitig traute ich mich nicht, selbst Witze zu machen. Aus Furcht, sie könnten seinen nicht das Wasser reichen und er würde mich nicht mehr mögen. Also blieb ich lieber ernst.

»Der Engel hat mir die Geschichte Neubayerns erzählt. Zumindest ganz grob«, erzählte ich. »Und ich erinnere mich, dass da eine Bertha vorkam. Es gab einen Gründer der Kolonie, der so hieß, wie die Stadt. Von Reisach. Und der kam ums Leben, hatte aber eine Geliebte, deren Vater sein Mörder gewesen sein soll. Oder zumindest so ähnlich. Der Engel hat es aber so klingen lassen, als sei Berthas Vater in Wirklichkeit gestorben und der Reisach an seiner statt mit Bertha bereits auf dem Weg von München hierher gewesen, dabei aber verhaftet und später hingerichtet worden. So hab ich es zumindest verstanden. Ob diese Bertha aber jemals in Neubayern angekommen ist, wusste er nicht. Bertha Ranftl, glaube ich war der Name.«

Der Martl zuckte mit den Schultern. »Ob das wirklich dieselbe ist? Ich bin ja schon aufgeschlossen, was Glauben betrifft. Muss ich ja, von Berufs wegen. Aber ob das mit der angeblich Uralten hier wirklich stimmt. Ob das nicht einfach eine vertrocknete Leiche ist?«

Martl bekreuzigte sich und schaute erst zur Vizekönigin und dann grinsend zu mir.

»In Daubenhausen, wo ich herkomme, hatten wir einen Keller, der war nochmal unter dem eigentlichen Keller. Fünfundsiebzig Stufen hinunter. Und der war so kühl und so trocken, dass wenn du da eine geschlachtete Sau hineingetan hast, die nach ein paar Wochen nur noch aus trockenem Fleisch bestanden hat. Aber noch essbar und alles. Sogar gut schmeckend. Die ist einfach nicht verfault bei uns im Keller. Nicht mal Schimmel war da dran. Der Vater war bekannt für seinen Schinken aus dem zweiten Keller. Ich denke mir halt, dass das hier genauso ist. Kalt, trocken und zugig. Deshalb verwest die Leiche nicht. Wahrscheinlich ist sie aber eher nicht mehr genießbar.« Wieder lachte der Martl leise. »Aber wenn die Leute lieber das mit dem Schlaf und dem Kind und dem Herzschlag einmal am Tag glauben wollen ...«

Während der Martl und ich uns unterhielten und immer besser gelaunt wurden, beobachtete ich den Teufel. Der Martl hatte ihm noch nichts von dem, was er mir erzählt hatte, übersetzt. Es war sehr lustig zu sehen, was sich im Gesicht des Teufels abspielte, während er die Vizekönigin betrachtete, ohne zu wissen, worum es sich dabei handelte. Ekel, und inneres Kopfschütteln. Martl und ich schauten uns an und mussten lachen. Beim Teufel kam jetzt auch noch Verärgerung hinzu. Er war schon ein komischer Vogel, der Teufel. So leicht beleidigt und so schnell schockiert. Schon klar, was der alles durchgemacht hatte im bayerischen Gefängnis, das war nicht gerade leicht. Aber trotzdem wirkte er überempfindlich. Vielleicht mochte ich ihn aber auch nicht, weil mir Ipi so viel über die Argentinier und wie sie die Perchtln behandelten, erzählt hatte und ich dachte, dass das alles auch für den Teufel galt. Heute weiß ich, dass man so etwas Vorurteile nennt und man nicht von einem einzelnen unsympathischen Argentinier auf alle schließen kann. Deppen gibt es überall.

»Hast du schon mal darüber nachgedacht rüber zu gehen, Martl? Immerhin kannst du die Sprache. Vielleicht ist es da viel besser als bei uns, sauberer und gerechter und alles. Mit Wasserklos und Strom und Licht und Musik und Frauenschandis. Ich hätte Angst vor den Menschen. Ich mein, schau dir den Teufel an. Der Engel war zwar anders aber auch nicht besser. Der war so von oben herab. Vielleicht sind die im Jetzt alle so?«

Der Martl wurde weniger lustig.

»Ich habe, ehrlich gesagt, bisher von drüben auch nur einige wenige COMISAF-Leute getroffen. Und auch nur die unteren, meine ich. Und die waren fast wie wir. Vielleicht schon auch ein bisschen überheblich. Die Oberen von denen werden sich sowieso nicht mit uns abgeben. Immerhin sind wir sowas wie Primitive für die. Das ist so, als würde ein Stadterer auf dich treffen. Du aus dem dreckigen Dorf mit Schweineställen und allem. Er aus der sauberen Stadt mit gepflasterten Straßen und Wirtshausessen jeden Tag. Der schaut auch auf dich herab, oder? Und du wahrscheinlich auf die, die aus einem noch kleineren Dorf kommen. Aus Schoham oder Unterpfaffing. Das macht es zwar nicht richtiger, aber so ist es halt. Freunde sind wir nicht geworden, die COMISAF-Leute und ich.

Aber du wolltest wissen, ob ich mir schonmal überlegt habe, rüber zu gehen. Überlegt schon. Aber das, was ich von den COMISAFlern an modernem Zeug gesehen und gehört habe, hat mich jetzt nicht so sehr gereizt, dass ich das auch unbedingt haben wollte. Aber ich bin auch schon alt.

Und wenn ich so recht überlege, was soll denn da drüben besser sein für mich. Ich bin ein alter Pfaff. Ich habe hier meine Ruhe, nicht viel zu tun, kenne alles und jeden, keiner stört mich, keiner redet mir in meinen Tag hinein. Ich hab meinen Garten, mein Bier, die Rosi aus der Küche mag mich und ich kann mich nicht über das Zölibat beschweren, wenn du verstehst was ich meine. Was soll ich da drüben. Meinst du, dass ich alter Knochen in Argentinien eine genauso junge, willige Freundin finde? Es heißt, dass die da drüben alle mitreden und mitbestimmen können. Demokratie.

Aber ich weiss gar nicht, ob ich das will. Was soll ich mir denn die Sorgen von den Großkopferten machen, Kiener? Da krieg ich ein Magengeschwür. Ich glaube fürs Mitbestimmen bin ich zu faul. Ich flack einfach zu gerne rum. Und fürs Erfolgreich sein im Jetzt auch. Zu bequem.«

Das konnte ich verstehen.

»Ich habe mir das auch gedacht, als die Elsi so geschwärmt hat von drüben. Ob ich das brauche. Und ob das besser ist für mich. Jetzt hab ich eine Perchtlfreundin. Und die sagt, dass es nicht besser ist da drüben. Dass es gerade für sie als Perchtl nicht gut ist dort. Und sie sagt, dass wir Bayern, obwohl wir weiße Haut haben wie die Argentinier, Primitive wie die Perchtln sind. Und du sagst quasi das gleiche. Dass die uns von oben herab behandeln, die COMISAF und die Argentinier. Sogar der Teufel hier.«

Wir schwiegen beide. Der Teufel war immer noch nervös.

»Aber interessieren tät es mich schon, Martl. Es drückt mich irgendwie zu wissen, wie es da ist.«

Der Martl nickte.

»Und Bayern …?«, fragte er. »Wie meinst du ist es da? Im Mutterland.«

Ich schaute auf meine Füße und antwortete. »Da hab ich auch schon drüber nachgedacht. Über das Meer. Meinst du, dass die so sind wie wir? In Rosenheim und Regensburg? Oder sind die da so wie der Engel und die COMISAFler?«

Der Martl wieder: »Ich möchte es einfach gar nicht wissen. Stell dir das mal vor. Eine Mischung aus uns Primitivlingen und den geldgierigen Windstromleuten. Was soll daran schon gut sein?«

Jetzt nickte ich.

Die Wolfskinder

✿

Artikel von der Website des Diario de los Cordilleres aus Esquil/Chubut in Argentinien. Der Artikel war einige Tage nach Erscheinen nicht mehr über die Website der Zeitung abrufbar. Screenshot zur Verfügung gestellt von Dominic Peralta.

LEVEIN: Wolfskinder gefunden. Polizei bittet um Mithilfe.

Gestern gegen 17 Uhr meldete sich die 48-jährige Tierärztin Aylen Azocar aus Esquel auf dem Distriktkommissariat der Polizei von Llevein. Der Leiter des Kommissariats Kommissar Daniel Adrian Carson gibt an, dass Azocar zwei ca. 10- bis 12-jährige herumstreunende, zerlumpte und hungrige Jungen auf der Ruta 431 aus Altea kommend am Straßenrand aufgelesen habe und sich aufgrund von Verständigungsproblemen an das nächste Kommissariat gewandt habe, um die Jungen dort abzugeben. Auf unser Nachfragen gibt Carson an, dass noch nicht klar sei, um wen genau es sich bei den beiden Kindern handle. Sie passten zu keinem aktuellen Vermisstenprofil. Weder aus Argentinien, noch aus Chile. Die Jungen seien sehr schüchtern und aufgeregt. Außerdem reagierten sie erschüttert, fast erschreckt auf die einfachsten Dinge des Alltags, wie Autos, Computer, Fernsehen oder Radio. »Sie wirken wie aus einer anderen Welt. Man könnte fast vermuten, dass es sich bei den beiden um Wolfskinder oder Einsiedlerkinder handelt, die bisher keinen Kontakt zur Außenwelt hatten«, so Kommissar Carson auf unsere Nachfragen. Die einfache und fast selbstgemacht wirkende Kleidung deute ebenfalls darauf hin.

Die Ereignisse wecken Erinnerungen an den Fall des Einsiedlers aus dem chilenischen Patena im Jahr 1979. Damals wurde bei einem Waldbrand die Hütte von Altus Hoffstatter entdeckt, der mit seiner argentinisch/indigenen Frau und zwei gemeinsamen erwachsenen Kindern als Selbstversorger über 20 Jahre unentdeckt in der Abgeschiedenheit der Grenz-Cordilleren gelebt hatte. Der Fall hatte damals auch für großes Aufsehen gesorgt, da es bei den Löscharbeiten zu unangekündigten Grenzüberflügen und Luftraumverletzungen gekommen war und der damalige Provinzgouverneur sich lange geweigert hatte, die Löschflüge überhaupt zu genehmigen. (Link zum zahlungspflichtigen Archiv der Zeitung und den dazugehörigen Artikeln »Recht vs. Leben. Julio Maiers Pardo verweigert Einsatz von Löschflugzeugen über Los Lagos/Chile.«, »Waldmann entdeckt. Löscharbeiter finden Einsiedler im argentinisch/chilenischen Grenzgebiet.«, »Zurück zu den Wurzeln? Hoffstatter verschwindet mit samt Familie aus dem Krankenhaus. Polizei vermutet: zurück in den Wald.«).

Erstaunlich sei für diese Gegend, so Carson, die Sprache, die die beiden Jungen miteinander sprächen. Deutsch mit starker süddeutscher Dialektfärbung. Das habe man nach einer kurzen Internetrecherche und mit Hilfe des deutschstämmigen Lleveiner Bürgers Ricardo Schunlz (sic) herausgefunden. Ungewöhnlich sei dies deshalb, so Carson weiter, weil in unseren Breiten Patagoniens, eher die lokale Form des Walisischen neben der spanischen Sprache zu erwarten gewesen sei.

Mittlerweile wurden die beiden Jungen in das Krankenhaus Llevein überstellt und dort versorgt. Laut Kliniksprecher Jose Jernigan ist der Gesundheitszustand der beiden erstaunlich gut. Trotzdem sei es bisher nur mit großen Mühen und mit Hilfe von Sr. Schunlz möglich gewesen, mit den beiden sprachlich in Kontakt zu treten. »Manchmal habe ich das Gefühl, im Film ›Nell‹ mit Jodie Foster zu sein.« So Schunlz schmunzelnd. »Es wirkt wie echtes Deutsch, aber durch den Dialekt verwaschen und altertümlich.« Außerdem gebe es viele Wörter aus unserer modernen Welt, wie ›Auto‹, ›Computer‹ oder ›Internet‹, mit denen die Jungen nichts anzufangen wüssten. Das erhärtet die Vermutung, es handle sich um Kinder, die jenseits jeglicher Zivilisation aufgewachsen seien.

Die Polizei Llevein bittet nun die Bevölkerung um Mithilfe. Um die Verständigung mit den beiden Jungen zu erleichtern, möchten sich bitte Personen mit Kenntnissen des Bairischen oder anderer süddeutscher Dialekte schnellstmöglich direkt im Kommissariat Llevein, Av. 9 de Julio oder unter der Telefonnummer 480114 melden. (rem)

Die Flucht

❦

Bericht von Alto Mayer jun. (18) aus Arnried an der Pfaffl. Unverändert

Mein Name ist Alto Mayer, geboren am 15. April 1998 in Arnried an der Pfaffl, Kgr. Bayern. Oder soll ich lieber schreiben im exterritorialen Rayon Reisach/Vastago? Mein Vater ist Alto Mayer sen., ebenfalls aus Arnried, geboren am 22. Juli 1972 ebenda, und meine Mutter Kreszenz Mayer, geborene Kiener am 17. Februar 1980 in Oberkofen. Beide Bauern. Verheiratet seit 1996. Meine Geschwister sind alle jünger als ich: Karl (heute 11), Ludwig (heute 9), Charlotte (heute 7), Walburga (heute 4) und Leonhard (heute 2). Von Leonhard habe ich nur indirekt erfahren. Er ist erst nach meinem Weggang auf die Welt gekommen. Meine Mutter hatte noch zwei Totgeburten, zwei meiner Geschwister sind im Kindbett verstorben und mein Bruder Matthias ist an einem Fieber gestorben, als ich sechs Jahre alt war. Er war damals drei, wäre also heute knapp dreizehn. Das gab einen großen Aufruhr im Dorf, denn im Anschluss starben noch einige andere Kinder und man verdächtigte uns, dass wir das Viechfieber eingeschleppt hätten, weil mein Vater auf seiner hohen Wiese Unzucht mit den Perchtln getrieben haben soll.

Bei uns auf dem Hof hat es noch die Großmutter gegeben, die Mutter meines Vaters, zwei Knechte und zwei Mägde. Außerdem hat die ledige Schwester meines Vaters bei uns gewohnt, Tante Anni. Sie ist bei uns Kindern sehr beliebt gewesen. Sie ist nie ins Dorf gegangen. Im Sommer ist sie mit unseren Viechern auf der Senn gewesen, im Winter ist sie immer am Haus geblieben. Mir hat sie einmal erzählt, dass ihr im Dorf schlechte Sachen passiert sind. Deshalb ist sie nicht mehr hinunter gegangen. Mein Freund Franz hat gesagt, dass sie als junge Frau im Bett mit einer Magd vom Gumpetsriederhof erwischt worden ist. Ich weiß nicht, ob das stimmt. Wir Kinder haben sie sehr gerne gemocht und sind mit unseren Sorgen immer lieber zu ihr gekommen als zur Mutter, die uns immer so schnell geschimpft oder sogar verhauen hat. Aber ich glaube, dass wir weniger verhauen worden sind als die meisten anderen, die ich kenne.

Tante Anni hat immer gesagt, dass unser Vater ein besonderer Mann und unsere Mutter barmherzig ist. Das kann ich nicht beurteilen. Was ich weiß, ist, dass der Vater ein besonders freundlicher Mann war und heute wieder ist. Ich erinnere mich, wie sehr er geweint hat, als Martin kurz nach seiner Geburt gestorben ist und ungetauft hinter dem Hof begraben werden musste. Dass jemand so traurig ist wegen einem Ungetauften.

Meine Mutter ist immer grober gewesen. Aber auch sie, obwohl sie oft geschimpft hat, hat uns oft gezeigt, dass sie uns liebt. Anders als alle anderen Mütter, die ich in Arnried gekannt habe. Wenn einer von uns krank gewesen ist und andere Kinder aus dem Dorf von den Eltern trotzdem auf das Feld geschickt worden sind, hat die Mutter gesagt, dass wir daheim bleiben sollen und sie hat uns das Essen ans Bett gebracht. Und Tee aus dem Garten. Sogar mit Honig. Sie hat uns die Hand auf die Stirn gelegt und ist ganz mild geworden. Sie hat sogar einmal den Doktor kommen lassen. Bis aus Rieding. Nur weil die Burgl nach einer Woche noch nicht wieder auf den Beinen gewesen ist. Sechs Gulden hat das gekostet. Ich werde die Mutter immer besonders ehren. Für eine Sache, über die ich später noch schreiben werde.

Im Dorf waren wir Mayers verschrien, weil wir hinter der Tante gestanden sind und sie nicht verstoßen haben. Und weil mein Vater meine Mutter selber gefragt haben soll, ob sie ihn heiraten mag. Ohne Hochzeitslader und die Eltern und die Schwiegereltern. Die Leute haben die Liebe verdächtig gefunden. So ist das halt gewesen bei uns. Wahrscheinlich haben wir auch eine besondere Stellung im Dorf gehabt, weil bei uns der heilige Alto so eine wichtige Rolle spielt. Die anderen im Dorf haben ihre Heiligen gehabt, die Mayers den Alto.

In unserer Familie heißen alle erstgeborenen Söhne Alto. Das war schon immer so, sagt der Vater. Bei uns ist der heilige Alto der wichtigste Heilige. Wichtiger als der heilige Christopherus oder der heilige Rupert. Bei meiner Taufe bin ich, wie alle erstgeborenen Mayers, im Taufgewand mit einem Messer, einem Kelch und einer Hirnschale ins Taufbett gelegt worden. Das Messer ist natürlich stumpf gewesen und für Kleinkinder ungefährlich. Ob die Hirnschale eine menschliche oder von einem Tier ist, weiss ich nicht. Der Ludwig jedenfalls hat gesagt, dass er froh ist, nicht der Erstgeborene zu sein, weil es ihn schon als Kleinkind zu sehr vor der Hirnschale gegraust hätte. Das Messer steht für den Wald und die Bäume, der Kelch für das Jesuskind, das darin erscheint und die Hirnschale für den Kopf und die Klugheit. Mein Vater hat gesagt, dass aus unserer Familie früher immer gute Kopfheiler hervorgegangen sind.

Später hat der hl. Alto unseren Wald geschützt, und jedesmal, wenn wir einen Baum geschlagen haben, haben wir ihn vorher mit dem stumpfen Altomesser markiert. Das hat bewirkt, dass der Baum richtig fällt und das Holz gut ist. Hat der Vater gesagt.

Meine Mutter hat mich oft geschimpft. Und genauso oft hat sie mir eine runtergehauen oder mich für Stunden in den Koben gesperrt. Manchmal habe ich mich aus lauter Enttäuschung über ihre Strenge bei der Tante Anni ausgeheult. Sie hat versucht, mir zu erklären, warum die Mutter so ist. Weil sie will, dass aus uns etwas wird, dass wir nicht unanständig und verweichlicht werden und weil sie weiß, dass der Vater und die Tante Anni schon lieb genug zu uns sind. Da braucht es eine strenge Mutter zum Ausgleich. Heute verstehe ich das natürlich. Aber ein Zwölfjähriger in seiner ganzen Enttäuschung über die Mutter kann das nicht begreifen.

Ich habe meine Mutter immer besonders streng gefunden und ungnädig, wenn sie unsere Hausaufgaben durchgesehen hat. Das hat sie sich trotz der ganzen Hofarbeit nicht nehmen lassen. Nach dem Nachtessen, wenn die Anni den Tisch abgeräumt hat und der Vater noch einmal mit den Knechten in den Stall ist, hat sich die Mutter mit den Kindern, die schon in der Schule waren, hingesetzt und alle Tafeln durchgesehen. Bei Karl, Ludwig und Charlotte war sie immer mitleidig, wenn sie etwas falsch gemacht haben. Bei mir ist das anders gewesen. Sie hat meine Hausaufgaben immer schlechter gemacht. Also das Richtige so korrigiert, dass es falsch geworden ist. Meine Geschwister haben sich schwerer in der Schule getan als ich und haben von selber Fehler gemacht. Mir dagegen ist die Schule so leicht gefallen, dass ich keine Fehler gemacht habe. Aber meiner Mutter hat gerade das Sorgen gemacht. Nicht umgekehrt. Manchmal, wenn ich vor Enttäuschung geweint habe, weil sie Sachen ins Schlechtere korrigiert hat, hat sie es bleiben lassen. Aber am nächsten Morgen habe ich meine Tafel, von ihr bearbeitet, in meinem Schulbündel gefunden. Ich bin dann ein paar Minuten früher zur Schule los und habe es wieder zurück korrigiert, dass es wieder gestimmt hat.

Was bedeutet es für ein Kind, wenn die Mutter mit den Geschwistern nachlässig ist, bei einem selbst aber umgekehrt überkritisch? Ich kann nur über mich schreiben. Bei mir hat es eine große Sehnsucht nach Anerkennung durch die Mutter verursacht. Den Wunsch, von ihr so geliebt zu werden wie die Geschwister und so geliebt zu werden, wie ich war. Mit meinen richtigen Hausaufgaben. Ich verstehe heute natürlich, warum sie das so gemacht hat. Aber die Sehnsucht damals nach einer Mutter, die mich für meine guten Hausaufgaben lobt und schätzt, war enorm.

Meine Mutter ist immer sehr sozial zu anderen gewesen. Neben meiner im Dorf verstoßenen Tante und der verkalkten Großmutter hat sie sich um viele andere gekümmert. Nicht nur um Arme und Alte aus dem Dorf. Auch um Tiere und noch so einiges. Aber darauf werde ich später noch kommen. Eins nach dem Anderen. Auch das hat meine Sehnsucht nach bedingungsloser Anerkennung gefördert. Ich hatte manchmal das Gefühl, dass die verwirrte Großmutter alles gedurft hat, ich aber geschimpft worden bin, wenn ich zu viele Wörter auf meiner Schultafel richtig geschrieben habe. Oder die armen Tiere. Die Kuh, die alt war und kaum noch Milch gegeben hat, hat ihr ganzes Mitleid bekommen. Ich bin von ihr strafeshalber ignoriert worden, wenn der Lehrer zufrieden mit mir gewesen ist.

Ganz schlimm ist es für mich geworden, als Rom bei uns angekommen ist.

Wie schon gesagt, hat sich meine Mutter hingebungsvoll um Bedürftige gekümmert. Mein Vater hat dann eines Nachts den Rom mitgebracht. Von den oberen Wiesen. Ein Schreck für uns alle daheim, denn wir haben die Perchtln nur von den Schreckgeschichten aus dem Dorf gekannt. Arnried ist im Pfafftal und damit mitten in der Gegend, in der die Perchtln eine große Rolle im Volksglauben gespielt haben. Zum Arnrieder Perchtllauf sind sogar Besucher aus der Stadt gekommen. Nur um uns zuzuschauen, wie wir von großen Kindern in Perchtlmasken gejagt werden. Beim Bäcker haben sie Perchtlmänner gekauft und sich über die eigentümlichen Dorferer lustig gemacht.

Plötzlich aber ist der Rom da gewesen und hat bei uns in der Kammer gelebt. Meine Eltern haben nie viele Worte darüber verloren. Mein stiller Vater schon gar nicht. Meine Eltern haben so getan, als wäre es das Normalste der Welt, einen Perchtl bei sich auf dem Hof unterzubringen. Diese Normalität, die uns unsere Eltern im Umgang mit Rom vorgelebt haben, hat uns Kindern irgendwann alle Angst vor dem Rom genommen.

Uns Kindern ist klar gewesen, dass wir mit niemandem außerhalb des Hofes darüber sprechen sollten. Ohne dass uns unsere Eltern darauf hätten hinweisen müssen. Durch Tante Anni, den Altoglauben und die

Lage unseres Hofes waren wir eh isolierter als die meisten anderen im Dorf, und es ist uns Größeren nicht schwer gefallen, über Rom zu schweigen. Und die Kleinen, die das vielleicht noch nicht verstanden, haben einfach nicht mehr ins Dorf gedurft. Natürlich ist der arme Perchtl plötzlich das Wichtigste für meine mitleidige Mutter gewesen. Ihr neues hilfebedürftiges Tierchen. Sie hat sich um ihn gekümmert und hat stundenlang in der Stube mit ihm geredet und ihm unsere Sprache beigebracht. Wir haben es durch den Boden gehört. Meinen Geschwistern hat das scheinbar nichts ausgemacht. Für sie war der Rom einfach da. Ob die Mutter ein mutterloses Kalb abends mit dem Fläschchen versorgt hat oder einen Perchtl, ist denen egal gewesen. Ich aber habe vor Eifersucht und Sehnsucht nach meiner Mutter nicht einschlafen können. Das hatte zur Folge, dass ich müde in die Schule gegangen bin, unkonzentriert gewesen bin und plötzlich von selbst Fehler gemacht habe. So habe ich nicht einmal mehr schlechte Aufmerksamkeit von meiner Mutter beim Nach-unten-korrigieren der Hausaufgaben bekommen. Jetzt ist sie mit der Schlechtheit der Hausaufgaben zufrieden gewesen und hat nicht mehr darüber gesprochen. Eine verwirrende Zeit. Der Kontakt zwischen Rom und uns Kindern hat sich meistens aufs Essen beschränkt. Die Einzige, die mit ihm richtig sprechen gedurft hat, war die Mutter. Durch die Stubendecke haben wir oben gehört, dass er immer besser Bairisch gesprochen hat.

Beim Lauschen haben wir viel über ihn und über die Perchtlwelt erfahren. Dass er hier gelandet ist, weil es bei ihm hoffnungslos war. Weil er in einem winzigen Steinhaus gelebt hat und nur ein kleines steiniges Feld und ein Tier, von dem ich noch nie gehört habe, hatte. Dass es da, wo er herkam, zwar Schreckensgeschichten über uns gegeben hat, die er aber nie geglaubt hat. Dass seine Eltern in eine große Stadt gegangen sind und er seitdem alleine gewesen ist. Meine Mutter hat gefragt, ob die Stadt München gewesen ist. Er hat die Stadt aber anders genannt. Die Mutter hat dann gefragt, ob es eine reine Perchtlstadt gewesen ist. Aber Rom hat geantwortet, dass dort nur Menschen, die wie wir ausgesehen haben, gelebt haben. Der Rom hat erzählt, dass er lange Tage durch eine Art Wüste gelaufen ist und dann durch bergigen Wald. Er hat geglaubt, dass jenseits der Bergkette, die er zum Schluss überquert hat, hier bei uns, ein Land namens Tschile ist und ein Gebiet, das nur für die Perchtln da war. Er war sehr überrascht, als er einem Mann begegnet ist, der eine ganz andere Sprache gesprochen hat als er. Immerhin hat er bereits zwei unterschiedliche Sprachen gekonnt. Die, die sie zu Hause gesprochen haben und die andere aus der Stadt. Sowas wie Bairisch und nach der Schrift, habe ich vermutet. Dass der Mann aber so freundlich gewesen ist, dass er keine Angst gehabt hat, hat er auch gesagt. Der Mann ist mein Vater gewesen.

Die Mutter hat ihm auch von uns erzählt. Von der Familie und vom Pfaffltal. Sie hat ihm davon erzählt, wie sehr man hier die Perchtln fürchtet und was man mit ihnen anstellt, sobald man auf welche trifft. Sie hat ihm geschildert, was passiert wäre, wenn er von anderen Arnriedern als uns erwischt worden wäre. Das hat Rom hörbar mitgenommen. Er hat sich gefragt, ob es richtig gewesen ist, von zu Hause weg zu gehen und hierher zu kommen. Meine Mutter hat gesagt, dass sie es nicht glaubt. Und sie hat gesagt, dass sie auch glaubt, dass er, wenn ihm sein Leben lieb ist, von hier wieder weg muss.

Das alles ist im Sommer vor meinem letzten Schuljahr passiert. Ich habe mich wieder beruhigt und meine Zensuren sind wieder gut geworden. Zu gut.

Eines Tages ist der Postbote mit einem Brief an meinen Vater zu uns gekommen. Dem Brief, wie ich später erfahren habe. Dem Brief, vor dem sich meine Eltern immer gefürchtet hatten. Seit ich in die Schule gekommen war und mir alles leichter gefallen ist, als den anderen. Der Brief aus der Stadt. Mit dem Befehl, dass ich zum Lateinlernen nach München geschickt werden soll. Für die Amtmännerlaufbahn. Meine so strenge Mutter hat geweint, und der Vater ist in den Stall gegangen, wo ihn Ludwig vor Wut und Angst schreien gehört hat. Und auf ein Mal habe ich verstanden, worum es der Mutter beim Hausaufgabenmachen gegangen war.

Ich bin trotz der Angst meiner Eltern stolz und aufgeregt gewesen. Immerhin war ich seit Menschengedenken der erste, der aus Arnried nach München gedurft hat. Im Frühjahr darauf sollte die Abreise sein. Darüber, dass es das Ende der Beziehung zwischen meinen Eltern und mir bedeutet hat, habe ich mir nur insofern Gedanken gemacht, dass ich mir insgeheim gewünscht habe, die Mutter würde so zum ersten Mal merken, was es bedeutet, wenn ich nicht mehr da bin. Wie ein kleines Kind, wenn es vor Trotz weint und darüber nachdenkt, wie sehr die Eltern weinen würden, wenn es tot wäre.

Seit dem Brief haben sich meine Eltern abends in einer leeren Kammer im Haus vergraben und haben geredet. Weder ich noch meine Geschwister haben hören können, worum es bei ihren Gesprächen gegangen ist. Einmal haben sie den Rom dazugeholt. Am folgenden Abend habe ich ihn vor seiner Kammer abgefangen. Zum ersten Mal überhaupt habe ich mit ihm alleine gesprochen. Dabei habe ich gemerkt, dass mir sein fremdes Aussehen doch noch mehr Angst gemacht hat, als ich gedacht hätte. Von wegen die Mayers haben keine Angst vor Fremden. Ich habe versucht, ihn auszufragen, aber er hat mich nur angestarrt und ist dann in seiner Kammer verschwunden. Vielleicht habe ich zu schnell geredet und er hat gar nicht verstanden, was ich von ihm wollte.

Im Laufe des restlichen Jahres ist meine anstehende Abreise wieder unwichtiger geworden. Schule, Freunde, Geschwister und auch der Rom sind wichtiger geworden. Es ist dann Perchtllauf gewesen. Ohne uns. Der Rom hat sehr über die gebastelte Perchtlmaske lachen müssen. Dann war Advent und dann Weihnachten. Am Stephanustag hat sich dann alles verändert.

Mein Vater hat mich nachmittags in den Stall gerufen. Dort war bereits meine Mutter. Sie hat schwere Schuhe angehabt und war gekleidet wie für eine winterliche Wanderung. Mein Vater hat mir meinen Lodenumhang und meinen Hut gegeben. Wir sind direkt hinter dem Heuschober hinauf in Richtung hohe Wiesen. Es war kalt und verregnet. Oben auf der Bergkette war sogar Schnee. Bei uns im Tal nicht. Ein normaler verregneter Winter halt. Meine Mutter, die das Laufen nicht so gewohnt war, ist ganz schön ins Schnaufen gekommen.

Als wir weit genug vom Dorf weg gewesen sind, hat mein Vater angefangen zu erklären, warum beide Eltern mit mir sprechen wollten. Weit weg vom Hof und weit weg vom Dorf. Dass es dabei um mein Weggehen nach München gegangen ist und dass es da Sachen zu besprechen geben würde, die besser nur von uns dreien gehört werden. Erst haben sie herumgedruckst und der Vater hat über den Regen und den Nebel geredet. Und darüber, dass es im Herbst schon so kalt gewesen ist. Dann hat ihn meine Mutter angestoßen und er hat die erste ernstgemeinte Frage gestellt:

Der Vater: »Freust du dich darauf, nach München zu gehen?«

Ich: »Schon. Irgendwie.«

Ab hier hat dann meine Mutter übernommen. Sie hat den Vater nur gebraucht, um den Anfang zu machen.

Die Mutter: »Freust du dich darauf wegzugehen? Von uns wegzugehen?«

I: »…«

M: »Wie stellst du dir das vor? In München. Weg von der Familie.«

I: »Ich habe mir da noch keine Gedanken gemacht. Aber ich freue mich, dass sich was rührt. Bei uns ist ja sonst immer alles gleich. Jetzt passiert endlich mal was, was noch nie passiert ist. Zumindest bei uns.«

M: »Was weisst du denn über München und die Lateinschule?«

I: »Nichts Wirkliches.«

M: »Erzählen denn die anderen in der Schule oder der Lehrer nichts darüber? Oder wird da gar nicht drüber gesprochen?«

I: »Ich habe mit niemandem darüber gesprochen. Nicht einmal mit dem Franz. Wir kennen ja auch niemanden, der schon nach München gegangen ist aus Arnried. Nicht mal einen, der nach München musste, weil er was Böses gemacht hat. Was soll ich da mit dem Franz reden? Ich freu mich einfach darauf. Ohne wirklich zu wissen warum.«

M: »Dein Vater und ich, wir wissen einige Dinge über München, die die anderen nicht wissen können. Deshalb müssen wir mit dir reden. Das mit München ist nicht das, was alle denken. Das ist alles anders. So anders, dass wir dir ausreden müssen, da hin zu wollen, Bub. Deshalb wollten wir nicht, dass du zu gute Zensuren hast, damit du nicht nach München musst. Aber scheinbar warst du noch schlauer als wir gedacht haben. So schlau, dass wir dir die guten Zensuren nicht nehmen konnten. Was meinst du denn, was es für eine Mutter bedeutet, wenn ihr Sohn so klug ist, dass sie vor Stolz fast platzt und sie ihn aber aus Angst vor den Folgen dümmer machen muss?«

I: »Aber was kann denn daran schlecht sein, nach München zu müssen. Außer dass ich von euch weg muss. Aber so weit kann das doch gar nicht sein, dass ich euch dann gar nicht mehr sehen kann, oder? Es gibt doch einen Zug und alles. Und vielleicht komme ich ja als Amtmann in unsere Gegend.«

M: »Kein Amtmann kommt jemals dorthin, wo er her kommt. Das wäre das erste Mal.«

Die Mutter schaute mich so zärtlich an, wie sie es noch nie getan hatte.

M: »Dein Vater hat vor vielen Jahren auf den hohen Wiesen etwas gesehen, das uns gezeigt hat, dass unser Kind niemals nach München darf. Dass wir alles dafür tun müssen, dass keines unserer Kinder jemals nach München muss. Weder weil es so klug ist, noch weil es ein Verbrecher ist. Alto, jetzt erzähl du das.«

V: »Du bist besser im Reden, Kres.«

Meine Mutter hat meinen Vater angelächelt. Sie hatte ihn gern. Mir hat es einen Stich in der Brust versetzt, denn ich habe gewusst, dass sie mich nie so angesehen hat und dass ich niemals so angesehen werden würde.

M: »Du warst noch ganz klein und ich war mit deinem Bruder Martin schwanger. Dein Vater hat mit dem Joseph und dem Konrad die Viecher auf die oberen Wiesen gebracht. Damals hat er noch die

Kühe des halben Dorfes mitgenommen und der Konrad hat damals die eine Hälfte des Sommers droben auf der Senn verbracht, die andere Hälfte ich mit dem Vater. Jetzt macht das die Anni alleine. Weil wir nur noch unsere eigenen Viecher droben haben. Oder wir haben nur noch die eigenen Viecher droben, weil es jetzt die Anni macht.

Oben am Felsgrund, in unserer Hütte, haben sich der Vater und die Knechte eingerichtet, die Vorräte verstaut und, wie sie es immer machen, einen Erdratz gebraten. Du warst ja selber schon droben mit dem Vater. Die drei haben dann Schnaps getrunken und der Joseph hat auf seiner Mundharmonika gespielt. Wie sie es halt jedes Jahr machen. An so einem ersten Hochwiesenabend wird nicht früh geschlafen wie sonst, sondern da wird gegessen und getrunken und Musik gemacht und manchmal, wenn es schon warm genug ist, wird draußen getanzt. Bevor du auf der Welt warst, waren dein Vater und ich drei Sommer lang alleine droben. Nichts ist schöner als so ein erster Hochwiesenabend.

Aber damals vor neun oder zehn Jahren haben dein Vater und die beiden Knechte nicht die ganze Nacht feiern können. Alto, mir ist es lieber, wenn du das erzählst. Ich kenne die Geschichte ja nur aus zweiter Hand.«

Meine Eltern sind mir damals zum ersten mal wie ein altes Ehepaar vorgekommen. Obwohl die Mutter gerade erst knapp über dreißig gewesen ist. Aber sie haben so vertraut ausgesehen und rücksichtsvoll miteinander wie ein Altbauernpaar im Garten vor dem Austraghäusel. Nicht dass sie sonst grob zueinander gewesen wären. Aber ich glaube, dass ich sie damals das erste Mal direkt miteinander sprechen gesehen habe.

V: »Gefeiert haben wir halt. Die Knechte und ich. So wie wir das immer machen am ersten Hochwiesenabend. Aber diesmal kam es anders. Es war zu kalt zum rausgehen und wir sind drinnen geblieben. Du kennst die Hütte ja. Klein aber warm. Der Josef ist dann raus zum Bieseln und ist schnell wieder zurückgekommen. Draußen ist was, hat er gesagt. Ich habe sofort an die Kühe gedacht und bin gleich mit raus.

Der Konrad hinterher. Aber da war nichts mit den Kühen. Zuerst war da nur ein Geräusch. So ein Röhren, nur höher. Ich weiß gar nicht, wie ich das beschreiben soll. Wie Kindergeschrei, nur in schlimmer. Ich hab dem Konrad gesagt, dass er schnell das Licht in der Hütte löschen soll. Ich dachte im ersten Moment Perchtln oder Untote oder noch was schlimmeres. Obwohl ich damals an nichts davon geglaubt habe. Aber vorsichtshalber hab ich doch kurz wieder daran geglaubt. Am Rand von der Unterwiese, da wo der Wald anfängt, haben wir dann eine Reihe von zehn Gestalten gesehen. Mit gesenkten Köpfen sind sie am Waldrand entlang gelaufen. Voneweg ist das schlimme Geräusch gewesen. Eine Art Wagen. Aber klein wie ein Handkarren, ohne Pferd oder Ochsen und mit dicken Rädern. Darauf ist ein Mann gestanden, der laut geschrien hat. Ein starkes Licht hat dem Wagen den Weg geleuchtet. Hinten weg ist ein Mann gegangen mit genauso einem starken Licht. Die Gestalten, das habe ich im Licht der starken Lampe gesehen, haben die Uniformen der Münchner Lateinschüler getragen. So wie die sie anhaben, wenn sie zum Abschied von den Eltern in Rieding an den Bahnhof gebracht werden. Lauter Burschen um die fünfzehn Jahre alt. Und dann hat der Mann hinten dem letzten Burschen mit dem Lampenstab auf den Nacken geschlagen. Mit aller Wucht. Dass der Bursch in die Knie gegangen ist vor Schmerz. Und der Mann hat ihn auch noch getreten. Bis der Bub liegengeblieben ist. Die anderen sind einfach weiter. Auf die Felswand zu. Und dann waren sie weg. Nur der Bursch ist liegen geblieben. Der Wagen, die Lichter, die Schüler, weg.«

So viel auf einmal hatte ich meinen Vater noch nie sprechen gehört.

M: »Der Vater hat dann den Burschen in die Hütte getragen und da ist er gestorben.«

V: »Wir haben ihn im Wald beerdigt. Wenn ich nur an die armen Eltern denke, die gar nicht wissen, wo der tote Bub liegt ... Wir wussten nicht einmal den Namen.«

M: »Aber der Bub hat noch geredet. Ein bisschen jedenfalls.«

V: »Ja, nicht viel. Aber ich habe danach gewusst, dass ich keines meiner Kinder jemals nach München schicke. Das habe ich mir geschworen und der Mutter habe ich auch das Versprechen abgenommen, dass sie alles dafür tun wird, dass keines der Kinder da hin geht.«

I: »Das habe ich dann ja auch zu spüren bekommen, oder?«

Ich habe meine Mutter angeschaut. Sie hat mir nicht in die Augen schauen können.

V: »Aber die Mutter hat es gut gemeint.«

I: »Was hat er gesagt, bevor er gestorben ist?«

V: »Ich glaube, dass die ihm das Genick gebrochen haben oder dass er innen verblutet ist. Jedenfalls wollte ich herausfinden, wie er heißt und aus welchem Dorf er stammt. Damit ich zumindest den Eltern Bescheid sagen kann, dass er abgeholt wird. Oder sein Leichnam. Weil ich gleich gemerkt habe, dass es mit ihm zu Ende geht. Aber der Bub hörte uns nicht. Er sagte nur immer wieder den gleichen Satz. Kaum zu verstehen, so leise: ›In München müssen alle sterben‹. Meinst du, dass wir da beruhigt waren, als wir den Brief bekommen haben?«

Wir sind inzwischen am unteren Waldrand des Hochforsts gewesen. Die Mutter hat meine Hand genommen. Anschauen hat sie mich aber immer noch nicht können. Der Regen hat sich mit dem Schnee vermischt und wir mussten, obwohl wir unter den Bäumen gingen, sehr auf unsere Schritte achten. An einer Stelle im Wald, man hat schon die beginnenden Hochwiesen durch die Äste sehen können, sind meine Eltern stehen geblieben. Die Mutter hat auf eine junge Buche auf einer kleinen Lichtung gezeigt.

M: »Da liegt er.«

I: »Der Lateinschüler, der gestorben ist?«

Der Vater hat genickt und alle drei haben wir geschwiegen. Die Mutter hat ausgesehen, als würde sie beten, was sie sonst nie getan hat.

M: »Und als wir gemerkt haben, dass du dir leicht tust in der Schule, haben wir uns an den Lateinschüler erinnert. Ich habe den Vater hierher zurück gebracht und ihm das Versprechen abgenommen, es nicht zuzulassen, dass du nach München musst.«

V: »Das hab ich auch verstanden. Wir haben damals gedacht, dass die die jungen Männer vielleicht alle austauschen und töten und neue Amtmänner aus München zu uns bringen. Aber das war nur eine Vermutung aus der Angst heraus. Wenn ich heute so darüber nachdenke, glaube ich eher, dass die die Lateinschüler in München so schlecht behandeln, dass manche sterben. Auf dem Weg dorthin und dort. Und dass die Schüler denen völlig wurscht sind. Ob es ihnen gut geht oder nicht. Die Knechte haben den ganzen Sommer über aufgepasst, ob einer von denen zurückkommt, um nach dem Leichnam zu schauen oder ihn zu verstecken. Nichts.«

M: »Nichts. So wurst sind die denen. Seid ihr denen. Mit solchen Leuten können wir unseren Buben nicht mitgehen lassen.«

V: »Jedenfalls haben wir uns etwas überlegt. Wir könnten dich einfach vor den Amtmännern und Schandis verstecken. Hier auf der Hütte? Oder dich nach Reisach schicken? Wir haben herausgefunden, dass es geheime Stellen gibt, wo sich Lateinschüler auf der Flucht verstecken können. Aber uns war das zu unsicher. Gerade auch für deine Geschwister. Wenn die uns verdächtigen, dass wir dir geholfen haben zu fliehen, sperren die uns beide weg. Nach München. Wie Verbrecher. Was passiert dann mit den anderen Kindern? Die Oma kann sich nicht um sie kümmern und die Anni auch nicht. Oder soll der Rom den Hof übernehmen?«

Der Vater hat so getan, als würde er lachen.

M: »Wir beide würden für dich genauso wie für deine Geschwister nach München gehen, keine Frage. Aber welchen Sinn würde es haben, wenn dann die ganze Familie kaputt geht?«

Die Mutter war sehr ernst.

M: »Jedenfalls haben wir uns etwas ausgedacht ...«

Und so ist es dann auch gekommen. Wie meine Eltern es sich ausgedacht haben. Weil meine Mutter sich an den toten Lateinschüler von der Hochwiese erinnert hat.

Als der Tag der Abreise gekommen war, habe ich mich von den Eltern verabschiedet. Ich wusste, dass ich sie für lange Zeit nicht wiedersehen würde. Aber so war es ausgemacht. Von Arnried aus bin ich mit drei anderen Kameraden nach Rieding zum Bahnhof gebracht worden. Wir sollten in einem Raum warten. Dort war bereits der Wenzel aus Rieding. Ich habe die anderen Lateinschüler genau so aufgestachelt, wie ich es mit der Mutter ausgemacht hatte. Es war leichter als gedacht. Alle hatten Angst vor München. Aber alle wollten weg aus der Enge ihrer Heimatorte. Damit habe ich sie dann schließlich ködern können. Dass wir in den Wald abhauen sollten. Dass wir dort unbehelligt von den Menschen, die wir bisher gekannt hatten, leben sollten. Frei und selbstbestimmt. Wie die Wilden. Meine Eltern und der Rom hatten alles vorbereitet. Verschiedene Lagerplätze und Verstecke, Decken, Vorräte, Fallen, Geld. Bis sich alles nach ein paar Jahren beruhigt haben würde. Dann würden wir alles tun können, was wir wollten. In die Stadt gehen, in ein neues Dorf, zum Zirkus, zu den reisenden Musikanten. Oder, wie ich es vorhatte, heimlich zurück zum Hof der Eltern. Und dort versteckt wie die Tante Anni leben.

Wir haben spät abends den Schandi mit einem Nachttopf niedergeschlagen und sind losgerannt. Keiner hinter uns. Als wäre es ihnen egal. Wir haben uns erst in einem Schober versteckt und sind dann nachts über die Landstraße weiter. An einer markierten Stelle sind wir in den Wald. Wir haben die gebunkerten Decken und das Essen gleich gefunden. Am Morgen sind wir weiter, tiefer in den Wald. Bis zu einem gespaltenen Findling. Dort ist der Rom zu uns gestoßen. Ein großer Schreck für die anderen. Aber der ist auch vergangen. Ich glaube, wir jungen Bayern haben weniger Probleme, uns an Neues zu gewöhnen. Andererseits, wenn ich da an die anderen Arnrieder denke. Auch die jungen.

Die Enttäuschung

Bericht von Joseph Kiener. Fortsetzung

Was dann geschah, war eine einzige große Enttäuschung. Ich hatte mich dem Martl so nahe gefühlt. Ein Bruder im Geiste, sozusagen. Und dann das.

Am Nachmittag. Der Martl, der Teufel und ich beratschlagten und beschlossen, dass ich zuallererst den Argentinier zur Wachtenkette bringen sollte. Er war sehr aufgeregt, als er davon hörte. Von dort sollte er alleine weiter nach Argentinien. Ich wollte anschließend zurück nach Reisach um Ipi abzuholen, um sie nach Perchtling zu bringen oder irgendwas.

Martl beschrieb mir genau, wohin ich zu gehen habe. Die Hoffnung Benno wiederzufinden, nahm er mir ganz. Der sei wohl für immer im Maul der COMISAF verschwunden. Eingesperrt, Argentinien oder sogar tot. Für einen Buben wie den Schwarzhansi sei das aber gar kein Problem, seinen besten Freund zu verlieren, sagte mir der Martl. In dem Alter gewöhne man sich schnell an neue Menschen, und so ein Verlust sei überhaupt kein Thema für eine junge Seele. Er sehe das bei seinen Lateinschülern jeden Tag aufs neue. Erst sei es schwer für sie, von Familie und Freunden weg zu sein, und dann nach wenigen

Wochen seien sie alle gut gelaunt und froh. Ich glaube, ich wollte ihm glauben. Ich musste ihm glauben. Ich musste mich wieder in den grauen Sack aus Gleichgültigkeit einwickeln, in dem ich die Jahre nach dem Tod des Bruders und der Familie verbracht hatte und der mich vor zu vielen trüben und verzweifelten Gedanken bewahrt hatte. Was hatte ich schon groß mit dem Benno zu tun. Redete ich mir ein. Ich hatte zwar dem Schwarzhansi versprochen, dass ich seinen Freund wiederfinden würde, aber wenn es halt einfach nicht ging. Ich streifte den Sack über meine Arme. Er war warm und grau und gleichgültig. Ich hatte den Bruder nicht retten können. Niemand sonst hatte ihn retten wollen. Und jetzt konnte ich halt den Benno nicht retten. Was war schon dabei? Ich war jetzt ganz eingehüllt in Stumpfheit. Wie noch vor einigen Wochen. Bevor ich mir in Oberpfaffing eine Aufgabe gab, den Buben zu suchen und tatsächlich losging. Ich musste an Ipi und mich denken. Es war besser, mich nicht mehr um die anderen zu scheren. Ab jetzt zählten nur noch wir zwei. Der Schwarzbub würde das schon schaffen ohne seinen Freund und ohne mich.

Wir übernachteten in einem der vielen leerstehenden Räume von Romansbrunn. Das Nachtessen war nicht weniger fad als das Mittagessen. Schweinefleisch, eingesalzen und augige Kartoffeln. Aber wozu sich beschweren? Immerhin sah ich nachts auf meinem Strohsack die Zukunft mit Ipi vor mir. Tagsüber auf der Bank in der Sonne vor unserem Haus. Nachts im Bett neben einer nackten Frau. Der einzige Lichtstrahl, der in meinen grauen Sack namens Neubayern drang.

Der Teufel und ich brachen am nächsten Tag zeitig auf. Der Martl hatte uns einen Weg beschrieben, der über einen wenig hohen Berg, den Kinader, direkt ins Pfaffltal zurück führte. Eine geheime Abkürzung. So sagte er. Eigentlich hätte ich da schon hellhörig werden müssen.

Wir marschierten und schwiegen. Reden konnten wir ja nicht miteinander, der Teufel und ich. Der Anstieg war zwar nicht schwer, aber der Weg wenig begangen, so dass wir länger brauchten, als es auf einem normalen Pfad der Fall gewesen wäre.

Wir liefen bis Spätnachmittags, aßen auf einer Lichtung und bauten uns anschließend ein Nachtlager.

Am nächsten Morgen brachen wir noch in der Dunkelheit auf und standen zum Sonnenaufgang auf dem Gipfel.

Unter uns lag ein Tal im Morgenlicht. Wälder, Felder, die Dörfer. Über einer weiteren Hügelkette in der Ferne kam langsam die Sonne hoch. Alles im Tal schien einen Lichtkranz zu haben. Die uns zugewandten Seiten der Bäume und Häuser waren noch dunkel, die uns abgewandten Seiten aber schon ganz hell. Es sah schön aus. Besonders. Zum ersten Mal fühlte ich etwas wie Heimatliebe. Vielleicht weil es zum ersten Mal eine Möglichkeit gab, von hier weg zu gehen. Ein zweiter Lichtschimmer, der durch das Gewebe des grauen Sackes in meine Gleichgültigkeit schien.

Wir begannen abzusteigen.

Und dann fingen die Enttäuschungen an und der graue Sack wurde dichter: Wir betraten den Wald und wurden von einem Trupp Gendarmen erwartet. Und dem Martl. Wir wurden sofort festgenommen und gefesselt. Der Martl blickte uns kein einziges Mal direkt an, sprach aber übereifrig mit den Schandis. Nicht einmal selber laufen durften wir. So viel Angst hatten die, dass ihnen der Teufel wieder entwischte. Man band uns auf Tragen fest und schleppte uns ins Tal.

Dort steckten sie uns in einen geschlossenen Wagen und holperten mit uns los. Zum Glück waren wir jetzt nur noch an Händen und Füßen gefesselt und man hatte uns unsere Bündel gelassen. So konnten wir zwischendurch etwas trinken. Mit uns saß ein schweigsamer Gendarm im Wagen, der uns bewachte.

Irgendwann hielt der Wagen und man zerrte den ungewöhnlich matten und schweigsamen Teufel heraus. Er wirkte, als hätte er mit allem abgeschlossen. Mich behielten sie im Wagen und fuhren weiter. Einmal blieben wir länger stehen, und es hörte sich an, als wäre draußen ein Gastgarten. Menschen, Gelächter, Gläserklirren und

Musik. Wahrscheinlich aßen die Schandis dort etwas und wechselten die Pferde.

Mein Bewacher im Innenraum des Wagens wurde ausgetauscht. Der Neue stank nach Bier und Fleisch und Schweiß. Ich versuchte erst gar nicht, mit ihm zu sprechen. Ich war zu gleichgültig. Enttäuscht vom Martl. Meinem Seelenverwandten für kurze Zeit. Der von dem ich gedacht hatte, dass er so ist, wie ich gerne wäre. Wenn ich heute daran denke, werde ich immer noch traurig. Er war mir in der kurzen Zeit in Romansbrunn so vertraut gewesen.

Wir fuhren weiter. Durch die Ritzen in der Wagenwand sah ich, dass es draußen dunkel wurde.

Der Wagen hielt. Die Türe öffnete sich und ich wurde herausgezerrt. Es war inzwischen vollkommen finster. Zwei Gendarmen schleppten mich einen Hohlweg hinauf. Dann über eine breite Schotterstraße. Am Ende angekommen, warteten dort drei weitere Schandis auf uns. Zu sechst ging es weiter durch einen Felsdurchbruch in eine enge Klamm. Vornweg ging einer der Gendarmen und leuchtete uns mit einer Fackel. Die vier anderen Aufpasser gingen mit ihren Feuern hinter mir. Unter uns ein laut rauschender Bach, links und rechts Felswände, schaurig beleuchtet von den Fackeln. Schatten und gelbes Licht tanzten gruselig über die steilen Wände. Als Kind hätte ich mich vor Perchtlangst eingeschissen. Aber heute machten mir meine Bewacher und die schwindende Zukunft mit Ipi größere Sorgen.

Wir gingen einen in die Felswand geschlagenen Weg entlang. Ich trottete mit meinen gefesselten Händen dicht an der Wand entlang. Es gab nur manchmal ein gespanntes Seil als Geländer. Ich fürchtete abzurutschen. Nach einer guten halben Stunde nahmen mir die Gendarmen meine Hand- und Fußfesseln ab. Wahrscheinlich war ich überängstlich, denn ich war mir in dem Moment sicher, dass sie vorhatten, mich mit Absicht in den Bach zu stoßen. Dann wäre ich weg. Kein Problem mehr mit einem, der über das Jetzt und den Teufel und die Perchtln Bescheid weiß.

Aber man hatte mir die Fesseln nur abgenommen, damit ich leichter auf dem engen, feuchten Weg vorankam. So mussten die Gendarmen nicht so viel Rücksicht auf mich nehmen und es ging schneller. Die hatten nur ihren Feierabend im Blick. Abhauen konnte ich hier sowieso nicht.

Es dauerte trotzdem noch lange, bis wir am Ende der Klamm ankamen. Dort trafen wir auf andere Männer, die offenbar auf uns gewartet hatten. Sie trugen alle die gleichen dunklen Kittel oder Anzüge und keine Hüte. Die Gendarmen grüßten sie stumm, nur indem sie ihre Hände kurz hoben. Da schien eine Art Mauer zwischen den Schandis und den Kitteluniformierten zu existieren. Als würden sie sich respektieren, aber nicht mögen. Dann verschwanden die Gendarmen wieder in der Klamm. Die neuen Uniformierten führten mich einen leichten Anstieg hinauf. Oben konnte ich schwach das Licht eines Fensters sehen. Einer der Männer murmelte leise und unverständlich in einen kleinen schwarzen Kasten. Wie ein Irrer in einer selbst erfundenen Sprache. Er machte mir nur noch mehr Angst. Erst die seltsam schweigsamen Schandis und jetzt bewacht von Verrückten.

Je weiter wir nach oben kamen, desto deutlicher konnte ich einen Bauernhof erkennen. Wie er da so einsam am Waldrand stand, erinnerte er mich fast an den abgebrannten Kienerhof in Oberpfaffing. Aber inzwischen lag das so lange zurück, dass mir jeder alleinstehende Hof wie mein verlorenes Zuhause erschien.

Die Männer öffneten die Hoftüre und schoben mich hindurch. Drinnen war es ganz anders als alle Höfe, die ich bisher gesehen hatte. Wahrscheinlich war das das Jetzt, dachte ich. Die Wände waren sehr eben. Und so sauber. Das Licht war hell. Die wenigen Möbel waren glatt und gerade. Zum ersten Mal sprach einer der Männer mit mir. Er sprach nach der Schrift, aber seine Aussprache war ungewöhnlich. »Setz dich nieder« und »warte«. Sein R klang fast wie ein L. Als hätte er einen Stein im Mund oder sich auf die Zunge gebissen. Die Männer verschwanden durch eine Türe aus dem Raum. Ich wartete. Lange. Irgendwann schlief ich im Sitzen ein.

Ich wachte auf, weil es stank. Nach Kaffee. Vor mir stand ein Becher, aus dem es dampfte. Auch der Becher wirkte übertrieben gerade und glatt, wie alles im Raum. Warum gab man mir überall Kaffee. Langsam hatte ich das Gefühl, dass Kaffee das heimliche Erkennungszeichen der Jetztmenschen war. Der Holderer, der Engel, der Martl und jetzt hier. Wenn ich einmal damit anfangen würde, wäre ich bald ein Teil der Jetztler, so dachte ich. Draußen dämmerte es schon wieder.

Ich hatte Durst und schaute mich im Raum um. Vielleicht stand irgendwo Wasser.

»Suchst du was?« Mich traf ein Schlag aus Eis. Eine Stimme wie aus der Hölle. Aus der Vergangenheit. Aber nicht schön wie die Erinnerungen an die gute Zeit mit meinem Bruder und den Eltern, sondern furchtbar. Die Stimme, die ich aus dem brennenden Kienerhof gehört hatte: »Ihr geht alle mit in den Tod!«, hatte die Stimme damals geschrien und »Keiner bleibt über«. Untrennbar damit verbunden waren die Schreie meines Vaters. »Holt den Sepp mit raus.« Und dann nichts mehr. Nur noch ein Geruch, wie ich ihn später in Russlach noch einmal gerochen hatte. Nach gebratenem und geräuchertem und schließlich verkohltem Mensch. All das lag in der Stimme. Es war unser Knecht. Der Alfons. Der tote Alfons. Der Selbstmörder. Der Mörder des Bruders, der Mutter, des Vaters und der Großmutter. Aber wie konnte das sein?

Ich hörte Schritte von hinter mir auf mich zukommen. Eine Hand stellte eine Flasche auf den Tisch. An ihr hing der Alfons. Das gleiche Gesicht wie früher. Nur der Schnurrbart war weg. Alfons, der Todbringer, den ich aus dem Familienbild herausgekratzt hatte, um ihn vergessen zu können. Um die Familie vergessen zu können. Um mich in den grauen Sack der Gleichgültigkeit zurückziehen zu können. Um mein Leben weiterleben zu können. Erst war der Bruder wieder in meinem Kopf aufgetaucht, weil ich durch den verschwundenen Benno wieder an ihn hatte denken müssen und alles hatte langsam wieder Farbe bekommen. Dann hatte die Ipi das Licht wieder in mein Leben gebracht. Und jetzt machte der Knecht alles wieder kaputt. Ich zitterte. Der Alfons lachte dreckig: »Kannst mich ruhig anlangen. Ich bin keine

Erscheinung.« Er stellte ein Glas neben die Flasche, öffnete sie und goss mir Wasser ein. »Ist nicht vergiftet.«

Dann legte er das Familienbild, das er offenbar aus meinem Bündel genommen hatte, neben das Glas. »Dass du dich überhaupt noch erinnerst. Hast ja alles dafür getan, mich zu vergessen.« Er zeigte auf das herausgekratzte Gesicht. Ich schaute ihn vorsichtig an. Er trug dieselbe dunkelgraue Uniform wie die anderen Männer. Es war eine Art Ganzkörperunterwäsche. Hose und Hemd waren aneinandergenäht. Auf seiner Brust stand sein Name in Lateinschrift und darüber in groß und rot COMISAF. Der tote Alfons gehörte zu denen?

»Ich wollte dir noch einmal in die Augen schauen, Seppi. Wegen der guten Zeiten, die wir gehabt haben.« Der Alfons sagte Seppi, wie es sonst nur der Bruder getan hatte. Er setzte sich auf den zweiten Stuhl am Tisch. »Wir haben so schön gespielt, wie du ein Bub gewesen bist.« Er schob mir das Glas mit Wasser zu. »Und jetzt sauf lieber. Ich muss dich gleich fesseln und mit zusammengebundenen Händen trinkt sichs nicht so gut. Scheiß dich nicht ein.« Ich trank und Alfons band mir die Hände zusammen. Dann nahm er mein Bündel und führte mich durch die Türe.

Draußen ließ er mich noch gegen die Hauswand pieseln und dann führte er mich auf die Berge zu, die sehr hoch hinter dem Hof aufragten. Ganz ähnlich wie in Romansbrunn. Ein Stück einen Hang hinauf stand ein weiteres Hofhaus. Vielleicht das Austragshäusl. Wir gingen hinein. Innen war es genauso aufgeräumt, glatt und gerade, wie im Bauernhaus. Ich wurde auf einen Stuhl gedrückt. Der Alfons ging noch einmal um mich herum und schaute mir ins Gesicht. »Pfiat di, Seppi. Sehen werden wir uns nicht mehr. Ich habe schon damals beim Feuer gedacht, dass es das letzte Mal ist. Aber dann warst du nicht im Haus, als alles gebrannt hat und hast überlebt. Jetzt bin ich derjenige, der abhaut. Also ist es diesmal sicher das letzte Mal.« Dann ging er durch die Türe.

Wieder wartete ich. Diesmal nicht lange. Ein Mann, ebenfalls in COMISAF-Kleidung, kam in den Raum und stellte eine kleine Flasche und ein Glas auf einen Tisch. Daneben legte er eine braune, dünne Akte. Er kam mir bekannt vor. Ich glaube, dass er unter den ganzen Amtmännern und Gendarmen gewesen ist, die den Teufel durch Rieding geführt hatten. Auf seinem Namensschild stand E. Wiesböck. Auch er blieb nicht im Raum.

Kurz nach ihm kam eine mir sehr bekannte Person in das Zimmer, setzte sich an den Tisch, schüttete Wasser in das Glas und trank ausgiebig. Der Holderer aus Rieding. Der Heimatwahrer. Das überraschte mich nicht. Schon seit mir der Engel im Schwalbennest alles erzählt hatte, war mir klar gewesen, dass der Holderer nicht nur einfach der Vorsteher irgendeiner Behörde war, sondern dass er etwas mit all dem Jetzt und COMISAF-Getue zu tun haben musste. Er trug keinen der COMISAF-Anzüge. Seine Kleidung erinnerte entfernt an die der Amtmänner, nur kürzer, weiter, leichter und hellgrau. Statt eines Halstuches oder einer Krawatte, wie ich sie kannte, hatte der Holderer einen langen blauen Stoffstreifen um seinen Kragen gebunden. Sein Hemd war unwahrscheinlich weiß und glatt. Während er trank, schaute er mich an. Ohne den Blick von mir zu nehmen, setzte er sich auf den Stuhl und öffnete die Akte. Kurz las er. Dann schaute er mich wieder an.

»So, Herr Kiener«, sagte er auf Schriftdeutsch. Er las wieder in seiner Akte. Ich hatte fast den Eindruck, dass er sich gar nicht mehr an mich erinnerte. Das war ein ganz anderer Holderer als der schulterklopfende Mann im Hausmantel in Rieding. Nicht mehr auf eine einschüchternde Art gemütlich. Kein Schalk mehr. Nur noch Ernst und Kälte. Er stand auf und gab mir die Hand: »Holderer, ausführender Direktor bei der COMISAF in Luxemburg.« Er fuhr fort: »Ein paar Fragen hätten wir noch.« Jetzt lächelte er mich an. Aber nur mit dem Mund, nicht mit den Augen. »Um sicher zu gehen.« Er griff neben sich und zog ein schwarzes Brett zu sich. Das war mir zuvor noch nicht aufgefallen. Er klappte das Brett in der Mitte auseinander. So dass ein Teil davon senkrecht in die Höhe stand, der andere flach auf dem Tisch lag. An der Helligkeit auf seinem Gesicht konnte ich sehen, dass ein Licht von dem oberen Teil des Brettes aus auf sein Gesicht schien. Während des ganzen folgenden Gesprächs schaute der Holderer in das Licht und klapperte mit den Fingern auf dem auf dem Tisch liegenden Teil des Brettes herum.

»Also, Frage: Wem haben Sie erzählt, was Sie wissen?«

Ich war noch ganz benommen von meiner Begegnung mit dem Alfons und zu verwirrt, um zu antworten.

»Herr Kiener, entweder arbeiten Sie mit uns zusammen oder ... Verstehen Sie mich?«

Er klang sehr streng. Ich nickte.

»Sie hatten ja jetzt genug Zeit, um sich mit der neuen Situation zurechtzufinden.« Er klapperte wieder auf dem Brett herum.

»Geben Sie mir ein paar Informationen, dann gebe ich Ihnen auch welche. Sie sind doch auf der Suche nach etwas, oder? Nach dem Buben, der etwas gesehen hat, oder? Sie zuerst: Wem?«

Ich reagierte lieber nicht. Weil ich gar nicht gewusst hätte, wie.

Der Holderer schaute mich immer noch an. Er verdrehte die Augen. »Es ist eigentlich ja eh schon wurst. Wieso muss ich mich zum jetzigen Zeitpunkt damit überhaupt noch rumärgern? Scheißvorschriften. Hätte ich sie mir mal lieber nicht ausgedacht, die Regeln. Dann müsste ich sie auch nicht befolgen.« Er seufzte. Dann fuhr er fort. »Also doch ich zuerst. Aber nicht vergessen, dann Sie.«

Er nahm die Akte und blätterte darin herum. »Wissen Sie, warum der Bub weg musste und wo er jetzt ist? Das interessiert Sie doch? Deswegen sind Sie doch im ganzen Rayon unterwegs, oder?« Das Wort Rayon sprach er so aus, wie es der Teufel ausgesprochen hätte.

»Weil er was gesehen hat?«, antwortete ich.

»Richtig. Weil er was gesehen hat und die Deppen in Oberpfaffing, der Gendarm und der besoffene Doktor es nicht hinbekommen haben, dass er sich nicht mehr erinnert. Zu lange gewartet. Miteinander was getrunken und dann nicht mehr daran gedacht. Die haben ihm die Tropfen zu spät gegeben! Und dann, als der Bub sich immer noch erinnert hat, immer wieder. Zu oft. Nach dem Motto: viel hilft viel. War aber nicht so.«

Ein bisschen blitzte jetzt der alte Holderer wieder durch. Jovialer und weniger offiziell. Vielleicht war es auch nur seine Masche, um mein Vertrauen zu erschwindeln.

»Und deshalb musste er weg, der Bub. Wer nicht vergisst oder nicht gekauft werden kann, muss weg. Nicht töten oder so. Wir sind ja keine Unmenschen. Unsere Lösung heißt rüber über den Wachten und dann auf Nimmerwiedersehen. Wir haben da unsere Möglichkeiten.« Der Holderer lächelte.

»Wissen Sie, was es für uns bedeutet, wenn einer plötzlich was weiß, was er nicht wissen soll? Zumindest ein bisschen was? Ob das der Benno ist oder Sie. Dann laufen wir Gefahr, dass das ganze System einstürzt. Das System, das der Firma so viel Geld bringt, wie wir es uns nicht ausmalen können. Das System, das hier seit hundertsiebzig Jahren funktioniert. Das System aus Lügen, Ignorieren und Bequemlichkeit. Erst über hundert Jahre Zufall, unglaublicher Konservatismus, Bigotterie, Obrigkeitstreue, Amtmänner, Pfarrer und der richtigen Menge aus Gewalt und Drohen haben diese Zeitblase entstehen lassen. Damit hat die Firma nichts zu tun gehabt. Erst viel später haben wir dann fünfzig Jahre lang das System weitergeführt, sogar noch verstärkt. Oder meinen Sie, dass dieses Konstrukt hier in der jetzigen Zeit ohne Hilfe von Außen weiterbestehen hätte können? Von Flugzeugen haben Sie ja inzwischen gehört, oder? Aber was wissen Sie schon über die jetzige Zeit? Glauben Sie mir einfach. Ich bin schließlich von dort.« Er schaute mich an, als hätte er was gewonnen.

»Wir können es weder dulden, dass etwas von hier nach außen dringt, noch, dass etwas von draußen nach drinnen gelangt. Viel zu gefährlich. Deshalb müssen wir uns manchmal etwas ausdenken. Zum

Beispiel bei den Mapuche, die manchmal hier rüberkommen und ihr Land wiederhaben wollen. Das war anfangs eine gute Idee, den Perchtlglauben zu nutzen und die Angst vor Krankheiten auszubauen. Doch dann sind die Bauern selber kreativ geworden. Was es bedeutet, wenn dumpfe Bauern sich was einfallen lassen, kann man sich ja ausmalen. Sie haben mit dem heiligen Andreas und dem Abschlachten und den Feuern angefangen. Das ist uns dann, ehrlich gesagt, ein wenig aus dem Ruder gelaufen. Jetzt verbieten wir das seit einigen Jahren und schauen mal.«

»Was ist mit dem Hinterwald? Der ist auch aus dem Jetzt und weiß alles.«

»Der weiß überhaupt nichts. Und bisher hat er nur die Elisabeth und Sie mit seinem Angeberhalbwissen geimpft. Wir haben den schon im Auge. Er bekommt von uns so viel Geld, dass er schon sein Maul hält. Oder wie, glauben Sie, finanziert sich so ein dahergelaufener Hobby-Historiker sein Leben und seine Forschung? Das hat bisher immer funktioniert. Ob das irgendein Amtmann ist, ein Pfaffe, der Hinterwald oder sonst wer. Außerdem war uns seine Laienforschung manchmal ganz nützlich, um die Zusammenhänge zu verstehen und uns Ideen zu holen, wie wir das alles aufrecht erhalten können. Lange geht das hier eh nicht mehr. Noch ein paar Monate und dann fangen sie an. Die Maschinen stehen schon in Rio Pico.«

»Was heißt: Lange geht es nicht mehr? Was wollen Sie damit sagen?«

»Jetzt erst einmal Sie, Herr Kiener. Geben und Nehmen. Also, wer weiß noch Bescheid? Mit wem haben Sie über alles geredet?«

Ich überlegte. Einerseits hatte ich Angst, andererseits wollte ich noch mehr von ihm erfahren. Ich war neugierig geworden. Was konnte der Holderer wissen? Welche Namen konnte ich ihm geben, um mehr von ihm gesagt zu bekommen? Musste ich jemanden besonders schützen? Die Ipi sowieso. Den Teufel, die Elsi, die Wirtin? Den Martl sicher nicht. Wenn ich die Wirtin und den Grünen Baum verriet, kam der Holderer vielleicht von selber darauf, dass es da noch jemand anderen von draußen gab. Ich konnte ihm nichts erzählen, ohne zu riskieren, dass er von Ipi erfuhr. Den Teufel hatten sie eh schon und der war mir egal. Außerdem war mir klar, dass der Holderer mich nicht einfach laufen lassen würde, wenn ich ihm alles erzählt hatte. Es gab also nur eine Möglichkeit. Ich musste hier weg. Zusammenarbeiten war keine Lösung. Ich musste den richtigen Moment abwarten und abhauen, Ipi holen und so weit wie möglich weg aus Neubayern. Perchtling war nicht genug. Wenn es das überhaupt gab. Immerhin hatte der Holderer gerade angedeutet, dass das Ende von Neubayern kurz bevor stand. Was auch immer das heißen sollte. Die Hoffnung darauf, den Buben zu finden, hatte mir der Martl eh schon genommen. Und jetzt hatte ich vom Holderer die Gewissheit bekommen, dass er längst woanders war. Jetzt ging es wirklich nur noch um mich und Ipi.

Ich war zwar klein und wirkte schwächlich und kraftlos. Dass ich Holz hacken musste und Fässer tragen, ahnte keiner, der mich so sah. Meine unterschätzte Kraft konnte mein Vorteil sein. Meine Hände waren zwar gefesselt, aber nicht hinter dem Rücken zusammengebunden.

Als der Holderer wieder in das Licht seines Brettes schaute, nahm ich all meinen Mut zusammen, sprang auf und schlug ihm mit den zusammengebundenen Händen ins Gesicht. Ich legte all meine Angst, all meine Wut, all meine Sehnsucht, alle geschleppten Fischfässer und alle Ster Holz, die ich gespalten hatte, in den Schlag. Ich wollte nicht nur den Holderer niederschlagen. Ich wollte auch den grauen Neubayernsack, in dem ich mich seit dem Martl wieder befand, zerplatzen lassen. Der Holderer schaffte es nicht einmal zu schreien. So schnell fiel er hintüber und blieb liegen. Ich war wirklich besonders zornig. Also trat ich ihm noch ins Gesicht. Traurig war ich auch. Also trat ich ein weiteres Mal zu. Der Holderer blutete aus der Nase. Das machte mich noch wütender. Die Drecksau, lag einfach da und blutete wie ein Feigling. Also trat ich ihm in seinen fetten Wanst. Er stöhnte kurz auf. Ich trat ihm vorsichtshalber noch in den Unterleib. Ich hätte gerne weiter getreten. Für Ipi, für die Buben, für die Eltern, für den

Bruder. Immer rein in den Holderer mit seinem glatten Gesicht, in seinem glatten Zimmer, an seinem glatten Tisch.

Doch ich konnte ja nicht. Ich musste los. Ich schaute aus dem Fenster und sah niemanden draußen stehen. Ohne weiter nachzudenken, öffnete ich die Türe, griff nach meinem Bündel und rannte nach draußen. Neben der Türe war eine Bank, die ich vom Fenster aus nicht gesehen hatte. Dort saß der Alfons, um mich und den Holderer zu bewachen. Als er mich sah, wusste er erst nicht, was er tun sollte. Ich rannte auf den Hof zu. Nach seinem Schreck fing sich der Alfons schnell wieder und rannte hinter mir her. So viel mehr Kraft ich hatte, als man mir zutraute, so viel weniger schnell konnte ich rennen. Viel langsamer als der Alfons. Er kam näher. Doch ich war schon am unteren Hof, rannte um die Hausecke, griff mir ein Holzscheit und schlug es dem Alfons ins Gesicht, als er um die Ecke bog. Wieder ging einer zu Boden und wieder blutete einer feige aus der Nase. Bluten und jammern, das konnten die, die Jetztmenschen. Ich behielt das Scheit in meinen zusammengebundenen Händen und setzte mich auf den Alfons. Mit meinen Knien drückte ich seine Arme auf den Boden. Sollte ich zu leicht sein, um ihn am Boden zu halten, würde ich ihm halt das Scheit ins Gesicht dreschen. Genauso, wenn er schrie. Auf der Rückseite des Hofes waren wir weder vom Austragshäusl, noch von der Klamm aus zu sehen.

Der Alfons kam zu sich und verstand die Situation sofort. »Wenn du schreist, bist du tot. Wenn du dich bewegst auch«, sagte ich ihm noch vorsichtshalber. Ich konnte seine Angst sehen. »Bitte«, jammerte er, und »Ich sollte heute noch raus. Rüber nach Argentinien. Und dann meine Ruhe haben.« Seine Worte machten mich unendlich wütend. Erst meine Familie verbrennen und dann um Gnade winseln. Ich stellte mir vor, wie es wäre, ihm einfach mit dem Scheit den Schädel zu zertrümmern. Sein Blut und sein Hirn auf den Boden laufend. Wie eine Schnecke, die meinen Salat fraß, die ich auseinander schnitt. Quellende Eingeweide und Schleim. Eine gute Vorstellung. Eine erlösende Vorstellung. Keine Schnecke bedeutet guten Salat für mich.

Kein Alfons bedeutete gute Zukunft für Ipi und mich. Der Alfons flennte wie ein Kind. Wahrscheinlich konnte er die Entschlossenheit in meinem Gesicht sehen. »Ich wollte das nicht, mit deinen Leuten. Ich musste.« Darüber hatte ich noch gar nicht nachgedacht. Es war gar kein Zufall, dass der Alfons noch lebte. Er hatte mit Absicht nur die Familie umgebracht. »Die haben mir keine Wahl gelassen. Entweder ihr oder ich.« Ich musste wohl nach seinen Sätzen weniger wütend ausgesehen haben, denn der Alfons witterte eine Möglichkeit zu entkommen. Indem er mir von seinem Mord erzählte. Indem er sich zu rechtfertigen begann. »Dein Bruder wusste alles. Der war doch drüben gewesen und hat alles mit eigenen Augen gesehen. Die haben mir so viel Geld angeboten. So viel Geld und ein neues Leben. Und was wäre aus uns allen geworden, wenn dein Bruder in Oberpfaffing rumerzählt hätte, was er wusste? Aus den Neubayern und den COMISAF-Bayern? Ruckzuck wäre alles, was wir hier aufgebaut haben, beim Teufel. Ich habe deinen Bruder gehört, wie er mit deinem Vater und deiner Mutter geredet hat. Darüber, was hinter den gezackten Schneiderrädchen und hinter dem Supersolpapier steckt. Wenn die es schon wussten … Ich hatte doch die Verantwortung für Oberpfaffing. Wenn von dort aus was losgetreten worden wäre, wäre das direkt auf mich zurückgefallen. Undenkbar. Kein Geld und kein neues Leben.« Ich ließ kurz das Scheit sinken. Der Alfons sah es und wollte seine Chance nutzen, um mich abzuwerfen. Doch ich reagierte schnell und schlug mit dem Scheit auf sein Handgelenk. Er schrie kurz auf, erinnerte sich dann aber wieder an meine Drohung, ihn totzuschlagen, wenn er Lärm machte.

»Seppi, das war ihr oder ich, verstehst du? Ich habe Schießpulver in den Ofen getan, damit es schnell geht und niemand leiden muss. Ich habe nicht damit gerechnet, dass du unterwegs bist. Und als es gebrannt hat und du plötzlich draußen vor dem Hof standest und nicht drinnen, hab ich so getan, als ob ich ein Selbstmörder wäre, der alle mit in den Tod reißt. Dein Vater dachte, dass du noch irgendwo im Haus bist.« In Wirklichkeit war ich unten an der Pfaffl gewesen. In der Hoffnung, die Elsi beim Waschen in der nassen Bluse zu sehen. Elsis Busen hatten mein Leben gerettet.

»Wer hat dir das Geld versprochen?« Ich hob das Scheit wieder höher, um ihm zu drohen.

»Die von der Firma. Aber keiner hat mir gesagt, dass ich den Hof anzünden soll. Nur dass ich mich darum kümmern muss.«

Meine Wut war plötzlich weg. Ich schlug dem Alfons das Scheit auf den Kopf, bis er ruhig war und ging los. Jetzt zählte nur noch Ipi. Ich musste bei ihr sein, bevor die COMISAF oder sonstwer auf die Idee kam, im Grünen Baum zu suchen. Wenn sie es nicht eh schon getan hatten.

Ich rannte den Weg bis zur Klamm. Durch die Klamm. Die Schotterstraße entlang. Durch den Hohlweg. Die Straße in Richtung Norden. In meinem Bündel fand ich mein Messer. Es hatte die ganze Zeit darin gelegen. Die Deppen von Gendarmen hatten es nicht gefunden. Auch der Alfons nicht. Ich schnitt die Handfesseln damit auf. Wenn ich das gewusst hätte, wäre ich schon aus dem Wagen ausgebrochen. Aber ich glaube, dass ich da noch nicht zur Gewalt fähig gewesen wäre. Erst der Holderer hat das möglich gemacht.

Es wurde Nachmittag. Ich hatte noch nichts im Magen. In einem Dorf kaufte ich von einem Bauern Eier und ein Brot. Zum Glück war Geld nicht mein Problem. In meinem Stiefeltuch hatte ich immer noch genug. Ich fraß alle zwölf Eier roh. Die Nacht verbrachte ich im Wald und fror fürchterlich. Ich schlief immer nur kurz und schreckte von der Kälte geschüttelt wieder auf.

Einmal wachte ich auf und sah durch die Bäume grelle Lichter auf mich zukommen. Ich befürchtete die Gendarmen oder die COMISAF-Leute und rannte durch den dunklen Wald. Die Lichter folgten mir. Ich rannte weiter, obwohl ich nicht mehr konnte. Ein Hund bellte und Männer riefen sich etwas zu. Ich stolperte und fiel in einen Bach. Durch die Bäume blitzten die Lichter. Ich rannte auf der anderen Seite des Wassers weiter. Die Lichter begannen, sich von mir zu entfernen. Ich lief, so leise ich konnte, von den Lampen und dem Hundegebell weg. Als ich nichts mehr hörte, brach ich zusammen und schlief. Trotz der Kälte und meiner nassen Kleidung.

Ich wachte am Vormittag auf. Meine Gelenke steif. So musste Ipi sich gefühlt haben, als sie in Russlach unter dem Felsen hervorgekrochen war. Ich aß den Rest des Brotes, trank Wasser aus einer Quelle und setzte mich in einen Sonnenfleck zum Aufwärmen und Trocknen.

Ich ging weiter nach Norden. Irgendwo musste eine Straße kommen. Dann würde ich schon den Weg nach Reisach wiederfinden, um Ipi zu holen.

Der Wald wurde etwas lichter und ich wurde vorsichtiger. Nachts konnte ich nicht gehen, denn ohne Sonnenstand fehlte mir die Orientierung.

Aus dem Wald wurden Äcker. Dahinter kam ich durch ein Dorf. Ich fragte einen Mann auf dem Anger nach dem Weg nach Reisach. Er zeigte mir die Richtung. Ich fragte, ob es einen Wirt im Ort gebe. Das Wirtshaus lag an der Straße zur Stadt. Es war überraschend groß. Mit einem großen turbulenten Gastgarten, einer Kapelle und vielen Gästen. Als ich davor stand, hatte ich das Gefühl, schon einmal dort gewesen zu sein. Doch ein Wirtshaus mit so einem großen Garten hatte ich zuvor noch nie gesehen.

Aber gehört.

Das wurde mir klar, als ich meinen Schweinebraten gegessen und ein Bier getrunken hatte. Als die Musik anfing zu spielen und als die Gendarmen, die mich zwei Tage zuvor zur Klamm gebracht hatten, um mich herum standen. Es war die Schandiwirtschaft.

Und schon war ich wieder gefesselt und saß im selben Wagen wie zuvor. Wenigstens hatte ich einen vollen Magen.

Wieder Holpern. Wieder fahren, bis es dunkel war.

In München

❦

Bericht von Joseph Kiener. Fortsetzung

Als der Wagen hielt, zogen mich die beiden Gendarmen, die mitgefahren waren, ins Freie. Draußen war es taghell. Heller als in dem Austragshäusl vom Holderer. Ich musste die Augen zusammenkneifen, um überhaupt etwas zu erkennen. Riesige Lampen leuchteten. Wahrscheinlich Strom. Ich sah einen Drahtzaun, ein Eisentor, das zwischen zwei spitzen Türmen hindurch führte, einen gekiesten Platz. Man zog mich durch das Tor, in ein Gebäude und warf mich in einen Raum. »Ipi«, dachte ich. Der graue Sack zog sich weiter zu. Zur Gleichgültigkeit kam jetzt noch die Hoffnungslosigkeit hinzu.

Der Raum war kahl und groß. Viel größer als eine Zelle. Und es standen zwei Reihen Stockbetten darin. Zwei Reihen mal drei Betten und noch mal jeweils drei Betten darüber also zwölf Betten. Alles war aus lackiertem Eisen. Eine Art Matte und eine dicke Decke darauf. War das das, was man ein Plumeau nannte? An der Stirnseite des Raumes sah ich drei Tische. Ebenfalls aus lackiertem Eisen, mit weißen Tischplatten und jeweils vier Stühlen drumherum. Vier Betten schienen belegt zu sein. Ich setzte mich auf eines davon. Rat- und Hoffnungslos.

Später öffnete sich die Türe und vier Männer traten ein. Oder eher noch junge Burschen. Vielleicht sechzehnjährig oder siebzehn. In seltsam sauberer, heller und locker sitzender Kleidung und mit weißen Schuhen. Sie trugen jeder ein Tablett vor sich, das leuchtend rot war. Ich musste an Benno denken und an sein von selber rotes Rot. Auf den Tabletts standen weiße Becher mit einer Art Stängel darin und daneben lagen jeweils zwei Schachteln. Es roch nach Fett. Wie wenn die Oma Kirchweihnudeln gemacht hat. Nur nicht so gut. Die vier sahen mich und einer kam auf mich zu. Er sagte: »Wir wussten schon, dass du kommst. Der Sepp, oder?« Ich nickte. Und weiter: »Der Lorenz hat dir was zu essen mitgenommen und auf dem Bett da hinten liegt Kleidung.« Ein weiterer kam auf mich zu und hielt mir ein Tablett entgegen. Die anderen drei setzten sich an einen der Tische. Ich nahm das Tablett und setzte mich an den Nachbartisch.

Die vier packten die Schachteln aus. Ich tat es ihnen gleich. In einer befand sich ein in durchsichtiges Papier gewickeltes, rechteckiges Weißbrot mit etwas Ähnlichem wie Kochfleisch darauf. Ich hatte großen Hunger und schlang es hinunter. Es war sehr salzig und eine Art Sauce hatte das Brot durchtränkt und noch weicher gemacht. In der zweiten Schachtel war ein gläsern wirkender Kelch mit klein geschnittenen Obststücken. Äpfel, Birnen und eine hellrote Frucht, die sauer und zugleich süß schmeckte. Das Gefäß war nicht aus Glas, sondern aus einem mir damals unbekannten Material. Heute weiß ich, dass es Plastik war. In dem Becher war Wasser, das man mit etwas versetzt hatte, das auf der Zunge und im Rachen kitzelte. Wie Most, der übergoren war. Die vier Burschen saugten das Wasser durch die Stängel, die aus den Bechern ragten. Ich warf den Deckel und den Stängel weg und trank es einfach so. Ich musste aufstoßen. Nur ohne Biergeschmack im Mund.

Später zeigte mir einer der vier einen Raum, über dessen Türe Dusche stand. Dort konnte ich mich unter warmes Wasser stellen und komplett abwaschen. Die Kleidung auf dem Bett war leicht und trotzdem warm.

Die vier hießen Lorenz, Adolf und Georg und Alto. Sie erzählten mir, dass sie hier seit ungefähr einer Woche festgehalten wurden und dass das eine Art Gefangenenlager war. Von einigen ›München‹ genannt und von anderen ›Perchtling‹. Das versetzte mir einen weiteren Hieb in den Magen. Sollte das wirklich das Perchtling sein, von dem uns die Wirtin im grünen Baum erzählt hatte? Die vier sahen, dass ich Tränen in den Augen hatte und schauten weg. Morgen, sagten sie, sei auch noch ein Tag und sie hätten es schon schlechter gehabt als hier.

Die vier erzählten mir, dass sie ursprünglich sechs und zeitweise sogar sieben gewesen seien. Dass die meisten von ihnen eigentlich Lateinschüler für München gewesen seien und sich in einem Wald vor dem Studieren versteckt hätten. Dass sie aus irgendeinem Grund aufgeflogen und in ihrem Versteck gefunden worden seien. Dass einer von ihnen bei der Festnahme geflohen sei und einer, ein Perchtl, sich gar nicht erst habe gefangen nehmen lassen. Offensichtlich wussten sie über mich ein wenig Bescheid. Sonst hätten sie nicht so offen mit mir über einen Perchtl gesprochen. Der siebte, ein ganz junger Bursche, sei schon vorher verschwunden. Bei einer Art Aufgabe, die er zu erfüllen gehabt habe. Alle vier seien jetzt etwas besorgt wegen des Jungen. Ich fragte, ob der Bub zufällig Benno geheißen habe. Die vier verneinten, meinten aber, dass ihr Bub auf der Suche nach einem Benno gewesen sei. Ich fragte, ob ihr Bub dann vielleicht der Schwarzhansi gewesen sei. Sie sagten ja.

So schlief ich in meiner ersten Nacht in München. Sauber und leer. Eingewickelt in meinen gedachten grauen Sack aus Gleichgültigkeit. Das Ipi-Licht langsam am Erlöschen.

Der nächste Tag wurde nicht viel besser. Die vier aus dem Wald weckten mich. Es war zwar immer noch sonnig aber deutlich kälter. Sie führten mich auf einen gekiesten Platz vor der Baracke, in der unser Raum war. Dort sah ich zum ersten Mal ganz München. Zwei Reihen zu je fünf Baracken. Graue Wände, rote Blechdächer. Dazwischen eine Kiesstraße und frisch gepflanzte Bäume. Gegenüber der Baracken, auf der anderen Seite des Kiesplatzes, stand ein breiter zweiflügeliger

Bau mit einem einfachen Spitzen Turm in der Mitte. Um das ganze Lager herum war eine Mauer. Nicht sehr hoch, aus grauen länglichen Steinquadern gebaut. Auf den Dächern der beiden Gebäudeflügel stand: ›COMISAF – FUTURO Y GANANCIAS‹.

Zeitgleich mit uns kamen einige andere, in den gleichen Kleidern wie wir gekleidete Menschen aus anderen Türen der Baracken. Alle gingen langsam und bedächtig auf ein Tor in der Mitte des spitzen Turms zu. Als hätten sie Zeit tot zu schlagen. Über dem Eingang stand: ›CANTINA‹.

Die vier aus dem Wald und ich betraten einen riesigen Raum mit weißen Wänden und staubigen Holzdielen auf dem Boden. Überall standen dieselben Tische und Stühle wie im Barackenraum. Die vier zogen mich zu einem langen Fenster an der Seite des Raumes und wir reihten uns in eine Schlange von Menschen ein. Alle trugen dieselben leichten hellen Kleidungsstücke. Ihre Gesichter kamen mir allesamt bekannt vor. So als hätte ich jedes einzelne schon einmal irgendwo gesehen. Einer sah fast aus wie der Pfarrer von Happach, eine Frau wie jemand, der mir einmal in Reisach begegnet war und ein junger Mann kam mir vor wie jemand, den ich schon einmal in Unterpfaffing gesehen hatte. Aber von den Menschen in der Schlange schien mich keiner zu erkennen.

»Kiener, pass auf.« Lorenz oder Adolf zog mich zu sich heran. Ich kannte die vier noch nicht auseinander. »An der Essensausgabe arbeitet heute Emily. Du darfst nicht erschrecken, wenn du sie siehst. Sie ist eine Schwarze. Sie hat eine dunkelbraune Haut. Alle hier haben einen Mordsschreck bekommen, als wir sie das erste Mal gesehen haben. Aber sie ist harmlos und mag es gar nicht, wenn man sich vor ihr fürchtet oder sie anstarrt, verstehst du? Es sieht ungewöhnlich aus, ist aber nicht schlimm. Entspann dich, bitte.«

Ich erschrak natürlich trotzdem. Mehr als gedacht. Gegen Emilys Anblick waren die Perchtln nichts. Ich dachte zuerst, sie habe überhaupt keine Gesichtszüge und bestünde nur aus einer dunklen ebenen Fläche mit Augen und Mund anstelle eines Gesichts. Dann bewegte sie sich und im veränderten Licht, sah ich, dass sie doch eine Nase hatte und Wangenknochen und alles. Aber das beruhigte mich nur wenig. Mir ging es wie beim Anblick der Perchtlleichen im Feuer. Einerseits wollte ich das nicht sehen, andererseits konnte ich aber auch nicht wegschauen. Ihre Haut erinnerte mich an die verbrannten Körper im Perchtlfeuer von Russlach. Sie sah meine Furcht und rollte mit den Augen. Das machte sie für mich nicht weniger schrecklich. Lorenz oder Adolf legte mir zur Beruhigung seine Hand auf die Schulter. Ich zitterte, als Emily mir drei Semmeln und eine Handvoll kleiner Päckchen auf ein Tablett legte und mir das Ganze zuschob. Aus dem Augenwinkel konnte ich sehen, dass der Waldbursche, der hinter mir stand, eine entschuldigende Geste in Richtung Emily machte. Ich konnte mir nicht vorstellen, von dem Tablett zu essen, das die Person mit der verbrannten Haut kurz zuvor angefasst hatte.

Bericht von Emily Madega (22) aus Röhrmoos/Landkreis Dachau

Ich hätte diesen Job nie annehmen sollen. So geschockt von meinem Afrika-Afrika-Gesicht sind die nicht mal, wenn ich meine Cateringjobs in Wildbad Kreuth mache. Und da nervt es schon mehr als genug. Aber die Kohle, die die mir geboten haben, war der Wahnsinn. Und dann Argentinien. Und ein leichter Küchenjob mit Deutsch/ Bairisch- und Spanisch-Kenntnissen. Bairisch haben die sogar extra bezahlt! Ich dachte, dass das so eine Art Auslandssemester mit Jobben und anschließendem Schweigegelübde wird. Job-and-Travel. Und anschließend ein Jahr durch Südamerika reisen. Aber jedesmal wenn ein Neuer von den Bauern aufgetaucht ist, wieder dieses: »Oh nein, ein schwarzes Gesicht. Das hab ich noch nie gesehen. Zitter!« Wenn die sich dann mal an mich gewöhnt haben, ist es auch gegangen. Da waren die dann lustig und nett und sogar flirtig. Flirtig à la 1850. Ich habe mal in einem Flüchtlingsheim in Erdweg gearbeitet mit unbegleiteten jugendlichen Männern aus Afghanistan, Syrien und dem Irak. Das war das reinste New York gegen hier. In Sachen Weltgewandtheit und elegantem Flirten und so, mein ich. Die Tatsache, dass die alle noch nie ein schwarzes Gesicht gesehen haben, war schon seltsam genug.

Aber richtig komisch für mich war das Lager selbst. Ich meine, ich war in Dachau auf dem Gymnasium. Da ist man in der Zehnten praktisch jeden zweiten Tag im KZ. Und dann komme ich hierher in dieses komische Retroland und arbeite in einem kleinen KZ-Dachau light. Ich kenne die Fotos im Museum im KZ und alles. Natürlich lässt sich das Eingesperrtsein der Bauern hier nicht mit der Folter in Dachau vergleichen. Aber die Baracken waren genau die Gleichen. Und das Hauptgebäude sah aus wie eine kleinere Version des Hauptgebäudes in der Gedenkstätte. Und dann noch der Schriftzug auf dem Dach. Wie in Dachau 1939.

Was auch komisch war, war die zweite Schicht, wie alle sie genannt haben. Die Bayern essen, es klingelt, alle rennen, wir machen ratzifatzi ein bisschen sauber und dann kommen die Indianer. So ungefähr zwanzig oder dreißig. Die auf der anderen Seite des Haupthauses in den vier Baracken dort gewohnt haben. Im Gegensatz zu den Bayern haben meine Chefs die richtig leiden lassen. Keine Beschäftigung, nur einmal die Woche duschen und das Essen war viel schlechter. Wir haben denen aber immer mehr Essen zugesteckt und zum Teil das aufgehoben, was die Bayern nicht aufgegessen haben und es den Indianern gegeben. Mein Kollege, der Raul aus Uruguay, hat erzählt, dass die illegal in das Gebiet von unserem Arbeitgeber eingedrungen sind, um es vom rechtmäßigen Eigentümer, der Firma COMISAF, zurückzustehlen. Weil es eigentlich ihnen gehört hat, ganz früher. Und ich muss sagen, dass ich eigentlich dafür war. Also für die Indianer. Das hat doch auch denen gehört, das Land. Und nicht der Firma, den Neubayern, den Argentiniern oder dem Freistaat Bayern, oder? Deshalb habe ich auch aufgehört, dort zu arbeiten. Die Kohle hätte ich schon gerne genommen, aber nicht zu den Bedingungen. Und Schweigen brauch ich jetzt auch nicht mehr. Gezahlt haben die mir außer dem Hinflug und der Unterkunft eh nichts. Das Geld für den Rückflug hab ich mir schön von der Mama leihen müssen. Dreiundzwanzig Jahre alt und dann heißts eines Tages doch wieder: »Mama, kannst du mich bitte abholen? Mir gefällts hier nicht so gut.« Aber mei.

Aus einem Zapfhahn neben der Essensausgabe der schwarzen Frau konnte ich heißes Wasser in einen Papierbehälter füllen und mit Hilfe eines Papiersäckchens einen Pfefferminztee machen. Zumindest roch es danach. Lieber hätte ich Gesteckelte oder einfach Milch gehabt. Zwar stand eine große Kanne mit Milch neben der Heißwasserzapfstelle, aber der Waldbursche hinter mir sagte, dass es verboten sei, einen ganzen Becher davon zu nehmen. Der Geruch des Tees erinnerte mich ans Kranksein, als meine Eltern noch gelebt hatten.

Wir setzten uns an einen der Tische. Die anderen Anwesenden aßen in kleinen Gruppen an anderen Tischen. Alle aßen sehr schnell und bald wusste ich auch warum. Ich hatte gerade eine der Semmeln gegessen und bestrich gerade eine zweite mit einem Obstmus aus einem der kleinen Gefäße, da klingelte eine laute Glocke und alle im Raum Essenden ergriffen ihre Tabletts, stellten sie auf eine Art Regal mit Rollen und verließen meist noch kauend den Saal. »Schichtwechsel«, erklärte einer der Waldburschen. Ich nahm die dritte Semmel ohne alles in meinem Hosensack mit. Den Tee ließ ich unberührt auf dem Tablett.

Wir gingen sehr schnell aus dem Raum ›Cantina‹. Einer der Waldburschen schob mich vor sich her. Scheinbar mussten wir uns beeilen. Wir setzten uns in unsere Stube mit den Gesichtern vom Fenster abgewandt. Dann hörte ich die Glocke zum zweiten Mal. »Bloß nicht aus dem Fenster schauen. Das ist verboten. Da passen die auf wie die Haftlmacher.« Dann klingelte die Glocke zum dritten Mal und alle entspannten sich wieder.

Das gleiche wiederholte sich mittags. Nur das Essen war anders. Abends durften wir unser Essen mit auf die Stube nehmen und dort essen.

Ich habe bisher noch nicht sicher herausfinden können, wer in der anderen Schicht ist. Vielleicht die Angestellten von COMISAF? Oder Argentinier oder Chilenen, die in Neubayern beim Grenzübertritt gefangen worden waren? Vielleicht sogar Perchtln, vielleicht Ipi? Auch keiner von den anderen wusste es. Nur dass es Strafen mit sich brachte, wenn wir nicht schnell genug beim Schichtwechsel waren. Einige Tage verbrachte ich damit, auf jeden Fall herausfinden zu wollen, was die andere Schicht war. In der Hoffnung, so Ipi zu finden. Aber vergebens. In meinen Tagträumereien malte ich mir aus, wie ich die zweite Schicht auf der anderen Seite einer Mauer fand und alle befreite, um anschließend mit Ipi wegzulaufen.

So war es bis zum Schluss in München. Die Tage unterschieden sich kaum. Aufstehen, Frühessen. Dann sind wir in das letzte Gebäude am Ende der Barackenreihe und sortierten dort Steine nach Größe aus einer blauen Wanne in eine rote oder eine gelbe. Dann gab es Mittagessen. Wieder Sortieren. Dann Nachtessen. Am Sonntag sortierten wir nicht. Da gab es eine Messe vom ehemaligen Pfarrer von Happach in der zweiten Baracke. Und dann hatten wir Freizeit. Das war die einzige wirkliche Folter in München. Die Freizeit. Weil nichts zu tun war. Nichts. Erst hatte ich noch meine Hefte, die ich vollschreiben konnte und die neun Supersolzettel, die ich vollmalen konnte. Aber irgendwann waren die Hefte voll, die Geschichten fertig aufgeschrieben, die Supersolzettel zugezeichnet und meine Kraft weg. Das einzig Schöne war das tägliche Brausebad. Immer sauber sein tat gut. Es regnete viel. Der Sommer hielt nicht, was das Frühjahr versprochen hatte. Aber die Brause war wenigstens heiß.

Im Lager sind mir im Laufe der Zeit alle möglichen Neubayern begegnet. Aufmüpfige, Stille, Dumme, Gescheite. Drei waren zeitgleich mit Ipi und mir in der Pension zum grünen Baum gewesen und dort verhaftet worden. Das hatte kurz meine Angst um Ipi befeuert und die Suche nach der zweiten Schicht noch einmal angeheizt. Aber keiner der drei hat sie in der Pension oder auf dem Transport nach München gesehen. Vielleicht weil unser Stockwerk für die anderen Gäste der

Pension nicht zugänglich gewesen ist. Vielleicht ist sie deshalb nicht von den Amtmännern und Gendarmen gefunden worden. Die drei Pensionsgäste waren davon überzeugt, dass die Wirtin sie an die Behörden verkauft hat, um sich selbst eine sichere Flucht nach Argentinien oder Bayern zu ermöglichen. Einige Tage lang war meine Sorge um Ipi unerträglich. Irgendwann konnte ich mich wieder in meinen grauen Gleichgültigkeitssack kuscheln und ich fühlte es nicht mehr.

Die anderen Münchner hatten bald all ihre Geschichten erzählt. Warum sie in München gelandet waren und was vorher gewesen ist. Was sie über das Jetzt da draußen wussten und was nicht. Ich habe vieles gesagt bekommen. Vieles ist interessant gewesen, aber vieles hat mich einfach nicht interessiert. Ich erfuhr viel über Computer und Autos und Flugzeuge und das Internet und Smartphones und Plastik und alles. Wenig über die Menschen im Heute. In Bayern oder Argentinien oder Chile.

Zum Ende meiner Münchner Zeit war mir unerträglich fad. So fad wie nie zuvor in meinem Leben. Nicht einmal während der Messe als Kind in Oberpfaffing. Weder das Ausmalen meiner Supersolbilder, noch das Sortieren in der Baracke half. Nicht einmal mehr die Enttäuschung über den Martl, die Angst um die Ipi und der Liebeskummer halfen gegen das Fad-Sein. Gleichgültigkeit und Langeweile.

Dann wurde das Lager aufgelöst. Im Spätsommer. Wir erfuhren es beim Frühstück. Man brachte uns zu einem Ausgang am Ende der Barackenstraße. Dort öffnete sich ein Tor, man gab uns unsere Sachen zurück und wir wurden in eine Art Eisenbahnwaggon ohne Lok gesteckt. Darin waren Sitze wie im Zug, nur gepolstert. Alle waren aufgeregt. Ich nicht. Der Waggon brummte und fuhr ganz von alleine ohne Lok eine Straße auf einen hohen Berg hinauf, durch eine Höhle. Es wackelte, ich schlief, wachte wieder auf, schlief wieder. Eine Stadt, die ganz anders aussah als Reisach. Aussteigen aus dem Bus. So hieß der Waggon, in dem wir gesessen hatten. Andere Busse mit anderen Münchnern kamen an. Umsteigen in weitere Busse, in denen wir wieder sitzen mussten. Stunden über Stunden. Es wurde dunkel, es wurde wieder hell und immer heißer im Bus. Draußen wurde es zusehends trockener. Immer wieder sah ich Orte mit geraden Straßen und flachen Häusern. Auf den Straßen Fahrzeuge. Autos. Immer mehr. Ein verwirrendes Chaos. Aber auch daran gewöhnte ich mich und es wurde mir egal. Ein Mann gab uns Plastikflaschen mit Wasser. Die, die wollten, bekamen Kaffee in Plastikbechern. Ich trank zum ersten Mal davon und es schmeckte nicht mehr so schlimm. Aus Langeweile. Ein Übergang ins Jetztmenschendasein? Dann brachte er Schachteln mit den üblichen weichen und feuchten Semmeln mit dem salzigen Fleisch. Wir aßen und schliefen wieder. Als ich zum letzten Mal im Bus aufwachte, hielt ein Mann eine Rede. Ich hatte tief geschlafen und bekam deshalb nur die zweite Hälfte mit. Er sprach darüber, dass für uns durch die COMISAF gesorgt werde und dass wir alle ins ursprüngliche Bayern gebracht würden. »Heim«, sagte er. »Sie kommen endlich heim.« Er erklärte uns, dass wir in verschiedene Teile des Landes Freistaat Bayern gebracht würden und die anderen Neubayern nach und nach hinterher kommen würden. Alle jubelten. Dann saßen wir für endlose Stunden in einem Bus, der uns über das Meer flog. Ein Flugzeug. An der Seite konnte ich das Wort ›Lufthansa‹ lesen. Alle schrien, waren ängstlich oder begeistert. Ich nicht. Alle waren noch aufgeregter, als wir landeten. In Bayern war Winter. Wir sahen verschneite Felder und große Dörfer aus dem winzigen Flugzeugfenster.

Dann kamen wir irgendwo an. Es sah genauso aus wie das, was ich aus dem Bus heraus gesehen hatte. Straßen, Autos, Busse, saubere Häuser, Glas. Überall stand München. Es schreckte uns nicht mehr so, wie es uns noch vor ein paar Wochen geschreckt hätte.

Der Bruder war drüben geblieben. Vielleicht der Benno auch.

In Oberpfaffing

❦

Bericht von Ipi Marhiquewun (26), aus Aldea Apeleg, Argentinien

najа, dann ist es doch anders gekommen, als der Kiener geglaubt hat. Zuerst habe ich einige Tage in der Pension Zum grünen Baum gewartet und der Wirtin geholfen. Doch irgendwann war die weg. Einfach verschwunden. Und die Gäste, soweit ich die überhaupt mitbekommen habe, auch. Alle weg. Ich habe versucht, durch die Fenster Veränderungen in der Stadt zu sehen. Ich erwartete, dass plötzlich alle Menschen weg sind. Aber ich konnte das gar nicht erkennen, denn in der Gasse unten war ja fast nie was los, und der Hinterhof war praktisch isoliert. Die Angst, dass aus irgendeinem Grund alle weg waren, blieb. Gleichzeitig traute ich mich nicht raus auf die Straße. Was wäre, wenn nach wie vor alle Reisacher da wären und die mich, den Perchtl, sehen würden? Zum Glück gab es im Haus genug zu Essen. Die Wirtin hatte einen unendlich großen Vorrat an Einweckgläsern mit Gemüse oder Obst, Würsten, Käse, Mehl und Marmeladen zurückgelassen. Ich wollte auf jeden Fall abwarten, bis der Kiener zurückkommt. Die Hoffnung hatte ich noch. Versprochen war versprochen und ich mochte ihn ja auch. Also verliebt und so. Seinen Verliebten verlässt man nicht einfach, weil er sich verspätet oder?

Jedenfalls habe ich nach dem Verschwinden der Wirtin und der Gäste vier Tage gewartet. Damit habe ich gerechnet, dass das die normale Zeit ist, die der Kiener braucht, um seine Sachen zu erledigen. Aber das mit dem Buben konnte auch länger dauern. Also habe ich ihm nochmal drei Tage gegeben, bevor ich mir wirklich Sorgen zu machen begann.

Ich bin dann nach insgesamt zehn Tagen mitten in der Nacht los. Im gleichen Gewand, wie bei unserer Wanderung nach Reisach. Ein Rucksack voller Lebensmittel. Das Gesicht mit Mehlpampe verschmiert. Ich wollte nach Oberpfaffing. Vielleicht konnte ich dort Hinweise auf den Kiener finden. Und zur Not würde ich wieder rüber gehen. Besser als Indio in Argentinien als als Perchtl unter Neubayern. Ich bin da pragmatisch. Nicht lange mit Lamentieren aufhalten, sondern immer weiter machen. Liebe hin, Liebe her. Das ist so eine Art Überlebenstrieb. Genauso wie damals, als die anderen Indigenos von den Dorfdeppen umgebracht wurden und nur ich fliehen konnte. Nicht lang lamentieren. Weitermachen. Mein Überlebenstrick. Hat immer geholfen. Ob das der prügelnde Vater war oder das Versagen in der argentinischen Schule. Augen zu und weitermachen. Ich ließ dem Kiener trotzdem einen Zettel zurück. Ich hoffte, dass er ihn verstehen konnte. Ich konnte weder richtig Bairisch noch Schriftdeutsch schreiben und seine Schrift unterschied sich so stark von meiner. Aber ›Oberpfaffing‹, ›Russlach‹ und ›Argentina‹ würde er wahrscheinlich schon erkennen.

Die Stadt war nachts zwar ausgestorben, aber ich konnte gut sehen, dass die Reisacher noch da waren. Hinter ihren Fenstern und in den Wirtshäusern. Also waren nur die Wirtin und die Bewohner der Pension verschwunden. Vielleicht geflohen oder verhaftet, dachte ich.

Ich lief in wenigen Stunden von Reisach nach Rieding. (Warum gab es da überhaupt diese Eisenbahn? Bei der kurzen Strecke lohnt sich das doch nicht.) Den Tag verbrachte ich schlafend in einem Wald hinter dem Marktflecken. Das Wetter war schlechter geworden. Aber die Bäume waren jetzt schon komplett belaubt und ich fand einen guten Unterschlupf.

In der nächsten Nacht kam ich bis Schoham. Ich war sehr müde und lief nicht die ganze Nacht durch. Wahrscheinlich wäre ich sogar bis nach Oberpfaffing gekommen. Am Fluss campierte ich unter einem umgefallenen enormen Baum.

Ich wusste aus den Erzählungen vom Kiener, dass Oberpfaffing am selben Fluss wie Schoham lag, deshalb ging ich nach Süden, dem Bachlauf nach. Entgegen der Richtung, in der Russlach lag, wo ich mit dem Kiener die Woche in der Waldhütte verbracht hatte. Neben dem Flusslauf war ein Trampelpfad oder Wildwechsel. So konnte ich die Straße vermeiden. Obwohl mir auf meinen anderen beiden Strecken nie jemand begegnet war, hatte ich Angst vor den großen Wegen. Immerhin war ich ein Perchtl im ›Heiliger-Andreas-Land‹.

Auch diese Strecke dauerte nicht ansatzweise die ganze Nacht. Nach ungefähr sechs Stunden war ich da. Was der Kiener nur immer mit seinen Wegstrecken hatte? Von wegen Tagesreise und so. Ich erkundete noch kurz den schlafenden Ort. Klein, matschig und menschenleer. Dann machte ich mich auf die Suche nach Kieners Haus. Aus seinen Erzählungen wusste ich, dass die Fischweiher und seine Hütte ein kleines Stück in Richtung der Bergkette oberhalb des Dorfes waren. Es gab nur einen Weg, durch ein kurzes Waldstück, an einer Wiese vorbei, dann konnte ich trotz der Dunkelheit die Weiher sehen. Dahinter war das Haus und noch weiter hinten die Ruinen des Kienerhofes.

Ich ging langsam an den Weihern vorbei auf das niedrige Gebäude zu. Ich wusste nicht, ob nicht der Schwarzbub oder sonstwer, der Kieners Fische versorgte, seine Nächte in seinem Haus verbrachte. Da war ich lieber vorsichtig.

Und tatsächlich war hinter einem Fenster ein kleines Licht. Ich schlich mich heran. Ich wusste ja, dass man von drinnen nicht so leicht zu sehen war, wenn es draußen dunkel war. In einer kleinen Stube saß eine Frau an einem Tisch und las im Licht einer Petroleumlampe in einem Buch. Die Frau war jung, hatte die Haare hochgesteckt und trug ein grobes Arbeitskleid. Sie war zwar schlank, doch wirkte sie groß und irgendwie grob. Vielleicht war es auch das Kleid oder ihre Sitzposition, aber sie hatte sehr große Brüste und speckige Oberarme. Solche Frauen hatte ich in Neubayern schon einige Male gesehen, als ich mit dem Kiener als Bub verkleidet in Richtung Reisach gereist war. Im Wirtshaus, im Zug und in der Stadt auf dem großen Platz. Vielleicht machte das die Mischung aus Arbeit, beten und Schweinefett aus den Neubayerinnen. Das einzig Ungewöhnliche in der Stube für neubayerische Verhältnisse war das Buch, das die Frau vor sich liegen hatte. Es sah nicht aus wie die altertümlichen Bücher, die ich hier sonst gesehen hatte. Es war eines, wie ich es aus Argentinien kannte. Ein Paperback. Nur größer. So eine Art Schulbuch.

Die Elsi also. Eine Frau in Kieners Hütte, so alt wie er, üppig, ein neumodisches Accessoire. Wer sollte das sonst sein?

Ich überlegte, wie ich ihr gegenübertreten konnte. Wusste sie über die Perchtln Bescheid? Wahrscheinlich schon, da sie ja mit dem Engel zusammen war. Also würde sie über mein Aussehen schon mal nicht erschrecken. Aber wenn spät nachts jemand an deine Hüttentüre klopft, erschrickt man auch, wenn man keine Angst vor Perchtln hat.

Ich beschloss, ein Steinchen gegen die Scheibe zu werfen und Elsi dann, wenn sie vor die Hütte trat, vorsichtig vorzuwarnen, dass da jemand war, der ihr nichts böses wollte.

Elsi kam aus der Türe. Sie war mit einem Fischprügel bewaffnet und rief in die Dunkelheit hinein: »Wer ist da?«

Ich antwortete: »Keine Angst, eine Freundin. Ich tu dir nichts.«

Beim letzten Satz, »I dua-da nix«, musste ich fast weinen. So sehr fehlte mir der Kiener jetzt. Soviel zum Thema »Lamentieren hilft nichts« und »Immer nach vorne schauen, nie zurück.«

»Was willst du?«, fragte Elsi.

»Nur mit dir reden. Und in einem echten Bett schlafen.«

»Mit mir reden? Ich weiss nicht, wer du bist, Freundin. Die letzte Freundin hatte ich in der Schule. Und die hat nicht mit mir in einem Bett geschlafen.«

»Ich bin die Freundin vom Kiener.«

»Und das soll ich glauben? Der Kiener und eine Freundin.«

»Ich weiß, dass er bei dir oben im Schwalbennest war. Und ich weiß über dich und den Engel Bescheid.«

Elsi antwortete nichts.

»Ich komme aus Argentinien.«

»Buenas noches. Und jetzt schleich dich wieder.«

»Du kannst Spanisch?««

»Ich lerne es. Das ist ja wohl nicht verboten.«

Elsi schwieg jetzt. Dann hörte sie sich nachdenklich an: »Weil ich bald rüber gehe.« Und dann noch nachdenklicher: »Drüben ist es besser.«

»Lass mich in die Hütte, bitte. Da können wir reden.«

Elsi schwieg wieder. Trotzdem konnte man sie fast denken hören. Dann: »Was solls. Komm rein.«

»Eins noch …«

»Ja?«

»Ich bin ein Perchtl.«

»Das macht mir nichts.«

»Hast du schon mal einen von uns gesehen.«

»Als die welche gejagt und verbrannt haben in Russlach. Aber nur von weitem. Das war grauslig. Und als ich mit dem Engel drüben war, waren da ein paar. Nicht viele. Nur zwei von den Musikern in der Kapelle in dem Wirtshaus, wo wir waren, waren welche. Ich erschrecke nicht.«

Ich ging auf Elsi zu und als ich im Licht der Lampe stand, sah sie mich doch sehr ängstlich an.

»Du bist so klein«, sagte sie.

»Das sind wir alle. Oder ihr so groß.«

»Aber hässlich bist du nicht. Nur anders.«

»Oder du bist anders.«

»Richtig. Oder ich.«

»Aber auch nicht hässlich.«

»Du kannst gut bairisch.«

In Elsis Blick lag jetzt etwas, das aussah, als würde sie mich wiedererkennen.

»Ich habe dich schon mal gesehen. Oder seht ihr Perchtln euch alle so gleich?«

»Was meinst du, wie ihr für uns ausseht. Lauter Riesenweiber. Ich bin einer von den Russlacher Perchtln. Deshalb kennst du mich. Die einzige, die das Abschlachten überlebt hat. Weil ich schneller rennen konnte.«

Elsi ließ mich ins Haus. Ich setzte mich zu ihr an den Tisch. Das Buch hieß ›Curso Español 1‹. Elsi brachte uns Wasser und geräucherten Fisch. Ich legte die Würste und das eingeweckte Gemüse der Wirtin vom Grünen Baum dazu. Wir aßen und sagten nichts.

»Bist du wirklich die Freundin vom Wallermaul, also vom Kiener, meine ich?«

»Was wäre so seltsam daran?«

»Naja, du hast ihn doch gesehen … Der Schönste ist er nicht gerade.«

»Wieso redest du so über den Kiener?«

»Ich mein ja nur. In Oberpfaffing nennen ihn alle Wallermaul. Weißt du, was ein Waller ist? Ein greisliger Fisch mit dicken Lippen und so einem zauseligen Schnurrbart und ohne Kinn. Wie der Kiener halt.«

»Und die Oberpfaffinger wissen, was schön ist, oder? Ich bin ja vor einer halben Stunde durch euer Dorf der Lieblichkeit gelaufen. Ich war ganz froh, dass es dunkel war, sonst wäre ich geblendet von der ganzen

Schönheit. Da ist jedes Dreckskaff auf der anderen Wachtenseite deutlich hübscher, glaub mir. Und Leute, die für so viel Schönheit verantwortlich sind, nennen Menschen wie mich Perchtln und haben eine Heidenangst vor uns, weil wir so gruselig hässlich sind. So eine Angst, dass sie uns töten und verheizen. Ich scheiß auf euer Urteil in Sachen Wallermaul und Schönheit.«

»Schon gut. Hast ja recht. Ich sag nur, was ich die ganzen Jahre so mitgekriegt habe. Und zu mir, das kannst du glauben oder nicht, waren die Oberpfaffinger Oberarschlöcher auch nicht gerade lieb. Und du bist schön und exotisch. Da hab ich halt gedacht, was will die vom perversen Wallermaul.«

»Aber dass der Wallermaul, wie du ihn nennst, gescheiter ist und besser ist als ihr engstirnigen Indiokiller, daran hast du noch nie gedacht? Obwohl er seit Ewigkeiten nichts anderes gehört hat als ›Die Perchtln müssen wir umbringen, bevor sie uns umbringen‹ und ›Habt Angst vor den gruseligen Perchtln‹, hat der als einziger gesehen, dass ich ein Mensch bin und kein Dämon. Der hat ein größeres Herz als all ihr Bayern zusammen und alle Scheißargentinier drüben auch.«

Ich war wütend auf das engstirnige Busenwunder vor mir, deshalb musste ich meiner Rede noch einen fulminanten Schlussakkord geben: »Und gut vögeln kann er auch!«

»Dann hat der den anderen Oberpfaffingern wirklich etwas voraus.« Jetzt verstanden wir uns.

Elsi und ich sprachen noch eine ganze Weile weiter. Ich erzählte ihr von mir und von mir und dem Kiener und von mir und dem Kiener in Reisach und von mir und dem Kiener und dem Teufel. Sie erzählte wenig von sich. Nur ein bisschen über ihre Geschichte mit dem Engel. Und dass er weg sei. Dass er sie eines Morgens aus dem Schwalbennest weggeschickt habe. Weil es besser so sei, habe er gesagt. Dass sie zwei Tage im Wald gewartet habe und dann gesehen habe, wie der Engel das Schwalbennest mit einem großen Rucksack verlassen habe und kurz darauf das ganze Schwalbennest in Flammen aufgegangen sei. Dass sie immer schon geahnt habe, dass es eines Tages vorbei sei mit ihr und dem Engel und er nach Hause zurückkehren würde. Und jetzt habe sie sich entschlossen, rüber zu gehen. Nach dieser Erfahrung. Und deshalb lerne sie jetzt Spanisch aus dem Buch, das ihr der Engel gegeben habe.

Dann schliefen wir. In zwei Betten. Betten gab es genug in Kieners Haus. Ich war so müde, dass es mir trotz meiner Sorge um meinen Freund leicht fiel einzuschlafen. Der Strohsack und die Decke, die Elsi mir gab, roch noch leicht nach dem Kiener. Ich schlief bis mittags.

Die nächsten Tage verbrachten Elsi und ich damit, zu spekulieren, was mit dem Kiener alles passiert sein konnte. Keines der Szenarien schien wirklich realistisch, außer die, in denen der Kiener tot war. Getötet von Gendarmen oder Amtmännern. Gestorben auf dem Weg durch die Berge. Abgestürzt oder sowas. Umgebracht vom Teufel, der doch böser war, als gedacht. Aber obwohl Elsi immer wieder damit anfing, ließ ich diese Gedanken nicht an mich heran. Und eine Lösung wussten wir weder für die Szenarien, in denen er tot war, noch für eines der anderen. Also beschloss ich in meiner pragmatischen, nach vorne blickenden Art, dass einzig von Argentinien aus etwas zu unternehmen sei. Auch wenn mir als Indigene das Land nicht gerade wohlgesinnt war, war es doch leichter dort als hier im dunklen 19. Jahrhundert.

Wir sind also los. Früh morgens. Es regnete. Elsi kannte den Weg an der Bergkante entlang bis zu dem gefährlichen Pass, wie sie ihn nannte. Raus, sagte sie, sei er viel leichter zu begehen als rein. Es gebe noch einen anderen Übergang, weiter im Norden, aber der sei meistens bewacht. Das habe ihr der Engel erzählt.

Elsis Pass war die Schotterzunge, die ich schon gut kannte, weil ich sie mit den anderen Perchtln (jetzt nenne ich uns schon selber so) heruntergekommen war. Sie war etwa vierzig Meter hoch und reichte bis kurz unter die Bergkante. Sie war, wie ich es auf meinem Zettel für den Kiener geschrieben hatte, fast schon in Russlach. Wir rutschten mehr, als wir kletterten. Der Regen machte es nicht gerade leichter dort hinaufzukommen. Mir fiel es körperlich nicht so schwer. Aber die Gedanken an meine Mitperchtln von vor ein paar Wochen kamen jetzt öfter zurück, als mir lieb war. Nach vorne blicken. Nach vorne blicken. Nach vorne blicken. Die Vergangenheit ist vorbei. Es geht immer weiter. Zuversicht!

Die letzten zwei Meter mussten wir im Felsen klettern. Da wiederum war Elsi besser als ich. Trotz Rock und Rucksack. Längere Haxen, strammere Waden.

Oben konnte man, wenn man nach Westen blickte, nicht mehr viel von Neubayern sehen. Zu viel Regen. In die andere Richtung ging es langsam bergab in einen Wald hinein. Ich kannte den Weg und wusste, wohin. Das Reconquista-Camp war nur etwa vier oder fünf Stunden Fußmarsch entfernt. Aber ob da überhaupt noch jemand war? Elsi wusste nur noch ungefähr, wohin sie von hier aus mit dem Engel ihren Ausflug ins Jetzt gemacht hatte.

Also gingen wir weiter, an einem kleinen Bachlauf entlang. Es war schwierig, weil es viel regnete und weil es keine Wege gab. Trotzdem erreichten wir nach ein paar Tagen ein breiteres Tal, das direkt nach Osten führte. Elsi behauptete, dass ihr die Gegend bekannt vorkam. Je weiter wir nach Osten kamen, desto besser wurde das Wetter. Und irgendwann sahen wir erste Zeichen der Zivilisation. Eine Wiese mit einem Stacheldrahtzaun, dann eine Schotterstraße und dann waren wir in Altea in der Küche von der grimmigen Rita.

Das Neodyn

✣

Bericht von Rita Clarnought

Ich habe die zwei Frauen schon von Weitem unseren Bewirtschaftungsweg entlang kommen sehen. Jaime und ich waren gerade auf der hinteren Wiese und haben das erste Heu gemacht. Erst regnet es wochenlang gar nicht und dann kommt es tagelang runter. Dann hat der Wetterbericht angekündigt, dass es ein paar Tage trocken bleiben soll. Da haben wir den ersten Schnitt gewagt.

Die eine war kräftig und blond, fast walisisch wie wir. Die andere eine Indigene. Gibt es ja nicht gerade oft hier bei uns. Drüben in Chile gibt es mehr. Wir sind zwar nicht für unsere Gastfreundschaft bekannt, aber was macht man nicht alles, wenn so verdreckte, halb verhungerte Frauen daherkommen. Also hab ich sie reingeholt und ihnen Tee gemacht und Eier.

Ich habe ihnen alte Klamotten von mir gegeben. Damit sie nach dem Duschen was saueberes zum anziehen haben. Die Indigene hat da zweimal reingepasst. Der hab ich dann die alten Sachen von Andres gegeben. Seit der in Buenos Aires ist, ist der eh so fett geworden, dass der da nie wieder reinpasst. Da kann ich die Klamotten genauso gut der Indigenen geben. Als ich die Kleidung von den beiden in die

Maschine geschmissen habe, habe ich mich schon gewundert, warum der Stoff so grob war. Altertümlich und grob. In Llevein gibt es das walisische Museum. Mit den Planwagen der Siedler und allem. Da gibt es zwei Schaufensterpuppen mit der Kleidung der Siedler von Achtzehnhundertirgendwas. Die sehen genauso aus.

Die Blonde hat kein Wort Spanisch gesprochen und die Kleine konnte zwar wie wir sprechen, war aber feindselig. Bei Jaime ist sie abends dann ein bisschen aufgetaut. Das kann er, mein Mann, die Weiber bezirzen. Viel hat er trotzdem nicht rausbekommen. Die Kleine hat was von Gefangenen und Unrecht und Landraub geredet. Da mussten mein Mann und ich natürlich gleich an die Indigenen denken, die seit einigen Jahren ihre alte Heimat zurückfordern. Aber eher in Chile drüben als hier. »Consejo Todas las Tierras« und so. Hauptsache, die nehmen uns nichts weg. Das Land haben die Clarnoughts rechtmäßig gekauft. Gehört uns seit Achtzehnhundertirgendwas. Und die, von denen wir es gekauft haben, haben bestimmt ihren Schnitt gemacht. Wir sind da viel zu bodenständig für sowas.

Bei der schweigsamen Blonden musste ich unweigerlich an die Geschichte mit der Azocar denken. Und an die Sache mit den Wolfskindern. Erst war das eine große Sache in der Zeitung und alles, und dann wird sie versetzt und der Polizeipräsident geht in Rente und keiner redet mehr darüber. Wo sind die Buben eigentlich geblieben? Hat man nie wieder was gehört.

Jedenfalls haben mein Mann und ich uns gedacht, dass wir den Andres fragen, was wir mit den beiden machen sollen. Immerhin ist der Anwalt und so. Und wenn man mal eine schlaflose Nacht hat mit Hin-und her-Wälzen vor lauter Sorgen und Gedanken, dann muss der Sohn halt auch mal herhalten. Soll er mal zurückzahlen, was wir als Eltern jahrelang in ihn reininvestiert haben.

Ich erinnere mich gut an den Anruf meiner Mutter. Es passiert ja nicht alle Tage, dass die Telefonnummer der Eltern um zwei Uhr nachts auf dem Handy erscheint. Da denkt man immer an das Schlimmste. »Andres, du musst jetzt ganz stark sein ...«

Aber es war ganz was anderes. Ich habe nichts von dem verstanden, was die mir erzählt haben. Von zwei Frauen und Entführungen und Wolfskindern. Deshalb habe ich sie auf den nächsten Tag vertröstet. Als ich anrief, war meine Mutter schon im Stall und mein Vater hat mich einfach an eine der Frauen weitergereicht.

Das Telefonat dauerte lange. Fast drei Stunden. Danach wusste ich zwar auch nicht, wie den beiden Frauen zu helfen ist, aber die Geschichte war verrückt und interessant. Und sie brachte eine andere Geschichte wieder zurück in meine Gedanken. Eine Geschichte, die ich auf einer Party vor einigen Wochen gehört hatte.

Ich war bei Dominic Peralta eingeladen. Früher beim Claris, jetzt mit diesem Blog noticias-del-altro-mundo.com. Kennt ja jeder. Und dieser Peralta wiederum erzählte, dass er die Party eigentlich hatte absagen wollen, weil seine Schwester Isabel in so großer Sorge um ihren Mann sei, der seit Wochen im Grenzgebiet zwischen Argentinien und Chile verschollen sei. Dass er sich um sie kümmern müsse und deshalb abgelenkt sei. Und dass sie bei allen Vermisstenmeldungen und Anrufen bei diversen Behörden nur spöttische oder gar keine Reaktionen ausgelöst habe. Und jetzt sei vor Kurzem plötzlich ein Brief einer Behörde zugestellt worden, der ihr Kosten von 10.000.000 Pesos für eine Suche in Zusammenarbeit mit den chilenischen Behörden ankündigte. Als ob man sie von ihrem Wunsch, den Ehemann zu suchen, abbringen wollte. 10.000.000 Pesos sind kein Pappenstiel, aber den Ehemann lässt man doch trotzdem suchen, oder? Da denkt doch kein Mensch über die Kosten nach. Und dann kam da noch ein Brief einer Lebensversicherung. Angeblich soll der Schwager vom Peralta, also der Verschwundene, kurz vor seiner Abreise noch eine Lebensversicherung abgeschlossen haben, und jetzt drohten sie mit Klage wegen Vorsatz und Versicherungsbetrug. Die Schwester sagte aber, dass sie nichts von einer Versicherung wisse. Alles seltsam und alles klang ein bisschen nach Verschwörungstheorie und Rothschild trifft auf Goldman Sachs. Naja, damals habe ich mir noch gedacht, dass es ja auch schön blöd von dem Schwager war, alleine in den Bergen da unten zu wandern. Kenn ich ja noch von früher, als ich noch bei meinen Eltern gewohnt habe. Alles unzugänglich, dichter Wald, und dann gibt es da die Geschichte von dem Chemieunfall oder Atomunglück in den Fünfziger- oder Sechzigerjahren. Keine Ahnung, ob das stimmt, aber seitdem sind wir Einheimischen eher vorsichtig mit allem, was westlich vom Rio Altea liegt. Ich glaube sogar, meine Familie würde, seitdem sie davon weiß, ihr Land verkaufen, wenn sie etwas dafür bekommen würde.

Und dann tauchen in fast der gleichen Gegend die zwei Frauen auf. Ich habe also lieber mal mit dem Peralta telefoniert.

Bericht von Dominic Peralta, Journalist (noticias-del-altro-mundo.com)

Der Auslöser für mein Engagement in dieser Neubayernsache war natürlich hauptsächlich das Verschwinden meines Schwagers und die Sorge meiner Schwester Isabel. Aber auch der Anruf von diesem Anwalt mit dem unaussprechlichen Nachnamen, der bei mir was zum Klingeln gebracht hat. Hätte ich mal lieber nicht darauf gehört. Scheißklingeln.

Mein Schwager, Alberto Brunetti, war schon immer ein extrem schwieriger Mensch. Ich weiß bis heute nicht, was meine Schwester an ihm gefunden hat. Ein Jammerer vor dem Herrn. Alles war ihm zu viel und alle waren gegen ihn. Anstrengend. Dann kamen dieses ach so schlimme Burnout und sein angeblicher Hörsturz und seine Idee, sich beurlauben zu lassen und für sechs Wochen alleine in die Berge zu fahren. Finanziert von Isabel und ihrem Halbtagsjob im Kindergarten. Bravo. Der Mann selber hat den langsamsten Beruf der Welt. Geografielehrer. Erdkunde! Da bekommt man kein Burnout.

Außer man ist aus Zucker. Ich dachte, der ruft nach zwei Tagen die Bergwacht und liegt dann für den Rest seines Lebens frühpensioniert bei seiner Frau auf dem Sofa rum. Aber er ist da runtergeflogen und losgewandert. Am Anfang hat er sich noch regelmäßig gemeldet. Und er klang gut. Richtig gut. Zufrieden. Zum ersten Mal seit ich ihn kannte. Ganz anders als früher. Dann warnte er uns vor, dass bald kein Handyempfang mehr möglich sei und er sich erst wieder melden werde, wenn er wieder in der Zivilisation sei. So in zehn bis vierzehn Tagen sei das. Meiner Schwester war nicht wohl bei der Sache, aber er hatte sie so manipuliert, dass sie sich einverstanden erklärte.

Dann meldete er sich aber gar nicht mehr. Sechs Wochen hörten wir so gut wie nichts. Statt der versprochenen zwei Wochen. Nur einmal rief Albertos Handy Isabels Handy an. Ein einziges Klingeln. Sie rief sofort zurück, wurde aber gleich weggedrückt. Sehr verdächtig. Sie können sich ja vorstellen, was das für Isabel bedeutete. Und dann die Reaktion der Polizei auf die Vermisstenanzeige, die Behördenbriefe und die Sache mit der Lebensversicherung. Wir waren alle ganz schön aufgewühlt.

Nach dem Anruf des patagonischen Anwalts hab ich mich entgegen aller Warnungen dazu entschlossen, selbst runter zu reisen. Buenos Aires – Esquil. Dann mit dem Mietwagen nach Altea. Die Schaffarm der Eltern des Walisers in den Voranden.

Dort traf ich auf die beiden Frauen mit ihrer unglaubwürdigen Geschichte. Ich meine, wo leben wir denn. Nicht in irgendeinem Entwicklungsland in der Sahara, wo niemals Flugzeuge fliegen und so. Klar leben da unten kaum Menschen, und der Tourismus ist auch nicht gerade berauschend. Aber dass das vollkommen unentdeckt sein soll von Staat, Bevölkerung und Google ... Ich bitte Sie. Vor allem Google. Man hat doch sogar im brasilianischen Urwald Völker von dreißig oder vierzig Leuten entdeckt. Im Urwald. Unter Laub!

Andererseits waren die beiden schon sehr ungewöhnlich. Die eine blond, üppig und sehr europäisch. Kurvenreich sagt man, glaube ich.

Und die andere eine winzige Indigene. Miteinander sprachen die eine ungewöhnliche Sprache. Bayerisch, sagte die Indigene. Ich habe mir im Internet Beispiele der Sprache angehört, und es war sehr ähnlich. Gleich grob. Dann erzählte die Mutter des Anwalts, die Schaffarmerin, noch, dass einige Zeit zuvor von der örtlichen Tierärztin zwei Jungen aufgelesen worden seien, die genauso altertümlich gekleidet gewesen seien und ebenfalls eine unidentifizierbare Sprache gesprochen hätten. Die seien dann von der Polizei ins Krankenhaus gebracht und dort von einem Deutschen versorgt worden, der mit ihnen mehr oder weniger habe sprechen können. Einer aus so einer urchristlichen Sekte, die es ja in Chile und Paraguay noch gibt. Alles seltsam, alles sehr unglaubwürdig, alles unerklärlich. Aber vor allem interessant.

Dann erzählte die Indigene von einem Mann, der ihr und ihrem Partner (das sagt man doch so, wenn man nicht verheiratet ist, heutzutage?) begegnet sei. Sie beschrieb ihn so, dass für mich keine Zweifel mehr blieben. Jammern, sich beschweren, gleich aufbrausend, immer ungerecht behandelt: Schwager Alberto, wie er leibt und lebt. Oder wie er hoffentlich noch leibte und lebte. Das wussten wir damals ja nicht. Und dann fiel der Begriff COMISAF zum ersten Mal. COMISAF sagte mir nichts, aber CO und MI stand, da war ich mir schnell sicher, für Compañia und Minera. Das gab es so auch in anderen Kombinationen. COMISAL für Compañia Minera Salinas in La Paz zum Beispiel. Ist mir mal bei der Recherche für irgendwas untergekommen.

So fügte sich plötzlich alles zusammen. Irgendwelche Bodenschätze in einer von der Welt lange ignorierten Gegend. Ungeklärte Besitzstände. Isolation. Status quo schaffen. Abbau des Bodenschatzes. Kaum Steuern zahlen. Unendlicher Reichtum. Und irgendwo dazwischen mein nerviger Schwager und zwanzigtausend Bayern, die wie im 19. Jahrhundert lebten.

Die Indigene war gar nicht dumm und hatte eine ziemlich gute Idee. Dazu stehe ich auch heute noch. Sie erzählte von einem Artikel, den sie in der spanischsprachigen National Geographic im Indio-Camp gelesen hatte. Über unkontaktierte Völker in Brasilien und Indien und den Schutz, den man ihnen international gewährte. Sie stellte ganz naiv die Frage, ob nicht den Neubayern der gleiche Schutz zustünde wie den Sentinelesen in Indien. Klar seien sie nicht die Urbevölkerung. Aber wer sei das schon. Niemand wisse, ob nicht die Sentinelesen auch irgendwann auf ihre Insel eingewandert seien und ein anderes Volk verdrängt hätten. Seit über hundertfünfzig Jahren seien die Neubayern isoliert mit ihren eigenen Bräuchen und Sitten. Und mit einer eigenen Sprache, wenn man so wollte. Mittlerweile auch ein bisschen anders als im ursprünglichen Bayern. Eine Wahnsinnsidee. Und das von der Primitiven. Das meine ich nicht als Beleidigung. Aber eine Primitive hat eine Idee, die andere Primitive retten kann. Schon originell.

Aber wie war die Idee umsetzbar? Ein Konsortium mit unendlichem Einfluss und Verbindungen nach überall hin. So guten Verbindungen, dass sie sogar Google, die Nasa und Fluglinien manipulieren konnten. Wahrscheinlich stand das Ganze auch unter dem Schutz irgendeiner argentinischen Behörde. Unser Land stolpert von einer finanziellen Notlage in die nächste, und da nehmen die jeden Steuerpeso, den sie bekommen können. Und wenn sie dabei über Bayernleichen gehen müssen. Und über die von meinem Schwager. Das, was die COMISAF dort hinten zu finden glaubte, musste so wertvoll sein, dass es den ganzen Aufwand rechtfertigte, das Land und seine zwanzigtausend Bewohner vor der Welt zu verstecken.

Und dagegen standen nur wir.

Ich wäre nicht Journalist, wenn ich nicht ziemlich schnell in der Lage gewesen wäre herauszufinden, wer mir wo helfen kann. Zwei Rechercheure, einer in Chile und Argentinien, der andere in Luxemburg, begannen damit, über die COMISAF zu forschen. Das habe ich alles aus meinem eigenen Beutel bezahlt.

Als allererstes bekamen sie heraus, wo die beiden Jungen gelandet waren. Man hatte sie in zwei unterschiedliche isoliert lebende ultrareligiöse Pflegefamilien in Paraguay gesteckt. Mennoniten oder etwas ähnliches. Jedenfalls wurde dort deutsch gesprochen. Wir fanden auch den sogenannten Engel, Christian Hinterwald, der gerade in Buenos Aires einen Flug nach Frankfurt gebucht hatte und überzeugten ihn, nach Altea zu kommen. Das ist dieser Hobbyforscher aus Deutschland, der einiges über die Kolonie herausgefunden hatte. Nicht wirklich viel, aber immerhin. Er hatte einige Jahre unerkannt Neubayern bereist, sich seinen bizarren Unterstand in den Bergen gebaut, war lange von der COMISAF für harmlos gehalten worden und war schließlich einige Wochen zuvor erst von COMISAF-Leuten massiv bedroht und dann ›ausbezahlt‹ worden. Good cop, bad cop. Eine gängige Methode, Leute zum Schweigen zu bringen. Angst und Dankbarkeit. Die Angst vor der COMISAF war übrigens auch unser größter Helfer. Denn Hinterwald glaubte nicht an die Nachhaltigkeit seiner Sicherheit vor der COMISAF. Er wollte sie lieber ganz vernichtet wissen.

Wir sind dann rüber. Nach Neubayern. Der Hinterwald, die Busentante und ich. Ohne irgendwas Auffälliges. Keine Kamera, keine Smartphones, kein GPS, nichts, was uns hätte verraten können. Nicht einmal bei Durchsuchungen von den örtlichen Polizisten oder COMISAF-Leuten vor Ort. Verkleidet als Neubayern. Schnurrbärte, Hüte, Jacken etc. Bei der Herstellung der Kleidung ist mir die Leiterin des walisischen Wollmuseums in Trevelin sehr behilflich gewesen. Nur die Sprache hätte mich verraten. Aber ich konnte ja einfach den Mund halten. Unsere Hightechausrüstung für den Weg rüber bunkerten wir oben auf der Bergkette, die Neubayern von Argentinien trennt, und dann ging es schon runter.

Immer noch eine der beeindruckendsten Erfahrungen meines Lebens. Drei Tage hin in Argentinien, vier Tage im 19. Jahrhundert in Mitteleuropa, drei Tage zurück. Dann wusste ich Bescheid und konnte meinen Artikel schreiben.

In der Zwischenzeit hatten die beiden Rechercheure mehr als erwartet über die COMISAF herausgefunden. Speziell der in Europa war sehr erfolgreich. Die mussten sich ganz schön sicher fühlen mit ihrer Firma.

So öffentlich einsehbar war alles über die. Wir fanden zum Beispiel heraus, dass die COMISAF eine Tochter der Bergbaugesellschaft war, die 1914 das Gebiet rechtmäßig vom Königreich Bayern gekauft hatte. Entgegen aller bisherigen Annahmen. Auch der Hinterwald hatte das nicht herausgefunden und war davon ausgegangen, dass das Gebiet immer noch zu Bayern gehörte. Aber wahrscheinlich hatten die Bayern 1914 für ihr Engagement im Ersten Weltkrieg Geld gebraucht und waren dann – vielleicht zufällig – auf ihren unerwarteten Landbesitz gestoßen und hatten ihn veräußert. Ich sage nur ›Schlacht bei Metz‹ und frage: Warum siegte dort ein Heer unter so miserabler Führung gegen ein dermaßen überlegenes wie das französische? Ob da nicht eine kleine Finanzspritze mit im Spiel war, mit der man damals die ein oder andere Haubitze gekauft hat?

Das Land war also im Besitz der COMISAF-Mutter und wurde in den Kriegswirren des Zweiten Weltkrieges vergessen, wieder einmal. Erst in den 1950er-Jahren entdeckte man die Unterlagen wieder und begann dezent aber systematisch mit der Suche nach Bodenschätzen. Man vermutete damals aus irgendeinem Grund, dass sich Erdöl unter dem Gebiet befinden könnte. Man fand aber nur ein Mischmetall, aus dem man Neodym gewinnen konnte. Eines von wahrscheinlich nur zwei ergiebigen Vorkommen auf der Welt. Dafür hatte man damals aber keine Verwendung. Und überließ Neubayern wieder sich selbst. Erst mit dem Aufkommen von Windkraftanlagen im großen Stil und Motoren für Elektroautos wurde das Neodym interessant. Ab 1986, nach Tschernobyl, dann auch so richtig. Man begann erstmals über den Abbau der seltenen Erden in Neubayern nachzudenken. Man wollte aber auch nicht riskieren, in irgendeinen territorialen Konflikt zwischen Pinochets Chile und Argentinien zu geraten und so alle Rechte am Abbau zu verlieren. Deshalb vermied man lieber jegliche Öffentlichkeit und nutzte die Isolation des Landstrichs, um im Geheimen forschen und suchen zu können.

Ab dem Jahr 1995 wusste man bei der COMISAF-Mutter, dass mit Nachhaltigkeit, Windrädern, Elektroautos und dem darin verwendeten

Neodym das wirklich große Geld zu verdienen war. Und dabei half ein nicht schützenswertes vergessenes Volk, das auf dem auszubeutenden Land lebte und das man einfach verschwinden lassen konnte, um den Bodenschatz zu heben, ungemein. Nur das wollte gut vorbereitet sein.

Man holte sich Argentinien als quasi Schutzmacht. Nach deren Erfahrung mit den Falklandinseln und allem wollten die nicht nochmal eine solche Schmach erleben und bestimmt keinen zweiten Falklandkrieg nur diesmal mit Bayern. Obwohl den bestimmt Argentinien nach nur fünf Minuten gewonnen hätte. Also blieb alles im Verborgenen und die 1996 gegründete COMISAF begann ab der Jahrtausendwende damit, die Strukturen in Neubayern zu unterwandern und den Abbau vorzubereiten.

Einen weiteren Schub in ihren Bestrebungen, Neodym in Neubayern abzubauen, erfuhr die COMISAF nach 2011, Fukushima. Plötzlich war Windkraft ironischerweise gerade in Deutschland ein Riesenthema. Man entschloss sich, schneller als geplant, mit dem Abbau zu beginnen.

Ich weiß nicht, ob Sie schon mal Bilder aus Bayan-Obo in der inneren Mongolei gesehen haben. Dort werden seltene Erden im großen Stil abgebaut. Unter anderem auch für die Neodymerzeugung. Das ist Mad Max pur. Apokalypse und das Ende von allem. Riesige Bagger, Abraumhalden, Staub, Dreck, Lungenkrebs, missgestaltete Kinder. Furchtbar. Wenn Sie sich das mal ansehen, ahnen Sie, was das für Neubayern bedeutet.

Ich persönlich weiß nicht, ob die bayerische Kultur schützenswert ist, oder ob das überhaupt Kultur genannt werden kann, aber ich weiß, dass das was in Bayan-Obo passiert, niemand verdient hat. Auch nicht im Namen von Nachhaltigkeit und Klimaschutz.

Was haben wir in Altea damals also vorgehabt?

Mein Sekretariat nahm Kontakt zur Organisation Survival International auf, die sich den Schutz indigener Völker und insbesondere den Schutz unkontaktierter Völker zur Aufgabe gemacht hat. Die schickten sogar einen Mitarbeiter, Volker Krieger, einen Deutschen, zu uns nach Altea. Wir wollten die COMISAF und Argentinien unter Druck setzen und es ihnen im Licht der Weltöffentlichkeit unmöglich machen, den Abbau zu beginnen. Und dann wollten wir, dass aus Neubayern eine Art Reservat würde, in dem die Menschen weiterhin unbehelligt ihr Leben führen könnten.

Wir schrieben eine lange Reportage. Fundiert, alle Fakten zehn Mal gecheckt. Wir mailten sie an die COMISAF, an diverse Stellen in der argentinischen und in der chilenischen Regierung und natürlich an den Freistaat Bayern. In der Hoffnung, so auch eine Art Schutzmacht zu haben. Bruderschutz, sozusagen. Wir drohten mit der Veröffentlichung und forderten Zusammenarbeit und Einlenken.

Wir rechneten mit einem Aufmarsch von Anwälten, mit Staatskrisen, Verhaftungen, Morddrohungen und allem.

Aber: Nichts.

Die einzige Reaktion, die wir überhaupt auf die Mail bekamen, war ein Anruf vom Generalsekretär der Regierungspartei des deutschen Bundeslandes Bayern. Mit unglaublichem Gepolter und Geschimpfe und einem Wust von Forderungen an uns. In seiner Stimme die Angst, etwas zahlen zu müssen, und die Sorge, dass man ihm die ganzen Neubayern plötzlich nach Europa schicken könnte. »Wir können die nicht alle aufnehmen. Das ist auch in Ihrer Verantwortung, dass die dort bleiben können.« Soviel zum Thema Brüder.

Wir haben dann intern lange diskutiert, was wir machen sollten. Wir hatten mit allem gerechnet, nur nicht damit. Survival International zog sich überraschend schnell aus dem Projekt zurück. Christian Hinterwald verschwand mit seiner neubayerischen Freundin nach Deutschland. Die Indigene bekam eine Nachricht aus Deggendorf in Bayern, dass ihr verschollener Freund dort in einer Art Auffanglager sei. Woraufhin sie sofort dorthin aufbrach. Ich veröffentlichte dann den Artikel auf eigene Faust. Aber nur auf meinem Blog. Kein anderes News-Portal schien sich dafür zu interessieren. Man könnte jetzt leicht über Bestechung und Macht verschwörungstheoretisieren, aber vielleicht war es auch einfach das mangelnde Interesse der Öffentlichkeit an dieser kleinen Anomalie der Geschichte. Es sind halt nur Bayern. Das darf man einfach nicht vergessen.

Und mittlerweile ist es eh zu spät. Wenn die Bagger erst einmal losgefahren sind und die Umsiedlung begonnen hat ...

Bericht von Joseph Kiener. Fortsetzung

Wie geht es mir heute in Perasdorf? Eigentlich wie vorher drüben in Neubayern in den besseren Zeiten. Nur liebesmäßig richtig gut. Von keiner Freundin zu einer eigenen Ehefrau. Und einer schwangeren noch dazu. Damit hat das Wallermaul nicht gerechnet.

Und natürlich bin ich weg von meiner Gleichgültigkeit. Ich kann an die toten Kieners denken und traurig sein, ohne dass es mir mein ganzes Leben zusammenhaut.

Es ist schon komfortabler in den Häusern hier herüben. Nie kalt, immer warmes Wasser, Matratzen. Aber auch mehr Arbeit. Immer Arbeit. Die machen hier weniger, arbeiten aber mehr. Am Anfang habe ich gar nicht gewusst, was ich mit meinem Verdienst anfangen soll. Jeden Monat waren plötzlich 1400 da. Und die Wohnung hat nur 450 gekostet. Mit Strom und Heizung. Dann hat es geheissen, mach eine Versicherung und dann hat es geheissen, kauf dir einen Fernseher und mach den Führerschein und dann dies und dann das. Und plötzlich muss man arbeiten, nur damit der Fernseher bezahlt wird, und es reicht nicht mehr für das Essen. Aber ich lerne das schon noch alles.

Eines habe ich schnell gemerkt. Die Arschlöcher sind hier genauso groß wie drüben im Früher. Nur habe ich den Eindruck, dass es weniger sind. Aber der einzigen von drüben, mit der ich noch wirklich Kontakt habe, der Elsi, geht es genau anders herum. Aber, ich glaube, dass die sich überall schwer tut.

Ich mache fast die gleiche Arbeit wie drüben im Früher. Einmal Fische, immer Fische. Ich arbeite in einer Forellenzucht in Rottmühl.

Nur ungefähr eine halbe Stunde mit dem Elektrorad und im Winter holt mich der Chef ab. Bis ich den Führerschein habe. Und, was ich gemerkt habe: Ich kann etwas, was die im Jetzt nicht können. Fische ohne Chemie züchten. Fette Fische. Wenn die Heutigen das ohne Chemie probieren, sterben die Fische nur oder sind ganz winzig und mager. Ich bekomme die fett und groß. Ohne Chemie. Nur Karpfen isst hier kein Mensch mehr. Schade. Die wären so leicht zu züchten.

Lustige Geschichte übrigens: Im Motor von meinem Elektrorad sind Teile aus Neodym mit verbaut. Sagt zumindest einer vom ADFC in Deggendorf. Noch ist es bestimmt nicht aus Oberpfaffing, aber bestimmt demnächst. Da, wo ich früher meine Fische gezüchtet habe, wird dann der Stoff ausgegraben, der mich jeden Tag zum Fischzüchten bringt.

Bericht von Ipi Marhiquewun. Fortsetzung

Es ist schwer für die Menschen, zu akzeptieren, dass mein Mann eine Katalogfrau geheiratet hat. So sehen das zumindest die Nachbarn im Ort. Die denken, dass ich von den Philippinen komme. Ich finde, dass ich kein bisschen so aussehe wie eine Philippina, aber wenn die Leute das glauben wollen, sollen sie ruhig. Ein bisschen Angst habe ich, weil in Hunderdorf an der A3 gibt es einen, der wirklich eine Philippina aus dem Katalog geheiratet hat. Hoffentlich treffen wir die nie in Deggendorf beim Einkaufen oder so. Die sieht und hört doch sofort, dass ich ganz woanders her bin.

Das Arbeiten ist wirklich ungewohnt hier. Gerade im Vergleich zu Argentinien. Ich muss natürlich alles an Schule nachholen, was es nur gibt, bevor ich irgendwas arbeiten darf oder auch nur eine Lehre anfangen kann. Also mache ich die mittlere Reife.

Auf der Straße sind die Leute manchmal erstaunt, wie gut ich genau ihren niederbayerischen Dialekt spreche. Hochdeutsch kann ich noch wirklich schlecht. Aber ich lerne schnell. Da bin ich hier in

Niederbayern ja zum Glück nicht die einzige, die Schwierigkeiten mit dem Schriftdeutschen hat.

Anfangs hatten wir einen Integrationshelfer aus Regensburg. Murat. Der war uns in allen offiziellen Dingen eine große Hilfe. Aber jetzt kommen wir alleine weiter.

Interview mit Georg Dobler, jetzt Esquil Argentinien

Frage: Wie geht es dir heute?

Dobler: Wie soll es mir schon gehen? Alles weg. Drüben war ich wer. Eine Respektsperson. Die haben gekuscht vor mir. Hier bin ich niemand. Ich habe zwar noch die Rente von der COMISAF. Weil die mich ja schon früh rüber geholt haben. Die Späteren haben nichts bekommen. Aber wie sagt man so schön: Zum Sterben zuviel, zum Leben zu wenig. Oder umgekehrt?

Ich sage heute: Es war alles ein Fehler.

Interview mit Alberto Brunetti

Frage: Wie ist es für dich nach deiner zweiten Gefangennahme in Neubayern weiter gegangen?

Alberto Brunetti: Ich habe genau den umgekehrten Weg genommen. Die haben uns beide ja geschnappt und in diesen Wagen gesteckt. Irgendwo haben mich welche rausgezerrt, Sack über den Kopf, rein in einen anderen Wagen und plötzlich war ich in einem Elektroauto. Da habe ich Hoffnung geschöpft, dass nicht alles aus ist. Dann bin ich durch diverse Gefängnissituationen und Verhöre geschleift worden. Aber in Argentinien. Meine Gegenüber wirkten aber eher wie von einer Sicherheitsfirma als von offizieller argentinischer Seite. Immer wieder die gleichen Fragen. Dann in einem Hubschrauber. Und dann hat man mich in Esquil freigelassen. Als wäre nichts geschehen.

Frage: Ich habe gehört, dass man dir eine sehr große Summe als quasi Abfindung und sozusagen Schweigegeld gezahlt hat. Ist da was dran?

Brunetti: Darüber darf ich nicht sprechen. Verbietet mir mein Anwalt. Über alles, was zwischen den Verhören und meiner Freilassung geschehen ist, soll ich unbedingt schweigen, sagt er. Und vor allem nicht über Geld reden.

Frage: Wie geht es dir nach der Trennung von deiner Frau und deiner Tochter?

Brunetti: Weißt du, ich weiss ja, dass du mit meinem Schwager Kontakt hattest und kann mir schon denken, was der dir über mich erzählt hat. Aber da gehören immer zwei dazu. Und meine baldige Exfrau ist auch nicht die einfachste. Mir geht es gut. Ich vermisse meine Tochter. Aber es ist so für alle besser. Und wenn du sagst, dass ich mich nur wegen des Geldes getrennt habe und untergetaucht bin, damit die davon nichts bekommen, dann sage ich dir, dass ich das ganze Geld durch meine Leidensgeschichte mehr als verdient hätte. Alleine. Und nicht halb ich, halb Isabel, verstehst du? Aber ich will nochmal betonen, dass ich nicht gesagt habe, dass ich Geld von irgendjemandem bekommen habe.

Interview mit Johann Schwarz, jetzt in Paraguay

Frage: Wie geht es euch heute, dir und Benno?

Schwarz: Es ist sehr heiß hier und sehr ordentlich. Alle hier sind furchtbare Bibelfresser. Wir lesen den ganzen Vormittag im langweiligsten Buch der Welt, der Bibel, und dann reden wir darüber. Am Nachmittag wird gearbeitet. Auf dem Feld, in der Obstplantage und in der Fabrik. Keine Freizeit. Sogar am Sonntag gehen wir in die Schule. Noch mehr Bibel! Hurra! Und wie blöd kann man eigentlich sein, frage ich mich. Die lesen den ganzen Tag in ihrer Bibel und verstehen immer noch nicht, was dahinter steckt. Das ist nur eine Geschichte, die irgendwas symbolisiert. Das ist nicht genauso passiert, ihr Deppen. Da hätte ich ja gleich bei den Perchtlgläubigen in Oberpfaffing bleiben können. Aber dem Benno taugt das. Der ist richtig inbrünstig am Mitbeten und alles. Wenn es ihm hilft. Ich bin das schwarze Schaf hier. Die glauben, dass sie mich noch umerziehen können mit dem Gebete.

Gesundbeten, sozusagen. Die sehen das als Herausforderung. Und die Weiber. Noch schlimmer als in Neubayern. Noch längere Kleider, noch greisliger. Und das Bayerisch lass ich mir auch nicht austreiben. Der Benno redet schon wie die. Furchtbar. Jetzt versteh ich erst, warum wir die Preußen so hassen. Die werden sich schon noch die Zähne ausbeissen an mir.

Ich bin nachts oft unterwegs. Alleine. Damit rechnen die nicht. Die denken im Ernst, dass einfach alle schlafen in der Nacht. Mit den Händen über der Bettdecke. Und dann gehe ich im Büro ins Internet. Da schau ich mir nackerte Weiber an und schreibe dir E-Mails.

Und ich habe herausgefunden, wie viel die Bibeldeppen von der Firma für uns jeden Monat bezahlt bekommen: Fünfhundert Dollar. Deshalb sind wir hier. Der einzige Grund. Nichts von wegen Nächstenliebe.

Manchmal wären mir da meine Eltern und die Geschwister lieber als die hier. Für die war ich wenigstens ein Familienmitglied und nicht bloß der Fünfhundert-Dollar-Bub. Ich weiß fast nix über meine Leute. Nur, dass die drüben sind, in Bayern. Wie fast alle. Aber wo genau die heute sind und wie es denen geht, keine Ahnung. Ganz so wurst, wie ich immer gedacht habe, sind sie mir halt doch nicht.

Vielleicht kannst du ja was herausfinden …

Interview mit Christian Hinterwald.
Im McDonald's im Gewerbegebiet Deggendorf

Frage: Was mich schon gewundert hat: Dass du erst das Geld der COMISAF genommen und eine Art Stillschweigen mit denen vereinbart hast, dann aber doch mit dem Peralta gemeinsame Sache gemacht hast, um den Neodymabbau drüben zu verhindern.

Hinterwald: Weißt du, ich bin ja eigentlich kein schlechter Mensch. Aber bekomm du mal so eine Riesensumme angeboten und sag einfach nein. Ich war mir auch sicher, dass das mit Neubayern vorbei war. Lieber der Spatz in der Hand, sozusagen. Aber dann kam der Peralta an und die Elsi war wieder da, und ich war mir wieder so sicher, dass die COMISAF auf jeden Fall einknicken wird vor der Öffentlichkeit und Neubayern irgendwie doch gerettet werden konnte. Aber Pustekuchen.

Frage: Kannst du dir erklären, warum man dich von Seiten der COMISAF so lange unbehelligt in deinem Schwalbennest hat forschen lassen? Sogar das Land durftest du bereisen.

Hinterwald: Um ehrlich zu sein, natürlich. Ich habe im Laufe der letzten fünf Jahre jeden Monat ein recht ansehnliches Gehalt bekommen. Schwarz und ohne Steuern. Oder wie meinst du, dass sich das Schwalbennest, meine Forschung und mein ganzes Leben sonst finanziert hätte? Ich habe ja nicht mehr gearbeitet. Also in keinem Brotjob. Jeden Monat ein größeres Gehalt als von der Agentur in München. Dafür musste ich nur einmal im Quartal einen Bericht abgeben. Geschreibsel über das Leben der Menschen im Land, ihre Gewohnheiten, Bräuche und so weiter. Ich habe das immer per Mail aus einem Internetcafé in Altorio verschickt. Aber was die COMISAF-Leute damit angefangen haben ... keine Ahnung.

Frage: Was machst du heute?

Hinterwald: Wieder Werbeagentur. Sicheres Geld. Scheißjob. Elsi bekommt im Oktober ein Kind. Mit Baby braucht man in München zwei Einkommen. Aber ob die Elsi je arbeiten können wird? In der modernen Welt, meine ich. Mit ihrer ewigen Unzufriedenheit.

Für die ist München eine einzige Enttäuschung. Die hat mit ewiger Party, lauen Sommernächten, Musik, Tanz und Selbstverwirklichung gerechnet. Nicht mit Geldsorgen, verspäteten S-Bahnen und Zweizimmerwohnungen in Laim. Schwierig.

Von dem Geld habe ich jetzt wo meine Schulden abbezahlt sind, noch knapp die Hälfte. Davon kann ich uns keine Eigentumswohnung, geschweige denn ein Haus kaufen. Vielleicht in Petershausen. Als Anzahlung mit Finanzierung. Das sind nur vierzig oder fünfzig Minuten bis zum Marienplatz. Aber dafür muss ich erst einmal die Probezeit überstehen.

Damit hat sie nicht gerechnet, die Elsi.

Damit haben die meisten Neubayern nicht gerechnet, als sie hier herüber gekommen sind.

Eine kleine Bastelanleitung für das am Ende des Buches eingelegte Heftchen:

❦

1. Zertrennen Sie das kleine Heftchen an den Perforationen.

2. Fügen Sie die Blätter mit den Illustrationen (Blatt 1-9) an den angemerkten Stellen zusammen. Daraus wird ein Poster mit Vorder- und Rückseite.

3. Kleben Sie die Fotos auf ihre schwarzweiß skizzierten Pendants im Kapitel ›Die Neubayernsammlung‹.

4. Die Postkarte gehört ins Kapitel ›Der Dua-da‹.

5. Die Annonce bitte ins Kapitel ›Die Halbwahrheit‹ einlegen.

6. Und die Spielkarte im Kapitel ›Der Rausch‹ unterbringen.

7. Natürlich können Sie das Heftchen auch einfach so lassen wie es ist und »Neubayern« in seinem Urzustand belassen.

Danksagungen

1. Meiner ganzen Familie (weil man das so macht und weil es wahr ist)

2. Marc Deckert (für alle ca. 1.367.451 Kommata)

3. Benjamin Asher (für das Titelfoto)

4. Klaus Huber (fürs Lesen des Buches im gruseligen Rohzustand)

5. Klausis Umfeld für die vielen Anekdoten und Aussprüche, die ich mir ausleihen konnte

5. Molly, Daniel K, Martin B, Matthias W und dem namenlosen Typen in der Gaststätte Ausstellungspark in München fürs Lesen und Existieren

6. Meinem Arbeitgeber Territory/webguerillas für die Möglichkeit in meiner Freizeit den Firmencomputer zu nutzen (7:45 bis 9:00)

7. Allen Indesign- und epub-Tutorial-Filmern

8. Wikipedia und seinen Autoren für seinen überraschend umfangreichen Teil über die Geschichte Bayerns im 19. Jahrhundert

9. Und zu guter Letzt: Martin Arz für sein Vertrauen und all die Arbeit, die er in das Buch gesteckt hat

Anmerkungen (div.)

Die Einzelteile der Fotomontagen stammen von iStock, Shutterstock oder sind privat fotografiert.

Einzig das Gruppenbild mit den Kindern stammt aus dem Stadtarchiv der Landeshauptstadt München.

Die im Buch auftauchenden Personen sind allesamt fiktiv. Manche Namen sind zwar aus der Geschichte entlehnt, aber ihre Rollen im Buch sind frei erfunden.

Die Orte in Südamerika und die Namen der inidigenen Stämme sind frei erfunden. Auch wenn manche sehr echt klingen.

Meine lange Suche nach echtem Mapudungun in München (der Sprache der Mapuche) war erfolglos. Deshalb habe ich einfach eine Mischung aus Internetfunden und selbst ausgedachten Wörtern verwendet. Hiermit möchte ich mich bei allen echten Mapudungun-Sprechern für mein dümmliches Improvisieren entschuldigen. Es war reine Hilflosigkeit.

Lust auf einen weiteren wilden Road-Trip?

Ein lustiges Abenteuer soll es werden, als der Knappe Johannes Schiltberger 1394 im zarten Alter von 14 Jahren seine Heimatstadt München verlässt und sich dem letzten Kreuzzug anschließt. »Bis ans Ende der Welt und dann immer weiter!«, juxen er und seine Kumpels. Doch das christliche Heer wird von den Osmanen in einem blutigen Gemetzel aufgerieben, Hans gerät in türkische Gefangenschaft. Fortan dient er als Militärsklave in fremden Heeren.

Hans sieht Städte, Länder und Regionen, die selbst heute noch exotisch klingen: Delhi, Samarkand, Konstantinopel, Astrachan, Kairo, Damaskus, Teheran ... Mehr noch: Schiltberger dringt als erster Europäer bis in die endlosen Weiten Sibiriens vor. Er erlebt die Hölle, aber auch den Himmel auf Erden, begegnet großen Männern wie erbärmlichen Wichten, menschlichen wie tierischen Bestien – und steht manchmal staunend, manchmal zitternd vor den steinernen oder lebendigen Wundern der Welt.

Schiltberger gelang nach 33 Jahren in der »Heidenschaft« die Flucht. Er kehrte 1427 nach München zurück, wo er seine Erlebnisse veröffentlichte. Martin Arz hat mit DIE WILDE REISE DES UNFREIEN HANS S. einen fulminanten Roman über die Abenteuer des deutschen Marco Polo geschrieben. Frei nach Schiltbergers Originalbericht entführt Arz den Leser auf einen rasanten, abenteuerlichen Trip quer durch den mittelalterlichen Orient und Zentralasien.

MARTIN ARZ
DIE WILDE REISE DES
UNFREIEN HANS S.
... und seine höchst erstaunlichen
Erlebnisse auf dem Weg ans Ende
der Welt

Hirschkäfer Verlag München | 2016 | Broschur |
440 Seiten | ISBN 978-3-940839-53-4

»Lesenswert!« Süddeutsche Zeitung

MORD UND TOTSCHLAG IN MÜNCHEN!

Schwabing oder Giesing? Hasenbergl oder Bogenhausen? Isarvorstadt oder Westend? Jeder Münchner Stadtteil hat einen ganz eigenen Flair und bietet damit auch einen ganz individuellen Rahmen für mörderisch gute Geschichten! Wo mordet es sich leichter, böser, frecher oder schweißtreibender? Die Krimiautorin Ingrid Werner stiftete Kolleginnen und Kollegen dazu an, dieser Frage nachzugehen.

Zu jeder Geschichte gibt es zudem das Rezept zu einer bayerischen Spezialität, das totsicher gelingt und schmeckt.

Eine lesenswerte Blutspur quer durch zwanzig Münchner Viertel ziehen:
Martin Arz, Joachim Biedermann, Bettina Brömme, Angela Eßer, Werner Gerl, Lisa Graf-Riemann, Beatrix Mannel, Ursula Hahnenberg, Thomas Kastura, Iris Leister, Nicole Neubauer, Ottmar Neuburger, Manuela Obermeier, Ricarda Oertel, Regina Ramstetter, Heidi Rehn, B.a. Robin, Ingeborg Struckmeyer, Ingrid Werner und Moses Wolff

INGRID WERNER (HRSG.)
MORDSMÄSSIG
MÜNCHNERISCH
20 Stadtteilkrimis & Rezepte

Hirschkäfer Verlag München | 2017 | Taschenbuch | 216 Seiten | ISBN 978-3-940839-55-8

www.hirschkaefer-verlag.de